PSYCHO-PASS サイコパス 3〈C〉

吉上　亮
サイコパス製作委員会

PSYCHO-PASS サイコパス 3〈C〉目次

PSYCHO-PASS サイコパス 3〈A〉目次

PSYCHO-PASS サイコパス 3〈B〉目次

主な登場人物

慎導灼《しんどうあらた》 刑事課一係に配属された新人監視官。

炯《けい》・ミハイル・イグナトフ 刑事課一係に配属された新人監視官。

霜月美佳《しもつきみか》 元一係の監視官、現刑事課課長。

雛河翔《ひなかわしょう》 一係執行官。

廿六木天馬《とどろきてんま》 一係執行官。

入江一途《いりえかずみち》 一係執行官。

如月真緒《きさらぎまお》 一係執行官。

唐之杜志恩《からのもりしおん》 公安局の分析官。

六合塚弥生《くにづかやよい》 元一係執行官のフリージャーナリスト。

花城《はなしろ》フレデリカ 外務省行動課。

狡噛慎也《こうがみしんや》 外務省行動課。元執行官。

宜野座伸元《ぎのざのぶちか》 外務省行動課。元監視官、執行官。。

久利須《クリス》=矜治《きょうじ》・オブライエン 信仰特区構想の推進者。

シスター・テレーザ陵駕《しのぎ》 正道協会〈CRP〉の代表者。

ジョセフ・アウマ上人 アフリカ出身の仏僧。

トーリ・アッシェンバッハ 宗教団体〈ヘブンズリープ〉の教祖代行。

舞子《まいこ》・マイヤ・ストロンスカヤ 炯の妻。

梓澤廣一《あずさわこういち》 ファーストインスペクター。

小畑千夜《おばたちよ》 梓澤とともに行動する女性。

法斑静火《ほむらしずか》 若きコングレスマン。

代銀遙熙《しろがねはるき》 コングレスマン。

裁園寺莢子《さいおんじきょうこ》 コングレスマン。

小宮《こみや》カリナ 東京都知事選に立候補したアイドル政治家。

常守朱《つねもりあかね》 かつて一係を率いていた。

PSYCHO-PASS 3

サイコパス

C

小説：吉上 亮
原作：サイコパス製作委員会

誰の目にも明らかな犯罪を犯しながら、そのサイコパスは濁らなかった。

そんな異常事態を引き起こした張本人である常守朱《つねもりあかね》は、当然、シビュラ社会において普通ではない存在として扱われることになった。

監獄への収監――あるいは隔離措置。しかし、それは通常の犯罪係数悪化による潜在犯隔離とは性質が異なるから、常守は専用の独房というべき場所に投獄された。

常守は、システムにとって未知の罪を犯した犯罪者となった。

裁かれざる未決囚。そして常守がいる独房は、シビュラ社会にあってシステムが定める正しさが必ずしも機能しない空間となった。

常守の色相は濁っていないが、彼女は犯罪を犯している。その存在自体がシビュラ社会において例外と呼ぶほかなく、それゆえ裁きを下すためにシステムは――そして人々は、自《おの》ずと考えなければならなくなる。正しさとは何か？　自らが信じる正しさとは、なにゆえに正しいのか？　例外を裁くために、罪はシステムに不断の思考を要求する。

シビュラの定める正義によれば、色相がクリアな常守は犯罪者ではない。

けれど、常守の信じる正義によれば、色相がクリアでも常守は犯罪者だ。それゆえに常守は投獄の道を選んだ。このシビュラ社会と完全に隔離されている独房では、〈シビユラシステム〉と異なる正しさが機能している。

それは今のこの世界において、常守しか従う者のいない例外的正義、端的に異常な論理として区別されてしまうかもしれない。

しかし常守は、今は自らの視界の及ぶ範囲でしか適用されることのない正義の権能――その法の支配と呼ぶべきものが、かつてはこの世界のすべてとは言わないまでも極めて広い領域に満ちており、数えきれないほどの人々により合意され、その正しさへの祈りと選択が積み重ねられ、途方もないスケールを持つ歴史として築かれてきたことを知っている。

その連綿とした繋《つな》がりは今となっては糸よりも細くなってしまっていたが、それでも切れず、確かに残されているのだと常守は信じている。

途絶えはしない。人々が正義を望むその意志は。

ひとの犯したあらゆる過ちは、裁かれることで罪となり、
法という名の歴史となって、幾星霜の歳月を経て継承されてきた。
裁かれざる罪、例外であるがゆえに免れる罪など在りはしない。
未知なる罪さえも、いつか必ず裁かれる。
私は私が犯した罪ゆえに、正しく裁かれることを望んでいる。

PSYCHO-PASS 3
サイコパス
C

第三章　アガメムノンの燔祭（承前）

「――はあ？　あんたらの出る幕じゃないでしょ！」

『ことは開国政策に関わる。そちらの動き次第ではこちらも動くと言っておくわ』

霜月《しもつき》の業務がようやく片づいた時刻を見計らったかのように、花城《はなしろ》フレデリカが刑事課と行動課の管理職用ホットラインを使って呼び出してきた。

ホロ投影のモニターに映る花城は、豪奢《ごうしゃ》な金髪に活動的なパンツルックをしており、深夜残業を感じさせない闊達《かったつ》な雰囲気を発している。まるで朝早く起きてミーティング前にひとっ走りしてきました、と言わんばかり。ひょっとして、東京と〈出島《でじま》〉で時差でもあるのか、と霜月は疑ってかかるが、花城の背後に見える〈出島〉の市街は眩《まばゆ》い夜景に煌《きら》めいている。

「だったら情報よこしなさい！」

話題は当然、一昨日に東京北西部の郊外地、三郷《みさと》ニュータウンで発生したテロについて。入国者の居留地である九州群島の〈出島〉、東京にある羽田《はねだ》ニュータウンに次ぐ、第三の移民の街である郊外工業地帯の三郷ニュータウンで、心神喪失状態の入国者による自爆テロが起きた。

同地で進行する信仰特区構想に絡む、各入国者コミュニティの代表者というべき宗教関係者たちが爆殺され、生き残った宗教関係者たちの事件への関与が疑われている。

国内事案は公安局刑事課の所轄だが、加害者も被害者も、その多くが入国者で占められている以上、〈出島〉を所轄する外務省に情報提供を要請することになる。

〈出島〉への入国審査を潜《くぐ》り抜け、流入したテログループはないか。居留地内の入国者たちのコミュニティにおいて、反政府、反シビュラ的な思想を持つ集団が形成されていた兆候はないか。武器や爆薬といった軍事物資が闇市場で取引された形跡はないか——事件捜査のために必要な情報を挙げればキリがない。それだけ厄介な事件《テロ》が起きた。

当然、情報は集められるだけ集めておきたい。公安局刑事課の所轄外となる国外事案に、ある程度までは踏み込むことになるだろうが、そうでもしなければ捜査の初期段階で必須となる、事件の全容を摑《つか》むことが困難になる。

犯罪捜査は、いつも暗中模索から始まる。だが、目隠しをしたまま地雷だらけの暗闇を進むような無策な真似《まね》を刑事たちにさせるつもりはない。

『可能な限り提供しているでしょう。くれぐれも我々の行動に留意して欲しいわね』

外務省行動課は、〈出島〉および国外における国際犯罪事案への対処を担っている。

いわば、〈シビュラシステム〉や国内法の及ばない外部領域を活動のフィールドとする特設部署だ。世界紛争によって国際法が事実上、機能しなくなった世界で国際犯罪を捜査するため、彼らは超法規的措置も伴う捜査活動を許可されている。

それゆえ、捜査の過程で入手した情報も完全秘匿されやすく、他の捜査機関とも容易に共有しない。それどころか、事件を捜査している事実すら公にしない事例も珍しくない。捜査機関というより、諜報《ちょうほう》機関というべき性質の集団。

そんな外務省行動課に情報提供を要請したところで、入手できる情報は僅《わず》かでしかない。だが、課長である花城は、刑事課の捜査の動き次第で行動課も動かざるを得ない、と仄《ほの》めかした。すでに行動課は自爆テロに関連した何らかの捜査に動いている。だからこそ、この事案を巡って互いの捜査領域が衝突することを警戒している。

「……可能な限りは、ね」

だったら、何を追っているのか、さっさと吐け。霜月は不満も露《あら》わに通信を切った。

だが、向こうもこれが捜査機密に触れずに明かせる精いっぱいなのだろう。

潜在犯を捜査官として活用するだけでなく、武器携帯を伴う単独行動すら許可するという超法規的措置が認められているのは、それだけ彼らの扱う犯罪事案の捜査リスクが高いからだ。情報漏洩《ろうえい》が捜査官の死に繫《つな》がることも珍しくない。〈シビュラシステム〉に庇護《ひご》されない外の世界では、そんな理不尽ともいえる無法がまかり通っている。

おそらく花城のことだから、公安局刑事課が捜査に動くことによって、状況に大きな変化が起きることを期待している。今回の通信も間接的な協力を了承するサインなのだろう。だが、事件捜査に協力はさせても、事件そのものを明け渡すつもりはない。あくまで日本国内において発生した犯罪は、すべて公安局刑事課の領分だ。その罪を裁くべき正義は、〈シビュラシステム〉をおいて他にない。

――私の公安局刑事課一係を舐《な》めるなよ。

ふいに、そんなことを呟《つぶや》いてしまい、霜月は今が深夜で誰もいないことに感謝した。

20

霧のように細かな雨が降っている。

早朝の湿気を帯びた空気は冷ややかで、呼吸をすると肺の中身が洗われるようだった。灼《あらた》が車を降りると、執行官の入江《いりえ》と雛河《ひなかわ》、捜査協力者の六合塚《くにづか》が後に続いた。

六合塚からの連絡を受け、灼たち捜査第二班が訪れたのは、三郷ニュータウン近傍にある廃墟《はいきょ》地域だった。三郷ニュータウンは入国者の流入によって、街の活気をある程度までは取り戻していたが、そのすぐ近くには廃墟となった土地がどこまでも拡《ひろ》がっている。

周囲一帯に人気《ひとけ》はなく、古びたファミリーレストランは、もう何十年も使用された形跡がなく、洋風の外壁は青々とした蔦《つた》に覆われている。

垂れ下がる蔦の下に、雨笠《あめがさ》を被《かぶ》った巨軀《きょく》の僧侶が立っている。橙《だいだい》と黄色に染め抜かれた僧衣が、そこだけ陽《ひ》が射《さ》しているように薄曇りの空の下であっても鮮やかだった。

ジョセフ・アウマ上人。三郷ニュータウン工業地帯の顔役を務める仏僧だった。懐中時計で時刻を確認しているのか、アウマは手元に視線を落としている。

「おはようございます、アウマ上人」

灼が声をかけるのと、アウマが面《おもて》を上げるのは、ほぼ同時だった。

薄霧の淡い光に照らされるアウマの黒く艶《つや》やかな面貌《めんぼう》には、幾つもの色あせた裂傷の痕が刻まれている。元武装ゲリラのリーダーとして紛争地帯を生き抜いたことのあかし。

「シンドウ、正しき道を進めたか？」

呼びかけに返す声は穏やかな親愛を宿している。

慎導《しんどう》の姓で呼ばれると、灼は否応なく父親のことを思い出す。

昨日、アウマに示唆され、訪問した相手――三郷ニュータウンの交通インフラを仕切る実力者の女性、シスター陵駕《しのぎ》は自らが灼の父親と知己の関係であったと明かした。

であれば、その陵駕と親しいであろうアウマとも、父親は知己の関係だったのだろうか。分からない。だが、アウマの態度を見るに、口には出さずとも、彼もまた灼に、父親である慎導篤志の面影を見ている気配がある。

正しき道を進むこと。それが本当のところ何を指しているのか、灼には分からない。思い浮かぶのは、どのような道も選んでしまえるからこそ暗闇の道を選んではいけない、と陵駕が口にした警告だ。暗闇の反対が正しい道であるなら、その正しい道とは光のような道であるのか。しかし、それでは光とは何を意味するのだろう。

「うーん。ぼちぼちです」

灼は、光とは真実ではないか、と思っている。暗闇に閉ざされ、誤った道へ進まぬための標《しるべ》となるような光。実際、真実を追う事件の捜査とは、いつも暗闇の荒野を一歩ずつ進んでいくようなものだった。

「重要な証拠が見つかったと……」

灼は、アウマに尋ねる。

一昨日のテロで自爆したテロリストは、半年前から行方不明になっていた入国者の男だった。投薬と催眠による心神喪失状態。何者かに操られ、爆弾を抱えて吹き飛んだ。そうなるように仕向けた何者かを、灼たち刑事課一係は追っている。

「うむ。少し前に、所有している医療ドローンが盗まれたとシスター陵駕から相談された。それを我が信徒が見つけたのだが、どうも先日の一件に関係があるようでな」

アウマから、六合塚経由で情報提供があったのが、今日の早朝だった。

「……っておい、爆弾つきじゃねえだろうな」

背後に立つ入江が顔を顰《しか》めた。自爆テロに関連があると目された盗難ドローン。警戒するのも当然だった。

「恐れるな。拙僧がいる限り爆発せぬ」

「どういう理屈だ、そりゃ」

アウマの冗談なのか本気なのか分からない返しに、入江が呆《あき》れたように大仰に手を上げる。入国者コミュニティの有力者を挑発するような仕草だったが、アウマは気分を害する素振りを見せないので、仲介者である六合塚も黙っているようだった。

そんな彼らの様子を横目に、執行官デバイスを操作していた雛河が灼に報告する。

「……夜の時点で鑑識ドローンによる調査は完了しています。爆発物は……ありません」

「拙僧は必要ないようだな」

雛河の声が聞こえたのか、アウマが小さく頷《うなず》いた。

「通報に感謝します」

「礼には及ばぬ。火をもって終末を迎えんとする悲しき者を止めてやってくれ」

灼が軽く敬礼すると、アウマは合掌で返し、それから空を仰いだ。

晴れやかさとは程遠い曇天に、工場地帯の煙が徐々に色を濃くしつつあった。自爆テロに揺れる街に生きる人々の営みが、今朝も動き始めている。

灼は同じく合掌を返し、去りゆくアウマの背中を見つめた。


炯《けい》と天馬《てんま》、如月《きさらぎ》で構成される捜査第一班は、都内にある係数緩和施設に収容された事件の重要参考人――久利須《クリス》＝矜治《きょうじ》・オブライエンの事情聴取に訪れている。

自爆テロの発生後、久利須は色相を急激に濁らせている。

容疑者の第一候補。とはいえ、久利須は信仰特区構想の推進者でもあり、テロが起きたイベントの主催者でもあった。本来なら、被害者というべき立場の人間。

この場合、色相悪化のタイミングが焦点となる。分析官の唐之杜《からのもり》の報告によれば、久利須は自爆テロが発生する以前から色相が濁り始めていた。その原因が、特区推進の成否を賭けたイベントの運営がもたらすストレスによるものか、あるいは間もなく実行される自爆テロを計画していたからか。見極めるためには、直接話を聞くしかない。

『――医療ドローンの居場所は、リースカーの記録から調べたみたい』

灼から連絡が入ったのは、炯が係数緩和施設に到着して間もなくのことだった。自爆テロに関する新たな手がかりを事情聴取前に発見できたのは吉報と言えた。

「リースカーがブツの輸送手段か？　このタイミングで情報提供は都合がよすぎるな」

『だよね。悪意は感じないけど……』

だが、提供された情報をそっくりそのまま鵜呑《うの》みにはできない。灼も懸念している通り、アウマ上人もシスター陵駕も、犯罪係数がクリアであることは証明されているが、依然として、久利須同様、自爆テロに関与した可能性を完全には否定できていない。

「教会のシスターは？」

『昨日、外出したまま教会に戻ってないって。志恩《しおん》さんに探してもらう』

加えて気になるのは、シスター陵駕だった。昨日に事情聴取を受けた後、周囲に行き先も告げずに外出し、そのまま行方知れずとなっている。何らかの思惑から身を隠したような行動。そのくせ、事件捜査の手がかりとなる情報を公安局に通報してきている。

行動の意図が読めない。法の裁きは推定無罪が原則だが、事件捜査において、たとえどれだけ協力的な相手だったとしても、疑いが消えないなら警戒を怠るべきではない。

「ドローンの解析結果が出たら教えてくれ。オブライエンの聴取が終わり次第合流する」

通信を終え、デバイスの指向性音声が途切れると、周囲の音がどっと迫ってきた。

早朝にもかかわらず、都内にある係数緩和施設のロビーは入国者たちでごった返している。収容者の面会を待つ家族や知人、友人といった人々だろう。自分の順番が訪れることを待つ彼らの表情は、一種独特な緊張感を帯びている。

犯罪の被害に遭ったり、事件現場に遭遇したことで色相が一時的に濁り、犯罪係数が悪化した人間が緊急搬送される施設が、こうした係数緩和施設だった。

犯罪係数が隔離境界である一〇〇を超えた潜在犯を収容する隔離施設と違って、係数緩和施設の収容者は、厳密には、色相が悪化しただけの一般人という扱いになる。

それでも色相が改善しなければ、施設への隔離を余儀なくされる。特に入国者は潜在犯になれば〈出島〉に送還、ひどければ国外退去を命じられる。

つねに危うい薄氷の上に立つ入国者たちに、先の自爆テロが大きなストレスを与えている。報道管制が敷かれても、入国者が自爆テロを行ったという情報は市民に漏れ伝わってしまっている。三郷ニュータウンの住人だけでなく都内在住の入国者たちも、日本人からの警戒や恐怖の感情を向けられる。

こうしたストレスから色相が濁った入国者たちが、係数緩和施設に収容され始めている。色相に改善が見られず、致命的に悪化すれば隔離も免れない。

だから面会に訪れた家族も相手のメンタル状態によっては、自分のサイコパスが悪影響を被《こうむ》ることもある。そのせいか、色相の回復を促す施設でありながら、妻の舞子《まいこ》の定期検診で訪れた病院とは、かなり雰囲気が異なっている。

炯たち公安局刑事課に対する反応も、強い警戒を伴っている。

「公安局だ。一七〇三号室に入所中の久利須＝矜治・オブライエンに会いに来た」

『確認します。お待ちください』

炯は、受付のドローンに久利須との面会を申請する。すでに昨日、係数緩和施設への入居を理由に事情聴取を拒否されている。同じ言い訳は通用しない。

「……マジでここにいんのか？　製薬企業が実験してるって悪名高いトコだぜ？」

旧式の受付ドローンが久利須を呼び出している間、天馬が胡乱《うろん》そうに周囲を見回した。

「実験……、投薬による色相コントロールか？」

「あくまで噂《うわさ》ですが……」

天馬から一瞥《いちべつ》された如月は、もしそれが事実であったとしても、必ずしも収容者は拒否できないだろうという口調で答えた。彼らは何が何でも色相悪化を食い止めたいからだ。

だが、藁《わら》にも縋《すが》る気持ちでどんな副作用があるか分からない新薬の投与にも同意してしまう相手を製薬企業が利用するのは、利害の一致というより、収容者の弱みに付け込んだ悪質な手口と言わざるを得ない。

とはいえ、そんな噂も立っている施設に久利須が収容されていることに違和感を覚えた。久利須も入国管理局の上級職員なら、もう少しグレードの高い施設を利用できるだろう。あえて、劣悪な環境を選ぶのも妙な話だ。施設に空きがなかったのか――。

『只今《ただいま》、来客中です。しばらくお待ちください』

ようやく受付ドローンによる面会手続きの確認が終わった。

来客を理由にした事情聴取の拒絶。如月が、炯に指示を仰ぐ。

「どうしますか？」

このタイミングだ。聴取を逃れるための方便としか思えない。

「強制権限で立ち入る。客も出すな」

「そうこなくっちゃなあ！」

天馬が意気揚々と答えた。

もはや、容赦すべき理由はない。炯は公安局の強制捜査権限発動を宣言する。


廃墟になったファミリーレストランの店内は、客席も調理場も荒れ放題だった。雨漏りで澱《よど》んだ水の溜《た》まったシンク。開けっ放しで干からびた食材の残骸が転がっている業務用冷蔵庫。天井の照明はとっくに耐用年数を超えており通電しても反応しない。調理場の中心に設置された大型調理台だけが綺麗《きれい》に片づけられており、すぐ傍《そば》に停止した医療ドローンが立っている。シスター陵駕のもとから盗難された医療ドローン。曲線形の胴体に手術用のマシンアームが取りつけられている。かなり旧式で外装の欠損や亀裂なども見られ、何度も修繕されて使い回された形跡がある。

「……正規の販売記録なし。ヤミ流れのドローンだな」

入江が医療ドローンのスキャン結果を報告する。正規のドローンであれば追跡可能性《トレーサビリティ》が完備されているので、利用者・販売者・生産者に至るまで細かく追跡できる。だが、この医療ドローンは販売履歴が削除されている。どこかで違法転売されたのだ。

「医師不足を補うためよ。違法だけど大半が黙認されてるわ」

六合塚がやむを得ない措置だと答えた。医療分野においてもドローン技術は広範に普及しているが、いまだに医師という職業が不要になったわけではない。

高度な精神医療社会となった現代の日本は、鎖国政策によって一〇〇〇万の人口に対応する規模で医療体制を構築してきた。それが開国政策による入国者の大量流入で、医師不足が起きやすくなった。かといって、設備投資には多額の費用がかかるため、入国者中心の郊外都市では、もぐりの医者や中古ドローンが医療を担っているという。

「元々の出どころは分かります？」

「〈出島〉でしょうね」

六合塚は、灼が予想した通りの答えを口にした。

国内最大の入国者居留地である〈出島〉は、公的な社会福祉が隅々まで行き届いているとは言い難い。当然、違法物資を取り扱う闇のマーケットが成立しやすい。

「……実は嫌な噂があるの。シスター陵駕は出島で入国斡旋《あっせん》の見返りに、財産を没収してるって」

難民出身者である入国者たちにとって日本国籍の付与と永住許可は死活問題であり、

入国管理局による審査手続きは、つねに渋滞状態にある。

日本政府は開国政策を選択したが、防疫、防衛、犯罪抑止、社会福祉制度の維持など、様々な観点から、野放図に移民を受け入れるわけにはいかないからだ。

さらに長い鎖国政策によって、政府機能は〈シビュラシステム〉に基づき、その規模は縮小・最適化されているため、爆発的な人口増加は社会情勢の混乱を招く。

政府は、段階的に国を開いていきたい。だが、生きるか死ぬかの紛争地帯を逃れてきた難民たちからすれば、一刻も早く平和な社会で暮らせるように国籍が欲しい。

当然、そのミスマッチを利用し、暗躍する仲介者が現れる。

財産没収による入国の斡旋。分かりやすく言えば、賄賂《わいろ》で国籍を買うということだ。

陵駕は、〈出島〉で難民の人権保護活動に従事していた。古い付き合いだという久利須を通じて、入国管理局と深い関係を築いていたとしても不自然ではない。

最初は善意から便宜を図っていた国籍の付与が、段々と営利目的の密入国ビジネスに変貌《へんぼう》してしまうことは、けっして珍しいことではない。

そして、対価に支払うべき財産は、必ずしも金品である必要はない。

「そういえばアウマ上人も言ってましたね。武器を手放したと……」

紛争地帯を逃れてきた難民たちは、自衛のために武装していることも珍しくない。

つまり、〈シビュラシステム〉と鎖国政策によって日本から一掃されたはずの武器

――暗黒市場《ブラックマーケット》における高額取引商品が〈出島〉には絶えず供給されているに等しい。

当然、その大半は〈出島〉への上陸前に、国防省隷下の国防軍によって武装解除を命じられ破棄されているはずだが、完全に取り締まることはできない。需要が途切れず、供給を望まれる違法な物資は、様々な迂回路《うかいろ》を経て闇のマーケットに流れるのだ。

とはいえ、そうした違法ビジネスに陵駕が手を染めているというのは、直感的に信じにくかった。もしも、そうした裏の顔を持っているとしたら、今回の通報は不自然だからだ。わざわざ自分の悪行を刑事たちに告白したところで、何のメリットもない。

だが、肝心の陵駕は行方を晦《くら》ましている。捜査に協力する姿勢を見せているようで、自分の身柄を刑事たちからは遠ざけているようでもある。意図が読めない。

収賄の嫌疑。違法物資密売の嫌疑。自爆テロ幇助《ほうじょ》の嫌疑。

だが、いまだ決定的な証拠はない。限りなく黒に近いが、けっして黒ではない灰色の領域に、シスター・テレーザ陵駕という女性は立っている。

これから炯が事情聴取する久利須、事件捜査に協力的な姿勢を見せているアウマも、あるいは色相的には完全に潔白な〈ヘブンズリープ〉のトーリも同じだ。信仰特区構想を巡る宗教関係者たちは、誰もが善悪を容易に測りがたい心理をその裡《うち》に秘めている。

「監視官、記録データの復元完了です……」

医療ドローンの詳細な解析を行っていた雛河が、報告のために話しかけてきた。

灼は入江、六合塚とともに復元されたデータを閲覧する。

「……マジもんだぜ」

入江が押し殺した声で呟いた。

展開されたホロモニターに自爆犯と同型の爆弾がモデリングされている。それだけではない。医療ドローンが実行した手術の実行回数と、その日時も表示されている。

間違いない。この医療ドローンが、自爆犯に爆弾を埋め込んだ。

ここで、今自分の立っているすぐ傍で、人間が爆弾に作り変えられた。

その途端、灼は、荒れ放題の調理場でゆいいつ清潔に片づけられた調理台が、真っ赤な血で染まっていくような錯覚を覚えた。

「……臓器移植プログラムの応用で、体内に爆弾を埋め込んでます……」

雛河が、ふいに顔を上げた。普段、感情を表に出さない彼が切迫した口調で告げた。

「手術回数は……、五件」

炸裂《さくれつ》した爆炎と荒れ狂う黒煙、折り重なった死体と苦痛を訴える人々の呻《うめ》き——自爆テロの現場で直面した夥《おびただ》しい数の死と痛みの感情が瞬時に蘇《よみがえ》った。それだけの被害をもたらした爆弾を埋め込まれた人間たちが、他にも存在している。

「つまり、残り四発ある——」

湧き上がる恐れが、発した言葉とともに灼の口から漏れ出した。

強制捜査権限を発動し、炯たちは収容棟に立ち入った。

エレベーターで久利須の病室がある係数緩和施設の十七階に昇る。

炯、天馬、如月は全員、ドミネーターを腰に携行している。色相が悪化している久利須が自爆テロの容疑者であった場合、抵抗や逃亡を試みる可能性があるからだ。

間もなく目的階に到着すると、エレベーターの扉が開いた。短い通路の奥に医療ドローンが配置されたナースステーションが、各フロアの受付になっている。

炯は一歩を踏み出す。天馬と如月も続く。すでに捜査による立ち入りを施設に通告してある。直接、久利須の病室へ赴こうとする。

そのときだった。

ふいに激烈な揺れが炯たちを襲った。とてつもない爆音が鳴動する。

肌を灼《や》くような熱風が通り過ぎ、墨を流したような黒煙が瞬時に視界を覆う。

辺り一帯に焦げた臭いが立ち込め、煙と粉塵《ふんじん》が炯の肺を侵した。咳《せき》が込み上げ、咄嗟《とっさ》に腕で口元を庇《かば》った。

照明が落ち、視界は真っ暗に染まっている。瞬時に、炯は事態を察する。従軍時代に何度も遭遇した光景。つい一昨日、自爆テロの現場で目の当たりにした状況。

爆発――。それも事故ではない。この焼け焦げた臭いは、爆薬が使用されている。

ようやく火災警報が鳴り、スプリンクラーが作動する。ナースステーションのホロ装飾が滲《にじ》んで明滅し、破損したコンクリート壁の内部が剥《む》き出しになっている。

「如月は収容者の避難！　廿六木《とどろき》は俺と来い！　オブライエンを保護する！」

炯は背後の天馬、如月の無事を確認し、すぐに指示を飛ばした。

二手に分かれ、如月は負傷した看護師や収容されている色相悪化者たちの保護に向かう。炯と天馬は医療ドローンが横倒しになった廊下を駆け、久利須の病室へ急行する。

久利須が収容された部屋に近づくほどに焦げついた臭いが強まっていった。爆心地へ近づいている。爆弾が一発であるという確証はない。次なる一撃が仕掛けられていたとしたら、命を危険に晒《さら》すことになる。

それでも、撤退という選択肢はない。兵士が命を賭して任務をまっとうするように、刑事も命を賭して、事件の重要参考人を保護しなければならない。

やがて炯と天馬は、久利須の部屋に辿《たど》り着く。

「オブライエンの部屋か……」

最悪の予想が当たってしまった。１７０３と記された金属製の扉が大きくひしゃげ、廊下に転がっていた。内部からの爆圧に耐え切れず、吹き飛んだのだ。

超高熱の爆風を浴びた金属扉の表面には融解している箇所もある。

「彼を探せ！」

炯は天馬とともに久利須の病室へ突入する。

爆心地となった病室内部は、ベッドや椅子、調度品の類は壁に叩《たた》きつけられ、骨組みが残る以外は燃え尽きていた。ぶ厚い壁面が崩れ、ぽっかりと空いた穴から風雨が吹き込んできている。まるで爆撃を受けたような散々たる有様だった。

炯は一瞬、日本ではなく、故国の紛争地帯に戻ったかのような錯覚に襲われる。

「……見つけたみたいだぜ」

呆然《ぼうぜん》と立ち尽くす炯の背後で、天馬がぼそりと呟いた。

振り向くと、天馬が視線で自分が見下ろしているものを指し示した。

「だいぶ形が変わっちまってるがな」

天馬の足元には、上腕の半ばで引き千切れた人間の左腕が転がっている。

その腕以外、原型を留《とど》めている人体のパーツは見つからない。

炯はしゃがみ込み、監視官デバイスで、床に転がる左腕をスキャンする。

『指紋照合・久利須＝矜治・オブライエンさんです』

何かを摑もうとするように浅く手を開いた左腕の残骸――それ以外の生きた痕跡を世界から消し去ってしまった久利須の亡骸《なきがら》を、炯は見下ろした。

悔しさに息が詰まった。

爆発がもたらした破壊と血の痕を洗い流すように、風雨が吹き込んでくる。

21

同日午後、灼は炯とともに刑事課課長室へ出頭を命じられた。

「都心で第二の爆破！　馬鹿なの？　無能なの？　現場にいて何で止められないの？」

「……面目ありません」

怒り心頭という口調で一気にまくし立てる霜月に、灼も炯も押し黙るしかなかった。叱責されてしかるべき大失態を犯したも同然だからだ。一係が会場警備中に発生した第一の自爆テロに続き、事情聴取を行おうとしたすぐ目の前で第二の自爆テロが起きた。

「自爆犯は今回も〈ヘブンズリープ〉信者。教団は色相保護を理由に立ち入りを拒否」

爆破現場となった久利須の病室で鑑識ドローンが回収した人体の破片を、分析官ラボで解析した結果、実行犯の身許《みもと》が特定された。

アンヘラ・ナサール。入国者。〈ヘブンズリープ〉に入信してから、同教団の施設で集団生活に移り、以降の足取りが追えなくなっている。

「そっちは私が交渉する！」霜月が机を叩き、怒鳴り返した。「爆弾は⁉」

「証拠から、残り三発あると推測され、行方を捜索中」

炯が直立不動で答えた。第二の自爆テロに使われた爆弾は第一のテロと同型、そして灼たちが三郷ニュータウンで回収した医療ドローンがその爆弾の移植手術に使われた。

しかし、自爆犯の訪問を久利須が受け入れた理由および、どのようにして係数緩和施設のセキュリティを掻《か》い潜《くぐ》ったのかは特定されていない。

特区推進イベントの会場で起きた最初の自爆テロと同様、犯行の実行のためには、かなり大勢の人間が関与していなければならない。係数緩和施設の職員に、無自覚に犯罪に動員される者たち――〈狐《きつね》〉の群れが紛れ込んでいる可能性も考慮された。

だが、その場合は標的を始末する際の手口が〈狐〉のセオリーにそぐわない。久利須は巧妙な罠《わな》に誘導されることもなく、爆弾によって容赦なく殺害されている。

一連の爆破テロに関与しているのは、件《くだん》の男――梓澤廣一《あずさわこういち》ではなく、別の頭なのか。

「容疑者は⁉」

「特区反対派の犯行と見て調査中。ただし代表者たちの色相は全員クリアでした」

特区推進派だった久利須が爆殺され、テロ首謀の容疑は特区反対派の宗教家たちにかかることになった。

自爆犯が入信していた宗教団体〈ヘブンズリープ〉。その教祖代行であるトーリ・アッシェンバッハ。

昨晩から行方を晦《くら》ましている〈正道協会《CRP》〉の代表者、シスター・テレーザ陵駕。

三郷ニュータウンの工場労働者たちの顔役である仏僧のジョセフ・アウマ上人。状況証拠からは、彼ら三者のいずれか、もしくは全員が共謀してテロを計画したと疑わざるを得ない。だが、全員その犯罪係数はアンダー二〇の数値を示している。シビュラ社会の事件捜査のセオリー通りなら、彼らは容疑者候補から外れる。

「手がかりゼロ！　もう……被害者に何か特徴は⁉」

勘弁してくれというふうに霜月がため息を吐《つ》き、椅子に背を預けた。

現状の証拠から容疑者を追えないなら、目を向ける先を変えてみる。

それについて、灼と炯は、分析官の唐之杜から少し気になる報告を受けていた。

「遺体の断片からオブライエンは末期癌《まつきがん》と判明。入国管理局には隠していたようです」

「……余命僅かの人間をわざわざ殺した？」

炯の報告に、霜月は眉根を寄せた。動機が解《げ》せない、というふうだ。

灼も同じ印象を受けていた。現時点での連続自爆テロの筋書きは、三郷ニュータウンで成立しようとしている信仰特区構想の利害対立による代理戦争、というものだ。特区反対派が、狂信者を装った自爆テロリストを差し向け、特区推進派を抹殺している。

実際、久利須が殺されたことで、特区推進派の有力者は一掃された。

「あるいは知らずに爆弾を消費した」

だが、久利須が末期癌によって病没間際だったとすれば、わざわざ派手なやり方で殺害するのは、犯行露見のリスクに対してコストが高過ぎる。ゆいいつ殺し損ねた久利須を執拗《しつよう》に狙った？　あるいは、もっと強烈な私怨があった？

もし、特区反対派による犯行だとすれば、このタイミングで第二の自爆テロを起こした理由は何だ？　どうして自爆テロでなければならなかったのか？

たとえば、反対派の陵駕は灼の特A級メンタリスト・スキルを知っている素振りを見せていた。そこで、メンタルトレースによる心理解析で事件の内情を特定されないため、実行犯を使い捨てにする策を取った？

分からない。現時点で事件首謀者の動機を特定する明確な証拠がない。

「えー、ちなみにシスター陵駕ですが、記録によれば、昨夜オブライエンの病室を訪れてます。その後、行方が分かりません」

「爆弾移植ドローンを運んだリースカーの名義は、その女のものね？」

「はい。ただし彼女の犯行とは……」

行方を晦ましている陵駕は、その後の調査で久利須が収容された係数緩和施設を訪れたことが判明している。だが、今朝に発生した自爆テロの発生時刻とは大きく時間が空いている。記録によれば、陵駕は久利須のもとを訪問した後、アウマに盗難された医療ドローンの件について連絡を入れたが、それ以降の足取りが追えなくなっている。

「家宅捜索には十分！　チンタラやってないで手段を問わず即刻解決しなさい！」

霜月が強い口調で退室を命じた。

突っ立っている暇があったら、足を使って事件を追えという態度。

灼も炯もそのつもりだ。課長室を辞し、廊下を進んでいく。

「爆破現場の施設で、入国者への違法な薬物使用が発覚。ニュース沙汰になってる」

その途中、監視官デバイスで報道各社の記事に目を通した炯が話しかけてきた。

係数緩和施設へ自爆テロの捜査のため公安局刑事課が立ち入ったところ、収容者に対して未認可薬物を含む、違法な投薬試験が行われていた事実が判明したのだ。収容者である入国者が国外退去を恐れ、通報しなかったケースが相次いでいたらしい。

「それで報道管制が厳しいのか」

精神衛生を至上とするシビュラ社会において、製薬企業は事実上、社会インフラを支える産業だ。それゆえ、不祥事発覚は何としても隠したいのが実情だろう。自爆テロは入国者だけではなく、日本という社会そのものに対して打撃を与え始めている。

「〈ヘブンズリープ〉を支持する文化局絡みの政治家からも、かなりの抗議が来てるそうだ」

「そりゃ、霜月課長もキレるわけだ」

事実、実行犯を二人も出している宗教団体の支持者が、公安局に抗議してくるというのも奇妙な話だった。だが、同じ厚生省の下部組織であっても、警察業務を担う公安局と文化事業を取り仕切る文化局では、組織の性質も大きく異なる。彼らからすれば、公安局が事件捜査を口実に、自分の所轄領域を侵害していると見做《みな》しているのだろう。

組織対立の厄介さを、厚生省のキャリア官僚だった父親を持つ灼は、よく承知している。承知しているから、防波堤となって自分たちを守ってくれている霜月に感謝した。

色相の濁っていない人間に対し、普段は捜査に高いハードルを設けるはずの霜月が、むしろ強硬な指示を下したのは、それだけ状況が逼迫《ひっぱく》しているからだ。

第二の自爆テロが起き、爆弾を人間に移植したドローンが発見されたことで、事件の見方をガラリと変えなければならなかった。

甚大な被害をもたらす爆弾が、まだ残り三発も存在している――。

一刻も早く、その居所を摑み、事件の主犯を逮捕しなければならない。

「……二度もやられた」

炯が呟いた。

灼も同じ気持ちを抱いている。

「三度目は必ず止める」

二人は、足取りを早め、次なる捜査に赴く。

22

〈正道協会《CRP》〉の聖堂は、三郷ニュータウンを運行するリースカーの整備施設と一体化している。事件捜査に必要となる施設内への立ち入り、証拠物件の押収が許可された旨を、烔は灼とともにCRPの協会職員に通告した。

〈出島〉や入国者の事情に通じた六合塚が仲立ちをしてくれたおかげか、彼らは動揺はあれど、捜査協力を渋る素振りは見せなかった。代表者である陵駕が行方知れずになっている件についても、知る限りの情報を提供してくれた。

陵駕は神出鬼没なところがあるらしく、ふいに姿を消すということが、過去にも幾度か起こっていた。誰にも行く先を告げず、しかし、いつも何食わぬ顔をして帰ってくる。無論、何をしていたのかもいっさい話さない。陵駕への疑念は、強まった。

施設の捜索が始まると、鑑識ドローンが一階整備施設に放たれた。リースカーの車庫や整備部品の保管倉庫を始め、施設のあらゆる箇所が捜査の対象になった。

入江と天馬が重点的にリースカーを調査し、灼と雛河が陵駕の執務室を調査する。

その間、烔は如月を連れて、施設二階にあるゲストルームに立ち入っている。

協会職員曰《いわ》く、陵駕への来客用に設けられたゲストルームだが、時折、陵駕自身が整理を理由に立ち入る以外、誰かが利用した形跡はないという。鑑識ドローンが電子式の施錠も捜査権限で解除する。久利須の爆殺の件もある。鑑識ドローンが危険物を感知していなくても、無意識に身体《からだ》が強張《こわば》る。

扉が開き、鑑識ドローンが内部に入った。それから炯と如月が続く。

病室のような部屋だった。窓から陽光が注ぎ、寝具を片づけられたベッド一基が置かれ、部屋の片隅に電源の切られた介護ドローンが待機している。

「介護ドローンの延命プログラムが実行中です」

システムを再起動し、執行官デバイスで内部データを解析した如月が報告した。

炯は介護ドローンとベッドを見比べる。ベッドは酸素吸入や排泄物《はいせつぶつ》の処理機能が組み込まれた医療用ベッドだ。

「延命、誰を治療していた……？」

テロ決行まで、手術ドローンで爆弾を埋め込んだテロリストたちを、薬物投与で仮死状態にして保管していたのか？

だが、施設内の職員にまったく気づかれず、リースカーへ仮死状態のテロリストを乗り込ませるなんて重労働を陵駕一人で遂行するのは困難だろうし、第一、そこまですれば色相は確実に濁る。そもそも、爆弾を移植されたテロリストは、最大で五人存在するのだ。この部屋でそのすべてを保管することは不可能だろう。

だとすれば、似たような保管場所が他にも用意されているのか。失踪した陵駕は、その隠し場所を転々としているのか。現状、その場所を突き止める手がかりを欠いている。

炯は如月とともにゲストルームを退室する。同フロアにある陵駕の執務室に移ると、雛河が端末を操作しており、灼は室内の調度品を順番に観察していた。

「……駄目です。何も出ません」

だが、間もなく、雛河が成果なし、というふうに首を横に振った。端末のデータに事件の関与を示す証拠は見つからなかった。不自然なデータの欠落もない。

「こっちもだ、くそったれ」

整備フロアを調査していた入江と天馬もやってきた。

「こんだけひっくり返して空振りかよ」

しかし、一係の面々が集まったのを見計らったように、室内の観察を続けていた灼がふいに振り向いた。

「そうでもなさそうですよ」

そう言って、灼は陵駕の執務室に設置されている本棚へと近づいていった。

入国管理政策や難民関連、国際法といった実務書が並ぶほか、哲学者の著作が収まっている。宗教家という触れ込みの割に、聖書や神学書の類は見当たらない。

そして、灼が並んだ本の背に指を滑らせ、一冊の本を選んだ。

『キルケゴール全集　5』と表紙に題名が記されている。収録作は「おそれとおののき」「二つの教化的講話」。著者は一九世紀デンマークの哲学者、セーレン・キルケゴール。

炯は、彼の『死に至る病』は学生時代に少しだけ読んだことがあるが、文章が帯びた陰気な気配、絶望へのナルシスティックな傾倒ぶりに苦手意識を持った記憶がある。

刑事たちの視線が、灼が手にした本に集まる。

その本を、灼は適当に抜き出したわけではない。

灼が手に持った大型本を開くと頁《ページ》がくりぬかれており、隙間が作られている。

そこに、小さな記録媒体が埋め込まれていた。

発見された記憶媒体は、すぐに分析官ラボでの解析に送られた。

一係の面々と捜査協力者の六合塚は、唐之杜の手により、大型ホロモニターに展開されていく各種データに目を通す。その多くは、〈出島〉で発生した犯罪の記録だった。

国際犯罪の目録と言わんばかりの内容は、一個人が趣味として集めるには数が多過ぎたし、リストアップされた各種犯罪にはいずれも詳細なレポートが付随していた。それも犯罪捜査ではなく、犯罪者側の動向ばかりがクローズアップされていた。犯行時の移動ルートや犯行に使われた武器類の調達方法。テロ実行後の逃亡方法や、捜査を攪乱《かくらん》するためのマスコミ誘導、潜伏先のリストに至るまで事細かに記されている。

「――過去に〈出島〉で起きたテロの報告書、密売組織のリスト、入国者絡みの犯罪データ……テロの主犯でもおかしくないわね」

データの解析を行った唐之杜が感想を述べた。そう言わざるを得ない内容だった。

「犯人は尼さんで間違いないだろ？　執行して一件落着」

「当人は行方を晦ませちまったがな」

天馬のぼやきに、入江が皮肉げに返す。

「あとはニュータウン倉庫街の管理書類もあったわ。多数の倉庫がオブライエン氏とシスターの共同所有になってる」

唐之杜が物件の売買記録を表示した。書類には陵駕と久利須の顔写真が並んでいる。

「確か……、リースカーの記録では、アウマ上人の工場から倉庫へ何かを運んでるようですが」

三郷ニュータウンには、ドローンの外装パーツなどの工業部品を保管しておく倉庫街が存在している。神奈川の湾港と繋がる旧《ふる》い鉄道の貨物路線の沿線上に位置している三郷ニュータウンは、国内に荷揚げされた貨物や同地で生産された工業製品を、東京湾の国際貨物港へ輸送するための貨物ターミナルでもあるからだ。

「シスターとゲリラの坊さん、管理局の役人が組んで、ブツを流してたってか？」

廃棄区画での裏事情に通じる入江が、三者の繋がりについて所感を述べる。

東京湾に整備された貨物埠頭《ふとう》は、国際航路を航行する大型貨物船だけでなく、九州群島の〈出島〉と東京を往復する物資輸送船も発着している。

〈出島〉を介した密貿易が三郷ニュータウンを拠点としていたとすれば、同地の有力者であるアウマや陵駕たち宗教関係者が、何も知らなかったということは有り得ない。

「もしそうなら、特区成立で密輸が告発されることを恐れた反対派が推進派を殺した、という筋書きになるか……」

炯の言う通り、東京都知事が主導する信仰特区構想が施行されることになれば、郊外地であるがゆえに放置されてきた三郷ニュータウンのインフラ整備が急速に進む。

街頭スキャナによる色相チェックも都内並みに厳格化される。これまで郊外の移民街であるがゆえに放置されていた、法のグレーゾーンを突いた違法ビジネスも立ち行かなくなる。そこで利権確保を巡って三郷ニュータウンのコミュニティで内部分裂が起き、今回の連続自爆テロに繋がった。

「うーん……」

だが、灼はそう結論づけることに躊躇《ためら》いがある。

自分で見つけておきながら、陵駕の記憶媒体に作為めいたものを感じる。

記憶媒体にはセキュリティが施されていたが、大型輸送ドローン墜落事故のときのように強度な暗号ではなかった。陵駕はこのデータが他人の手に渡ることをあらかじめ想定していたようにも思える。彼女が首謀者だと考えた場合、わざわざ手の内を明かすような真似をするとも思えない。だとすれば、このデータは捜査を攪乱するための囮《おとり》だろうか。それにしては手が込み過ぎている。数日、数週間で用意した適当なものではない。

「でも、例の教団は？　無関係と思えませんが……」

怪訝《けげん》そうな如月の言葉に、灼も同意する。

密輪ビジネスの利害対立が事件の発端とした場合、自爆犯たちが入信していたシビュラ公認宗教団体〈ヘブンズリープ〉の存在が、事件のピースに嵌《は》まらなくなる。

「それね」唐之杜が頷いた。「教祖代行を調べたけど変なのよ」

ホロモニターに新たに表示されたのは、第一の自爆テロを逃れた特区反対派の一人――〈ヘブンズリープ〉の教祖代行であるトーリ・アッシェンバッハの履歴だった。

「一三歳で企業CEOに就任。以降、十八社の企業のオーナーを歴任し、宗教家に」

唐之杜が読み上げた彼の経歴に、天馬と入江が困惑する。

「なんだこりゃ」

「意味分かんねえぞ」

表示されたトーリの履歴は、傍目《はため》にも奇妙に思えるものだった。

「こんな転職、可能なんですか？」

「まあ、違法ではないわね」

如月が当然の疑問を口にし、唐之杜も、まっとうとは思えないという態度で答えた。

〈シビュラシステム〉による適性診断があるとはいえ、弱冠一三歳で企業CEOに就任するというのは、そう滅多にあるものではない。

その後に歴任した企業もそうだが、どれもトーリ自身が起業したわけでもなく、かといって、企業のオーナー一族の御曹司《おんぞうし》というわけでもない。さらに言えば、就労実態があるわけでもない。いきなり企業のオーナーに就任し、暫《しばら》くしたら別の企業へ鞍替《くらが》えする。普通なら有り得ない経歴だが、けっして不可能とまでは言えない奇妙な経歴。

そういうものに、灼は見覚えがある。

「――似てるね。梓澤廣一に」

炯と目配せし、灼は囁《ささや》いた。

途端に空気が変わった。反応を窺《うかが》う意図はなかったつもりなのに、執行官たちがそれぞれ警戒の反応を見せていることを、灼は否応なく読み取ってしまう。入江と天馬がさっと視線を交わし、如月が身体を強張らせる。雛河と六合塚も表情こそ変化はないが、空気の変化を感じ取っている。

梓澤廣一の名前は、今の一係にとってタブーになっている。

厭《いや》な感じだ。警戒と猜疑《さいぎ》。そういう負の感情の蔓延《まんえん》を自ら招いてしまったことを後悔した。〈狐〉について調べていた前任監視官が事故に遭った際、一係執行官たちは、「事故」に関与していた、というあらぬ疑いをかけられた。

裏切者。〈狐〉の眷属《けんぞく》。そのような敵が、今の刑事課一係に潜んでいるとは思っていない。疑心暗鬼に陥らせ、正しい選択をする思考を奪い取ること。誤った判断を下させることによって罠に嵌め、自らは手を汚さずに命を奪っていく。そのような〈狐〉の手口に、灼は自分と仲間の心を壊させるつもりはない。

やがて、停滞した場の空気を再び動かすように、唐之杜が細煙草《ピアニッシモ》に火を点《つ》けた。

「――で、教団だけど、オブライエン氏が担当していた国賓《こくひん》を通して、定期的に大量の何かを国外へ送ってるわ」

そう唐之杜が告げると、空気が変わった。全員の意識が再び事件捜査に集中する。

灼は、ベテラン分析官のアシストに密《ひそ》かに感謝する。

ホロモニターに礼服を纏《まと》った男が表示される。彫りの深い貴人然とした顔つき。世界紛争後に復興した欧州地域の自治国家の政府関係者と記されている。

「国賓を使った密貿易……」

画面を睨《にら》みながら、六合塚が言った。

「あのクソ教団、密輸業者かよ」

天馬が苛立《いらだ》たしげに拳で自分の膝を叩く。

「倉庫街の荷物と関係するなら、色相が悪化したシスターを教団が匿《かくま》ったか……」

炯が言った。〈ヘブンズリープ〉も件の密貿易に噛《か》んでいるとすれば、陵駕を首謀者とする犯行の筋書きに合致する。

「何を彼らが海外に運んでいるのか、突き止める必要、ありますね……」

「倉庫と教団、的は二つだな」

雛河の呟きに、入江が立ち上がった。

捜査の方針が定まった。

「私も手伝うわ」

壁に背中を預けていた六合塚が身を起こす。

「ちょっと、爆弾が三発も残ってるのよ」

「だから何？　今さら手を引けないわ」

唐之杜は珍しく慌てた様子で振り返るが、当の六合塚は危険を理由に捜査協力を取り止《や》めるつもりはないようだった。どうにか六合塚を説得しようと、唐之杜は口を開けたが次に言葉が出てこない。よく知る相手が、こういうときに何を言っても考えを変えたりしないと重々、承知しているようだった。

「危険なことはさせませんよ」

灼が唐之杜の想《おも》いを汲《く》み、捜査方針を口にした。彼女との約束を破るつもりはない。

「倉庫と教団、両面作戦で行きましょう。……とはいえ、教団のほうは課長許可が下りてないんですが——」

〈ヘブンズリープ〉を強制捜査するためには、教団の指導者クラスが事件に関与している確たる証拠が必要だった。だが、現時点では、信者が実行犯に使われたということ以外、明確な証拠が見つかっていない。教祖代行であるトーリの経歴に不審な点が見られるとしても、それだけでは捜査の根拠にはならないからだ。

「……それだが、国賓リストにあるこの男、教団で写真が飾られていた」

炯が表示された国賓の男を凝視し、呟いた。すぐに唐之杜が詳細な経歴を調べる。

「教祖代行の血縁……、叔父《おじ》ですって」

灼は、炯と顔を見合わせる。

23

青一色に染めた布に、真っ白い描線を一筋、奔《はし》らせたかのようだった。

東京湾上空を飛行する公安局のヘリの後部キャビンに搭乗した炯は、灼とともに、海上を航行する一隻の大型客船を視認する。

〈出島〉から東京へ向かう定期連絡船のなかでもグレードが高く、国外から訪れる政府要人級の客が乗船している。

日本政府が開国政策に転じて以来、長らく断交状態だった国際便も復活し始めてはいるが、依然として、海外から日本への渡航は空路ではなく、船舶による海路が大半を占めている。それは渡航者が国賓級であっても変わらず、日本国の玄関口である〈出島〉を経由してから、東京へ向かうのが一般的な移動ルートだった。

公安局のヘリはガイドに従い、大型客船のヘリデッキに着陸する。

デッキでのんびりと日光浴を愉《たの》しんでいた乗客たちは黒服姿の刑事を見つけるなり、何事かと色めき立つ。炯と灼は、脇目も振らずに船内へ移動する。

一等客室は高級ホテル顔負けの豪華な設備が整えられている。

炯が扉をノックするなり、灼も監視官デバイスを使い、公安局の捜査権限で扉のロックを解除する。なりふり構っている状況ではない。時間が惜しい。

炯は灼とともに、室内に踏み込んだ。

白を基調とした美しい内装の部屋では、髭《ひげ》を蓄えた男が窓際のソファに腰掛け、優雅に酒のグラスを傾けている。すぐ傍に、男の妻らしき細面《ほそおもて》の女性が座っている。

青い海を穏やかに眺めていた彼らは、炯たちが入ってきたことに気づいても、何が起きたのか分からないというふうに呆《ほう》けている。

「ヴィクトル・ザハリアスさんですね」

刑事手帳をホログラフィックで表示させながら、灼がにこやかに尋ねた。

「強制聴取か、我々に協力するか選べ」

同じく炯も刑事手帳を掲げ、冷厳とした口調で告げた。

「な……なんだ、何をさせる気だ……」

突然の訪問者が公安局の刑事だと気づいたザハリアスがソファから立ち上がった。慄《おのの》きを露わにして一歩、後ずさる。妻が不安そうに彼に寄り添う。

「何もせず、この部屋にいてください」

灼は友好的な態度を崩すことなく、的確に要望を述べていく。危害を加えるつもりはない。しかし交渉をするつもりもない。

「で、このことを黙っててください」

灼の説得の手際には、炯も舌を巻くほどだった。間もなく、ヴィクトル・ザハリアスとその妻は刑事課一係の捜査に協力することを認めた。

馬鹿か、こいつらは。

いや、こいつら馬鹿だから、とんでもないことを平然とやってのけるのだ。

「――国賓滞在者を軟禁して潜入捜査あ⁉ 外務省が黙っちゃいないわよ！」

おい、貴様らふざけんなよ。慎導灼と炯・ミハイル・イグナトフ！

霜月はコミッサ・アバターをぎゅむっと摑み、思い切りぶん投げた。剛速球が、デスクの前に突っ立っている灼と炯の間を通り抜ける。コミッサ・アバターはスーパーボールのように課長執務室の壁という壁を飛び跳ねた後、再び霜月の掌《てのひら》に戻ってくる。

「課長が手段を問わないと」

「即刻解決しろと」

新任監視官たちもずいぶんと神経が図太くなったものだった。

怒り心頭となった霜月の詰問に、彼らは表情ひとつ変えることがない。

「くっ……」

実際、霜月が言った通りのことを実行しているだけなのだ。事件解決のためにあらゆる手を尽くす。たとえ、他省庁の管轄に土足で踏み入ってでも、捜査に必要な足がかりを捥《も》ぎ取ってくる。大した行動力だ。その意気やよし。他国の国賓のもとにいきなり飛び込んで、捜査協力を宣誓させるなんて、刑事課屈指の交渉力といっていい。褒めてやる。

だがなあ……お前ら、分かってるのか。クレーム対応をするのは、この私なのだ。ただでさえ、連続自爆テロの実行犯が〈ヘブンズリープ〉の信者だったせいで厚生省文化局や中央省庁の次官級、果ては政治家に至るまで、あらゆる方面から、親切丁寧なアドバイスが公安局刑事課課長霜月美佳《みか》にひっきりなしに届いている。

霜月は手にしたコミッサ・アバターを両手でぎゅむぎゅむと押していく。やがて限界に達し、ブロックノイズとなって弾《はじ》け飛ぶ。お前たちも同じ目に遭わせてやろうか。

「雛河執行官が潜入用ホロを作成中。課長の許可を頂ければすぐにでも開始します」

炯が平然とした態度で告げた。まるで決定事項を伝達するような口調だ。ちょっと待て。いったい誰がゴーサインを出したというのか。お前たち、私にゴーサインを出せと言っているんだな。この野郎。いい度胸してるじゃないか。

「そいつが受け取る荷は何なの？」

潜入捜査の根拠は、教団の教祖代行、トーリの親族――ヴィクトル・ザハリアスが定期的に日本を訪れ、何らかの物資を受け取っている、という情報に基づくものだった。

刑事課一係は、その積荷が、連続自爆テロが起きた発端ではないかと睨んでいる。

「それも潜入すれば分かります」

だが、それが何なのか分からない。分からないから教団施設まで赴いて、自分で直接確かめようとしている。何だそれは――勝てる根拠はないが、次のゲームは気合で必ず勝ちますので、全額を自分たちに投資《ベット》してくださいと言わんばかりの無謀な申し出だった。

だが、すでに潜入捜査の段取りは整えられてしまっている。ここで一係の連中を処罰したところで、拘束から解放されたザハリアスは、仲間の〈ヘブンズリープ〉に泣きつくか、あるいは外務省に公安局刑事課による人権侵害を訴えるだろう。

その先の展開など想像したくもない。霜月はデスクから取り出した胃薬をざらざらとラムネのように流し込む。バリバリと噛み砕きながら、

「……しくじったら、お前ら地獄に墜《お》とす」

再び、その手にコミッサ・アバターを握り、苛烈《かれつ》な焰《ほのお》によって焼き尽くした。

了解、と灼と炯が敬礼し、退室する。霜月は居住まいを正し、デスクに向き直る。

捜査プランの見直しを図る必要がある。事と次第によっては、他省庁との抗争に陥る可能性もある。だが、矛を交えなければ、この事件を解決することができないというならば、刑事たちは為《な》すべきを為し、死力を尽くすべきだ。

霜月は、いずれ訪れるであろう大賭け《ディール》のために、必要な準備を整え始める。


「――シビュラの相性適性診断の結果、潜入捜査員は、炯くんと真緒《まお》ちゃんに決定！」

分析官の唐之杜が、如月と炯を指差し、言った。

監視官たちが捜査会議を切り上げるなり、どこかへ出かけたかと思ったら、すぐまた再度の招集がかけられた。そして如月たち執行官が分析官ラボに到着するなり、いきなり適性診断が始まった。理由を尋ねる前に、診断結果が出てしまった。

〈ヘブンズリープ〉教団施設に対する潜入捜査に、如月は選ばれた。

「おれがやるつもりだったのに……」

「全員とD判定だぞ。社会不適合者か、お前」

恨めしそうに言う灼を、炯が診断結果に目を通しながら、呆れたように見返す。

「同じ監視官に向かってその言い方はどうだろう……」

がっくりと項垂《うなだ》れる灼の態度が本気なのか演技なのか、如月には分からない。

特A級メンタリスト・スキルという特殊技能を持つ彼こそが、潜入捜査には相応《ふさわ》しいと思ったが、連携すべき相手が〈シビュラシステム〉でも見つけられないのなら、その候補から外すしかなかったのだろう。

それだけ他人の心を読める人間とパートナーを組むというのは、容易なことではないのだ。だとすれば、そんな相手と普段からバディを組んでいる炯は意外にも、他人との協調性に長《た》けているのかもしれない。実際、炯は灼と違って既婚者でもある。

だが、そんな彼と相性がいいのが、自分だとは信じられなかった。

〈シビュラシステム〉による相性適性診断は、非科学的な占いとは訳が違う。対象の心理状態や性格傾向を分析することで、その相性をかなりの精度で解析する。だから、友人の選択や恋愛のパートナーを選ぶときにも重要視されるのだ。

であれば、如月にとって炯は理想的なパートナーということになる。彼はすでに既婚者なのに……。そこまで考えたところで、あくまで今の相性適性診断は、潜入捜査のためのものに過ぎないと思い出す。一係の刑事たちで恋愛ごっこをするために相性適性診断をしたわけではない。そもそも、如月はもう二度と恋愛をするつもりがない。

「よろしく頼む、如月」

「えっ」

「何としても、これ以上のテロを防ぐぞ」

「は……、はい……」

　だが、〈シビュラシステム〉によって選ばれた理想的な相手が目の前にいる、と言われたら、多少なりとも意識は変わってしまう。もし、たとえば、自分を率いる監視官が、最初から、この炯・ミハイル・イグナトフというひとだったら、自分は今とは異なる道を歩むことができただろうか。もっと、まっとうな執行官でいられたのだろうか。

　――まっとうな執行官？　如月は自分の訳の分からない考えに苦笑してしまう。執行官は全員、潜在犯だ。だったら、最初からまっとうであるはずがないではないか。いつか罪を犯すと〈シビュラシステム〉に判定された人間。それが潜在犯だ。そして如月は潜在犯だから、執行官になった。どうやっても、きっと自分は同じ道を辿るしかない。

　何も変わりなどしない。これまでも、これからも、何も変わらない。

　炯と潜入捜査に赴いたとしても、如月は何かが変わるなどと思っていない。

　自分の身を守れるのは、自分だけだ。信じられるのは、自分だけだ。

なのに、〈シビュラシステム〉の診断で一喜一憂するなんて愚かしいにも程がある。

入江を見てみればいい。相性適性診断の結果が気に入らなかったのか、何度もシミュレーションを繰り返している。

入江の相性適性は、如月がD判定。他の執行官や監視官とも似たようなものだった。

ゆいいつ例外と言えるのが雛河で、彼と入江の相性はA判定が出ている。確かに、思い返してみれば、一係待機室で雑談をしているときも、彼らは意図していないのかもしれないが、よく会話が嚙み合っている。ツーカーという感じ。

「……っ、ざけてんのかぁ……っ!」

「なんですかぁっ!」

今もそうだ。入江が承服しかねるというふうに雛河に摑みかかっているが、本当に相性が悪かったら、そんな荒っぽいことはできない。そんなことをしたら険悪になり、摑み合いの喧嘩《けんか》になって、結局、どうしようもないことになる。

取り返しのつかないことになってしまった関係は、二度と元通りにはならない。

如月は、そんな残酷な真実を知っている。

その痛みは今も、癒えることなく、如月を苛《さいな》み続けている。

24

手術のために入院した医療施設では、個室が宛がわれた。

国立医療研究センターは、舞子の脳内に侵入した破片の除去を可能とする先端医療技術を有する数少ない医療機関だった。

その運営には厚生省も深く関わっているらしく、施設の職員は、誰もが舞子を丁重に扱った。監視官の妻という立場は舞子が想像していたよりも、はるかに強い特権をもたらす免状《パス》として働いていた。そのせいか、炯とともに入院の手続きを済ませている間、引け目を感じずにはいられなかった。

戦場で視力を失った舞子は、誰かの助けなくしては生活が立ち行かない。

けれど、与えられるものばかりが過分になってはいないか、時折、不安になってしまう。果たして自分にそれだけの価値があるのだろうかと、ふいに疑いが首をもたげる。

自分よりもはるかに困難な状況に置かれ、救いを求めている人間は大勢いる。その苦しみから、自分だけが抜け出してしまっていいのだろうか。なぜ、手を差し伸べられる人間と、そうではない人間がいるのか。

幾度も繰り返された問い。あの爆撃で、どうして自分は死なず、仲間たちは死んでしまったのだろう。舞子は光を奪われ、しかし生き延びた。生き延びてからずっと視力を取り戻すすべを必死に求め続けながら、一方で光を奪われたことが生き延びてしまったことへの償いなのだという想いが心の奥底に潜《ひそか》にあったことを舞子は否定できない。

その奪われた光、失われた視力が、間もなく取り戻されようとするほどに、かえって恐ればかりが強まった。もしも手術が成功せず、より重度の障害を負うことになったとしたら。あるいは手術は成功しても視力が取り戻せなかったら。そして、自分が光を取り戻すことが二度とできないと宣告されたとき、この暗闇と生涯を共にすることに、むしろ安堵《あんど》を覚えてしまうことがあったら——。

そんな恐怖が、夜の海辺の砂浜に打ち寄せる波のように舞子の裡に訪れては、また去っていく。そして押し寄せる恐怖の波に足を掬《すく》われようとしたとき、気づくのだ。暗闇に立つ自分の傍に寄り添い続けてくれている相手の存在を。

「すまない。付き添いができなくなってしまって……」

個室のベッドに横たわる舞子に、烔が話しかけた。耳に届く声の大きさから、介助アバターがなくとも、烔がすぐ傍にいることが分かる。

一時的に仕事を抜けてきた、と烔は言っていた。しかし舞子は、今、烔が家族の都合で抜け出せるような悠長な事件を捜査しているわけではないことを知っている。

三郷ニュータウンと都内で連続して発生した自爆テロ。入国者が殺傷され、しかし実行犯が入国者であったがゆえに、被害に遭った入国者たちそのものが危険な存在として社会から扱われつつある。舞子は、直接の差別や被害を受けたわけではない。しかしマンションの近隣住人との雑談や報道されるニュースを通して、入国者の立場が不安定さを増していることが否応なく伝わってくる。

「私は平気。炯こそ怪我《けが》したりしないで」

実際、自分は安全なのだ。炯を始め、多くの善意によって守られている。

心配なのは、誰かを助けられる強さを持つがゆえに、どんなに危険な場所にさえも行ってしまうことのできる人間だった。

「心配ない」

「本当に？」

舞子は視力を失ってから勘が鋭くなった。そして炯は正直者で嘘《うそ》を吐《つ》くのが下手《へた》だから、このひとは、これから危険な場所へ赴くのだと、自然に理解できてしまう。危険だと分かっているから、これから手術に赴く自分を心配させないようにしている。その不器用な優しさが、彼の強さだった。

舞子の手を、炯が握った。大きな手。志願した戦場で幾度も傷つき硬さを増した手。その手の硬さは、舞子の手にも少なからず備わっている。

「次に会うとき、その目で確かめろ」

兵士たちは互いがそれぞれの戦場に赴くたび、手を握り互いを抱きしめて、次に会ったときに何をするのか約束し合う。

烔は捜査に赴く。自分は視力を取り戻す。再会のときに、舞子は相手の望むものをこの目で見ようと思った。それが押し寄せる恐怖を退ける勇気になった。

「——手術は必ず成功するよ、舞《まい》ちゃん」

烔の隣から、灼の声がした。

舞子は、時に自分に与えられたものが身に余るものではないかと思うことがある。だが、そう思ってしまうのは、自分の傍に大切なひとたちがいつもいてくれるからだった。

「ありがとう、あっちゃん」

暗闇の洞窟に仄《ほの》かに差す光の在《あ》り処《か》へ、舞子は歩き出す。恐れを抱えたまま、足が竦《すく》んだとしても、歩き出さなければならない。そういうときが訪れたのだ。

間もなく、手術の時刻が来た。

舞子を載せたストレッチャーが手術室へと吸い込まれていく。麻酔が施された舞子は微睡《まどろ》みのなかにあるような安らかな寝顔をしていた。

灼は烔とともに手術室のランプが点灯するまで、廊下で待ち続けた。

病院は昼下がりでも静かだった。天井付近にある換気窓から差し込む光が廊下の壁際に置かれたベンチを照らしている。

「……神に祈るなんて。とっくに信仰をなくしたつもりだったのに」

　ベンチに腰掛け、俯《うつむ》いたまま両手を組んでいた炯が、暫しの沈黙の後、遠いどこかを見つめるような眼差《まなざ》しで呟いた。窓のあたりを見つめている炯には、灼が見えないものを見て、感じられないものを感じられているようだった。それはつねに人の傍にあるがゆえに誰にも気づくことができぬもの、神の名で呼ばれるものだった。

「潜入前に見送りができたのは、神様に祈ったおかげじゃない？」

「そうかもな……」

　神様はいるのだろうか。灼は神の存在を知覚できない。しかし神は存在すると思っている。神はその存在を信じる人間が生み出したものだからこそ、人間がいる限り神は存在し続ける。たとえその名前やかたちは変わり続けたとしても。しかし、その神ですら灼にとっての神であり、炯にとっての神はまた異なるものだった。神への信仰が神を生むという考え方も神へ祈りを捧《ささ》げる信仰とはまた異なる信仰であるがゆえに。

　神に祈ることで誰かを守ることができるなら、祈りを聞き遂げた神が庇護をもたらすというなら、灼はその神に祈り助けを乞うだろう。しかし、祈りを聞き届けるのではなく試練と苦痛をもたらす運命というものを神と呼ぶなら、灼と炯は神に見捨てられた人間だった。舞子もそうだった。奪われたもの。取り戻せないもの。

だから互いを守るため、何があろうと互いを信じることを選んだ。その手はつねに信頼《ザイル》を握っているから、他には何も握れない。この手に握るザイルは、互いの距離が離れようとも確かに繋がっている。

断たれざる絆《ザイル》。灼と炯を繋ぐために、いつも舞子がいてくれた。

だから、炯と舞子を繋ぐために、今は灼がその位置に立たなければならなかった。


濃紺色の海面が鈍い照り返しを瞬《またた》かせ、水平線の彼方《かなた》に陽の沈みゆく夕暮れ。

東京湾内、フェリー港に停泊した大型客船は乗客の下船を済ませ、次の出港準備に向けた整備を始めている。船内清掃や物資の入れ替えを行うドローンが出入りしている。

無人の埠頭に大型の貨物トラックが停車している。一係が潜入捜査のために調達した指揮車両。後部カーゴ内に、炯は灼、執行官の如月、雛河とともに待機している。

「……ホロの連続稼働は、四時間が限界……です。こまめに充電してください……」

監視官デバイスに取りつけた潜入捜査用の全身ホロの投影システムは、元ホロデザイナーでもある雛河お手製のものだった。その模倣すべき人物の表情の変化やちょっとした癖を再現しつつ、ホロを纏った人間の動作と絶妙に馴染《なじ》ませる。

〈マカリナ〉と全身ホロを介して完全に一体化し、政治パフォーマンスを行う小宮《こみや》カリナのホロ投影技術を参考に、雛河が独自に組み上げたものだった。

しかし、これだけの高度な変装を可能にするデバイスは相応にバッテリーを食う。だから、そのリミットを前提に潜入捜査の段取りを組まなければならない。

『施設内は通信支援は不可能。連絡したいときは何とかして外に出て』

デバイス越しに、唐之杜の警告が聞こえた。完全な電波暗室と化している〈ヘブンズリープ〉の教団施設内では、いっさいの通信が阻害される。当然、普段の捜査のときのように分析官ラボの情報支援を受けられない。

「了解だ」

「……相手は、人命を奪うことに躊躇《ためら》いがありません。どうか……、お気をつけて」

すると、雛河がぼそりと呟いた。まるで戦地に向かう兵士への激励。いつのまにか、炯も雛河も自分たちがひとつの部隊《チーム》なのだという連帯の感覚を抱いていた。長い前髪の隙間から覗《のぞ》く光のない澱んだ眸《ひとみ》に、しかし炯は確かな信頼を見て取る。

「分かってる。ありがとう」

『如月』

「何？」

『――ヤバくなったらすぐ助けに行く、安心してくれ』

潜入用デバイスの通信テストのため、回線を開いた途端、入江が自分の名前を呼んだと思ったら、よく分からないことを言って、一方的に会話を打ち切られた。

如月には、入江が何がしたかったのか、よく分からない。潜入捜査が危険な状態に陥ったら、一係の待機メンバーで対策を講じる。それは当たり前のことなのに。

「……何それ、信用してないわけ？」

しかも通信を切り忘れたのか、下手くそな口笛が流れてくる。スカスカの音。やけにノリがいい。同じ車両で待機中の天馬が苦い顔をしているのが目に浮かぶようだった。

とはいえ、お前を見捨てない、と口に出して言われたことで、潜入捜査開始前の緊張がいくらか解けたことも事実だった。入江もたまにはいいことをする。

「――時間だ。行こう」

「はい」

そして炯が、潜入捜査の開始を告げた。如月は全身ホロの投影デバイスを起動する。

その姿が別人のものに切り替わっていく。全身ホロが顔にも及び、如月はまったくの別人に成り代わる。装いも切り替わる。どこぞの国賓の妻。少しやつれた細面の顔は、それでも輝くような気品がある。細身のパンツ・スーツは緩やかな曲線によって構成されるドレスに変わっていく。女性らしい女性が纏う衣装。そういうものは自分の趣味ではないな、とふと如月は思った。

それから、女性らしい女性というのは、ちょっと違うな、と如月は考えを訂正する。

自分が考えている「女性らしい女性」というのは、自らの幸福を当たり前に信じることができて、その幸福を当たり前のように享受できる人間のことだ。

曖昧な幸福のイメージ。如月は潜在犯になって以来、幸福がどんな色で、どんな匂いがしていたのか、すっかり思い出せなくなっている。おそらく自分は人間を男性か女性かではなく、幸福か幸福ではないか、そういう基準で区別しているところがある。

「舞ちゃんのことは心配しないで。炯が戻るまでおれが見守ってる」

「……ああ。シスターを見つけ出し、次のテロを必ず阻止する」

監視官の灼と炯の会話が聞こえた。多分、彼の妻のことだろう。潜入捜査開始前に、彼ら二人は刑事課オフィスを一時的に抜けていた。何でも、手術の立ち会いとか。

結婚すること。家庭を持つこと。家族になっていくこと。それは刑事課で執行官をやっていると、すっかり忘れてしまう感覚だ。監視官も執行官も、同じ刑事として犯罪を追っている。しかし、監視官は人生における幸福へのステップを踏む権利と自由があるが、執行官はそうではない。潜在犯。幸福な世界からの落伍者《らくごしゃ》。

監視官、炯・ミハイル・イグナトフの配偶者。確か名前は、舞子・マイヤ・ストロンスカヤ。ロシア系帰化日本人の女性。戦傷により、視力を喪失したらしい。それだけの傷を負いながら色相を健全に保つメンタルの強靭《きょうじん》さは相当なものだろう。だが、変人の灼や堅物の炯と良好な関係を保っているなら、きっと彼女も独特な人間なのだろう。

平和な日本に生まれ普通に暮らしてきたのに、歯車が狂い、潜在犯に転落した如月にはその人物像を想像できない。多分、一生縁がない、特別な世界に生きている人間。

執行官は、そういう幸福な人間が生きる幸福な社会を守ることが仕事だ。

けれど、如月は、たとえば炯の妻の顔を具体的にイメージできないように、執行官である自分が具体的に何を守り、何のために仕事をしているのか。そのイメージは漠然としている。潜在犯になる前もそうだった。かつては漠然とした幸福を求めて生きていた。だから、執行官になった今も漠然とした不幸と付き合いながら生きている。それでも生きている限りは、執行官を続けると何となく思っている。

如月は、同じく全身ホロによって姿を変えた炯とともにトラックの外に出る。厳格な命令のもとで職務を遂行している間は、少なくとも自分が生きている、という実感が得られる。多分、自分は人々の幸福や社会の正義のために刑事をやっているわけではない。刑事をしている間だけは、生きている気がするから、刑事をやっているのだ。

陽は完全に沈み、夜が訪れようとしている。

そして、潜入捜査が始まる。

25

教団施設の大広間は、以前に訪れたときとは、印象が大きく様変わりしていた。

聖堂を思わす静かな空間は、今や壮麗な宴《うたげ》の会場となっている。

信仰特区の審議のために招待された賓客たちをもてなす晩餐会《ばんさんかい》。

東京都の行政府が推進する信仰特区構想。その旗振り役だった入国管理局の上級職である久利須が殺害されても、事業は依然として進行している。

政治は巨大な歯車の連鎖であり、一度でも動き出せば、多少の障害や破損などはものともせずに転輪し続ける。

そもそも特区成立により、入国者が自由な信仰を選べるようになったとしても、〈シビュラシステム〉に反するような教義が許可されるわけではない。シビュラという全能の神を頂点に据えることを前提とした信仰の自由とは、行政システムの観点から捉えるなら、〈シビュラシステム〉による認可制の宗教法人設立の限定的な規制緩和に過ぎない。

そのとき、先んじて、シビュラ公認の宗教家を教祖とする〈ヘブンズリープ〉は、自然と日本社会における国教的立場を得ることになる。

俗世から信者を隔離する集団生活《コミューン》などの閉鎖的な傾向を持つ一方で、教団としては政治的な振る舞いを活発に行っている。厚生省文化局と太いパイプを有し、中央省庁のキャリア官僚ともコネクションがある〈ヘブンズリープ〉には、明確な二面性がある。

今夜の晩餐会でも、〈ヘブンズリープ〉は厚生省文化局と東京都行政府にそれぞれ貸しを作っている。信仰の自由化は、各国からの文化様式の流入を自由化することにも繋がる。宗教は、それを信じる個人の心の裡に完結するものではなく、建築や美術、教育、あるいは観光事業といった幅広い分野を横断する巨大な文化事業でもある。

当然、その利権にあやかりたいという人間たちが殺到する。

真珠色のドレスを纏った肉厚の食虫植物を思わす壮麗な美貌の女性が礼服を着た紳士や淑女たちと談笑している。かと思いきや、地味な暗色のスーツを着た中年の男が詐欺師を思わす冷ややかな微笑を浮かべ、人混みのなかに消えていく。

笑顔。欲望。追従と支配。煌びやかに着飾った人間たちの内面に、信仰を見出《みいだ》すことは難しい。晩餐会の出席者を装って潜入している炯には、自分の裡にすら見出すことが難しくなった信仰を他人のなかに発見することは、いっそう困難だった。

「――叔父様、ご無沙汰しております」

全身ホロを纏った炯に話しかける声があった。

高位の聖職者を思わせる祭服を纏い、陽のあたらない洞窟で暮らしてきた蛇のように白い肌、同じく色素をすべて抜き去ったような白い髪は丹念に切り揃《そろ》えられている。涼やかで蒼《あお》い瞳、聖歌隊のような美しい響きの声。

「久しぶりだな、トーリ」

炯は、〈ヘブンズリープ〉の教祖代行、トーリ・アッシェンバッハの叔父に当たる男に化けている。ヴィクトル・ザハリアス。欧州地域の新興国家の国賓級である人物の係累ということは、トーリもまた入国者なのだろうか？

刑事課が調べた経歴を見る限り、トーリに海外からの渡航歴は見当たらない。もっとも、あの奇妙な経歴が改竄《かいざん》されたものではないとすれば、だ。

ザハリアスに成り代わった炯は、可愛《かわい》がっている甥《おい》の成長ぶりを嬉《うれ》しがるように親しげな微笑《ほほえ》みを浮かべる。偽装された表情の下で炯は、油断なく相手の出方を窺っている。

「こちらはヴェーラ、私の妻だ」

炯の横に立つ如月もまた全身ホロを纏い、ザハリアスの妻に成り代わっている。

「ご機嫌麗しゅう、奥様」

「お招き頂き感謝します」

トーリが慇懃《いんぎん》な態度で挨拶をした。目の前にいる女性の正体が、一度は施設立ち入りを拒絶した潜在犯であるとは露ほども気づいていない様子だった。

「やっと妻をこの国に呼ぶことができた。トーリのおかげだよ」

「これくらい手間とも呼べませんよ」

ザハリアスは、トーリと親しい関係にある。血の繋がりだけでなく、商業的なパートナーとして密接な連携をしている。ザハリアスは祖国と日本を定期的に船舶で往復する際、必ず多くの積荷を〈ヘブンズリープ〉から受け取っている。しかし、潜入捜査の協力に応じたザハリアスも積荷の正体については口を開かなかった。

ある意味、トーリは国籍付与の便宜を見返りに、ザハリアスに物資の運び屋をやらせている。日本国籍の付与は、入国者にとって生死を分けるものだった。その権益を左右できる人間が自らの思惑のため、他者から収奪を行い、駒として扱っている。

「推進派がほとんどいなくなったな」

「……ある意味、すっきりしました」

烔が探りを入れると、トーリは小さな笑みを浮かべた。耳元に口を寄せ、密やかな声で囁いた。親にさえ内緒にしている悪戯《いたずら》を、仲のいい叔父にだけは打ち明けるような楽しげな口調だ。事情聴取のときに接したトーリの宗教家然とした態度とも、政治に長けた計略家を思わす冷厳さとも違っていた。愛らしい稚児のような素直さを烔は目の前の青年の裡に見てしまう。それでいっそう、トーリ・アッシェンバッハという男の底が測れなくなる。人間像を特定するための遠近感が錯視によって狂わされるような心地。

その警戒心を悟らせないため、烔はザハリアスとなって、快活に笑った。

「この本部も以前より広くなった」

「はい。信者も増え、より効率的に教えを伝えるシステムも拡張を重ねています」

「後で見学させてくれないか？」

「ええ、構いませんとも」

トーリは、その白い織手で祭服の袂《たもと》を探り、指輪を取り出す。

数は二つ。ザハリアスと妻の分。それにしても、トーリは炯の要求を唯々諾々《いいだくだく》と受け入れていく。大盤振る舞いと言っていい。それほどザハリアスが運ばされていた積荷というのが重要なしろものであるのか。

「いつものセキュリティパスです。つねに身に着けてください。これなしでは部屋から閉め出されてしまいます」

冗談めかして微笑むトーリから、炯は指輪を受け取った。

その指輪はあらかじめ採寸したかのように、過不足なくピタリと指の付け根に嵌まった。

青い光を湛《たた》えた水に、時折、透明な泡が浮かんでは、はるか頭上へ昇っていく。水面《みなも》の向こうには白光が眩《まばゆ》く輝いており、ずっと見ていると目が灼かれそうだった。

教団施設内にある賓客向けの宿泊所は、施設を循環する膨大な量の水を管理する地下の貯水池に壁の一面が接している。

「上手《うま》く潜り込めたな」

部屋の各所をデバイスで探査し、隠しカメラや盗聴器の類が仕掛けられていないことを確認した炯が全身ホロを解きながら、近づいてくる。

貴人然とした中年男性の姿が掻き消え、白い肌に碧《あお》い眸《ひとみ》、整えられた短い髪をした刑事の姿になる。見慣れた、監視官の炯の顔。如月も全身ホロを脱ぐ。偽装用のホロに重量はないはずなのに、ホロを解いた途端、身体が少し軽くなった気分になる。

「まったく疑われていませんね」

「全身ホロは無許可だと違法だ。連中にとっても想定外なんだろう」

「……さすが分析官と、雛河先輩の仕上げです」

如月は頷きつつ、一係の最古参となった刑事たちの顔を思い浮かべる。正確には唐之杜は刑事ではないが、似たようなものだろう。

あの二人は、如月の知らない過去の刑事課一係を知っている。それがどのようなものだったのか、如月は知らない。だが、確かなことは、彼らにとって過去の一係が間違いなく特別なものであり、今の一係とどこかで比べているふしがある、ということだ。区別されることは構わない。だが、自分の手の及ばないもの、どうすることもできないものと比べられることは、あまり愉快なことではない。

如月にとって、刑事課一係とは、自分が赴任してからの経験の積み重ねでしか語ることができない。いつかこの瞬間が失われてしまったとき、未来の自分は、今の刑事課一係を雛河や唐之杜のように、その記憶を心の裡に仕舞い続けるだろうか。

分からない。結論を出せるほど、まだ如月は一係の人間たちのことを知らずにいる。

「ところで……、あのときは申し訳ありませんでした」

如月はホロ投影デバイスのバッテリー充電を開始しながら、ふと謝罪を口にした。

「あのとき？」

「爆発から守って頂いて――」

きょとんとする炯に、如月は補足する。本当に忘れていたのだろうか。

「ああ……」

ようやく、合点したというふうに、炯が小さな苦笑を浮かべた。

気にするほどのことでもない、という態度だ。爆発から身を挺《てい》して仲間を守ることくらい、このひとにとっては当たり前だったのだろうか。生きるか死ぬかの状況で自分自身より、自分の傍にいる他人のために躊躇《ためら》いなく命を投げ出せる。そんな世界を、如月はこれまで想像したことすらなかった。

「もう、あんな醜態は晒しません」

自爆テロの現場で救われたことを、なぜか如月は忘れられない。単に庇われたことへの負い目というだけではない。何か、これまでの人生で目にしたことのない未知の価値観に出会ったような、そんな強い感覚が脳裏に明確に刻まれている。

「気にするな。チームワークだ。俺が危ないときは頼む」

「……はい」

微笑む炯に、如月は背筋を正して頷いた。

「まずは潜伏中と思われるシスター陵駕と、爆弾の捜索だ」

「そして姿を見せない教祖の仁世《にせい》――」

「ああ、そいつが黒幕である可能性が高いな」

炯は普段通りに淡々と、潜入捜査の段取りを確認した。どのようなときも炯の態度は変わらない。なぜ、このひとは何も変わらずにいられるのか。

その理由を、如月は知りたくなっていることに気づいた。

26

深夜。雛河は当直に就いている。

連続自爆テロの捜査のため、刑事課の人員は例外なく駆り出されている。

特に執行官は勤務シフトもあってないようなものだった。とはいえ、執行官も人間なので、交代で休息を取れるようにお互いに融通し合う。

雛河は、入江と天馬からほぼ強制的に当直を押しつけられた。とはいえ、彼らの横暴さは以前からそうだったし、何より、雛河自身も深夜の当直はできるだけ一人で過ごしたい。

定時を過ぎれば刑事課職員も退勤し、刑事課オフィスは消灯される。誰にも邪魔されることのない空間と時間を確保することで、雛河は捜査関係の作業の他、趣味のホロデザインの研究や設計、ストレス軽減用のドラッグ調合に没頭できる。

「……以上が、連続爆破テロの概略です。潜入捜査については始まったばかりでなんとも言えません。それとは別に、前任の監視官の事故を再調査しています」

それだけではない。獄中にある元一係監視官――常守《つねもり》と密かに連絡を取るためにも好都合なのだ。むしろ、それが当直を一人で引き受ける本当の理由でもある。

雛河は集音性の高いヘッドセットを装着し、ぼそぼそと小さな声で話をする。

拘留中の常守は、一般人との接見禁止措置が取られている。そもそも執行官の雛河は単独で外出することは許可されない。常守と物理的に接触することは不可能だ。

しかし、常守は公安局内の上級職の人間――たとえば局長の細呂木《ほそろぎ》や刑事課課長の霜月だ――とは、デバイスを介したやり取りを行うことが許可されている。名目は、課長級以上の上級職による事情聴取を行うため。

雛河は、その専用回線を利用《フリーライド》している。公安局刑事課のデータネットワークにバックドアを仕掛けてアカウント情報を偽装、システム上は接見許可者と常守が会話をしているようにしか見えず、公安局のサーバーに残る接見記録《ログ》も一定期間が過ぎたら削除するようにプログラムを組んだ。当然、そこまでやるには専門家の力を借りなければいけないので、情報戦に優れる分析官の唐之杜の助力を仰いでいる。

常守と接触する際に偽装するアカウントは霜月のアカウントを利用することが多い。刑事課課長職は各所とのやり取りが多く膨大なログに通話記録を隠しやすい。

唐之杜には、あらかじめ霜月に話を通しておいたほうが面倒がないいんじゃない、と助言されたが、雛河はあえて霜月には黙ったまま事を進めた。自分のやっていることは、理由はどうあれ、クラッキング行為なので露見すれば処罰の対象になる。そのとき、霜月が何も知らなければ、処罰されるのは雛河だけで済む。

雛河は、霜月が一係で監視官の職に就いていた頃から刑事課一係にいるが、親しい関係ではない。かといって、彼女に要らぬ迷惑はかけたくない。

あるとき、常守は誰の目にも明らかな犯罪を犯した。

その犯罪は、シビュラ社会のルールでは裁けないという、異常事態を起こした。

霜月やシビュラ社会は、だからこそ、常守の真意を知ろうとしている。

もっとも、その真意は、常守に協力している雛河ですら測りがたい。秘密を共有しているようで、自分には知り得ない未知の何かを常守朱《あかね》というひとは抱え、誰も知らない場所へと赴こうとしているのだと、こうして彼女と連絡を取るたびに痛感させられる。

いつか、自分たちが追いつけないようなどこかへ彼女は去ってしまうのだろうか。自分たちを置いていってしまうのだろうか。分からない。分からない、けれど――

「僕にとってはまだ監視官ですから……」

雛河は、画面越しの常守の言葉に微笑みを漏らす。このひとの笑顔は何も変わらない。

しかし、確かに変わっていくのだ。常守も、自分も、刑事課一係も、そして、シビュラ社会という、この世界も変わらざるを得ない。

「お姉ちゃん……」

通話を終えたとき、雛河の口から自然と、そんな言葉が洩《も》れていた。たとえ何があっても自分は常守の側につく。そのように雛河は自分の為すべきことを選んだのだ。

ふいに、刑事課オフィスに生々しい声が放たれた。

「……気色悪い」

「うわっ！」

いつのまにか、デスクの傍に立っていた霜月に気づき、雛河は動揺の余り激しく仰《の》け反《ぞ》り、椅子をひっくり返しそうになる。

すでに帰宅したと思った霜月が公安局ビルに残っていた。そういえば、課長になってからの霜月の出退勤のログは滅茶苦茶《めちゃくちゃ》な時間帯になっていた。特に自爆テロが発生して以来、ほとんど公安局ビルに寝泊まりしていたはずだ。

「どうかと思うわよ。そういうの」

霜月は腕を組み、椅子に座ったまま肩を窄《すぼ》める雛河を見下ろす。まるで不適切な動画をこっそり閲覧しているのが母親にバレてしまった子供のように雛河は俯く。

「は、はい……」

雛河は長い前髪で隠れた視線を忙《せわ》しなく動かす。心臓の鼓動が緊張で早くなる。今の口ぶりからして、霜月にアカウントを偽装して常守と接触していることは、多分、バレている。ついに気づかれた。背信行為と見做されるかもしれない。

例の無自覚の犯罪集団――〈狐〉の件もある。過去の事故も鑑《かんが》みるなら、組織内に裏切者が紛れ込んでいる可能性がある。霜月が〈狐〉狩りを進めている、という話も聞く。雛河は〈狐〉と関係ないが、そうとは判断されない可能性もある。

「――昔の一係じゃなく、今の一係を優先しなさい」

だが、霜月は静かにそう言ったきりで、処罰を命じることはなかった。ふと視線を上げると、霜月の表情が垣間《かいま》見えた。彼女は雛河のモニターを一瞥し、苦い顔をする。

バレずにやるつもりならもっと上手くやれ……と伝えるかのように。その沈黙が雛河の行為に対して暗に許しを与えていた。ふいに唐之杜の助言を思い出した。そして何も伝えずにいた霜月が、おそらく最初からすべてお見通しであったことを悟った。

その上で警告を発したのだ。新たな一係は過去の一係とは異なるが、かつての一係が歩もうとした道を歩みつつある。そこで過去を知る雛河は立ち止まるものではなく、過去と現在を繋ぐものであることを求められていた。霜月もまたそうであるように。

「はい、もちろん……」

雛河は頬を掻きながら、ぼそっと答えた。何があろうと常守が自分の監視官であるように、おそらく、霜月も同じ監視官だった。灼や炯、新たな一係の監視官がそうであるように。ともに一係の刑事として、そして同じ船に乗った仲間として。

27

夜明け前、仮眠していた天馬は監視官からの招集で叩き起こされた。

まだ寝酒が残っていて頭がガンガンする。何だこの野郎。そもそも、当直はオタク小僧に任せたはずじゃねえか。

天馬は悪態を吐きながら背広を羽織り、公安局ビル地下駐車場に赴いた。すでに待機していた灼、入江とともに公安車両に搭乗し、三郷ニュータウンへ向かった。

まだ日の出は遠く、走る車の数は少ない。霧がかった薄靄《うすもや》のなかにライトの光が瞬いては消えていく。そして倉庫街の入り口で、捜査協力者の六合塚と合流する。

『シスター陵駕のデータを解読して、浮かび上がったのがその倉庫街よ。オブライエンと彼女が保有する倉庫を介して、大量の何かをニュータウンに運んでたみたい』

分析官の声が、車載デバイス越しに聞こえた。ということは、唐之杜も徹夜で仕事をしてたわけだ。ご苦労さん。それにしても、昼夜逆転生活が常になっている割に、唐之杜は老けた感じがしない。やっぱり何か秘訣《ひけつ》があるのだろうか。

間もなく、倉庫街の指定された区画に到着する。

天馬は、入江とともに車を降り、周辺のクリアリングを行う。想定される爆弾の数は残り三発。一つでも爆発すれば、倉庫の一つや二つは木っ端微塵《こっぱみじん》になる。

だが、倉庫はかなりの数がある。ちょっと秘密の荷物を保管しておくために借りた、という感じではない。相当、大規模な商売をやっていることになる。

「ここをしらみつぶしかぁ？　やだぜ俺」

「如月のこともある。気合い入れましょ」

天馬がぼやくと、意外なことに入江が妙なやる気を出している。

「……怪しい所から当たりましょう。スキャナや防犯カメラの死角になる場所です」

「さすが、それで捜索範囲が五〇ヶ所から五ヶ所に絞られます」

六合塚の進言に、同じことを考えていたというふうに灼が頷く。

「だりぃのは変わらねぇっつの……」

誰も彼もが外はまだ真っ暗だというのにやる気満々だった。お天道様が昇るまでは夜だろうが。夜は人間、寝るもんだろうが。とはいえ、自分と他の刑事たちでは年齢が一回りも二回りも違う。確かに天馬も二十代の頃は徹夜をしても全然平気だった。しかし、今はそうではない。天馬はこういうとき、自分が老けたな……と思ってしまう。夜はなかなか眠れないし、朝はどうにも起きるのが辛《つら》い。そのくせ、酒を呑《の》む量ばかりは増えると来た。何とも人生というのはままならねえもんだ。

思わず、大きくため息を吐くと、入江に肘で小突かれる。

「仕事ですよ、これ」

「お前、分かりやすいな……」

入江は探査用の小型ドローン――通称〝ダンゴムシ〟を公安車両から取り出し、率先して倉庫へ向かっていく。まったく、お前がいくら張り切っても潜入捜査中の如月には伝わらねえぞ、と言いかけたが、入江が勝手にやる気を出すなら、自分の分まで頑張ってもらうことにする。実際、三十代ってのは働き盛りなんだから。

倉庫のシャッターに灼が監視官デバイスを翳《かざ》すと、電子ロックの施錠が解除された。公安局の捜査権限が発動されれば、大抵の建物への立ち入りが許可される。

もっとも、内部に爆弾が仕掛けられている可能性もあるので、まず天馬と入江がシャッターを少し持ち上げ、〝ダンゴムシ〟を放って倉庫内の安全を確認する。

着地した〝ダンゴムシ〟は展開した細っこい多脚をしゃかしゃか動かし、真っ暗な倉庫内を進んでいく。

「幾つかの情報筋から確認を取ったわ」

〈出島〉との情報のやり取りについては、フリージャーナリストの六合塚が部分的に刑事課の情報収集能力を上回っている。〈出島〉にある公安局刑事課に、天馬は勤務していたことがある。古巣だから伝手《つて》もないわけではないが、〈出島〉は外務省の所轄なので、東京の本局と違って立場が弱い九州支局は、外務省のシマを荒らす振る舞いを避けたがる。それに、どこであろうと執行官の損耗率は高いのが常だ。古株の連中がどれだけ生き残ってるかも分からない。だったら、餅は餅屋。〈出島〉の事情に通じていて、役所の利害にとらわれないフリーランスの力を頼ったほうがいい。

「シスター陵駕と入管のオブライエンが、難民相手に国籍付与の便宜を図ってたのは間違いない」

「条件は財産の放棄。——つまり賄賂？」

六合塚の報告で、灼の推理が正しかったことが証明された。だが、当の灼は、その推理が当たってもあまり嬉しそうではない。

入江曰く、灼の父親と例の尼さんには、仕事を通した繋がりがあったらしい。私情を交えるなとまでは言わないが、私情が混じると仕事はやりにくくなる。自分がそうだったんだから間違いない。

「ええ。没収した財産は〈出島〉から民間施設を経由してニュータウンに流れてる」

「〈出島〉で難民の武装解除を行っていたから、軍用爆薬を入手することも可能だった……」

とはいえ、相変わらず、勘は鋭いようで一安心した。片っぽの監視官が潜入捜査でいないときに監視官の灼が判断に迷えば、天馬たち執行官も動きが鈍る。

それにしても、天馬からすれば陵駕やアウマ、教団は最初から胡散臭《うさんくさ》いと思っていたから、これで筋が通ったことになる。悪党の欲望は際限がないから、金目のものは何でも奪う。銃や弾薬、爆薬が混じっていても、何ら不思議ではない。

「OK、ここは危険物なしだ」

間もなく、〝ダンゴムシ〟による安全確認が終了した。意気揚々と入江が報告する。

倉庫内に入り、照明のスイッチを入れると、室内の様子が視認できるようになった。

ガランとした空間だった。何か荷物を保管している様子はない。

その代わり、ベッドと医療器具、医療ドローンがある。

「……ベッドが五つ。すべてに使用した形跡」

灼の顔が険しくなった。どのベッドもあちこちに血が飛び散った痕がある。ベッド脇に吊るされた点滴。床に捨てられた使用済みの生理食塩水やブドウ糖液のパック。

どうやら、ここが自爆したテロリスト連中の簡易宿泊施設だったらしい。

手術によって埋め込まれた爆弾の数と、ベッドの数が一致している。

「ってことは……、爆弾人間があと三人？」

マジかよ、と入江が顔を顰《しか》めた。

「気化した微量の成分を感知。テロに使用された爆薬と合致したぞ」

放った〝ダンゴムシ〟と一緒に倉庫内を走査していた鑑識ドローンがデータを天馬の執行官デバイスに送ってくる。つまり、ここから自爆犯はニュータウンに運ばれたのだ。

その途端、倉庫内に残っている血の臭い、処理された排泄物の臭い、爆薬の焦げた臭い、そのいっさいが混然となった悪臭の残り香というべきものを天馬は嗅いだ気がした。それは無論、錯覚に過ぎない。

だが、メンタルトレースという特殊な技能を持つ灼であったら、どうだろうか。

倉庫内をゆっくりと見回す灼は、時折、どこかを凝視するように視線を止めることがあるが、例の共感能力とやらを発揮している様子はない。だが、やけに追い詰められたように真剣な目つきをしている。

相棒の炯がいない間は、その能力を使うつもりはないらしい。都知事選の事件捜査の後、一灼はその能力の負荷で一度、倒れている。倒れたから、その能力の使用を制限されている。だが、これまでの慎導灼という人間の性格を見るに、必要と判断すれば、どれだけリスクがあっても、メンタルトレースを使うだろう。刑事には、ごく稀《まれ》にそういう頭のネジがぶっ飛んだ人間が現れる。とんでもない事件を解決する代わりに、必ずしも人間としてはまともな人生を送れなくなる類のピーキーな刑事が……。

こいつは、何を見ている。こいつは、何を感じているのだろう。

天馬は、ふと灼の視線を追った。ちょうど倉庫内を、四つプロペラ《クアッド》の管理ドローンがふよふよと飛んでいる。

灼は、狙いを定め、両手で、ドローンをがっちりとキャッチする。

まるで、子供が虫取りをするような仕草。何だよ、真剣だったのは虫取りかよ。

思わず、天馬は脱力してしまう。

灼は監視官デバイスと管理ドローンを無線でリンクし、唐之杜を呼び出す。

「志恩さん、ここの管理データ残ってます？」

『ばっちりよ。そこにあった荷物の行き先は、ニュータウンの工場になってるわ』

貨物の物流に自爆テロリストたちも紛れ込ませたようだが、記録までは誤魔化せない。

「あそこを仕切ってんのはアウマだ。知らないわけがねえ」

しゃがみ込んで分析を行っていた入江が、低く唸《うな》りながら立ち上がった。複数の土地と組織、異なる利害の絡まり合った事件の全体像がようやく輪郭を結びつつあった。

「繋がったな。シスター陵駕とアウマ」

天馬は、うんざりした口調で呟いた。実際、うんざりしていた。まるで高い生垣で作られた迷路を歩いている気分だ。背の高い生垣のせいで自分がどこにいるのか、どこへ向かっているのかがすぐ分からなくなってしまう。そのくせ、迷路を設計した人間は空の上から、迷路のなかで右往左往する自分たちを見下ろし、嘲笑《あざわら》っているのだ。しかも、この迷路は厄介なことに、正しい順路を辿ったとしても、その途中で爆弾が待ち構えている。次は誰が殺される？　犯人たちは何を狙っている？　すでに特区推進派は皆殺しにされた。だが、まだ爆弾は三発も残っている。

俺たちはどこへ向かっている。どこへ向かえばいい。監視官の灼は、感情の消えた透明な眼差《まなざ》しで、血のついたベッドをいつまでも見つめている。お前に見えてるもんが、俺たちにも見れたらいいのによ。天馬はふとそう思ってしまう。

28

早朝、宿泊施設にトーリが迎えに現れた。

再び通された聖堂は、晩餐会の痕跡を魔法で消したように静けさを取り戻していた。高い天井は斜めに鋭く切り立っており、ガラス越しに青みを帯びた光が室内に差し込んでいる。信者たちは数人で集まり、グループセラピーを行っている。

日中、聖堂は集団祈禱《きとう》やメンタルセラピー、色相治療のためのレクチャーなどの使用がない時間は、信者たちが交流できるラウンジとして開放されている。

「今の信者の数は、在宅信者を合わせて四万人ほど、そのうち三五〇人ほどが教団本部で共同生活を送っています」

信者たちは、男女の区別なく、病院着を思わす白く簡素な恰好《かっこう》をしている。熱心に信仰に燃えるというよりも、互いが同じ信仰を拠《よ》りどころにして支え合っているような雰囲気。信者には日本人もいれば、肌の色が異なる入国者たちも少なくなかった。翻訳デバイスや色相のチェッカーを手に、互いの色相を測っては、その改善のための方法を議論したり、自らの色相改善の経験を語り聞かせたりしている。

医療機関のようでもあり、カレッジのようでもあり、コミューンのようでもある。

「色相が濁った彼らは、入国者であることを理由に施設を盥回《たらいまわ》しにされていた。そんな彼らに救いの手を差し伸べたのが仁世教祖です。入信した彼らの色相はすぐに改善した」

「それはすごいな」

炯は、トーリの対外向けの宣伝文句のような話に相槌《あいづち》を打つ。

ザハリアスの妻に化け、脇に立つ如月が怪訝な表情で信者たちのやり取りを見やった。話の真偽を疑っているのだろう。表面上、信者たちは穏やかに過ごしている。だが、色相は基本的に一度でも悪化すれば、改善したりはしない。施設に収容される段階まで色相が濁れば、よくて現状維持、普通はより悪化して隔離施設送りになる。

そんな色相悪化者の状態が、急激に好転することなど、普通は有り得ない。

シビュラ公認宗教家である、教祖の仁世にそのような奇跡を施す力があるのか。

「久々に、ミスター仁世と話したいな」

烔は、そのようなオカルトを認めない。目に見えないものを扱う信仰や宗教は、それゆえに極めてシステマティックに論理が組み上げられている。容易に起こらないゆえに奇跡であり、もっと言えば、現実にけっして起こらないからこそ、奇跡は奇跡なのだ。

奇跡を約束する人間は、おおよそ、ペテン師だ。それは偽預言者とも呼ばれる。

奇跡は起こらず、神は救いをもたらさない。何もしない神。沈黙し続ける神。それでもひとは自らの裡に信仰を生んでしまう。無用であり無価値の信仰を捨てられない。

「……分かりました。ご案内します」

やがて、トーリが思案を終えて、烔たちを聖堂の奥へと招いた。

四方の壁は、白骨を組み合わせ幾重にも重ねたように精緻な装飾が施されていた。

特別祈禱室の入り口から下へ延びる階段が、部屋の中心にある祭壇へと向かって築かれている。そのいずれもが熱を帯びたように白く輝いており、視界は灼けるほどに眩《まばゆ》い。

トーリに先導され、烔と如月が階段を降りていくと、祭壇の内部で片膝をついて両手を組んだまま瞑目《めいもく》し、身動きひとつしない老人の背中が見えた。

身に纏った祭服は、教祖代行のトーリの着衣に似たデザインをしている。

この男が、教祖。この社会ゆいいつのシビュラ公認宗教家――〈ヘブンズリープ〉教祖の仁世元洋《げんよう》。

「……申し訳ないのですが、特別祈禱中のため、誰も話しかけてはなりません」

「ずっと祈り続けているのか？」

「ええ、僅かな休息以外は祈禱に臨んでおられます。真に心の平和が訪れたとき、再び私たちと話してくださいます」

背後で炯たちがトーリと会話している間も、仁世は反応ひとつ見せることはない。

老人の小さな背中は内部に真柱でも通されているかのように揺るがない。しかるべき場所に置かれた聖像のように振り向くことのない教祖。何も語ることのない教祖。それゆえに触れることのできない教祖。

教祖代行曰く、この〈ヘブンズリープ〉教祖は一心不乱に神へ向かって祈っているという。神の名は、〈シビュラシステム〉。それとも、〈シビュラシステム〉の裡に何か別の神の姿を見出しているのだろうか。完璧なシステムは全能の神とは異なる。

神。その目に見えざるものはいったいこの世界のどこにいるのだろうか。

神はいないからこそ、人間は完璧なシステムを求めたのではないか。神の似姿。人間よりも優れ、ひょっとしたら科学の叡知《えいち》が達したかもしれない神の領域。

〈シビュラシステム〉――だが、炯はそれが世界で最も優れたシステムだと信じることはできたとしても、神に等しいものだと信じることはできない。

炯は、トーリが畏敬の念とともに頭《こうべ》を垂れる、仁世という老人の祈りの行く先がどこにあるのかを想像することができない。

人間の祈りは神へは届かない。それでも人間は、神への祈りを止められない。

特別祈禱室を辞し、教団施設の研究エリアへと移った。教団の研究棟は、この建物が医療施設であった頃の医局を利用している。天井や壁面に通された配管構造の表面には、各研究室へ送管される様々な化学薬品についての記載がある。

宗教然とした聖堂と比べ、物々しい雰囲気が漂っていた。時折、擦れ違う教団信者の装いも白衣に変わっており、また妙なことにその大半が防毒マスクを身に着けている。

そして、炯たちが廊下を曲がったときだった。

「放せよぉぉぉぉぉ放してくれよぉぉぉぉぉぉ」

廊下の静寂を割る、大声が響いた。両腕を拘束された信者らしき男がマスク姿の信者に取り囲まれ、部屋の一室へと連れ込まれようとしている。

「静まりなさい。あなたはボトムだ」

拘束された男は呻きを上げながら入室を拒もうとするが、マスク姿の信者たちは絶えず男に声をかけ、腕を摑み、指叉《さすまた》のような道具で背中を押し、やがて部屋に姿を消す。

喧騒《けんそう》は去り、再び静けさが廊下に満ちる。

炯はザハリアスの姿で、小さく咳を打つ。

「物騒だね」

来訪者が目にするべきでないものを見てしまった。そんな感覚が炯の肌をざわつかせていた。教祖代行のトーリの反応が気になった。今の光景は〈ヘブンズリープ〉にとって日常茶飯事のものなのか、そうでないのか。正確な判断を下さなければならない。

「信心が足らない最底辺の信者……、ボトムが暴れたのでしょう」

トーリは別段、焦る様子もなく答えた。むしろ、ありありとした冷ややかな侮蔑が露わになっていた。事情聴取に訪れた炯に教団の優位性を説くときの顔。天馬と如月、執行官が教団施設へ立ち入ることを拒んだときの顔。

その顔に炯は確信を抱く。色相悪化者を受け入れ、救いをもたらすと言いながら、そのリーダー的立場にいるトーリは間違いなく色相が濁った人間を侮蔑し、嫌悪している。

彼の語る、教祖である仁世の在り方とは矛盾するような態度。あるいは、〈ヘブンズリープ〉全体が二面性を持つ集団なのか。

〈シビュラシステム〉の開発と、人間の精神状態を数値化したサイマティックスキャン技術の実装によって、人類は自らの魂のありようを計測可能になった。

だが、数値化されたとしても、魂が目に見えるものではない以上、どうしても制御し切れない領域が存在してしまう。人間の精神活動、意志なるもののメカニズムが完全に解読されていないからこそ、人間は目に見えない何かに救いを求めることもある。〈シビュラシステム〉が正義の裁きを下す神のような存在であるとするなら、信仰や宗教というものは、一種の避難所のようなものでもある。

事実、〈ヘブンズリープ〉は色相悪化者の避難所としても機能している。

聖堂にいた信者たちは本当に穏やかな信仰を持っているようだった。炯は聖堂を訪れるたびに抱く遠い故郷の教会を思わす静けさを錯覚とは思えない。

しかし壁一枚を隔てた向こう側には、まったく異質な空間が築かれている。

やはり、と炯は違和感を覚える。この〈ヘブンズリープ〉という教団には、矛盾する複数のルール……とでも表現すべきものが組み込まれている。

「マスクを被った者たちは？」

「最近作られた階級で、ドクターと呼ばれる、ここのエリートたちです」

炯の問いにトーリがさらりと答えた。白衣とマスクを被った信者たち。トーリの口調には彼らを信頼している様子が感じ取れた。圧倒的な優越感。それは日本人も入国者も問わずに庇護のために門戸を開くという言葉とはかけ離れた酷薄さを宿している。

「奇妙な出《い》で立《た》ちだし……、少し怖いわ」

ザハリアスの妻に扮《ふん》した如月がそっと呟いた。

「マスクのイメージのせいでしょう。我々は疫病の感染を防ぐようにして人々の色相を守るのです」

トーリの答えに、如月が微《かす》かに目つきを険しくした。だが、偽装ホロによってその感情は柔和な微笑に置き換えられる。執行官であり潜在犯である如月にとって、トーリの言葉は、色相がクリアな人間の無遠慮な蔑視に聞こえる。

確かに色相の悪化は、あたかも疫病の伝染のように人から人へと伝播《でんぱ》する。人々はセラピーや投薬によって治療するように色相改善を図る。シビュラ社会における公衆精神衛生のメカニズムは、疫病に対する公衆衛生のメカニズムを取り入れている。

だが、あくまで色相悪化は病のようなものであって病そのものではない。

それに病に罹《かか》った人間が健康な人間よりも清らかではなく、汚れているという価値観などありはしないし、あってはならない。色相が清らかな人間、色相が濁った人間は確かに存在する。だが、それはシステムの尺度に基づく優劣に過ぎない。

病とは確率がもたらす不運の結果であって、その有無は人間の価値を左右しない。

如月はたまたま色相が濁ってしまった人間で、炯はたまたま色相が濁らなかった人間であるだけだ。ボトムと呼ばれた信者も、ドクターと呼ばれるエリート信者、トーリも同じだった。違いなどありはしない。

そこに区別を見出し、審判を下すことができるのは、〈シビュラシステム〉の裁きただひとつであり、あらゆる人間はその正義《システム》のもとで平等に取り扱われる。

やがて、炯たちの会話に気づいたのか、マスクを被ったドクターの一人が近づいてきた。マスクを外すと、左右の頭髪を大きく刈った独特の髪型をしていた。露わになった精力的な顔立ちは、マスクのせいで汗を搔いている。

「お見苦しいところを……、申し訳ない」

「ドクターのリーダー、二瓶三郎《にへいさぶろう》博士です」

「以後、お見知りおきを」

トーリの紹介に応じ、初老の男――二瓶は慇懃に会釈すると、再びボトムと呼ばれた信者が連れ込まれた部屋へと戻っていった。

頃合いを見て、監視官の炯が教祖代行による施設案内を切り上げさせたとき、正直、如月はほっとした。行く先々で胸糞《むなくそ》悪い気分にさせられたからだ。

教団施設の研究棟――ドクターと呼ばれる連中が管轄しているエリアは、どこか潜在犯の隔離施設を思い出させる。いや、と如月は考え直す。自分が収監されていた隔離施設とは少し違う。なら、色相改善のためのカウンセリング施設？　それも近いが、正解ではない。多分、一番近いのは、係数緩和施設だ。

濁った色相を元に戻すためなら、何をしたっていいと自分の心を手放してしまった収監者たち。濁った色相を元に戻すためなら、対象の心をちょっとくらい壊してしまっても構わないと思っている実験者たち。

かつて、ある出来事がきっかけで色相が濁った如月は、通常のセラピーではどうにもならなくなり、刻一刻と悪化するサイコパスの対処を迫られた。

一時は係数緩和施設も、選択肢に入った。だが、それを選択することはなかった。

確かに係数緩和施設なら、上手くいけば色相が改善する。けれど、度を越した投薬や催眠療法の行使は心身に多大な負担をかけ、そのかたちを歪《ゆが》めてしまう。いわば、心を少し壊すことで精神の摩耗を鈍化させているだけに過ぎない。一時はどうにかなる。けれど、いずれは罅《ひび》の入った心、精神に決定的な亀裂が奔る。

係数の改善ではなく、緩和というのは、そういうことだ。あくまで破綻を先送りにしているだけだ。如月は、社会の理不尽さそのものによって色相を致命的に濁らせた。そんな場所に留まるために、わざわざ自分自身を切り刻もうとは思わなかった。

第二の自爆テロにおいて、如月は係数緩和施設に収監された患者の避難誘導をした。そこで目にした、自分がそうなっていたかもしれない可能性に、入国者も日本人も関係なかった。完璧なシステムによって隔離されるべきだと判断された人間が、それでもシステムの裁きに逆らったすえにどうなるかと言えば、どうしようもないことになる。

そんな末路を辿った人間の見本市だった。あの係数緩和施設が取り分け評判が悪かったせいかもしれない。だが、如月が垣間見たものが最下層であるなら、それより幾らかマシとされる施設とて、どれほど劣悪であるかの想像はつく。

この〈ヘブンズリープ〉教団も似たようなものではないのか。色相が濁った人々の避難所を装い、信者として取り込む。それから奇跡と称して、あらゆる手を使って色相から濁りを取り除く。だが、身体や心がどうなっても構わない。人間を数値として捉える者たち。数値でしか人間を捉えることのできない者たち。

どういうことだろう。シビュラ社会こそ、そのような社会に他ならないはずなのに、この教団ほどの嫌悪感を抱いたことはない。自分が社会というものを具体的にイメージできていないせいだろうか。それとも、シビュラ社会と〈ヘブンズリープ〉教団は似通ってはいても、何か決定的な違いがあるのか。

分からない。日々、自分の心に沈殿しつつあるもの。濁り。澱み。その適切な呼び方が、如月には分からない。

「――教祖の居場所は摑んだが、直接話を聞くには連中の目を盗むしかないな」

部屋に戻り、偽装用のホロ投影デバイスの充電を始めた炯が、潜入捜査の方針を口にした。この監視官の言葉はいつも明確だった。

「上手くタイミングを計り、シスター陵駕や爆弾も探す。ドクターとやらが特に警備しているエリアを狙おう」

「はい」

如月は、監視官としての炯が執行官である自分に向ける言葉に好印象を抱いている。入江や天馬からすれば、軍人然として偉ぶっているとか、一方的に話をしていると文句を垂れるのだろうが、立場を弁《わきま》えた命令的態度のほうが嘘がなく信用できるからだ。明確な上下関係は、人間と人間の間に適切な距離をもたらしてくれる。

「それと、日中はセラピーに参加し、信者たちから情報を集める」

「連中のセラピーに参加するんですか」

しかし、炯の言葉には思いつきや嘘がなく、まったく正しいからこそ、自分がその意にそぐわない考えを抱いてしまったとき、如月は反応に困ってしまう。

「何か問題が？」

事件捜査において炯の選択はまったく問題ない。問題があるとすれば、それは如月の心の問題だ。教団のセラピーに参加すれば、少なからず、自分の心の裡について明かさなければいけなくなる。それが苦痛だった。たとえ、捜査のためだとしても。

誰もが他人にけっして明かしたくない秘密を一つや二つ抱いている。それは善でも悪でもなく、罪、あるいは自由に属する。

「……色相がすぐ改善されるなんて絶対有り得ないのに。ここの人たちは、何であんなペテンを信じるんでしょう」

だから、如月は答えのようで答えになっていない言葉を口にする。

「カウンセリング施設を盥回しにされ、居場所を失ったんだ。縋れるものを信じるしかない」

生真面目《きまじめ》な烔は、そんな如月の欺瞞《ぎまん》に気づかない。あるいは、気づいていてもスルーしている。これは監視官の信頼を裏切っていることになるのだろうか。分からない。執行官の如月は、監視官の烔を信頼し始めている。しかし、一人の人間としての如月は、相変わらず、あらゆる他人に心を開くことができない。

「弱者につけ込むのが宗教ですか？」

だから、刺々《とげとげ》しい言葉ばかりを使ってしまう。如月はハリネズミのように、自分を守ろうとするたび他人を傷つけてしまう。

会話が途切れると、烔は手元のペットボトルの蓋を回した。

カチリという音。それはまるで銃の撃鉄が起こされるように感じられた。どうして？　如月は自分が恐れを抱いていることに気づく。これから烔が口にする答えは、言葉によっては銃弾となって如月を撃ち抜くかもしれない。いつも彼の言葉は正しいから。

「――誰からも見放されたとき、助けの手を差し伸べてくれる存在は必要じゃないか？」

やがて、烔が言った。とても静かで、優しい声だった。

こんなふうに答えが返ってくるとは思っていなかったから、

「意外な言葉ですね」

如月は、立場も忘れて、思い浮かんだままの素直な呟きを口にしてしまう。

「俺をどんな人間だと思ってるんだ」

「助けを必要としないひとかと」

不思議な心地だった。口にするつもりがなかった言葉が自然と湧き上がってくる。

自分と他人、自分と世界を隔てるような薄い膜のようなものが、潜在犯になり、執行官になってから、ずっと如月の心を覆ってきた。それこそが自分の心を守ってくれるものだった。今もその膜が破られることはない。

「……そんな人間はいないよ」

けれど、寂しげな微笑を浮かべながら炯が発した言葉が、如月の心の内側に沁《し》み込んでくる。突き立つ棘《とげ》の合間を縫って、水のようにあるいは空気のように、そっと。

29

魂が彷徨《さまよ》っている。助けを求める魂が、燃え盛る炎を纏って地を彷徨っている。

アウマは、そっと目を開く。大型トラックの荷台の上で座禅を組んでいる。

耳に聞こえるのは、これから朝の交代時刻を迎える工場地帯の喧騒だ。

三郷ニュータウンの工場は二十四時間稼働している。仕事の大半がドローンに置き換わったとしても、楽な仕事ではない。

それでも、この街で暮らす入国者たちは仕事に赴く。不平不満はあっても、それを表に出すことはなく、黙々と仕事に勤《いそ》しむ。トラブルを起こして国外退去になり、再び紛争地帯に逆戻りするよりはマシだからだ。

強盗を恐れ、銃を握って寝床に入る必要はない。妻や子供が暴漢に襲われたり拉致《らち》されたりすることを恐れ、武装グループに袖の下を渡す必要もない。仕事を終えたとき、爆撃によって帰る家そのものが失われているかもしれないという不安を抱く必要もない。

平和であることは何にも換え難い幸福だったが、そのために、自らの信仰に背く選択もしなければならなかった。神の根づかぬ土地、日本。〈シビュラシステム〉の庇護の下で生きるため、誰もが一度は自らの信仰を捨てたといっても過言ではない。

〈出島〉を経て、入国者として日本で暮らす頃には、神に祈りを捧げるのではなく、なけなしの金でセラピーや投薬を行うことで精神の安寧を求めるようになっている。

そこで自然と彼らが身に着けてゆくのが、仮面のような微笑だった。穏やかなおもての下に痛みを呑んだような虚無を湛えた不思議な微笑。それは入国者が日本を訪れ、まず目にする日本人独特の奇妙な表情でもあった。

なぜ、何も言わないのか。なぜ、何も表さないのか。入国者たちが国籍取得を望み、その希望が虚《むな》しい空振りに終わったとき、怒りや悲しみが止《と》め処《ど》なく溢《あふ》れ出してくる。その苦しみを訴えるとき、日本人は、いつもその不思議な微笑を顔に浮かべる。苦しみをもたらしながらも勝ち誇るような残酷な笑みを浮かべるでもなく、かといって共に涙を流すこともなく、その仮面の微笑のみを浮かべて傍に立ち続ける。

その不思議な微笑を、やがては入国者たちも身に着けてゆく。

感情を表に出さず、苦しみと共存することで、やがて苦しみそのものを解き、無に変える。それが日本人であることの条件のひとつであるように、アウマはかつて思い至ったことがある。俗世における感情を滅却し、涅槃《ねはん》の境地、寂静《じゃくじょう》たる魂の安寧を手にするため、日本人は〈シビュラシステム〉を生み出したのではないか？

そのように、かつて、アウマは思い、日本人に問うたことがある。

その日本人は、首を横に振った。〈シビュラシステム〉は、そのような立派なものではない、むしろ、神や信仰というものが失われたからこそ、この国は生き残るすべを手にしたのかもしれない、と告げた男の顔には、やはりあの微笑が浮かんでいた。

かつて、〈出島〉で正しき道を歩もうとした者たちもまた、あの微笑を伴っていた。

陵駕は信仰を持つ人間を羨み、久利須は信仰を捨てられずに苦悩し、仁世は信仰が人を守る場所を求めていた。アウマは、そのように懊悩《おうのう》を抱えながらも歩みを止めない彼らの背中をいつも見ていた。陵駕たちは、アウマが信仰とシビュラ社会の共存を成し遂げているゆいいつの成功例であるかのように見ているふしがあった。

そうではない。自分は、あの悟りの境地を得た爆心地で、すでに魂が肉体から離れてしまったのだ。信じた神、揺るぎない教え、そのすべてを暴力と薬物が真っ白に塗り潰し、自爆兵は魂なき機械となって、指揮官の命じる敵を己の命とともに撃滅する。

炎。炸裂。魂の消えた肉の人形たちが弾け飛び、すべてが終わったとき、アウマは只《ただ》一人、灰燼《かいじん》に帰した場所に立っていた。

爆弾の不発――。生き延びたことは偶然であり、そこに意味はなかった。薬物と催眠による酩酊《めいてい》から覚め、アウマは咽《むせ》び泣いた。泣いたつもりで、涙ひとつ出なかった。取り戻されたはずの魂は抜け殻となった肉体との繋がりを失い、ただそこを仮初《かりそ》めの宿としたに過ぎなかった。どこへ自分は行くのか。どこへ自分は行けばいいのか。己と世界の繋がりが千切れてしまったまま、死に場所を求めるように銃を取り、戦い続けた。

彷徨《ほうこう》はやがて一筋の道となり、その背後には迷える魂たちが列をなしていた。

なぜ、自分は今もここに在るのか――。その問いの答え、アウマは宇宙と自らを一体化する理論を探し続けた。その道が、他人からは、仏道というふうに見えたらしい。

だが、アウマからすれば、ある者にとっての神がそうであり、あるいは日本人にとっての〈シビュラシステム〉がそのようなものである。その意味では、陵駕が言っていたことは間違っていたと言わざるを得ない。

信仰を持たない人間はいない。

人間がそこに在るならば、それが信仰なのだ。生きるとは、即《すなわ》ち、己と世界が一体ではないこと。死するとは、即ち、己と世界が一体となること。己と世界の意味が繋がったとき、無明《むみょう》は終わる。明けぬ夜はなく、ゆえに人は歩む。その手に火を携えて。

アウマは工場の朝が、今日も再び始まったことを見届けると、大型トラックの荷台を降り、それから運転席に乗り込みエンジンを起動しハンドルを握った。幾度も繰り返してきた同じ日常の動作を変わらぬままに。

アクセルが踏まれ、大型トラックが発進する。

夜は明けても曇った空は薄暗い。晴れた日の朝には、工場労働者のシフト交代の合間だけ、青い空が覗く。その空の色は、かつて自分があの爆心地で見た煙の去ったときの空と同じ色をしていた。もはや、空の青さを見ることはないが、惜しむ気持ちは起こらない。間もなく己はあの空と等しいものになる。

アウマはヘッドライトの向こうに、光を反射する車の影を捉える。魂を塗り潰され、生きながらにして骸《むくろ》と化した者が乗っている。リースカーはアウマの大型トラックを認め、さらに速度を増す。アウマもさらに加速する。逃がしはしない。殺させはしない。お前たちを見捨てはしない。車と車が衝突する。激しくスピンしながら道路を外れていく。

やがてどちらの車両も水道施設の外壁に衝突し、停止する。

一瞬、ガラス越しに、アウマはこれから己に火を点《とも》そうとする人間を見る。

――恐れることはない。

身に着けた自爆ベストを手で擦《こす》った。汗と錆《さび》の感触。

あの日、自分だけが生き残った理由が、ふいにこの瞬間のためであったのだとアウマは理解した。火をもって終末を迎えんとする悲しき者たちを迎えに行くために、己もまた火をもって終末を迎えなければならなかったのだ。

相手が起爆する。あの日、あの瞬間、多くの仲間たちがそうであったように。

迫りくる爆炎を抱擁するように、アウマはゆっくりと手を拡げた。

直後、灼熱《しゃくねつ》がすべてを焼き尽くした。

30

「奥様の色相ですが、短期間での治療は難しいでしょう。長期セラピーを提案します」

カウンセリングチームで如月の色相データを確認し、診断を下したのは、例のドクターチームのリーダーである二瓶だった。

研究者タイプの医者ということだろうか。〈ヘブンズリープ〉には信者として入信したというよりも、多くの検体が確保できるから協力しているようだった。

二瓶は如月の色相を、ザハリアスの妻のものとして取り扱っている。外見は誤魔化せても色相は誤魔化せない。幸いなことに、ザハリアスの妻の色相データは、国籍未取得ゆえに国内のデータベースに登録されていない。診断に同席しているトーリも、ザハリアスの妻の色相が本当は別人であることに気づいている様子はない。

「早く、彼女をこの国に住まわせたい。どうにかならないか？」

炯が潜入捜査のために身分を偽装したザハリアスは、妻の色相悪化の対策を〈ヘブンズリープ〉で講じようとしていた。当然、教団側があらかじめ組んでいたプログラムには、色相カウンセリングが含まれている。

だから、潜入捜査には潜在犯である執行官の同行が必須だった。

女性を演じる以上、言動や所作という段階で入江と天馬は論外だったし、体型が細く比較的中性的な雛河でさえも、細かい仕草に違和感が生じやすい。その意味で潜入捜査は、女性執行官である如月の参加が第一条件になっていたとも言える。

とはいえ、結果的に、如月が潜在犯であることを潜入捜査において利用するかたちになったことに、炯は少なからず心を痛める。

当の如月は、自らの色相データが教団の手に渡っても平然としている。しかし、他人の心の裡を探ることは容易ではない。炯は如月が孤独を望む性格傾向をしていることを、段々と把握しつつある。だが、それが生来のものなのか、あるいは止むなく身に着けてしまったものなのか判別することはできない。

「……実は、どんな色相でも永続的にクリアになる特別な治療法が――」

やがて二瓶が言った。その口調には、積極的には勧めにくいものだが、できることなら試してみたい、という研究者の好奇心が密かに滲んでいる。

どんな色相でも永続的にクリアになる治療方法というのは、シビュラ社会における精神医療の悲願と言ってもいい。無論、それは絵空事に過ぎない。

トーリ曰く、仁世教祖が可能にしたという、色相の濁りを浄化する奇跡。

それが、この特別な治療である可能性が高い。効果を信じてはいないが、その正体を炯は知りたい。精神的・肉体的代償を度外視した色相の浄化手段が、自爆テロリストたちに適用された可能性が高いからだ。

その仕組みを暴くことができれば、教団の自爆テロへの関与を立証できる。

炯は如月に視線を送る。二瓶の提案する特別な治療法を了承させる。

無論、如月を実験台にするつもりはない。その方法が特定できた時点で、如月を潜入捜査から離脱させることも考慮する。証拠を摑めば、教団に対する公安局の強制捜査もやりやすくなる。施設内に隠れているはずの陵駕の捜索は、炯単独でも遂行できる。

如月が炯の意図を汲み、小さく頷き、二瓶に向き直った。

「トーリ代行」

だが、カウンセリンググルームに信者の男が足早に入室してきた。トーリが傍に置いている側近だろう。かなり背が高く、線こそ細いが頑健な身体つきをしている。格闘経験者だろうか、その所作のひとつひとつがきっちりと律されている。

「……新たな自爆テロです。アウマ上人が死亡。工場地帯に被害が出ました」

側近がトーリの耳元で囁いた。小声だが室内にいる人間に聞こえないほどではない。

第三の自爆テロが起きた——。炯は湧き上がる衝撃を抑え、無表情を貫くことを試みた。ザハリアスに扮するための投影ホロが動揺を打ち消す。隣の如月も、一瞬、虚を突かれたように僅かに目を瞠《みは》ったが、すぐに平静を取り戻し髪を掻き上げた。

だが、その反応も無理はない。

アウマが殺されたのだ。特区構想の反対派に属していた彼は犯行に関与した明確な証拠はなく、事件捜査に協力的な姿勢を見せていたものの、自爆テロの主犯と目される陵駕とともに教団を介した物資密輸に手を貸していた形跡があった。

第二の自爆テロで殺害された久利須同様、密輸が露見することを避けるため、排除されたのか。しかし、久利須とアウマが立て続けに殺されれば、残る陵駕と〈ヘブンズリープ〉教団への嫌疑は逃れようがない。

厚生省文化局を筆頭とする中央省庁を味方につけている〈ヘブンズリープ〉であれば、公安局刑事課による捜査を跳《は》ね除《の》けられると高を括《くく》っているのか。

だが、密貿易の露見を阻止するため血眼《ちまなこ》になっているとすれば、あまりにもやり方が荒過ぎると言わざるを得ない。武力に物を言わせた制圧は警察機能が破綻した紛争当事国なら通用するだろうが、〈シビュラシステム〉によって統治される日本においては、みすみすドミネーターによる執行の根拠を与えるに等しい。

それとも、これほどの暴力を動員してでも、彼らにとっては守る価値があるものなのか。その密貿易の「荷物」とやらは――。

無意識に険しくなる炯の顔を、トーリが静かに見つめている。

「……受け取る荷物に影響が出ては困る」

その視線に気づいた炯は、咄嗟にもっともらしい答えを口にした。ザハリアスの立場が末端の運び屋なら、その興味関心は物資のみに向けられているべきだろう。

炯は纏った全身ホロ越しに、トーリの眼《め》を見つめる。

その蒼い瞳の色は、起動状態のドミネーターを手にした狩人《かりうど》の眼を思わせる。あたかも執行対象の秘密や虚偽、その罪を見通すような眼差し。

「教団の在庫があるのでご心配なく。ですが、もし心配でしたら確認されますか？」

しかし、トーリは疑問を口にすることなく、炯が口にした懸念を一蹴した。

何も問題ないと言わんばかりに。教祖代行は、あくまで揺らがない。

教団が犯行に関与していたとしたら、確実に捜査の手はトーリの許にも近づいている。

一度、ドミネーターの審判を誤魔化したとしても、決定的な証拠を前にすれば、〈シビュラシステム〉はこのクリアカラーの青年に、その罪に相応《ふさわ》しい裁きを下すだろう。

それとも、自らの信じる神に裁かれるなら、何も恐れることはないというのか。

自らの命が脅《おびや》かされることにさえも微塵も恐怖を抱かない理由が、彼の信仰にあるとするなら、その揺るぎなさに薄ら寒い心地がする。

炯は目の前に立つ、白皙《はくせき》の青年の心の裡を見通すすべを持たない。

31

ドアを閉じていても、車内にまで漂ってくる焦げた臭いに入江は顔を顰《しか》める。

人間が焼ける臭いは、よく耐えがたい悪臭と言われる。火葬と比べて、低い温度で脂肪が燃えたり、髪が燃えたりするときに独特の臭気を発するのが原因とされる。

だが、かつてはその手の臭いを嗅ぐことが必ずしも珍しくなかった入江からすれば、その燃やされ方そのものが普通ではないから、普通ではない悪臭を発するのだ。

たとえば手足を縛って重ねたタイヤに突っ込まれた人間が燃やされれば、焼けたタイヤのゴムが悪臭を発する。着火剤としてくべられるスチロール材の類や、不純物だらけの粗悪な燃料。熱で捻《ね》じ曲がる金属。安物の合成皮革。数え上げれば枚挙に暇《いとま》がない。粗雑な殺し。粗雑な処分方法。焼かれた人間が悪臭を放つのは、そこで人間を粗雑に扱った悪党どもの悪意の臭いを嗅ぎ取ってしまうからだ。

そんなふうに、アウマも殺されてしまった。

第三の自爆テロが起きた。一係が、三郷ニュータウンの倉庫街で得た証拠を根拠に、アウマに事情聴取を行うため、工場地帯へ向かう途中のことだった。

工業用水を供給する貯水場から、一筋の黒煙が天に向かって伸びている。

火の手は上がっていなかった。自爆攻撃によって貯水場のコンクリート製の壁面の一部が崩壊し、工業用水が溢れ出しているからだ。

貯水場の破損した壁面付近に、大型トラックとリースカーの残骸が転がっている。

自爆犯が搭乗していたとされるリースカーは、車体フレームが溶融し、原型を留めていない。大型トラックのほうも運転席のある正面部分が激しく破損している。

当然、どちらの搭乗者も即死だった。

入江は、灼と天馬、六合塚とともに車を降りて現場へ向かった。

ドローンの規制線が設けられた現場に立ち入ると、革靴に水が沁み込んできた。まるで雨が降っているかのようだ。

空には、今にも泣き出しそうな昏《くら》い雲が立ち込めている。

「……最期は爆弾でお陀仏《だぶつ》か」

ぼそりと呟き、入江は横転したトラックを見やった。

すぐ傍にアウマの死体が横たわっている。入江にとって、アウマは容疑者の一人に過ぎない。事情を訊《き》けば妙なことばかり口にして、時折、こちらの心を見透かすような言葉で翻弄してくる胡散臭い坊さんだった。二度、会っただけの他人が死んだ、それだけの話。執行官の仕事では、もっと酷《ひど》いことになったホトケを幾つも目にしてきた。そもそも、死体なんてスラム時代に見慣れたものだった。

だが、昨日今日で顔を合わせたばかりのヤツが、次の日の朝に死体になって路地に転がっているのを見つけたとき、ふいに言葉にできない感情が湧き上がってくる。どうしようもない気持ちになる。久しぶりに、その嫌な感覚を思い出させられた。

低い唸り声。風のようにも、獣の遠吠《とおぼ》えのようにも似て。読経の声。アウマに従うチンピラ紛《まが》いの仏僧たちや工場労働者たちが念仏を上げている。六合塚が供養のために手を合わせているのが見えた。

『――自爆犯は、サミュエル・ミニー。やはり〈ヘブンズリープ〉の信者よ』

実況見分をしていた一係に、唐之杜から連絡が入った。

灼は、監視官デバイスの通信内容を一係全員に共有している。

「アウマは犯人の仲間だろ？　それに今までの被害者と違って特区反対派だぞ」

天馬が、解せない、というふうに首を傾《かし》げた。

案の定、自爆犯は例の教団信者だったが、狙われたのは、陵駕たちに手を貸していたはずのアウマだった。犯人グループに仲間割れでも生じたというのか。

どうにも筋の読めない事件だ。自爆テロの準備には途方もない手間をかけているのに、いざ実行となると、やけに殺しの手口が荒っぽくなる。しかも、派手な犯行をぶちかますくせに、テロリストお得意のプロパガンダもいっさいない。

こいつらは何がしたいんだ？

入江には、さっぱり理解できない。執行官は犯罪者の思考に近い傾向を持つとされる潜在犯だから、犯罪捜査に有効――というのが公安局が唱えるお題目だが、犯罪者は犯罪者でも、それぞれ犯罪が違えば、傾向もまったく違う。

荒っぽい手口を捜査するのは、入江の得意分野だが、今回はどうにも歯車が嚙み合わない感じがする。何というか……シノギの奪い合いをやっているにしては手段が過剰なのだ。それとも、〈出島〉や海外の紛争地帯じゃ、これくらい普通なのか？

灼なら、どう考えている？　この理屈が通らない状況をどう処理している？

入江は、自然と監視官を探している。

周囲を見回すと、灼が自爆現場へとふらりと近づいている。周りが見えていないような、ちょっと注意散漫な足取りに、入江は見覚えがあった。

灼は自爆現場の中心地に達すると、背広のポケットに手を突っ込み、旧式のポータブルラジオを取り出す。絡まったイヤホンを解《ほど》き、片耳に挿《さ》し込もうとして、

「止めとけ、監視官」

追いついた入江が、その肩を背後から掴み、声をかけた。

振り向いた灼の顔は、心ここに在らずといったふうだった。

「……何ですか？」

数秒してから、ようやく呼びかけに気づいたというふうに、瞳に光が戻った。

やはり、アレを使おうとしていたのだ。

都知事選の事件捜査が終わって間もなく、都知事と会っていた灼が直後に倒れた。事件を捜査しているときの昏睡《こんすい》状態よりも状態が悪く、一係の間で、これはヤバいんじゃないのか、という空気になったとき、炯が入江たち執行官に頼みごとをしてきた。

「イグナトフ監視官に言われたんだ。あんたにメンタルなんちゃらをさせるなって」

その名前を出すと、灼がふっと力を抜いて、苦笑を浮かべた。

灼はラジオをポケットに仕舞うと、横転した大型トラックを横目で見やった。

「あれが気になって」

灼が路面に黒くくっきりと残った二つのタイヤ跡を指差した。

太いタイヤ跡はまっすぐでブレがなく、もう一方、細いほうのタイヤ跡は途中で大きく曲がり、強引に進路を変更させられている。タイヤ幅を見るに、太いほうがアウマの大型トラックで細いほうが自爆犯のリースカーということになる。つまり、

「アウマ上人は自らトラックを運転し、自爆犯が乗るリースカーに衝突した」

灼が推理した通りの結論になる。だが、そうなると、別の疑問が湧いてくる。

「……自爆犯が来るって分かってたのか？」

当たり前のことだが、襲撃する側は標的の隙を狙い、攻撃を仕掛けてくる。

普通なら、アウマのトラックのタイヤ跡が曲がっていなければならない。

だが、実際は逆だ。車両の衝突は、アウマが狙ってやったことなのだ。

現場の状況を見るに、その対処が緊急的な判断だったことは間違いない。自分の身を挺して被害を食い止めようとするのは、それ以外に手段が見つからないときだ。そこに爆弾があって、近くに守らないといけない家族やダチがいる。逃げる時間はない。そういうときに人間は、咄嗟に自分の命を投げ出す選択をする。

「ええ。しかもわざわざ自爆犯を貯水池に落とし、爆発に巻き込まれてしまった」

だが、それなら、重量に勝るトラックをリースカーにぶつけ、そのまま貯水池のコンクリート壁に衝突させ、動きを封じた理由は何だ？

多分、灼が気になっているのは、この衝突時のアウマの心理なのだ。どうしてアウマ

は自爆犯との相討ちを選んだのか。相討ちを選んでまで、何を守ろうとしたのか。

「工場を守るためでは……」

六合塚が推測を口にする。入江も同じ意見だ。

「工業用水を供給する施設です。破壊されれば、むしろ工場が稼働できなくなる」

だが、それだと筋が通らないと灼が首を横に振った。言われてみればそうだ。工場はそれ単体で稼働できるわけではなく、製品の生産のためには莫大《ばくだい》な量の工業用水を必要とする。貯水池は、むしろ工場稼働を維持するための要といっていい。

アウマが、その可能性を考慮できないほど焦っていたとは思えない。あの坊さんは爆弾のプロだった。炸裂の瞬間、最善の対処を実行していたはずだ。

貯水池よりも大事なもの。それは何だ？

「逆にあちらは老朽化した廃屋があるだけ」

灼が視線をやった先――道路の反対側にあるのは、旧い資材倉庫だけだった。

「なるほど」と六合塚が頷いた。「相手を止めずに、そのまま自爆させたほうが被害はなかった……」

自爆犯を乗せたリースカーはアウマがトラックをぶつけて強引に進路を変えなければ、そのまま使われていない倉庫に突っ込むだけだった。そこで爆発し、資材に損害は出ても、工場全体を守ることはできる。だが、アウマはそういう判断を下さなかった。

「つまり、アウマ上人はあれを守って死んだということです」

アウマには貯水池が破壊され、工場機能が停止することになっても、守ろうとした別の何かがある。それが、資材倉庫の中に隠されていなければならない。

資材倉庫のほうへ歩み出す灼に、入江たちも続いた。


灼と六合塚が見守るなか、入江と天馬が資材倉庫の扉に手をかけた。

施錠はされていないが、設備そのものが老朽化している。錆が浮いた鉄扉を二人が力いっぱい左右に引き、人一人が通れるくらいの隙間ができた。

灼は目を細め、倉庫内の様子を窺おうとする。

だが、一足先に内部を覗き見た入江が獣のように呻いた。

「……なんてものを隠してやがった」

灼からは背中しか見えていないが、入江が強く顔を顰めていることが分かった。天馬も似たようなものだった。低く唸りを上げている。

灼は、立ち尽くす入江と天馬の間から、倉庫の様子を確認する。

視界は薄暗かった。屋根付近に備えられた換気用の窓以外は、光を取り込む箇所がない。淀んだ空気。閉め切られた空間に蝟集《いしゅう》した人間の体臭が混じり合っている。

キャパシティオーバーした避難キャンプを思わす臭い。狭い場所に限界以上の人間を押し込められていることで生じるストレスの臭い。

各所に渡された紐《ひも》に黄ばんだ白い布がかけられ、申し訳程度にパーティションを区切った倉庫内に、半裸の女性や少年少女たちがいた。肌や髪、眸《ひとみ》の色からして入国者だろう。みな、疲れ切った茫洋《ぼうよう》とした眼差しで倉庫に立ち入ってきた灼たちを見ている。

失業した入国者の避難所？　工場労働者の一部が寝泊まりする宿舎？

それにしては雰囲気が少し違う。女性ばかりで男はいても幼い少年くらいだった。しかも着ている服がやけに粗末だった。ほとんど裸同然だったり、あるいは肌を大げさに露出する服を着ている。それに……灼は彼女たちが自分に向ける視線につねに恐れの感情が付き纏っていることを読み取る。彼女たちは何に怯《おび》えている？

どのような経験が、彼女たちにこんな哀《かな》しい眼をさせたのか。

背後から足音が聞こえた。アウマに仕えていた仏僧たちだろう。僧衣を着た禿頭《とくとう》の入国者が二人、近づいてきた。

灼は振り返り、彼らへの質問を口にしようとする。

「お前ら、商売《ウリ》やらせてたのか……？」

だが、灼よりも先に、入江が仏僧たちに食ってかかった。

同じ考えであり、同じ問いだった。女性や幼い子供を使った、商売。肉体を売らせ、客に買わせる――違法売春。

い。

「違います。アウマ上人が彼らの解放を望んだのです」

僧侶たちは、詰問されることをあらかじめ分かっていたように、冷静な態度を崩さない。

「先日の爆破で、特区推進派だった売春の元締めが死にました。その混乱に乗じて売春窟から彼らを逃がしたのです」

隣に立つもう一人の仏僧が話を続けた。入国者であれば知っていて当然の常識を口にするように。それすら知らない日本人の刑事たちの無知に怒りを向けるように。

陵駕が交通インフラ、アウマが工場地帯を押さえているように、三郷ニュータウンにおいて宗教指導者たちは、各々が入国者に纏《まつ》わる利権を保有していた。それは必ずしも表の稼業だけではない。

「色相悪化で強制送還されるはずの入国者に、売春を強要する組織があると聞いてはいたけど……」

六合塚が険しい顔をした。組織ぐるみの売春。犯罪すれすれの――あるいは犯罪そのものを商売にする場合、その事実が発覚すれば途端に摘発されるから、裏稼業の商売人同士が秘密裏に結託する。そして人間を人間でない道具として扱い、金を生み出すだけの肉体を持った商品として扱い、耐用限界まで酷使する。

そのように扱われてきた人々が、目の前にいた。次はどんな眼に遭わされるのかと恐れながら、ただ従うしかないという悲しい沈黙の殻に彼女たちは閉じ籠っている。

「……なんで公安局に通報しねえんだ」

天馬が顔を顰めた。人間には程度の差こそあれど性欲があり、それを解消するための性風俗ビジネスも認められている。だが、それは双方の合意と契約を前提にしている。

合意もなく契約もない、一方的に心身の自由を奪われ搾取される売春行為は、公安局が取り締まる犯罪のひとつだった。

「全員潜在犯候補なのに?」

「あ……」

だが、それは対象となる人間の色相が、アンダー一〇〇――濁っていないことが前提になる。犯罪の加害者は色相が濁るからドミネーターで裁かれる。だが、犯罪被害者も色相を濁らせてしまえば、ドミネーターで執行しなければならない。

他に選択肢がなかったとしても、違法と分かって売春行為に従事していたとしたら、色相は濁ってしまう。助けられるべき被害者はその救済の可能性を断たれてしまう。

そんな人々をアウマが工場地帯の一部を避難所《シェルター》に変えて、匿っていた。

「アウマ上人は売春組織と敵対してた。そして逃げられない彼らを守って命を落とした」

「さよう」

アウマの自決の理由は解けた。貯水池は破壊されても直せる。だが、人間は爆弾で吹き飛んでしまえばその命は取り戻せない。他に選択の余地などなかった。

仏僧たちは、自分たちの師、アウマが貴い殉死をしたと考えている。その高潔な行いに畏敬の念を抱いている。だが――、残された彼女たちの処遇はどうなる？

「全員このままじゃ施設行きだ……、どうするつもりなんだ？」

「我らが保護します」

入江の問いに僧侶たちは平然と答える。これ以上は踏み込んでくれるな、と壁を作るような威圧を伴う態度だった。彼らの眼光は鋭さを増している。そもそも彼女たちを現在の境遇に追い込んだのは、シビュラ社会のほうではないか、お前たち公安局のせいではないかと非難するようだった。その怒りは正しい。見逃してきたもの。見過ごしてしまったもの。見ることすらできなかった現実を前に刑事ができることはいつも少ない。

「……アウマ上人を失ったあなたたちにできるんですか？」

「それは……」

だとしても、灼もまた怒りを抱かずにはいられない。アウマが死んだ以上、この街の入国者コミュニティが築いてきたコネクションの大部分が機能しなくなったはずだ。そんな状態で、事態の解決を当事者だけに委ねてしまえば、その末路は孤立の果てに自壊の道を辿るしかない。そのような過ちを犯させるわけにはいかない。

暗闇の道を歩まず、正しき道を歩め。

自ら炎に消えた者と自ら暗闇に歩み去った者が残した言葉が脳裏にふと蘇った。

「おれが、掛け合ってみます」

何ができるかも分からないが、何かできるのは自分たちしかいない。

刑事は犯罪者にシビュラの裁きを下すためにドミネーターを携えている。しかし刑事が犯罪と戦うためのすべは必ずしもそれだけではない。片方の手が武器を握っているとき、もう片方の手は零《こぼ》れ落ちていくものを掴み、掬い上げるために存在している。


『——出島、使いたいんだけど』

公安局刑事課と外務省行動課、互いの課長オフィスを繋ぐ直通回線が開いたかと思えば、前置きなしに霜月美佳が話を切り出してきた。

「藪《やぶ》から棒に何なのよ、あなた……」

行動課課長、花城は淹《い》れたばかりのコーヒーをとりあえずデスクに置き、オフィスチエアにもたれながら、ため息交じりの返事をする。

決定権はこちらにあり、向こうは助力を仰ぐ側のはずなのに、霜月はいつも通りに態度が大きい。まるで雨が降ってきたからお前の家の軒を貸せ、と言わんばかりだ。

この年下の刑事課課長の女性は、そんな傲岸不遜《ごうがんふそん》な猫のようなところがある。

『うちの部下が強制売春の被害者を大量に見つけちゃって……』

苦々しく呟く霜月の顔は、目に見えて疲労の色が濃い。せっかくオンラインで通話しているのだから、ホロで化粧でもすればいいのに。

「ふうん。〈出島〉に移してメンタルケアを？」

『私は色相濁った入国者なんてどうでもいいんだけど……いい？　借りにしておくって言ってるの』

霜月は若い。刑事課一係から転属してきた連中よりもずっと霜月は若かったから、この〈シビュラシステム〉に統治される社会において、正義《システム》に仕え続ける道を選んだ。

花城に押しつけられた連中というのは、どこかでシビュラ的ではいられなくなった者たちばかりだ。善と悪。法と正義。そういうものに折り合いをつけることができず、どちらかを貫くことでしか生きることができない、生きるのが下手くそな連中ばかり。

しかし、そんな面倒な人間にも、それなりの使い道がある。〈出島〉は日本と海外――〈シビュラシステム〉によって内と外に隔てられる世界のちょうど境界《さかい》に位置している。そんな場所では善と悪、正義や犯罪というものの区別が曖昧で混然一体となっているからこそ、彼らのような人材が必要になる。

〈出島〉は、シビュラ社会よりも半歩だけ外にある場所だから、色相悪化者の扱いにしても、ある意味で寛容さを示す。しかし、それは色相が悪化した人間に対して慈悲深いというわけではない。シビュラ社会が一枚の大きなテーブルのかたちをした世界だとしたら、〈出島〉は世界の果て、その先は何もない奈落へ繫がる断崖絶壁に面している。足を踏み外せば、二度と戻ってくることはできない。

〈出島〉に移送されてくる色相が悪化した入国者たちは、再びスタート地点に戻されたような激しい徒労感を覚えるだろう。だが、それでも隔離施設に押し込まれるよりは、だいぶマシだ。希望がより大きな絶望を生んでしまうことはある。けれど、希望が完全に断たれてしまえば、人は絶望に至る前の感情すらも殺されてしまう。

「人間はね、どうでもいいことのために気に入らない相手に頭下げたりしないわ」

『…………』

そういうことが分かっているから、この若き刑事課課長も私情を挟まず、必要な助けを乞うてくる。いや、私情を挟まない、というのは言い過ぎか。むすっと黙ってる顔からは私情がだだ漏れになっている。これで政治力が必要な課長職が務まるのが不思議なくらいだった。それとも、自分たち行動課に対しては、建前ではない本音で付き合おうとしているのか。政治は利害によって連帯することができない者や組織同士を繫ぐための道具だ。しかし利害が対立しても連帯を繫ぐことができる者同士の間には、必ずしも政治という道具は必要なくなる。

「……手続きするわ」

とはいえ、もう少し友好的な態度を取ってくれると、こちらもやりやすいのだが……まあ、難しいか。自分がもし霜月と同年代だったら、似たような態度を取っているだろう。それに、お互いがこういう嚙み合わない関係だからこそ、率いる組織同士を上手く使えていることもまた事実だった。

「ところで……、〈ヘブンズリープ〉に関して妙なこと始めてない？」

そして、向こうの頼みを聞いたところで、こちらの質問ターン。

『……なんの話？』

「余計なことはしないで」

霜月はこちらの質問の意図を理解しているから、とぼけた態度を取る。腹芸というには素直過ぎる。狐よりは狸《たぬき》という感じだ。どうしても素直さが抜け切らない。

何かを隠していることが丸分かりだったが、花城はそれ以上に問い詰めない。

『公安局の管轄です。余計なことをするとしたら、そっちでしょ？』

こちらの意図さえ伝われればいい。霜月は今、刑事課が国内事案の管轄を超えた領域に足を踏み込みつつあることを理解している。それならいい。今はそれで十分だった。

「とぼけるならそれでいいけど……、あんまり私に貸しを作り過ぎないようにね」

別に対立するつもりはないので少し冗談めかして会話を終えようとしたが、花城が言い終えるよりも先に霜月は通信を切った。

花城は、湯気の消えたコーヒーに口をつける。温《ぬる》くなったが飲めないほどではない。

相変わらず厭味ったらしい女、花城フレデリカ！

霜月はホロキーボードを連打し行動課課長オフィスとの通信を終了すると、すぐに通信画面を切り替える。別の通信ウインドウに一係監視官の灼が表示される。

「こちら霜月」

『……どうでした？』

いつもの彼らしくない前のめりな態度だ。特A級メンタリスト・スキル。他人の心理を読むことに長けている人間なら、こちらの態度からどんな答えが返ってくるかくらい予想がつくはずなのに。

それほどまでに焦っている。お目付け役のもう一人の監視官がいないと、仕事のバランスを欠いてしまうのが本来の慎導灼という人間なのかもしれなかった。二頭で一対の猟犬は、どちらが欠けても十全のパフォーマンスを発揮できない。

「なんとかなりそうだけど……いい？　あなたたちの仕事は、色相が健康な人間を守ることなの」

『……はい』

「弱者への同情もいいけど、公安局の本分じゃないし、すぐに限界がくる。以降気をつけて」

他人の心に共感し、自我ボーダーラインを越境する。とりもなおさず、そのような常人離れしたことができる人間は、自分と他人の境界を曖昧にしてしまう。苦しむ他人を憐《あわ》れみ、助けの手を差し伸べようとすることは間違っていない。だが、苦しみに同化し過ぎるあまり同じ境遇に身を落とすようなことがあってはならない。

〈シビュラシステム〉は、どの犯罪者を裁くべきかをドミネーターを通じて刑事に定める。しかし、ドミネーターが裁くことのない人々をどうすべきか、その判断は刑事が下さなければならない。救えるものと救えないもの。刑事はいつもその選択を迫られる。そして、その手が握れるもの、零さずに留められるものはいつだって己が望んでいるよりもはるかに少ない。その僅かなものでさえ守り抜くことは難しい。

だからこそ、人間には〈シビュラシステム〉が必要であり、そして〈シビュラシステム〉には人間が必要だった。完璧なシステムと完璧ではない人間。それはけっして対等なものではない。しかし、どちらも欠かすことのできない関係だった。

ようやく課長の霜月から、〈出島〉への移送許可が出た。

通信を終えた灼は、倉庫内の入国者たちを見回した。その存在すら知らなかった犯罪の被害者たち。犯罪捜査や色相悪化者のケアのため、自分のコネを活用することには慣れているつもりだった。だが、それは個人よりも大きなものを助けるためには無力でしかなかった。救済すべき相手が集団になれば、もう自分の手には負えなくなってしまう。組織や政治、あるいは社会というもの――その大きなものに働きかけなければ、集団の救済というものを満足に行うことはできない。

灼は見る。倉庫の床に座り、こちらを見上げる女性や子供の眼を。それは誰にも顧みられることはないと諦めさせられた人間の哀しい眼だ。誰にも見えない者たち。誰からも気づかれることのない者たち。その孤独が生み出す悲痛が大きな波となって押し寄せてくる感覚に襲われた。

「彼らを〈出島〉でケアします」

灼が告げると、僧侶たちが合掌を返した。

「アウマ上人もお喜びになります」

彼らが無力であるなら、公安局もまた無力だった。ただ生きるために犯罪への加担を強いられた者たちに差し伸べられるものは僅かしかない。それを救済と呼べるほど、灼は恥を知らない人間ではない。

そして、これでこの一件が片づいたと思うほど、灼はお人よしでもない。

「……ザハリアスという武器商人から情報提供がありました」

灼は、アウマが命を賭してこの倉庫を守り抜いた理由――その真実のもうひとつの側面を明らかにしなければならない。守るべき命。だが、それが真実のすべてではない。「アウマ上人が守ろうとしたのは、彼らだけじゃないはず。この先にあるものを見せてください」

二人の僧侶が顔を見合わせ、互いに小さく頷いた。

倉庫の奥へと灼たちを導くように、ゆっくりと歩き出した。

資材倉庫は外から見るよりも奥行きがあり、道路に面した古い資材倉庫がカムフラージュとなり、隣接する古い倉庫とともに、倉庫裏手の施設を完全に隠蔽《いんぺい》している。

倉庫奥の通用口は、表よりもはるかに頑丈な扉が取りつけられていた。

僧侶たちがロックを解除し、扉を開けると、暗い通用路が先に続いている。

灼は天馬と入江、六合塚とともにさらに奥へと赴いた。

鼻の奥をツンと刺すような金属臭を捉える。鉄の臭い。鉄が焼ける臭い。鉄が加工されてゆくことで生じるあらゆる臭いが強まっていった。

最後の扉を抜け、隠し部屋に踏み込んだ。薄暗い空間に青白い稼働光を明滅させる、巨大な円筒状の装置が設置されている。設計データ次第で軍用ドローンの部品も製造できる精密加工用大型3Dプリンターだった。当然、厳格に管理されるべきしろものだったが、この状況から見て、正式な設置届けが政府に出されているとは思えない。

ネットワーク接続も断ち、スタンドアローン状態で稼働している。この設備がここにある事実そのものが外部に露見しないように対策が施されている。

一〇〇パーセント違法の精密加工装置で、アウマは何を製造させていたのか。

灼は大型3Dプリンターの傍に近寄る。装置の底部にマシンアームが取りつけられ、内部で削り出された精密部品を、運搬用のケースに次々に運び込んでいる。

「これで裏付けがとれましたね」

灼は部品のひとつを手に取った。まだ僅かに熱を帯びている鉄の感触。

これがアウマが自らを犠牲にして守ったもの。そして事件を捜査する自分たち刑事に対して残されたものに他ならなかった。

32

夜を迎えると、教団施設で暮らす信者たちは早々に宿舎に引き上げる。

まるで潮が引いていくかのように、〈ヘブンズリープ〉の教団施設から音が消える。

足音ひとつさえ大きく響くような静寂のなか、炯と如月は研究棟へ向かっている。

日中、トーリによって施設内を案内されている間に、監視カメラの設置個所《かしょ》や保安ドローンや警備役の信者の巡回ルートは頭に叩き込んである。

「特区反対派は、やはり密輸グループと関わりが？」

「高い確率でな」

小声で問う如月に、炯は端的に答える。

アウマ爆殺の報が入った直後、炯と如月は教団施設内の倉庫へ案内された。トーリと側近らしき信者以外には人払いが行われ、ケースの中身が開陳された。

ザハリアスが持ち帰る予定のケースには、銃火器用の精密部品が満載されていた。自動小銃に組み込むボルトだ。銃の心臓部である機関部を構成する重要パーツ。海外紛争地帯で流通する粗悪品と比べ、はるかに高い精度で製造されているように見えた。

「あれだけでも強制捜査の証拠には十分ですが……」

「そんな簡単な組織じゃないぞ、ここは。教祖の自供と爆弾の現物が欲しい」

如月の言う通り、密輸用の武器パーツ隠匿だけでも強制捜査の根拠にはなる。だが、現時点では教団の密貿易を立証しても、政治力に長けたトーリであれば、銃パーツの密貿易をザハリアスに押しつけ、教団の関与を否定する工作など造作もない。強制捜査のためには、その密貿易が一連の自爆テロと繋がっており、そこに教団が関与している明確な証拠が要る。

「――未確認の場所は、ここで最後です」

廊下の照明は消灯し、青白い夜間照明だけが足元を照らしている。どこからか、医療施設を思わす薬品の臭いが漂ってくる。

「……今どのあたりだ？」

「集中治療棟です」

如月がデバイスで施設の地図情報を確認する。

付近の様子を窺おうとすると、背後からストレッチャーの車輪の音が聞こえた。

炯は如月とともに、壁面に張り巡らされた配管構造の陰に身を隠す。

信者らしき人影を載せたストレッチャーをマスク姿の信者——ドクターたちが押しながら、廊下を通り抜けていった。

間もなく、どこかの部屋に入ったのか、気密扉の開閉音が小さく聞こえた。

人気《ひとけ》が絶えたことを確認し、再び廊下に戻った。

前方に、先ほどまではなかった部屋の灯《あか》りが見えた。息を殺して接近すると扉横のプレートに【特別保管房】と記載されている。

扉の上部に設けられた覗き窓から室内の様子を窺った。暗闇に慣れた目が眩《くら》んでしまうほど明るい部屋だ。天井や床、壁に至るまで白一色に統一された室内は、規模こそ違えど、教祖が閉じ籠っている特別祈禱室に似ている。

ちょうどストレッチャーで運ばれてきた信者が、ドクターたちの手で医療用ベッドに移されているところだった。ベッドの脇には医療ドローンが待機している。色相チェック用のモニタリング機材がベッドには接続されており、運び込まれた信者のバイタルチェックとともに色相をリアルタイムで表示している。

もうやめてくださいよぉいつまでやんですかぁいえにかえしてくれよぉ……ベッドにベルトで拘束された信者が譫言《うわごと》のように呻いている。その顔に見覚えがあった。研究棟を案内されているときにドクターに拘束されていた〝ボトム〟と呼ばれた信者。

信仰が足りない最底辺の信者と呼ばれていたが、その色相はほとんど白に近い。

「このものに〝エターナル・ホワイト〟の加護を」

ベッドの脇に立ち、ドクターたちに指示を出しているのは、二瓶だった。ドクターのマスクを首にかけ、計測される色相データをタブレット端末で記録している。

「シビュラの祝福あれ……」

ドクターたちが声を重ねて、教団の聖句を口にした。医療ドローンが稼働を始め、複数のマシンアームがベッドに横たわるボトム信者の身体各所に薬物を注射していく。

その途端、ボトム信者の呻き声がパタリと止んだ。計測される色相は、さらに白さを増していた。投薬によって色相は改善する。だが、この短期間で色相が劇的に浄化するとしたら、規定量を大幅に超過した投薬が為されているとしか思えない。

実際、投与された薬物による負荷が大きいのか、ボトム信者の脳波や心拍数が急激に低下する。だが、二瓶たちが気にする様子はない。色相の遷移を観察し続けて、やがてボトム信者の色相がほとんど純白に近い値で安定したところで、医療ドローンがマシンアームでボトム信者を担ぎ上げ、室内に設置された医療用カプセルへと格納する。

円筒状の医療用カプセルの蓋を閉じると、二瓶たちは部屋の奥にある扉から外へ引き上げていった。医療ドローンも待機位置に戻り、機能を停止する。

教団はザハリアスの妻に対し、劇的な色相改善をもたらす特別治療を提案していた。だが、二瓶たちの〝プログラム〟は、治療というより実験と称するほうが相応しい。

「これが例のプログラムなら、連中、常軌を逸しているぞ……」

「……そうですか？　色相のためならどこの施設も似たようなことをやってますよ」

炯の呟きに、如月が冷淡に返した。これくらいシビュラ社会なら普通だと言わんばかりだ。しかし、その顔は苦虫を噛み潰したように険しくなっている。

「……犯罪の加害者も被害者も、色相が濁った人間は、係数緩和のためのモルモット扱いされるのが普通です」

事の経緯の詳細は知らされていないが、如月は、あるとき事故に遭遇したことが原因で色相が濁り始め、潜在犯として隔離されたと聞いている。

シビュラ社会に暮らす人間の色相が悪化したとき、必ずしも即座に隔離されるわけではない。だが、一度でも悪化した色相は、普通、元には戻らない。

周囲に悪影響を及ぼさないため、職場からは退職を余儀なくされ、友人や恋人、家族に至るまで人間関係も断たれていく。やがて住む場所も失い、隔離施設へ収監される。

「この社会のそうした側面は知っている。問題は平和の代償をどこまで支払うかだ」

だが、そうすることで、シビュラ社会──日本は世界でゆいいつの平和と繁栄を享受している。もしも、〈シビュラシステム〉がなければ、サイコパスに基づく社会統治を捨ててしまえば、あっという間に日本は、海の向こうと同じ原始的な世界に転落する。

「代償……」

「少なくとも、爆撃の心配をせずに眠れる」

炯の返しに、如月は何も答えず、押し黙ってしまう。だが、それが普通だ。

炯は海の向こうにあるもうひとつの世界を知ってしまった。そのせいで、シビュラ社会における普通の価値判断から少しズレてしまった。

シビュラのない世界では、色相の有無で生殺与奪を社会に握られずに済む。だが、弱肉強食の論理しか通用しない社会は社会としての機能を失い、人間は丸裸で荒野に放り出される。生と死の境界を確率でしか計測できない世界は完全に平等だが無慈悲だ。

そういう世界に適応し、自由を謳歌《おうか》できる強い人間もいるだろう。だが、大多数の人間は弱く、そんな過酷な世界に適応できずに命を奪われていく。

炯は、〈シビュラシステム〉に統治され、サイコパスというたったひとつの基準によって人生のすべてが左右されてしまう日本社会を、人類の理想郷、最高の社会だと断言することはできない。だが、最悪の最悪まで転落してしまった世界に比べたら、ずいぶんとマシだと思う。それは多分、最善の社会と呼ぶべきものなのだ。

だが、その最善の社会の価値観に照らし合わせても、〈ヘブンズリープ〉のやり方を炯は認めることができない。彼らは、シビュラを最善ではなく完全なものだと捉えている。だから、完全なものが認める唯一絶対の正しさにしか目を向けない。

それは信仰に限りなく近いが、信仰とはまったく異なる別の何かだった。

人間はシステムを信じ、システムによって生かされている。しかし、システムのために人間が人間であることを止め、人間を人間として扱うことを止めたその瞬間に、システムへの信仰は、信仰の名を騙《かた》る別の何かに変わる。そのおぞましい何かに取り憑《つ》かれた者たちは、自らの目的のためなら、あらゆる人間を犠牲にすることさえも厭《いと》わなくなる。その悪霊めいた何かが、間違いなく〈ヘブンズリープ〉に蔓延《はびこ》っている。それは目に見えず、しかし確かにそこに在り人間の魂を侵すもの。天から降《くだ》り地上の人間を焼き払う爆弾の炸裂に等しいものだった。

「……時間がない。進もう」

炯は指輪でセキュリティを解除し、特別保管房に立ち入る。

室内の温度はかなり低く、棺《ひつぎ》を思わせる医療カプセルは、一〇や二〇では済まない。

「――植物状態の人間を生かす延命装置です」

炯がカプセルに近づくと、如月が端末を操作し、カプセルを開いた。

内部には、先ほど二瓶による投薬処置が行われたボトム信者が横たわっている。生命維持装置に繋がれたボトム信者の男は声ひとつ発さず、薄い呼吸だけをゆっくりと繰り返している。光のない茫洋とした眼差しを天井へ向けている。

覚めない眠りに落ちたボトム信者。しかし、その色相は極めてクリアな値が計測されている。確かに、この男はストレスから解放され、清らかな精神状態を獲得している。だが、それ以外のあらゆる感覚を喪失しているようにしか見えなかった。

その事実に如月も気づいているようだった。彼女は哀しい眼差しでボトム信者を見下ろしている。クリアな色相の代わりに生きるためのすべてを対価として差し出した人間の末路。しかも、その選択は自らが望んだものですらない。

この部屋に保管されている他の医療カプセルは、どれも稼働状態になっている。このボトム信者に施した処置が、〈ヘブンズリープ〉教団においては、けっして特別なことではなく、幾度も繰り返されていることのあかしだった。

炯と如月は手分けし、室内の設備を検《あらた》める。

運び込まれた信者に「処置」を施す区画には、多種多様な色相ケア用の薬剤が常備されていた。どれも専門的な用語が記されたラベルが貼られている。ＯＷ製薬を始め、国内の主要製薬企業が医療機関向けに生産・販売している薬物が勢揃いしている。

〈ヘブンズリープ〉は、宗教法人として公的に認められているが、医療機関として登録されているわけではない。通常なら、入手できないはずの高度な医薬品がどういうわけか、大量に保管されている。薬品の納品履歴は半年ほど前まで遡《さかのぼ》れた。

納品先は住所こそ教団施設と同じだが、受け取り先の名前が異なっている。おそらく、この施設が厚生省直轄の指定医療機関として稼働していた頃のものだ。

各製薬企業はすでに存在しない医療機関に薬品を供給し、その薬物を〈ヘブンズリープ〉の研究チームが特殊な「処置」を信者に施すために使用している。

施設を盥回しにされた入国者たちが、教団に入信した途端、その色相が劇的に改善した。それは教祖である仁世による奇跡の賜物《たまもの》だとトーリは説明していた。その奇跡の実態が、二瓶たちドクターが実行している違法な「処置」であることは間違いない。

いつから組織ぐるみの違法な投薬実験が行われていたのか――。

思いつくのは、半年前に特別祈禱と称し、あらゆる人間との接触を断った教祖の仁世のことだ。連続自爆テロは、かなりの期間を費やして準備された形跡があった。

その場合、事件の主犯格である陵駕と仁世の色相は悪化を免れない。では、彼らの色相を改善するために、信者を使った投薬実験を行っているのか？

トーリの心酔ぶりからして、色相の改善に躍起になっている可能性は大いにある。

とはいえ、教祖の仁世が特別祈禱室から出てこない以上、教団による「処置」はまだ完全に完成していないと見るべきだろう。

炯は、医療カプセルが保管されている区画に戻り、壁面に設置されたキャビネットを引き出す。内部には、手書きのカルテが大量に収められている。

一番手前にあるカルテを取り出した。入国者の信者で色相が悪化していたことが記録されている。そして色相改善のために、特別な処置を施したことを示す記述。

「例の〝プログラム〟適用者……、ここの患者リストだ」

「今どき手書きなんて……」

如月が、とんでもない骨董品《こっとうひん》を目にしたように目を瞠った。

「オフラインはハッキングの心配がなく、証拠隠滅も簡単だ」

炯は次のカルテに目を移す。本来、書面に記録を残すのは当たり前のことだが、将来に不利益を被ることを避けるため、その記録いっさいを残さないようにあらかじめ証拠隠滅を図る場合がある。それは主に違法であることを承知で行われる行為において起きやすい。

たとえば、虐殺を伴う軍事作戦の実行命令は、後に違法行為として断罪されるリスクがあるから、いっさい書面に残さず口頭だけで命令を処理したり、命令書を発行しても作戦後に焼却することで違法行為を命じた証拠そのものを抹消してしまう。

〈ヘブンズリープ〉が、〝プログラム〟と称している投薬実験の記録も、同様の思惑でオフラインで保管されているのだろう。事件捜査が施設内部に及んだ場合、即座に焼却し、違法行為の存在そのものをなかったことにする。極めて悪質な手口だった。

カルテには、〝プログラム〟が信者に行われ始めたのは、およそ半年前と記されている。また同じ、半年前だ。そこが教団にとって、ひとつの大きな転換点になっている。

「見てください」

そして、カルテを共に漁《あさ》っていた如月が炯を呼んだ。

彼女が差し出したカルテには、見覚えのある名前と顔が記載されている。

「マルセル・コタール……、自爆犯か」

「変な備考が……『要注意』、『C・O関連対象』、『白紙化リスト入り』――」

炯が受け取ったカルテをチェックすると特記事項らしき記載が幾つも記されている。

「第二の自爆犯のカルテもあります」

如月が見つけた次なるカルテにも、同じ記載がある。

「『関連対象』に『白紙化』……」

『要注意』――特に色相悪化が著しい人間としてリストアップされていたのか？

『白紙化リスト入り』――おそらく〝プログラム〟対象のなかでも、より重度な処置を施したことを示している。これが自爆犯を指しているのか？

『C・O関連対象』――だが、そうなると最後のひとつが分からない。C・Oとは何だ？ 会社《CO》？ 一酸化炭素《CO》？ デバッグ時、プログラムの内部構造を調べるホワイトボックステストに命令網羅があるが、これも意味が通らない。

だが、この「CO」が自爆テロの実行犯同士を繋いでいた。結局、炯と如月がキャビネットを探して発見した特記事項つきのカルテは、全部で五つあった。

「――『C・O関連』のカルテは五人分、爆弾の数と一致する。おそらく自爆犯は全員〝プログラム〟適用者だ」

すぐに管理番号を照会し、自爆犯が保管されているはずの医療用カプセルを確認する。

「五人ともニュータウンに移された後です。おそらくシスター陵駕と一緒に――」

だが、いずれもカプセルは空になっていた。未確認の区画は、この特別保管房が最後である以上、陵駕は教団施設ではない別のどこかに身を潜めていることになる。

――読みを外した。

だが、カルテには、いずれも教祖代行であるトーリの署名があった。

自爆テロの実行犯の調達に教団が関与した、明確な証拠だ。

「教祖代行のサイン……、撮影します」

如月の執行官デバイスに証拠記録を収める。

武器密輸への関与。信者に対する違法な投薬実験の実施。自爆犯の調達への関与。

教団に対し、公安局刑事課が強制捜査を行うため、十分な証拠が揃ったと言っていい。

「トーリ・アッシェンバッハ……、すべて奴《やつ》の主導なのか」

武器密輸を通して繋がっていた陵駕と教団教祖の仁世――彼らによって連続自爆テロが立案され、その実行の陣頭指揮を教祖代行のトーリが執っている。

そういう図式になるが、それでも疑問は残る。

主犯である陵駕およびトーリの色相が、なぜクリアであるのか。

教団はなぜ、共犯関係にある陵駕を施設に匿わずに放置しているのか。

いかなる手段で、爆弾を埋め込んだ自爆犯を隠しているのか。

密貿易を巡って対立する敵を一掃した今、残り二発の爆弾は何を狙っているのか。

――あと一歩だ。

刑事の直感が、事件の全容を解き明かすためのピースがあと少しですべて揃うと告げている。炯と如月は特別保管房で必要な証拠を記録すると、研究棟を後にした。

この証拠を携え、接触すべき相手の居場所を目指した。

33

夜の街に雨が降っていた。

新首都高速の高架道路を走る車両の大半は自動操縦のＡＩ制御で、雨天の走行設定が適用され、普段以上に車間距離を取っている。

まるでこの街で暮らす人々のように。誰かが色相を濁らす「人生の事故」を起こしても悪影響を被らずに済むように。誰もが、自分だけが傷つかずに済むために躍起だ。

しかし、ひとはどうして事故を恐れるのだろう。誰もが自らの人生の操作《ハンドリング》を、シビュラという完璧なシステムに委ねているのだから事故など起こるはずがないのに。

それでも人間が事故を起こしてしまうのは、結局、自分より優れたシステムを信じ切れないからだ。どこかで人間である自分のほうが上だという自尊心を捨てられない。こうした愚かな勘違いは無能で馬鹿な人間ほど犯しやすい。

梓澤は、そういう馬鹿がシビュラ社会から一人でも多くいなくなればいいと思っている。いうなれば、梓澤が設計する「事故」というのは、献身的な社会貢献の意志の表れなのだ。完璧なシステムへの信仰を持つことができない不完全な人間は、どこかで事故を起こして社会に対して迷惑をかける。だったら、誰かに迷惑をかける前に盤上から叩き落としてやったほうが世のため人のためではないだろうか？

そしてやっぱり事故といえば定番は交通事故だから、最近、梓澤は高級リムジンの運転席でハンドルを握っている。主に富裕者向けに高級ハイヤーを手配する派遣企業の社長兼ドライバーは、梓澤の趣味と実益を叶《かな》えてくれる楽しい仕事だ。

車体後部の客席は運転席と壁で仕切られており、搭乗する賓客のプライバシーを完全に保護する。客席とのやり取りは、乗客が望んだときしか行われない。

「トーリくん。上手くやってますね、――奥様」

『何が奥様よ。私の機嫌をとってどうするの？』

今宵《こよい》、梓澤が送迎を依頼されたのは――、何と、あの〈ビフロスト〉のコングレスマンが一人、裁園寺《さいおんじ》莢子《きようこ》さまであらせられる。

黄金に輝く気泡が煌びやかなシャンパンを注いだグラスを、裁園寺は優雅な仕草で一息に呑み干す。真珠色の美しいドレス、典雅に整えられた髪、グラマラスな美貌。まったく裁園寺という女性は、どこにいても絵に描いた王侯貴族のような振る舞いをする。

となれば、このリムジンは、さしずめ城の晩餐会へ向かう馬車といったところか。

裁園寺は、ゲームが行われる〈ビフロスト〉の部屋へ向かっている。

現在進行している信仰特区を巡る一連の事案《インシデント》において、彼女はゲームの親を務めている。シャンパンの進み具合からして、勝ちの流れに乗っているのだろう。

どれほどの負けが立て込んでも傾くことがない莫大な資産を持つ裁園寺財閥の当主である裁園寺にとって、〈ビフロスト〉のゲームは、チップの奪い合いではなく、純粋に対戦相手を屈服させることで快楽を得るための手段に過ぎない。

「それは失礼しました。ですが、今回の信仰特区は難しい。お世辞じゃないですよ」

『ご忠告ありがとう』

裁園寺は、また一杯、酒杯を空ける。ところで一杯呑むごとにグラスを放り捨てるのはちょっと勘弁してほしい。替えは幾らでもあるが、単純に掃除が面倒臭いし、ひとつずつ丹念に磨いたグラスに愛着がないわけでもない。

しかし、裁園寺は気にしない。他人の苦労など、いっさい頓着しない。自分以外のあらゆる人間は自分に奉仕するために存在すると思っているし、実際その通りなのだ。ゆいいつ例外があるとすれば、彼女お気に入りの第三《サード》のインスペクター、ゲーム嫌いのトーリくん、くらいのものだろう。しかし、彼を若いつばめのように可愛がっている裁園寺は、トーリに下賤《げせん》なゲームの駒をやらせることを好まずにいたはずだ。それがどうして、彼の参戦を認めたのだろう。うーん、気になっちゃう。

どうしてサード本人も急に〈ビフロスト〉の事案《インシデント》に基づき、偉大な遊戯《グレートゲーム》に参戦する心変わりを決めたのか。そのあたりの事情を知りたくて、梓澤は裁園寺たちに接触することにした。

ゲーム進行中のコングレスマンとインスペクターの連携は、原則、〈ラウンドロビン〉によって禁止されているが、梓澤は今回の事案にはいっさいタッチしていない。〈出島〉でフロントマンとして事後処理をこなしているうちに、次のゲームが決行され、置いてけぼりをくらったのだ。普段、あれだけ貢献しているのに、〈ビフロスト〉は梓澤に一向に振り向いてくれないし、労《ねぎら》ってもくれない。いやしかし、それでこそ到達し難い世界の高みなのだと梓澤はますます強い恋慕を募らせる。

『あなた、コングレスマンになりたいの？』

「インスペクターはみな、その高みを目指しております」

だから、裁園寺の質問には、もちろんYES！

『どうして？』

「世界の真実に近づくために」

『真実、ねえ……。前にも言ったかしら？　この社会でシビュラと対等なのは〈ビフロスト〉だけよ』

裁園寺は梓澤の心からの望みを、蟻《あり》の戯言《たわごと》だとせせら笑う。まったく、その通り。コングレスマンが見ている世界の真実は、コングレスマンにならない限り、けっしてお目にかかることができない。しかし、コングレスマンにとっては生まれたときからずっと目にしてきた当たり前の光景に過ぎない。この格差。この断絶。まったくどうして、世界というのは徹底して不平等なのだろう。思わず、梓澤は喝采を送ってしまう。

「深い……深いですよ！　さすがコングレスマンです」

『〈ラウンドロビン〉に選ばれるよう、せいぜい頑張りなさい』

裁園寺が梓澤に送るのは、そっけない言葉だけだ。王様が熱烈な民衆の声に手を振ってやるくらいのささやかな慈悲。そして客席とのやり取りは途絶える。

もう、裁園寺は梓澤と会話する気がない。興味が失《う》せたのだ。

コングレスマンはいつだって自由だ。自分のやりたいことしかしない。それが許される自由と権力を持っている。日々の住まいも気分次第で変え、あらゆる身分を奪っては利権を貪《むさぼ》り、飽きたらポイ捨てにする贅沢三昧《ぜいたくざんまい》の毎日を送っている。

羨ましい！　コングレスマン許せない！　シビュラ社会の人間は、人生のあらゆる場面をシステムによって保障され、しかし平凡でつまらない人生を送るしかない。

梓澤もインスペクターになるまでは、とても平凡でつまらない人生を送っていた。シビュラ社会において人間の人生というのは、幸福も転落も含めて、誰かがすでに経験したことがある人生の焼き直し《コピー》の焼き直し《コピー》に過ぎない。人間の数だけ人生は存在するが、その人生のパターンというものは、案外、限られてくる。

その意味では、〈シビュラシステム〉は人間に幸福な人生を約束するというより、人間それぞれに分相応な人生を提供するシステムなのだ。そこで人間に自由はない。

だが、コングレスマンは違う。彼らは生まれからして特別で、それゆえに非凡な人生を生きている。王の子だけが王になれるように、その誕生の時点からとてつもない豪運を獲得している。誰もが平凡でありきたりな人生を送るしかない世界で、彼らだけが、彼らにしか送ることができない特別な人生を生きている。

非凡。特別。自由。どれも、梓澤廣一という人間にとって縁遠い言葉ばかりだ。

「……選ぶのは俺だ。もう選ばされる側はうんざりなんだよ」

だから、それを望むのは当たり前だろう。梓澤の顔から先ほどまでの笑みが消えている。ゴム人形のような無表情。自動操縦ＡＩのような完璧なハンドル捌《さば》きで車を運転する。誰にも聞かれない呟きを発するとき、梓澤は感情という余計な筋肉を使わない。

ただそれは言葉だけの言葉。

「誰かの代わりに汚れるのもな」

車は暗闇を走り続けている。

夜の街に雨が降っている。

『リレーションを再開します・ナインス・ジャッジ・スタート』

卓上に瞬く黄金の天球から、〈ラウンドロビン〉が厳《おごそ》かにゲームの再開を宣言した。

虹の円卓には、静火《しずか》と代銀《しろがね》、裁園寺――三人のコングレスマンが着席している。

ゲーム再開とともに起動したテーブルには、ホログラフィックのブロックが積み重なっている。高い壁となってプレイヤー同士がお互いを視認できないほどに。

リレーションが開始された時点では、数多く存在していた卓上のカードは、その枚数を減らしていた。信仰特区の関係者は、その大半が死亡し、盤上から取り除かれた。

「事態急変ね。ニュータウンの主要産業が、自爆テロで大打撃を受けたわ」

今回のゲームの親である裁園寺が、リレーションのジャッジをプレイヤーたちに促しながら、現在の状況に対する所感を述べた。

　連続する自爆テロによって被害が拡大の一途を辿るだけでなく、ゲームの舞台となる三郷ニュータウンそのものが大打撃を被っている。騒乱の激化は事案の緊急性の増大を招いており、どこかのタイミングでピークを超えれば、公安局の管轄である刑事事案から、国防事案へと〈シビュラシステム〉の対応レベルがシフトする。

　すなわち、シビュラの眼を引き寄せることになる。それは〈ビフロスト〉の露見にも繋がりかねないが、裁園寺は事態悪化を危惧する素振りを露ほども見せない。

「引き続き、ニュータウンのインフラ整備、公安局による治安正常化にインベスト」

「堅実ね。たまには荒療治も必要よ」

　荒波のようなゲームの展開の最中《さなか》、数少ない手札を駆使し、手堅い選択を継続する静火を、豊富な資金力を有する裁園寺は嘲笑うように、次なる手を切った。

「――インスペクト動議を要請。リレーション・ヘッジとして、鉄鋼・エネルギー産業に対する救済措置の実行を提案するわ」

　端的に言えば、〈ビフロスト〉がニュータウンに生じた負債を肩代わりするということだ。しかし、そもそもニュータウンに大打撃を与えたのは、〈ビフロスト〉のゲームが原因だった。いわば、好き放題に街を破壊した怪獣が、その後、自分で金を払って街を修理させるようなもの。当然、それはさらなる破壊に向けた準備に他ならない。

「自分は動議に反対します」

ゲーム継続に支障が出るほどの破壊を実行してしまったから帳尻を合わせようとするような裁園寺の提案は、ゲームがゲームであるためのルールそのものをプレイヤー側が捻じ曲げかねない行為だった。正気とは思えない。

代銀も静火を一瞥し、小さく頷く。そちらの意図は分かっているというふうに。

「私は動議に賛成だ」

そして裁園寺に追随した。二対一。動議は実行に傾く。

前回、静火が親を務めた際、リレーション動議を求めたときとは正反対の構図になった。リレーションの継続が不可能になれば、ゲームの親にはペナルティが課される。インスペクト動議は、ゲームの軌道修正を図ると同時にゲームの親の負債を軽減することになるから、子のプレイヤーの賛成票は対戦者への利敵行為になる。

それでも、代銀が動議に賛成したということは——二人がかりで、劣勢にある子プレイヤーである自分を潰しにかかってきている。リレーション動議が実行されれば、すべてのプレイヤーが供託金の提出を命じられるから、極度に手札が減り全体のバンクが消耗している静火は、最悪、ショート寸前まで追い詰められる。

「鉄道輸送業にインベスト。生産拠点を分散。労働者たちの再雇用を創出」

代銀が自らの投資先を指定する。

「あら、特区推進派に転じるの？」

「特区は否定する。略奪経済復活のため、ニュータウンを国際ブラックマーケットの中継点にすることには賛成だよ」

自らの資産が盤石《ばんじやく》であるからこそ、実行可能なプレイヤー・キル。だが、それを可能にしているのは、代銀や裁園寺が長きにわたって〈ビフロスト〉のゲームを繰り返し、着実に勝利を重ね、生き残ってきた積み重ねがあるからだ。

父の遺産と資格を引き継いだとはいえ、ゲームに参戦したばかりの静火には、到底真似することは不可能だ。対抗手段も現時点では存在しないから、静火はそれ以上の抗弁を行わない。多数決で動議の実行は可決された。それは不可避の事実だ。

なら、さらなる大打撃を被った上で、どう生き残るかを思案すべきだ。

「――では、動議を実行」

裁園寺が薄い笑みを浮かべながら、静火を見つめた。

各プレイヤーから供託されたチップが吸い込まれていき、ブロックが解消され始める。対価として、全員の保有財産が大きく目減りする。支払った額面では、裁園寺や代銀がはるかに大きいが、資産総額からの減少度合いでは、やはり静火が一番大きかった。

「親がリレーション・ヘッジを提案とは、大盤振る舞いじゃないか」

「リレーションに見当はついた？」

「さて、どうだろう」

代銀が裁園寺との会話を愉しんでから、静火を一瞥した。自身の勝敗以上に、このゲームにおける静火の顚末《てんまつ》がどうなるのか気になって仕方ないというふうだ。

「静火くんのやり方だと、公安局が捜査に失敗したときの損失ははかりしれないぞ」

親切心を匂わす言葉と裏腹に、その口調は、粘質な興奮によって震えている。

「ならば、そこまでということです」

静火は冷静に微笑みながら、言うべきことだけを口にした。このままゲームに敗北すれば、自分には死が待っている。しかし、まだ実際に死んだわけではない。

ゲームが継続している限り、まだ敗北したわけではない。

ならば、静火はゲームを続けるだけだ。

勝利を目指して。その実現のためだけに、自分は生きることを許されている。

34

「で、この事件は要するに、特区推進派潰しなのか？」

「ただ推進派を潰してるわけじゃなさそうです。爆殺されたほうには、されるだけの理由が別にあったと考えれば……」

天馬の問いに、灼ははっきりとした断言を返せない。

アウマの爆殺から一日が経過している。都内と三郷ニュータウン双方で高いテロ警戒状態が維持されているが、急激なエリアストレスの発生は検知されていない。

分析官ラボには、灼と唐之杜、そして入江と天馬、雛河の一係執行官が揃っている。

捜査協力者の六合塚は報道記者としての仕事に復帰している。捜査情報についても、ある程度までは記事として公表することを許可されている。

第二の自爆テロが発生したときには、製薬企業に対して集中していた世間の批判は、今では大規模な違法売春が判明した三郷ニュータウンの入国者コミュニティへとその矛先を移している。連続テロがもたらす恒常的なストレスに晒された人々は、石の礫《つぶて》をぶつけるべき相手を求め続けている。

こうしたストレス負荷の高い社会状態と捜査の長期化によって、刑事課全係を総動員した捜査態勢の維持が困難になりつつある。

残された時間的猶予は、正直なところ、あまりない。課長の霜月から呼び出しがないのは、むしろ、状況がそれだけ逼迫しているからだ。

炯と如月の潜入捜査は現在も継続している。捜査規模が縮小になれば、二人のバックアップにも影響が出る。それは避けたい。

「……関わりがありそうなものが、これ」

灼と天馬のやり取りを聞きながら分析作業を続けていた唐之杜が、メインのモニターに解析データを表示した。

古い懐中時計だ。高熱に焼かれたせいで、部分的に外装が変形している。

爆殺されたアウマが肌身離さず身に着けていたものだった。アウマの遺体は検死が終わった後、彼の教えに帰依していた仏僧たちの手により荼毘《だび》に付されている。

「鑑識ドローンが回収したアウマ上人の所持品なんだけど……、〈出島〉で難民保護をしていたグループの記念品よ」

「確か……、似たような時計をシスターも持ってたな」

入江が記憶を探るように眉間に皺《しわ》を寄せた。灼も覚えている。〈CRP〉の教会内で陵駕に事情聴取を行った際、彼女はその時計でミサの時刻を確認していた。

その読みは正しかった。懐中時計の発注記録によれば、十数年ほど前に〈出島〉にある業者に対して、難民保護団体〈正道協会《CRP》〉から製造の依頼が出されている。

「そう、配られた人物は四名」

「久利須・オブライエン、仁世教祖、シスター陵駕、アウマ上人……」

所有者四名を、雛河が読み上げていった。同一の形状の記念品を共有し合う——強い連帯の意志が読み取れた。

〝私は道を見つける《Aut viam inveniam》、さもなくば道を作る《aut faciam》〟——懐中時計に刻まれた印字を灼は見つめる。この懐中時計によって繋がれた者たちは、いつも物事を道になぞらえていた。正しき道。暗闇への道。離別した彼らがそれぞれ歩んだ道を顧みた言葉だったのだろうか。

「文字盤の中にはマイクロチップを仕込んでたわ。頑丈な耐熱ケース入り」

唐之杜が懐中時計の内部機構《ムーブメント》を解析した結果を報告した。アナログ式の懐中時計は特殊な形状のネジを外さなければ蓋が開けない。そんな場所にチップを収めていたのは、いつ自分たちの命が失われてもおかしくない状況で彼らが生きてきたからだろう。

「チップの中身は？」

「何かのリストと計画表みたいだけど……、複数のチップを組み合わせないと正確に復元できないのよ」

入江の質問に唐之杜がホロキーボードをタッチする。モニターに表示される解析結果は、【解析不能】となっている。暗号化処理ではなく、データそのものが断片化している。電子的なジグソーパズルというべきしろもので、大多数のピースそのものが欠損しているから、チップ単体ではその全体図を予測することができない。

「複数って、つまり四人分？」

「間違いなく、ね」

つまり、全容を把握するためには、陵駕と仁世、久利須が所持しているはずの懐中時計が必須だった。だが、殺された久利須の遺留品に懐中時計は発見されていない。爆発によって燃え尽きた可能性もある。陵駕と仁世も時計を手放すとは考えにくい。懐中時計の存在は頭の片隅に置くに留め、灼は別の証拠物件を確認する。

現時点では、これ以上は手の打ちようがない。

「無人工場で見つけた部品の正体は？」

「海外の紛争地帯で主に流通しているアサルトライフルのボルトって部品だったわ」

唐之杜が自動小銃のデータをモニターに表示した。灼が発見した精密部品は、ボルトと呼ばれ、銃の機関部、いわば心臓部を構成している重要なパーツだった。

「ＡＫ－ＡＬＦＡの機関部か。あの坊さん、ずいぶんとマニアックなもん作ってたな……」

入江が目を眇《すが》めてモニターに映った自動小銃を注視した。

前世紀後半のシビュラ社会の確立以来、日本国内から銃器は一掃されたが、廃棄区画などのスラム地域では一定数の非合法の武器が売買されてきた。入江もその手の情報についてはある程度の専門知識があるのだろう。

「また分かんなくなったぜ……」天馬が頭をガリガリと掻いた。「アウマは強制売春の被害者を助けながら銃を密売してたのか？　どうにもチグハグだ」

「何か理由がある。そこを調べましょう」

灼も天馬と同じく頭を掻いた。どうにも思考が纏まらない。次なる道へ進むべき手がかりが目の前にあるにはある。だが、その繋がりが見出せないせいで足踏みをするしかない。焦燥が募った。こうして自分が立ち止まっているせいで、潜入捜査中の炯たちを不利な状況に追い込むことがあってはならない。

そのときだった。ふいに入江がソファから立ち上がった。天馬と雛河が何事かと視線を向ける。だが、当の入江は気にする様子もなく、灼に向かって身を乗り出してくる。

入江が不敵な笑みを浮かべている。追うべき獲物の足取りを見つけた猟犬の目つき。

「この手の品に詳しいヤツに心当たりがある。監視官、少しツラ貸してくれるか」

灼は手を握って親指を立て、もちろん、と返事を返した。


入江が灼を案内したのは、湾岸廃棄区画にある故買屋《こばいや》だった。

比較的、一般市街地に近いエリアに位置しているのは、主に廃棄区画に逃げ込んできたばかりの色相悪化者を客にしているからだ。

国外へ逃亡するにせよ、そのまま廃棄区画の住人になるにせよ、シビュラ社会では一般的である電子決済が通用しないので、当座の生活のために現金が必要になる。そこで故買屋たちは客が逃亡時に持ち出してきた金品・貴金属類を買い取り、現金と交換する。

そして大概の客は二度と戻ってこないから、買い取った物品はすぐに転売して利益を出しつつ、スラム初心者の客に売りつける違法流通の銃などの武器類も仕入れておく。

雑居ビルの地下にある、入江が懇意にしていた武器ブローカーの故買屋も、そういう業者のひとつだった。老舗《しにせ》の骨董品屋のような看板をデカデカと表に掲げたり、店の入り口に古臭い暖簾《のれん》をかけたりと、やけに目立つ造りをしている。相変わらず、危機意識が足りないが、そういう奴ほどブレないから信用できる。

店主の目利きは確かで、店内に並ぶ拳銃や小銃、散弾銃はどれも整備状態がいい。客から買い取り陳列した美術品といい具合に調和している。

「アンティークショップ……？」

「銃マニアだったボンボンが、スラムに流れて始めた故買屋さ」

ボンボンの灼が感心しているくらいだから、実際、値打ちがあるものばかりなのだろう。入江は灼が店内を物珍しく見て回っている間に、販売スペースに近づく。カウンターの向こうに、くたびれた作業服姿の痩せた男が座っている。故買屋店主のブローカーだ。デスクに備えつけた作業台に一心不乱に向かっている。

入江が近づいていっても、まるで気づかない。ブローカーは恨みも買いやすいから、こんな隙だらけでよく死なずに済んだなと呆れるくらいだ。

そして、入江がカウンターに肘をついてようやく、来客に気づいたのか、目の前に現れた入江の姿を下から上までじっと凝視して、

「うっわ！　入江さんじゃないっすか！　生きてたんすか！」

今度は途端に工具をひっくり返しそうなくらいの勢いで驚いた。実際の年齢は入江よりもはるかに高いはずだが、このブローカーは入江にいつも敬語を使う。スラムの悪童と恐れられた入江一途《かずみち》サマの怖さをよく知っているのだ。

「勝手に殺すな馬鹿野郎、殺すぞ」

「でも、公安にパクられたって……」

「今の俺は公安局のデカだよ。こっちは上司の監視官」

「えっ」

自分が刑事だと告げた途端、驚きつつも、再会を喜んでいたブローカーの顔が急に強張った。目の前で拳銃を突きつけられたかのように冷や汗を掻いている。

逃げ出そうと腰を浮かしたブローカーの肩を摑み、そのまま強引に椅子に座らせる。ちょうどいい。ビビッてくれているなら、そのほうが話が早い。

「いいか、俺の上司は人を殺したくてウズウズしてる……」

入江はいかにも悪党が浮かべそうな凶悪な笑みを浮かべながら、背後にいる灼をブローカーに紹介した。

「なっ……？」

「その通りだ。昨日も四人は殺しちまったぜぇ～！」

いきなり話を振られた割に、灼もすぐに即興の芝居をする。棚から拝借したのか、野戦用のヘルメットをあみだに被り、アーミーナイフを掲げ、ぎらつく刃《やいば》を舌でべろりと舐める。ほう……なかなかいい演技っぷりじゃねえか、監視官。

「マジか……」

で、ブローカーもなかなかいい騙《だま》されっぷり。入江は、その隙を逃さない。

「こいつに見覚えがあるか？」

懐から取り出した例のアウマ製造のボルトを掲げる。殺されるんじゃないかと動転しているブローカーは、藁にも縋るように慌ててボルトを手に取り、観察する。

「……上物のＡＫ‐ＡＬＦＡのボルトじゃないスか！　どこで仕入れたんですか⁉」

すると、さっきまでの怖がりっぷりが嘘のようにブローカーは目を輝かせる。まるで特上の宝石を見つけたようなはしゃぎっぷり。何だかムカついたので、入江は肩を押さえつけていた腕をそのままブローカーの首に回し、アームロックをかける。

「とぼけんじゃねえ！　廃棄区画じゃコイツをどうやって売り捌いてんだ？」

「し、知りませんよ！　スラム住人でも自動小銃なんて手に余る！」

「こいつは三郷ニュータウンの工場で作られてた。相当な数が出回ってるだろうが」

アウマが秘密裏に生産していた銃器のボルトは、シビュラ社会においては何の価値もない。だが、銃火器の闇市場が形成されている廃棄区画なら、是が非でも買いつけたいという業者がわんさかいると踏んで、入江はブローカーに探りを入れた。

だが、相手の言う通り、廃棄区画で銃がカチコミに使われることはあるが、自動小銃まで持ち出すことは滅多にない。廃棄区画とはいえ、アサルトライフルを堂々と振り回せば、さすがに公安局の取締りを免れない。

「じゃあ、これが……」

そのときだった。ブローカーがふいに何かを思い出したように呟いた。入江はアームロックを緩める。

「何か知ってんのか？」

「た、確か、日本製の大量生産の規格品が出回り始めてヤバいって噂が……」

「国内の話か？」

ブローカーは首を横に振る。入江は拘束を完全に解いている。

「いや、銃の組み立てと流通自体は海外です。機関部に日本製の高品質なパーツを組み込んでるってんで、紛争地帯ではバカ売れらしいです」

海外の武器事情は数そのものは莫大な数が取引されているが、正規メーカーがほとんど機能せず、粗悪な模造品が世界各地の密造業者によって作られているのが実情で、動作不良が当たり前というくらいの状態だった。

そこで高度な技術水準を維持している日本製のパーツが使われているとなれば、性能のいい武器を欲しがる傭兵《ようへい》やゲリラ組織は枚挙に暇がないだろう。

「でもなんか、高品質なくせに変な壊れ方するとか……、まあ、なんだろうと精密パーツは貴重なんで、すげえ値段で取引されるらしいっす」

ブローカーはこの際だから、知ってる情報は全部洗いざらい喋ってしまおうと言わんばかりにまくし立てた。

その話を聞きながら、入江は点と点が線に結ばれていく感覚を得る。日本製の精密パーツを海外紛争地帯で売り、莫大な利益を上げる、廃棄区画とは異なる密輸ルート。

そういうものに、入江は心当たりがある。

入江は顔を上げる。灼と視線が合う。同じことを考えている。

銃のボルトを見る。間違いない。

これが陵駕と教団を繋ぐ密貿易――その荷物の正体だった。

35

教団施設の聖堂で、教祖代行のトーリが説法を行っている。

ザハリアス夫妻に扮した炯と如月は夜の集団礼拝をそっと抜け出すと、人気《ひとけ》の絶えた廊下を進んだ。集団礼拝が行われている間、施設内の人の移動が最も少なくなる。

教祖を尋問するなら、今しかない。特別保管房で教団が事件に関与した一連の証拠を入手した。最後に教団幹部の証言が欲しい。それが強制捜査発動の決定的な証拠になる。

そこで教祖の仁世かトーリか——二者択一の状況で、炯たちは前者を標的に定めた。トーリはつねに側近ないしは二瓶らドクターと行動を共にしており、一人きりになるタイミングがまったくなかった。それに比べて、特別祈禱室に閉じ籠っている仁世は教団信者との接触はいっさいなく、ドクター連中も寄りつかない。

特A級メンタリストの灼ほどではないが、炯も尋問のスキルを習得している。これだけの証拠が揃っていれば、教団の事件への関与を認めさせることは十分に可能だった。それに……気になることもある。今回の自爆テロへと繋がる一連の犯行計画が半年前から準備されていたとして、なぜ陵駕やトーリは色相の健全さを保っていられるのか。

考えられるのは、犯行計画の全貌を知っているのが仁世だけで、他の容疑者たちは断片的にしか犯行に関与していない、という可能性だ。

たとえば、〈狐〉の頭が仁世で、〈狐〉の群れの一部が陵駕やトーリ、ザハリアス、殺された久利須やアウマ、という構図。

だが、一連の自爆テロにおいて、〈狐〉の手口と似た手法が使われていたとしても、これまでのセオリーからすれば、事件の設計者となる〈狐〉の頭の色相も濁らないはずだ。

そもそも、〈狐〉の仕組みが極度に迂遠《うえん》な設計図を引いているのは、犯罪に関与した人間全員の色相が濁らないようにするためだ。

もし仮に首謀者の色相が他人と接触できないレベルまで濁ってしまったとすれば、その〈狐〉の仕組みは破綻していると言わざるを得ない。

あるいは、武器の密貿易こそが、本来、彼らが〈狐〉の仕組みを用いて実行していた組織犯罪だった可能性。その仕組みが、何らかの理由——たとえば信仰特区の成立——で破綻してしまい、〈狐〉の頭である仁世の色相が悪化した。それゆえ犯行の痕跡を消すため、自爆テロという強引な手段で証拠隠滅を繰り返している。

だが、その筋書き通りだとすれば、仁世の行いは自滅行為に他ならない。

そもそも教団で目にした証拠の数々からすると、教団内で主導的に動いているのは、教祖代行のトーリであって、仁世ではない。犯罪の中心にいるはずなのに、仁世が直接関与した証拠がひとつも見つかっていない。それはなぜか？

理由を問い質《ただ》さなければならない。

炯と如月は、特別祈禱室の扉を指輪のセキュリティパスで開く。

室内に監視カメラの類はない。炯と如月は偽装の全身ホロを解いた。

昼も夜も関係なく、眩《まばゆ》い光に満ちている特別祈禱室——その中心にある祭壇に、膝をついた小さな背中が見える。仁世は瞑目し、沈黙の祈りを捧げ続けている。

烔たちがすぐ傍まで迫っても、まるで反応しない。あくまで無視を決め込んでいるのか。それとも、何人《なんぴと》も自分を害することはできないと信じ込んでいるのか。

いずれにせよ、そんな幻想から覚まさせてやる必要がある。偽りの信仰で自らの罪を誤魔化すことはできない。シビュラの裁きは、すぐ傍まで迫っている。

「仁世教祖……」

意を決し、烔はその名を呼んだ。相手が反応する前に、その肩を掴もうとした。仁世と烔では大きな体格差がある。まず抵抗し逃げられることはない。

だが、烔の手は捉えるべき仁世の身体を素通りした。

「……ホログラム」

祭壇の死角になる位置にホロの投影装置が設置されている。祭壇で祈りを捧げているのは、教祖の虚像だ。烔たちが偽装用に使っている全身ホロに近い。ただし、その中身は存在しない。

なら、本物はどこにいる？　教団施設に仁世が隠れ潜んでいる場所はない。

「監視官」

祭壇の裏側に回り込んだ如月が、烔を呼んだ。

如月が調べている壁に手を這《は》わせると身に着けた指輪に反応し、教団のシンボルマークのホロが浮かび、壁面の一部が展開した。

隠し部屋だ。薄いヴェールのような装飾ホロを通過し、狭い部屋に踏み込んだ。

病院の個室程度の室内は、その大半を医療器具が埋め尽くしている。中央に鎮座している介護用の医療用ベッドに老人が横たわっている。

首に古い懐中時計をかけた禿頭の老人。皺だらけの顔。教団信者と同じ、病院衣を思わす薄手の服を身に着けている。痩せ細った腕には点滴のチューブが通されている。

「こちらが本物の仁世教祖か……」

外見が大きく変わっているが、監視官デバイスのスキャン機能を用いると、骨格レベルで教祖の仁世元洋であることが確認された。

だが、炯は、仁世の身柄を発見しながらも困惑を隠せない。

ベッドに眠る老人の薄く開いた眸《ひとみ》は炯たち闖入者《ちんにゅうしゃ》に反応することなく、ほとんど止まったような微かな呼吸を繰り返している。ベッドの横に設置されたモニターには、仁世の色相やバイタルデータが映し出されている。

純白に染まったクリアカラーの色相と、ほとんど停止状態に近い脳波や呼吸のバイタルデータ。その容態に陥った人間の姿に、炯は見覚えがある。

「延命装置、植物状態です」

如月も同じことを考えている。同じ困惑を抱えている。

仁世は、特別保管房に保管されていた――〝プログラム〟を適用された信者たちと同じ状態に陥っている。永続的な色相の純化。その代償としての覚めることのない眠り。

そんな人間が、犯行の指示を出すことなどできるはずがない。

いつだ？　いつから、仁世はこの状態に陥った？

肉体の消耗具合からして、昨日今日ではない。かなりの時間が過ぎている。

――半年前だ。

自爆犯になった信者が失踪した時期。教祖が特別祈禱と称して姿を消した時期。特別治療と称した違法な投薬実験が開始された時期。そのすべてが半年前を境に起き始めている。半年前、〈ヘブンズリープ〉教団で何が起きたのか――。

「……そこにいるのは誰ですか」

ふいに部屋の入り口から声がした。誰かが特別祈禱室に立っている。

炯と如月は咄嗟に仁世の横たわるベッドの脇に身を隠す。そっと様子を窺うと、部屋の入り口を覆うホロ越しに、典雅な装いの祭服を視認する。

トーリだ。

まだ集団礼拝の終了予定時刻ではない。どうして彼がここにいる。炯たちが特別祈禱室へ向かったことがバレたのか。あるいはこの隠し部屋に侵入したことでアラートが発せられたのか。いずれにせよ、このままやり過ごせるとは思えない。何者かが忍び込んだことを把握しているから、トーリは声をかけたのだ。

そして指輪のセキュリティパスから教団のサーバーに使用履歴が送られているなら、ここに誰がいるのかトーリが知らないはずがない。炯と如月は一《いち》か八《ばち》かで全身ホロを起動する。ザハリアス夫妻に成り代わり、ベッド脇から立ち上がる。

「……トーリか」

平静を装い、炯は声をかけた。まず見極めるべきは、この隠し部屋にザハリアスは立ち入ることを許されているのかどうかだ。

「叔父様、何をしているのです」

「つい彼に話しかけてね。驚いたよ。どうして言ってくれなかったんだ？」

トーリとザハリアスは共犯関係にある。だが、どこまでの共犯関係にあるのか。今ここで知り得た事実について、トーリはザハリアスと秘密を共有するつもりはあるのか。

トーリは沈黙したまま、何も返事をしない。

炯も如月も出方を窺っている。この状況、二対一。トーリが専門的な格闘訓練を積んでいる形跡はない。最悪、彼を強硬手段で拘束することも思案する。だが、特別祈禱室に他の信者が待ち構えている可能性もある。実力行使は最後の選択肢だ。

やがて、トーリが手元のデバイスを操作し、色相データをホログラフィック投影した。どこかの医療機関で計測されたデータのようだった。ほとんど黒に近い暗紫の色相。計測された犯罪係数も隔離境界ギリギリの九〇付近を指している。

「マルベリーパープル……、これだけ濁れば隔離は免れない」

如月が呆然とした口調で呟いた。

色相の心理解釈において、紫の色相は、芸術や宗教といった精神的な事物に対する理解への性格傾向を示すが、それが濁りによって反転すると傲慢や偏見といった盲信に豹変《ひょうへん》する。妄想型の犯罪者。殺人カルトを組織したり、あるいは常人には理解し難い独自の妄想信仰に基づく、正しい奉仕活動と見做して犯罪を犯しやすい。

トーリが表示した色相の持ち主は、その条件にことごとく合致していると言っても過言ではなかった。如月の言う通り、施設隔離行きは免れない。

「僕の入信時の色相ですよ、奥様」

そんな重篤悪化した色相が、自分のものだとトーリは主張する。

「……この状態から回復を？」

「僕は修行を重ね、色相を浄化しました。すべては教祖様の御業《みわざ》のおかげです」

唖然《あぜん》となる如月にトーリは誇らしささえ滲ませ、首肯《しゅこう》する。絶対的な窮地を脱することで過去の負の経験が、むしろ絶対的な自負をもたらす根拠になる――灼ふうの心理分析をすれば、そのようにトーリの心理傾向を表現することになるだろう。

色相の濁りは、シビュラ社会の人間にとって恥部そのものと言っていい。もし、回復したとしても、いわば前科のようなもので、積極的に他人に見せようとはしない。

だが、トーリはその恥ずべき過去というべきものを赤裸々に明かしている。嬉々《きき》として話すトーリは、これまで炯が目にしてきたトーリ・アッシェンバッハの人物像のいずれとも、また違う。声の調子は普段より高く興奮しており、まるで親に向かって自分の宝物を誇らしげに見せたがる子供のような幼さが見え隠れしている。

社会的なペルソナを脱ぎ去り、信頼する叔父の前で素の自分を晒しているのか。だが、そんなふうに急に態度を変えた理由は何だ。

「僕は教祖様に恩返しするため、さらに色相をクリアにする方法を開発したのです」

そして、ふいにトーリは、自ら膝をついた。

ベッドに眠る仁世の手を握り、自らの額にその指先を当てさせた。まるでそこに秘蹟《ひせき》が宿っているとでも言うかのように。

「開発……？」

トーリは、信者への違法な投薬実験が自らの主導によるものだと自白した。

犯罪への明確な関与を示した。だが、トーリに罪を悔いる気配はまるでない。むしろ罪に対する贖《あがな》いを果たしたかのような健やかな態度。

「至高の境地……純煌白《アルビオン・ホワイト》の色相を獲得するための治療法です。私はそれを教祖様に施しました」

仁世から手を放し、再び立ち上がったトーリは、仁世の色相データを見やる。

それは許容量をはるかに超えた投薬によって魂を消し去る代わりに獲得した、普通の人間ではけっして辿り着くことができない色相領域。

「驚くほどの白さでしょう。人間はここまでいけるんだ……」

絶句するしかなかった。

炯は、目の前の青年が恩人と称し、聖人と崇《あが》める人間に施したおぞましい処置の理由を咄嗟に推し量ることができない。善悪の区別、倫理の基準、罪の概念——そのすべてが自分の知る普通とはまるで違っている。異星人と遭遇したかのような気分。

炯は潜入捜査において、致命的な思い違いをしていたことを悟った。

主犯が教祖の仁世と陵駕で、トーリがその手先だったのではない。

逆だ。

——この男だ。

この男、トーリ・アッシェンバッハこそが事件の主犯だ。

逸脱した倫理基準に基づき犯行計画を策定し、自ら崇める教祖と教団すらも動員し、犯罪を遂行する——。この男が〈狐〉の頭であるのかどうかは分からない。これまでの〈狐〉の頭たちは、一種、知能犯というべき連中だった。その名前だけを残し、正体を現さない「梓澤廣一」も同じタイプだ。

しかし、このトーリは違う。犯罪を犯罪でないものに作り変えるのではなく、犯罪を犯罪と認識せずに遂行する――〈狐〉の群れのような思考様式であり、〈狐〉の頭に匹敵する歯車を動員可能な支配力を有する犯罪者。

「ニュータウンはようやく権力の空白地帯となった。シビュラの祝福に従い、教祖様をお迎えする楽園が彼の地に築《か》かれる」

そして、トーリは自らの目論見《もくろみ》を明言した。火をもってあらゆる障害を排除した異形の獣は、その群れを率いて、異邦人たちの街を貪り尽くそうとしている。

駒に過ぎないザハリアスに、すべてを明かしたのは、無事で帰すつもりがないからだ。

トーリが厳かに両手を掲げた直後、マスクを装着した信者たちが室内に乗り込んできた。全員、武装している。テーザー銃の照準が炯と如月を捉える。

「まさか公安局が潜入捜査を仕掛けてくるなんてね……」

逃げ場はない。炯と如月は、ホログラムを解除する。

黒衣の刑事課の装いを取り戻し、炯はトーリを睨みつける。

「なぜ分かった」

「アウマの死に動揺するほど、ザハリアスは事情には通じていませんよ。それに……」

トーリは如月を見やる。

「彼の妻に至っては日本に来たばかりで何も知らない一般人に等しい。それが、殺されるはずのない人間が殺された……なんて顔をするのは有り得ない反応だ。化けるべき相手を誤りましたね。いつも飼い主のご機嫌を窺う愚かな飼い犬より、飼い主のほうが飼い犬のことをよく知っているものです」

トーリが手を振ると、テーザー銃を構えた信者たちが一歩、前に出る。隊列に乱れはない。よく訓練されている。普通の信者とは異なるトーリ自身の子飼いなのだろう。

抵抗するすべはない。

「泳がせて外務省のスパイを押さえたかったのですが、教祖様の姿を見られては放置できません」

ふいにトーリが妙なことを口にした。

「外務省だと……？」

外務省？

だが、烱はその真意を問い返すことはできない。

「下手な演技だ」

先ほどまでとは異なる冷然とした教祖代行の態度で、トーリが小さく手を上げた。

直後にテーザー銃の紫電が烱と如月の意識を奪い去る。

公安局の刑事たちがストレッチャーに載せられ、研究棟の廊下を運ばれていく。

ボトム用の枷《かせ》を口に嵌め、両手両脚、胴回りをベルトで固定してある。

止むを得ない暴力の行使。利己的な暴力は色相の悪化を生む。しかし、止むを得ない正しい暴力、利他的な暴力の行使で色相が濁ることはない。

公安局の刑事たちがドミネーターを用いて、潜在犯を執行するという暴力を実行しても、その色相を濁らせないことがそれを証明している。〈シビュラシステム〉は、非合法的な暴力を犯罪と定義し、合法的な暴力たる正義の執行による対処を命じる。

すなわち、正しい暴力をもって悪《あ》しき暴力に報いよ、というのが、この世界ゆいいつの絶対の審判者であるシビュラが、自分たち人間に命じている託宣に他ならない。

だからこそ、教団施設に潜入捜査を行い、潜在犯である執行官を使って信者たちの色相を汚染してきた刑事たちの犯罪に、トーリは自衛のための暴力で対抗した。制圧に従事した信者たちの色相は一時的に悪化するが、シビュラ社会を支える製薬企業から供給される薬物を、色相の濁りが消えるまで投与すれば何も問題はない。

何としても、この教団を守らなければならない。仁世教祖が築き上げた真の魂の避難所を。ここで自分は救われた。自分が救われたように、他の苦しむ者たちを救いたい。

トーリ・アッシェンバッハの望みは、ただそれだけだった。

ふいに、ストレッチャーを運搬するドクターたちが動きを止めた。

前方に目をやると、廊下に連なる柱の間から、背広姿の人影が姿を現していた。

地味だが仕立てのいい暗い色合いの背広を着ているのは、特徴に乏しい中年の男だ。

背は高過ぎもなく、低過ぎもしない。太っておらず、痩せてもいない。顔を合わせた翌日に誰かに面貌を聞かれても答えに窮してしまうが、なぜか次に会ったときには何者であったかをすぐに思い出してしまう――、そんな奇妙な存在感を放つ男。

梓澤廣一。

神出鬼没の男が、どうして教団施設にいるのか、トーリは咄嗟に理由が思い浮かばない。インスペクターのなかでも、最高位の座に君臨している彼は、この社会のほとんどあらゆる場所に自由に出入りすることができる。それは〈ヘブンズリープ〉の教団施設も例外ではない。おそらく、彼の訪問に大した理由はない。

冬の朝、新雪が積もったばかりの無垢《むく》な道を靴で平然と踏み荒らしていくような無自覚の暴力。梓澤と会うたび、そのような不快感をトーリは繰り返し抱く。

「どうも、ファースト」

「サード、頑張ってるね」

「それはもう……」

軽く挨拶を交わした梓澤は、怪訝な顔をするドクターたちを気にすることもなく、拘束された刑事たちを順番に眺めていく。運ばれてきた検体を吟味する医者のように。

監視官の顔を覗き込み、少し落胆したようにため息を吐くと、執行官に興味を移す。

梓澤はポケットに手を突っ込んだまま、上半身を屈《かが》め、執行官の耳元でそっと囁く。

「お嬢さん、あなたには手錠より真っ赤な花が似合うのに、残念」

口説き文句のような軽薄な言葉を口にしながら、梓澤の顔には微かな嘲笑《ちょうしょう》以外、何の感情も浮かんでいない。

それっきり、用事は済んだというふうにストレッチャーから離れる。

まさか、これだけの厭味を刑事たちに言うためだけに教団施設を訪れたのか。ファーストの露悪的な気まぐれさは、いつも理解の範疇《はんちゅう》を超えている。トーリが手を上げると、ドクターたちが再びストレッチャーを運搬していく。

その様子を眺める梓澤は一向に帰る素振りを見せない。仕方なく、トーリは彼を執務室に案内する。しかし、梓澤の狼藉《ろうぜき》は止まらない。勝手に室内のホームセクレタリーを操作してコーヒーを淹れ、応接用のソファに腰を落ち着ける。

「――教祖不在で大丈夫かい？」

「不在ではありません」

馴《な》れ馴《な》れしい口調で尋ねてくる梓澤に返答し、トーリは執務机に手をやる。

ホログラムの投影装置が作動する。「処置」を施した信者たちの色相が表示される。

当然、仁世の色相も含まれている。自らの手で、師たる仁世にシビュラの恩寵《おんちょう》を与え、今なお祝福をもたらしている。その実感を得るたびに、トーリは暖かな日差しのような勇気をもらうことができる。

「サード、あれはユーストレス欠乏症っていう病気だよ」

だが、そんなトーリの満ち足りた気分に水を差すように、梓澤が肩を竦めた。

「病気ではない」

「…………」

仁世の純白の色相にコーヒーをぶちまけられたような不快さを覚える。ファーストの露悪的な性格は周知の事実だが、尊敬する人間を侮辱され、いっそうの嫌悪が募る。

梓澤が口にしたのは、この施設が〈ヘブンズリープ〉に買い取られる前、厚生省直轄の医療機関だった頃に専門的に取り扱っていた病名のことだ。

〈ユーストレス欠乏症〉——その症例は、精神衛生至上社会となったシビュラ社会において、過度なセラピーや投薬によって陥る特異な病とされている。生命活動のすべてがストレスになってしまったかのように、あらゆる肉体機能、意識レベルを低下させ、やがては生きることそのものすら諦めたように息を引き取る。

だが、この〈ユーストレス欠乏症〉を、厚生省は公式に否定している。陰謀論の一種、疑似科学が主張する詐病であると定義している。

トーリたち、〈ヘブンズリープ〉教団も同じ立場を取っている。

人間の精神状態を数値化し、〈シビュラシステム〉の解析によって計測可能としたサイコパスは科学的な裏付けが取れているが、〈ユーストレス欠乏症〉は一部のシビュラ否定論者が唱える妄想の産物に過ぎない。

もしも、〈ユーストレス欠乏症〉が人間の健やかな生の営みを害する、本当の病であるとするなら、生涯福祉支援システムとして設計されたシビュラが放置するはずがない。

であれば、〈ユーストレス欠乏症〉と呼ばれる状態に人間の精神・肉体の状態が変容するのは、むしろ〈シビュラシステム〉にとって望ましいことではないのか？

十分に高度な医療体制が整ったシビュラ社会において、〈ユーストレス欠乏症〉に陥った人間は、完璧にクリアな色相を獲得する一方、自立した行動が不可能になることで他者に危害を加える可能性もいっさいなくなる。痛みも苦しみも感じることのない穏やかな時間を死ぬまで過ごすことができる。

事実、この状態に陥った人間は、ここが教団施設となる前、医療従事者、医療ドローン、見舞いに訪れる家族や友人たちの惜しみない愛によって生かされていた。

愛のために生き、愛によって生かされる。それは理想の生の在り方ではないか。

そのように考えたからこそ、仁世は自らの教団の本拠地を、この地に選んだのだとトーリは確信している。それ以外に有り得ない。悪意ある者たちによって経営困難に陥った医療機関は、〈ヘブンズリープ〉に引き取り手のなかった患者の管理を委ねた。

トーリは入信の後、教団が管理する患者の存在と、その色相の在り様を目の当たりにして、これしかない、と思った。シビュラの遣いたる仁世と出会い、その教えによって生まれながらにして穢《けが》れた魂を浄化されたトーリは、自らもまたいずれ、この境地に達することこそが、〈シビュラシステム〉が指し示す導きなのだと直感した。

その直感は、正しかった。やがて教団には、トーリと近い考え方を持つ二瓶のような研究者が合流し、〈ドクター〉と呼ばれる研究チームを組織した。

しかし、残念なことに、研究が進むほどに仁世からの理解を得られなくなった。悲しみとともに教え諭《さと》そうとする仁世の顔を見るたびに、トーリは胸を締めつけられるような苦しみを覚えた。このひとの色相が濁ってゆくほどに、一刻も早く研究を完成させなければならないと決意した。そして〝プログラム〟の最初の被験者に、仁世を選んだ。

「……我々は、仁世教祖が達した境地に続くことを推奨されていると考えます」

「ある意味、君はすごいよ。他人を〈ユーストレス欠乏症〉に誘導できるシステムを作ったんだから」

「〝エターナル・ホワイト〟の境地です」

だが、梓澤は苦笑を浮かべるばかりで、その真理を一向に受け入れようとしない。神の恩寵に対して理解のない人間は、いつも同じような冷たい微笑を浮かべる。

「信者全員でユーストレス患者になる気かい？」

梓澤はシビュラを信じていない。何も信じていないから、奇跡を信じることができない。トーリは梓澤を憐れまずにはいられない。あらゆる人間を教団は受け入れる。真にシビュラ的であることを望むなら、どのような罪を犯した人間も拒むことはない。

「あなたも〝プログラム〟にかかったほうが幸せになれますよ」

「俺は個人の幸福より仕事を愛してるからね。……でも心配だな。君らの色相」

「信仰と正義があれば問題ありません」

「度を越した暴力は、サイコパスの悪化を呼ぶ」

「もちろん……、シビュラが許さぬ暴力は忌むべきもの」

正しい暴力と誤った暴力の区別もつかず、シビュラを信じない者。救済を頑《かたく》なに拒み孤独を歩む哀しい獣。人間は獣の言葉を解さず、獣は人間の言葉を解さない。

「で？」

「〈ピースブレイカー〉の生き残りを使う」

「〈パスファインダー〉の二人？　あんな下品なの使うの？」

呆けたように、梓澤はポカンと口を開ける。

トーリは確信する。この男には、自分が見えている道が見えていない。たとえ、虹の橋に最も近い場所に立っていても、その眼が曇っているなら正しき道を歩むことはできない。今なお輝ける道が、己の眼前に敷かれていることをトーリは信じ疑うことはない。

36

彼女が歩んできた暗闇の道が、間もなく光を取り戻そうとしている。

雨が降っている朝だった。しかし、病室の窓から見える空は青く晴れ渡っている。病院の敷地内に植えられた草木の緑が明度の高い空気のなかに揺れている。

目に見えているもの。目に見えるはずがないもの。灼には、その区別が日に日に難しくなっている。雨は——本当は降っていない。そういう認識を強く持つことで、耳朶《じだ》を震わす雨音のノイズが去り、灰色の雨のヴェールが世界から取り除かれていった。

今回の事件捜査において、灼はメンタルトレースの使用を意図的に封じている。

それでも雨が完全に止むことはない。ふいに雨音が忍び寄ってきたとき、灼は視界のどこかに獣の仮面を被った男が立っているのではないかと不安に駆られる。

敵意や害意、脅威のイメージが具象化したものが、あの獣の男ではないかと灼は考えている。同時に、この男をどこかで見たことがある、という根拠のない確信もある。

その正体は何者か。それを突き止めようにも、灼はザイルパートナーである炯にさえも、その存在を説明することができない。なぜ、それを脅威と感じ、同時に郷愁のような想いを生じさせるのか。分からない。しかし、確かなことは——〝雨が降っている〟

――そう告げる父親の声が自分を守ってくれているように聞こえるということだ。

自分は守られている。様々な人やものによって。

そんな自分が、今は守らなければならない相手がいる。

炯から託された舞子は、視力回復のための手術を終え、病室のベッドにいる。

病院着を纏い、上体を起こしている舞子の両眼には包帯が巻かれている。

脳内の破片除去手術において、頭蓋《ずがい》への侵襲的なアプローチが行われるが、眼球それ自体に対する外科的処置が行われたわけではない。

包帯は、視覚を保護するためのものだった。眼球と視神経を通して伝達される図像のチューニングは一朝一夕で取り戻されるわけではない。これまで長い間、恒常的な暗闇のなかにあった視覚を段々と暗がりから明るさに調整するための措置。

それでも暗闇に佇《たたず》むしかない時間は、終わりを告げた。真夜中から黎明《しののめ》へと向かってゆく空のように、舞子の視界はこれから光を取り戻していく。

「手術、大成功だって。あと数日すれば炯の顔が見られるよ」

灼は、その言葉を、本来告げるべき炯から託されている。

「炯は……、仕事中？」

炯の潜入捜査については、職務上、妻である舞子にすら明かすことはできない。

炯はまだ潜入捜査から帰還していない。ザハリアスの滞在予定をすでに超過している。

正体露見のリスクも高まっている。こうなると分かっていたら、〈シビュラシステム〉の相性診断など無視してでも、自分が潜入捜査に赴くべきだったのではないか。そのような後悔と焦燥が灼の心から落ち着きを奪っていく。弱気な言葉が、つい漏れてしまう。

「ごめんね」

舞子は、よく分からないというふうに笑みで返す。

「なんで謝るの」

たくさん、いろんなことのせいで。そんな答えが浮かび、言葉にならず消えていった。

「舞ちゃんの目が見えるようになって最初に視界に入るのが、おれじゃ申し訳ないよ」

「そんなことない。ありがとう。声を聞けて嬉しい」

「安心したのなら、よかったよ」

口にするのは、どれも本心だ。人間は想っていることのうち、実際に言葉にできるものはとても少ないからこそ、言葉に出すべき想いはいつも本物でなければならない。

不安がないわけではない。それでも、舞子の視力が取り戻されることが心から嬉しかった。従軍していた炯と舞子が日本に戻ってきたとき、再会の喜びは、すぐに冷たい現実によって掻き消されそうになった。

光のない眼。舞子の瞳は昔と同じように綺麗で、けれど、少し別のところを見ていた。人が相手を見ているとき、相手も自分を見ている。視線が合い、互いの瞳に光を見つける。それができないせいで、灼は舞子の瞳が光を失ったことに気づいたのかもしれない。

光。

しかし、それは舞子が浮かべた再会の笑顔からは少しも失われていないものだった。

だから、灼は再会の喜びを失わずに済んだ。笑顔で一歩を踏み出し、二人のもとへ向かった。炯と舞子の帰国を笑顔で出迎える。ずっと、そう決めていた。一時の別れを告げられたとき、悲しくなかったというのは嘘だから。悲しかった分だけ、その再会が嬉しかった。本当に嬉しかった。

そして、これからもっと嬉しいことが待っている。だから、灼は炯の帰還を待ちわびている。自分たちから奪われてしまったたくさんのものが、今ようやく少しずつ取り戻されようとしている。

「……炯のことでお願いがあるんだけど」

「何？」

舞子の呼びかけに、灼は応える。どんな願いでも叶えるつもりでいる。

「あのひと、いつも誰かを守れると思ってる。でもそういうひとほど誰かに守られてるものよ。――炯にはその自覚がないから」

けれど、違った。舞子が求めているのは、もっと別のものだった。そして、それは灼や炯が、つい見落としてしまうものだった。舞子はいつも二人が見ていないものを、ちゃんと見てくれている。昔も今も、変わることなく。

「……分かってる。でも、つい炯を頼りにしちゃうんだよな」

灼は拳を握る。ザイルを通し、この手を摑む相棒の手の感触を思い出す。

「あっちゃんが炯を守ってくれるなら……、二人で守り合えるなら、きっと大丈夫」

その手を今、舞子が欲していることが自然と伝わってきた。不安に震える手。恐怖を隠し俯く顔。病室に横たわる人は、見舞った人間には想像もつかないほどの不安をいつも抱えている。言葉にすることのできない痛みに苦しんでいる。

その苦しみを癒すすべは、その手を誰かが握ることだと分かっている。

灼は握っていた拳を解き、舞子の手に近づける。

「……分かってる」

そして手と手を触れ合わせることなく、代わりに精いっぱいの笑みで答えた。

ここに炯がいたら、自分がきっとそうしていたように。

37

雨は止み、陽が空の高い位置に達しようとしている。

灼は病院近くの路上に停車していた公安局のＳＵＶ車両に乗り込んだ。

「寄り道しちゃって、すみませんでした」

「どうせ通り道だ。気にすんな」

後部座席の定位置に灼が座ると、運転席の入江が明るい口調でアクセルを踏む。

雛河と天馬がそれぞれ、後部座席と助手席に腰を落ち着けている。

車両は一般道をしばらく進むと、新首都高速に乗った。目的地は三郷ニュータウン。

「しかし、分からねえな。廃棄区画に流れてねえなら、シスターはブツをニュータウンのどっかに隠してるってことになる」

天馬が頬杖《ほおづえ》を突きながら、むっつりとした口調で呟いた。

「だが、教会からは何も出なかったぜ？」

入江が肩を竦める。前回、〈正道協会《CRP》〉の施設を家宅捜査した際、陵駕の執務室で見つかった記録データ以外、不審な物品は発見されていない。

国外へ輸出される武器パーツは当然、どこかで保管されていなければならない。

入江が懇意にしていた武器ブローカーの証言などから、三郷ニュータウンの密造パーツの密輸は廃棄区画を経由していないと見られる。むしろ、〈出島〉や海外に武器密売の主体が存在し、三郷ニュータウンはその中継地点のひとつ、ネットワークの末端《ターミナル》に過ぎないのかもしれない。

そうなると、事件の規模は国外事案にスケールアップする。その捜査フィールドは公安局刑事課ではなく、例の外務省行動課が管轄する領域になる。

やはり、最初から行動課に捜査支援を要請しておくべきだったのか。それとも、彼らも独自にこの件について動いている？　分からない。いずれにせよ、炯と如月の教団への潜入が想定期間を超過している状況で、灼たち一係の捜査人員が〈出島〉といった遠隔地に赴き、東京を離れる状況は避けたい。

　潜入捜査の発覚、あるいは何らかのトラブルの発生。いずれにせよ、時間がない。一刻も早く、武器パーツの密輸ルートの全貌を暴かなければならない。

　すでに事件に関与した人間や組織、荷物の正体は特定されている。あと必要なのは、武器密売の証拠だ。具体的には、どこかに隠された武器パーツの所在を突き止めること。

　これと合わせて潜入中の炯たちから教団側の証拠が得られれば、内と外から追い詰められる。武器密輸への関与、その隠蔽のために行われた連続自爆テロへの関与——その双方の根拠に基づき、教団と陵駕に対し、法の裁きが執行される。

　だが、密造された武器パーツを、陵駕たちはどこに隠しているのか？

　陵駕が久利須と共同で管理していた三郷ニュータウンの倉庫街とアウマの工場で、荷物を恒常的に動かしていた運搬記録が確認されている。

　元々、工場で生産された工業製品の輸送車両を改造した〈正道協会《CRP》〉のリースカー・ネットワークであれば、精密部品である武器パーツを運搬できる。

　だが、陵駕が管理する倉庫に武器パーツはなかった。車両整備基地を兼ねている〈正道協会《CRP》〉の施設も同様だ。では、刑事課の捜査が及ぶことを考慮し、倉庫に残っていた武器パーツの在庫をすべて教団施設へ移し終えたのだろうか。

　自爆テロが発生してからもアウマの秘密工場では武器パーツが生産されていた。秘密工場には生産設備はあっても、武器パーツを保管するスペースは確保されていなかった。部品は製造され次第、すぐにどこかへ出荷されていた。その輸送には、陵駕の〈リースカー・ネットワーク〉が利用されている。

　自爆テロ発生の有無にかかわらず、武器の密造・密輸・密貿易は継続されていたことになる。生産ラインが稼働しているなら、部品の輸送と保管も継続していなければならない。今なお武器パーツは、三郷ニュータウンのどこかに隠されていなければならない。

　ならば、武器パーツはどこに消えた？

　灼は、車窓越しに〈CRP〉のロゴが車体に記されたリースカーを見やる。

　三郷ニュータウンが近づくと、その姿を見かけることも増える。自爆テロが発生してなお交通インフラとして機能し続けているリースカー。工業製品運搬用に設計されたため普通の車体より大きく、運ぶ部品を傷つけない仕様のため、運行速度はかなり遅い。

　まるで温和だが鈍重な家畜の群れ。彼らは飼い主たる陵駕に命じられて秘密の荷物を背負い、どこに荷物を運んでゆくのだろう。武器ブローカーの証言通りなら、膨大な量の武器パーツが日々生産され、海外の紛争地帯へ送られている。生半可な量ではない。

それだけの大量在庫が運ばれる先が存在しないとしたら、リースカーは荷物を抱えたまま、道から道へ延々と走り続けるしかない。街を彷徨《さまよ》い続けるしかない。

そんなことが可能なのだろうか？

永久に運び終えることができない荷物を抱えたまま、街を走行し続けるリースカーが群れをなすビジョンを思い浮かべる。その光景は、なぜか、〈リースカー・ネットワーク〉が運行される三郷ニュータウンの街並みとピタリと一致した。そうだ——有り得ないと思った光景は、むしろ、当然のようにそこに在るものだった。

何かを、摑みかけた感覚。

自分が陵駕であったら、どのように武器パーツを隠すのかと仮定する。

手札の確認。数百を超すリースカーの大群。それは大量の武器パーツを運ぶために必要なだけの数が揃っている。リースカーの周回範囲を調べ直す。三郷ニュータウン一帯を回遊し続け、他の土地に赴くことはない。

ひとつの推論。もし仮にリースカーが武器パーツを積んだまま走り続けているとしたら、荷物は三郷ニュータウンに保管されているに等しい状態になる。

——であれば、やれる。

そもそも、〈リースカー・ネットワーク〉は最初から武器パーツを保管倉庫へ運ぶ必要などなかったのではないか――発想の転換――そうだ、リースカーは武器パーツの在庫を倉庫に運ぶために荷物を受け取るのではない。〈リースカー・ネットワーク〉は荷物たる武器パーツを工場から受け取った時点で、

「……もう運び終えてるんだ」

輸送と在庫の保管は、完了したも同然になる。だとすれば、自分たちが赴くべき場所はひとつだった。灼は運転席の入江に告げる。

目的地は、油まみれの機械の聖堂。

〈CRP〉の整備ステーションに到着し、灼たちはドミネーターを携行し降車する。

容疑者である陵駕の拠点を捜索する以上、万一の場合に備えなければならなかった。とはいえ、灼はドミネーターを携行することが、あまり得意ではない。もっと率直に言えば、苦手と言っていいかもしれない。

武器を携えたままでは、相手に強い警戒心を抱かせてしまう。ドミネーターによる執行は絶対的だ。その引き金が引かれてしまえば回避不能な結果が訪れてしまう。監視官として配属される前の研修でも、灼はドミネーターの運用技能テストにおいて、心理的負荷の兆候があるという診断を受けている。理由は不明だが、対象を狙い撃つ行為に強い忌避感を抱いている――なぜ、そんなふうに思ってしまうのか。灼にも分からない。

とはいえ、監視官として着任できた以上、最低限のレベルはクリアしたと見做されているはずだ。必要なら、その引き金を引かなければならない。

だが、その必要の度合いが、灼には、まだ完全には理解できていない。

灼は黒鉄《くろがね》に光るドミネーターを腰のホルスターに収め、整備ステーションに赴く。

近づくにつれ、油の臭いを鼻が捉える。陵駕は己の教会を、油まみれの聖堂と呼んでいた。それは単に整備油の臭いが漂ってくることを揶揄《やゆ》したわけではないのだろう。

信仰と社会奉仕のもとに連帯する〈CRP〉の職員たち――清らかな水に混ざり込んだ、収賄や密輸に手を染めた自分自身を黒い油に喩《たと》えていたのか。

少なくとも、応対した〈CRP〉のシスターが密輸ビジネスに関与しているようには思えなかった。行方を晦《くら》ました陵駕の安否を心配する気配は伝わってきても、灼たち刑事課の立ち入りを警戒する様子もない。

「すいませんね、開けてもらっちゃって」

「公安局の捜査ということなら……」

シスターが表に面した整備ステーションのシャッターを開く。

およそ三〇台ほど、整備中のリースカーが停《と》まっているが、前回に訪れたときのように整備を行っているシスターたちは見当たらず、ステーション内は静まり返っていた。

「今日は休みなんスか？」

「ええ、シスター陵駕がそのように……」

入江の質問にシスターが頷いた。曰く、連絡ひとつ寄越《よこ》さなかった陵駕が、アウマが殺害されて間もなく急に整備ステーションを閉めろとメッセージを送ってきたという。シスターたちも急な操業停止命令に戸惑ったが、連続自爆テロが続いていることを鑑み、数日前から最低限の応対業務だけ残し、整備ステーションを閉鎖している。

「ふうん……」

これまで静観を決め込んでいた陵駕が急に行動を開始した。灼たち刑事課が〈リースカー・ネットワーク〉の正体に気づくことを懸念し、施設を閉鎖しようとしたのか？

だが、灼の推理が正しければ、肝心なのはリースカーの車両そのものだ。街内には大量のリースカーが自動走行しているから、整備施設だけを閉じても意味がない。いずれにせよ、施設内に停車しているリースカーを調べれば、事の真相は明らかになる。

「危ねえから、もう帰れ帰れ」

「そうはいきません。シスター陵駕の神聖な修行の場を荒らされないように、しっかり同行させて頂きます」

天馬はシスターの同行を拒否しようとしたが、相手も譲らない。

「うーん……」

「いいじゃない、話も聞けるし」

結局、こうした交渉事が得意な入江が間に入り、シスターには整備ステーションの入り口で待機してもらうことで落ち着いた。公安局の調査が完了したら、発見された情報についても共有を行う。とはいえ、すべての情報を開示するつもりはない。

仮に、灼の推理通りなら、〈リースカー・ネットワーク〉が武器パーツの密貿易や自爆テロの犯人輸送を担っており、車両整備を行ったシスターたちは無自覚に犯行に関与していたことになる。だが、罪を犯す意思がなく、直接その犯罪行為の主体を担っているわけではない彼女たちは加害者ではなく、被害者として取り扱うべき存在で、わざわざ執行のリスクを上げるべきではない。

灼たちは手分けして停車中のリースカーの調査を始める。監視官デバイス、執行官デバイス、鑑識ドローンを動員し、リースカーの内部構造を隈《くま》なくスキャンしていく。

車体上部の貨物カーゴは積載量を確保するため、車体外装ギリギリまで積載スペースが設けられており、隠しスペースを設ける余地はなかった。

となれば、車体下部の駆動システムだった。バッテリーや電気駆動装置が集約され、車体上部のカーゴ部分と独立したユニットになっている。

そのなかでも、全体で一番多く容積を占めているのが、リースカーを動かすためのリチウムイオンバッテリーだ。使用用途によっては重い工業部品を運ぶこともあるとはいえ、車体サイズに比べ、不釣り合いなほどに大きい。

そのような違和感を、刑事の直感は見逃さない。

監視官デバイスでバッテリーをスキャンすると、バッテリーケースの内部に不自然な空洞が設けられていることが確認された。

「内部に空洞。間違いなさそうですね」

天馬に作業ドローンを使い、バッテリーケースを開封するよう指示する。

ケースの継ぎ目を、作業ドローンが工業用レーザーカッターで溶断する。金属が灼ける臭いが鼻を衝《つ》く。生じた隙間をドローンのアームが強引に抉《こ》じ開けてゆく。

ある程度の負荷がかかると、バッテリーケースが勢いよく開いた。接合部の一部を溶断すれば、ケースを開閉できる仕組みが組み込まれている。

仕組みを知らなければ、ただのバッテリーにしか見えない。だが、しかるべき道具を揃えていれば、その内部に収められている物品を取り出せる。そして、このリースカー整備ステーションには、必要な設備がすべて揃っている。

灼と天馬は、開封したバッテリーケースの中身を確認する。

ケース内部には仕切りが設けられており、標準規格のバッテリーがケースの半分ほどの容積を占めている。そして、残りの空洞部分に金属製の箱が収まっている。もちろん、通常のバッテリーケースにこのような付属品は存在しない。

天馬が引っ張り出した箱を床に置き、開封した。

「こりゃあ、工場で作ってやがった部品だぞ」

途端に、天馬が大きく目を瞠《みひら》いた。灼もすぐに中身を確認する。

箱のなかには梱包材《こんぽうざい》にくるまれた金属パーツが収納されていた。ライフルの機関部に組み込まれるボルト。アウマの秘密工場で生産されていたものと形状が一致する。

「他の車両も探しましょう」

灼は天馬と頷き合うと、別の車両を調べていた入江と雛河にも指示を飛ばす。

間もなく、整備ステーションに停車していた三〇余のリースカーすべてから、バッテリーケースが取り出された。ケース内には、いずれも同型の金属製の箱が仕込まれており、密造された武器パーツが収められていた。

当たりだ。灼が推測した通り、〈リースカー・ネットワーク〉そのものが密造された武器パーツの輸送手段であり、同時に隠し場所だったのだ。

通常、リースカーの隠しスペースに保管された武器パーツは、出荷時期を迎えると中継地である陵駕と久利須が共同所有していた倉庫街で作業ドローンによって荷下ろしされ、直後に別の輸送車両に乗せ換えられ、〈ヘブンズリープ〉の教団施設へ運ばれる。

出荷タイミングは、おそらくザハリアスのような武器密売人が国外から来訪したときだ。であれば、今回の出荷分はすでに教団施設へ運ばれていることになる。

今、灼たちが発見した武器パーツは次回の出荷に向けてストックされている在庫だろ

う。三郷ニュータウンと教団施設――双方に同じ武器パーツがストックされていること
が確認されれば、明確な密貿易の証拠となる。
繋がった。三郷ニュータウンと教団施設、〈出島〉、国外を繋ぐ武器パーツの密貿易の
実態を暴いた瞬間だった。
「何だ、この白い石は……？」
するど、ケースの開封作業を続けていた入江が、怪訝そうな声を上げた。
その指先は、やや濁りのある乳白色の透明な石を摘《つ》まんでいる。一部の車両に武器パ
ーツの代わりに、この乳白色の石が詰まった箱が収まっていた。
これだけ厳重に保管されていたのなら、この乳白色の石には武器パーツと同等の価値
があるということになる。
灼は、この乳白色の石に見覚えがある。昔、〈出島〉の学校で学んだことがある。
「それ、ダイヤモンドの原石です」
「マジか!?」
灼が石を指差すと、入江が素《す》っ頓狂《とんきよう》な声を上げ、慌てるあまり、手にしていたダイ
ヤの原石を取り落としそうになる。少し離れた位置から、様子を窺っていたシスターた
ちも小さく驚きの声を上げている。彼女たちにとっても初耳のようだった。
俗に宝石としてのダイヤモンドの価値は、４Ｃと呼ばれる基準によって定められる。

重さ《カラット》／色合い《カラー》／透明度《クラリテイ》／研磨技術《カッテイング》――入江が手にした原石は大きさそのものはかなりのものだが、宝石としてのグレードはあまり高くはない。それでもかなりの値段で取引されることになる。だが、目の前にあるダイヤモンドの原石は、おそらく国際鑑定基準が正しく機能していれば、流通不可という鑑定が下されるはずだ。

すなわち、第五のC――紛争《コンフリクト》の基準に該当するがゆえに。

紛争地帯に出荷される密輸用の武器パーツとともに保管された大量のダイヤモンドの原石――それが意味するものは、ただひとつだ。

「紛争ダイヤモンドです。武器や薬物の代金として、血塗られたダイヤモンドが支払われる。旧世紀、それを防ぐために、宝石商同士が国を越えて世界規模の審査システムを作り上げなければならないほど、世界には血塗られたダイヤモンドが溢れていた」

灼たちの目の前にあるものが、まさしくその血塗られたダイヤモンドに他ならなかった。整備ステーションで見つかった僅かな量を換金するだけでも、相当な額の現金が手に入る。陵駕が事態解決のために大量の現金を惜しげもなく使ったり、慈善事業と称して闇市場から流れてきた医療ドローンを三郷ニュータウンに供給することができたのは、この隠し財産を保有していたからだ。

「これを密輸のタネ銭にしてたのか？」

生涯年収を軽く上回る価値を秘めたダイヤの山を前に天馬が目を丸くした。

リースカー庫に隠されている分をすべて計上すれば、とてつもない金額になるだろう。

武器パーツの密貿易の代金として支払われた紛争ダイヤも多分に含まれているだろうが、密輸グループのメンバーのなかで陵駕が紛争ダイヤを保管していたということは、彼女が密貿易の資金源、その主体となっていたことは間違いない。

例えば、軍事物資に相当する大型精密加工3Dプリンターの購入や数百台規模の〈リースカー・ネットワーク〉の調達と車両の改造、隠し金庫を用いた密輸のためのロジスティクスの構築――そういった個人では準備不可能な設備に投資することもできる。

「シスターが武器を売って……、海外のゲリラを支援？」

ピンとこない、というふうに入江が首を傾げた。

灼も密貿易の実態を暴いたがゆえに、陵駕の思惑が推測し難いものになっている。

そもそもなぜ、これだけ大規模な犯罪を首謀していながら、陵駕の色相は悪化しないのだろうか。彼女の犯罪係数はアンダー二〇のクリアカラーを示していた。

陵駕もまた些々河《ささがわ》たちのような〈狐〉の頭として、この紛争犯罪を設計したから、自らの色相を濁らせずにいたのか。だが、見つかった証拠の通りなら、むしろ陵駕たちは密貿易に関与する人間の数を極端に絞っている。自ら手を汚し、その準備と運用を行っている。であれば、その色相が濁らないはずがない。

まさか、陵駕は自らの行いが、心から正しいと信じ切っている？　それとも、紛争地帯への武器の密売が〈シビュラシステム〉にとって、社会の最大多数の幸福に資する価値があるとでもいうのか。犯罪行為の手段と証拠のすべてが揃ったからこそ、その主犯である陵駕の動機そのものがいっそう理解し難いものになっている。

「とにかく、彼女が〈出島〉で没収していた財産がこれです。リースカーは輸送ネットワークであり、移動金庫そのものだった」

「シスター陵駕の目的は……、爆弾テロでこの金品と武器を守ることですか？」

「可能性はあります」

雛河の問いに、灼は頷く。しかし、その容疑者たる陵駕は、想定される犯人像から大きくズレている。そこに無視できない違和感が横たわっている。

「……以前榎宮《えのみや》が襲撃犯を運ばせた手口と同じように、一時的に薬物で仮死状態にしておけば、街頭スキャナも突破できる……」

「はい。でも、重要なのは残りの自爆犯の所在です。ここで突き止めましょう」

だが、いずれにせよ、強制捜査のために必要な証拠は出揃った。

教団を落とせば、今度こそ暗躍する陵駕も逃げ場を失う。

なぜ、武器の密売を首謀したのか。その秘密を死守するために、人間を人間でないものに変える非道な行いに手を染めたのか。仲間の命さえも奪ったのか。

その動機を、陵駕本人に直接問い質さなければならない。

38

車両の調査と証拠物件の押収を入江と天馬に任せ、灼は雛河とともに〈リースカー・ネットワーク〉の制御室に立ち入る。

リースカーがある種の移動倉庫として機能するなら、残り二発の爆弾を埋め込まれた自爆犯は、今現在も仮死状態で運ばれている可能性が高い。

だが、特区推進派や密貿易の関係者が、すでに自爆攻撃によって殺害された今、陵駕や教団が刺客を放つべき標的は存在しない。最初の自爆テロで標的を始末できなかったときのために予備を揃えていた？　だが、医療ドローンは五件の移植手術を記録していた。であれば、あらかじめ標的は五つ——密貿易の機密に関わるものでなければならない。

それはどこだ？　誰を狙う？

リースカーの操作記録から、その予測を立てるための手がかりを見つけたい。

『——解析完了。そこのシステムは、リースカーの荷重センサーを介して荷物を特定、輸送を一括管理してるわ』

分析官ラボの唐之杜から解析結果が届いた。

「……ここ数日、何者かがデータを参照した痕跡を発見しました……」

制御室の端末を解析した雛河も報告を寄越した。何者かが整備ステーションのシステムに遠隔でアクセスした痕跡。その日付は一連の自爆テロが発生した日と一致する。

「使用者の特定はできますか？」

『使用されたユーザーアカウントは——、管理者ユ、ー、ザ、ー、で久、利、須、・オ、ブ、ラ、イ、エ、ン、』

予想に反して、アクセスしたアカウントは陵駕のものではなかった。

久利須は〈CRP〉の創設メンバーの一人だったと陵駕が証言していたから、彼のアカウントが管理者として登録されていたとしても不自然ではない。

「……久利須では幽霊に、なってしまいますね……」

だが、雛河は怪訝な顔で呟く。アカウントの閲覧履歴は、久利須が第二の自爆テロで死亡した後も確認されている。もちろん、死者があの世からアクセスしてきたわけではない。

「使用者はシスター陵駕……」

だが、わざわざ彼女が久利須のアカウントを使った理由が思いつかない。〈CRP〉の職員たちからすれば、いきなり、死んだはずの久利須がシステムにアクセスしてきたことに気づけば、むしろ不審に思うはずだ。

それとも、久利須のアカウントを使ったことに特別な理由があるのか？

あるいは、シスターたちを整備ステーションに近づけたくない理由があったのか？

これまでに灼たちは、陵駕が隠してきた多くのものを見つけ出してきた。執務室の記録チップ。リースカーの隠し金庫。そして密貿易のネットワーク。

「うーん……」

「どうしたんですか？」

それだけではない。陵駕が隠してきたものがあと、もうひとつあった。

灼は天井を指差す。

「ここの二階に、引っかかるものがあるのを思い出したんです」

灼たちは、入江と天馬と合流し、整備ステーション二階のゲストルームに移動した。

陵駕がプライベートで使用しており、施設のシスターたちも立ち入ったことがない部屋には現在、ベッドが一基と介護ドローン一台が放置されている。

「延命プログラムで動く介護ドローンですね。ずっと稼働しています」

「これだけ事件のどこにも当てはまらない」

最初の家宅捜査の際に炯と如月が発見したが、事件との関連性が見受けられず、そのままの状態で保管されていたものだった。だが、今となっては、自爆テロとの関連がいっさい見受けられないのに、陵駕が誰にも見つからないように保管していた事物というものが、むしろ強い違和感を放っている。この装置が稼働していたということは、陵駕はここで誰か延命プログラムを必要とする人物を匿っていたことになる。それは誰だ？ 組み上がったはずの犯罪のジグソーパズル——その最後のピースとなる動機への手がかりが、この介護ドローンと医療用ベッドに隠されているのではないか。ここに陵駕へ繋がる最後の経路《パス》があり、次なる自爆テロを防ぐことに繋がるのなら——。

灼の手が、無意識に懐を探っている。骨董品のポータブルラジオ。絡まった片耳イヤホンのコード。自我境界ボーダーラインの越境——メンタルトレース。

灼自身の負荷を考慮し、その使用は禁じられている。

だが、これだけの証拠が揃った今ならば——。

ふいに、携帯端末の呼び出し音が響いた。

全員が周囲を見回す。部屋の外ではない。このゲストルームのどこかから着信音が聞こえている。灼はベッドに近づく。枕を剝《は》ぐと、その下に携帯端末が置かれている。

非通知からの発信。このタイミングで着信が入ったということは、相手は灼たちの来訪に気づいている。灼は携帯端末を手に取り、耳に宛がった。

「……シスター陵駕ですね」

その名を告げると、しばし沈黙が訪れて、

『お見通しね……、さすが』

感嘆するようなため息とともに、陵駕が自らが何者であるかを認めた。

「ここで、誰を守っていたんですか？」

灼が問う。

陵駕は何を守っていたのか。このベッドには、誰が眠っていたのか？　なぜ、陵駕はその人物を守らなければならなかったのか？

残されたもの。守らなければならないもの。失えば二度と戻ることのないもの。そういうものが、ここにあったはずだ。

『今はそれどころじゃないの』

だが、陵駕は別の答えを口にする。緊迫した口調で警告する。

『自爆テロの次の標的はそこよ』

次なる炎によって焼き払われる標的を。

「……え？」

『はやく逃げて』

そして、通話はふいに途切れる。

その直後だった。

整備ステーション一階のガレージから大きな音が響いた。猛スピードで突っ込んできた何かが急ブレーキをかけ、タイヤが軋《きし》みを上げる音。

さらに女性の悲鳴が聞こえた。立ち入り調査に応じたシスターの声だ。

灼は踵《きびす》を返し、ゲストルームを飛び出した。入江と天馬、雛河もすぐ後に続く。中二階ロフト部分のキャットウォークを駆け、ガレージを見下ろせる位置に躍り出る。

壁面に激突し、車体前面を破損させたリースカーが停止していた。そのすぐ傍に男が立っており、シスターの首元にナイフを宛がっている。

「アァァァァウディィィイイノォォォォォォス！」

羽織った作業着の前を開けており、白い肌が剝き出しになっている。その腹部に痛々しい手術痕。皮膚を通して高性能爆弾のタイマーの点滅が浮いて見える。

第四の自爆犯。充血した眼。滝のように汗を掻いている。白く濁った泡を飛ばしながら激しく喚《わめ》いている。覚醒用の薬物を注入されたばかりで激しい興奮状態にある。

交渉が通じる相手ではない。だが、このままでは人質に取られたシスターもろとも自爆される。あと、どれぐらい猶予がある。あと何秒あれば、失われる命を救える――。

迷っている時間はない。灼は傍《かたわ》らの執行官たちを振り返り、小さく頷いた。

応じるように入江が、一歩、前に出た。

「おいおい、落ち着けって……」

入江と天馬が両手を上げながらガレージへ繋がる階段をゆっくりと降り始める。警戒した自爆犯が低く唸り声を上げ、シスターを連れたまま距離を取ろうと、背後に下がる。

その瞬間、自爆犯から死角になる角度に立つ柱の陰から、灼が飛び出した。キャットウォークを全速力で駆け抜け、そのまま手摺《てす》りを飛び越える。空中で捻《ひね》りを入れながら前方回転し、自爆犯の背後に着地する。

予想外の位置からの急襲に、自爆犯の対応が一瞬、出遅れる。

灼はすぐさま距離を詰める。ナイフを手にした自爆犯の手首を掴み、全力で捩《ね》じり上げる。なのに、自爆犯は激痛を物ともせず凄《すさ》まじい力で抵抗する。薬物で痛覚中枢が麻《ま》痺《ひ》している。自ら関節をへし折ってでも、拘束を逃れようとする。

灼は関節を完璧に極《き》めている。だが自爆犯は手の中でナイフを逆手に持ち替え、灼の顔面を切り裂こうとする。

その寸前、階段を駆け下りてきた天馬が電磁警棒を抜き放ち、シスターを掴んでいる自爆犯の腕へ勢いよく叩き込む。強い衝撃に、自爆犯がシスターから手を放した。

さらに逆側から入江が強襲を仕掛けている。電磁警棒の柄頭《つかがしら》で胸元を鋭く突かれた自爆犯が大きく仰け反った。取り落としたナイフを灼は壁際に蹴り飛ばす。

その隙に、天馬がシスターを自爆犯から大きく引き離す。入江が振りかぶった電磁警棒で自爆犯の横っ面を強《したた》かに打ち抜く。金属バットのフルスイングを喰《く》らったかのように自爆犯が吹っ飛び、整備用のジャッキに激突する。

自爆犯は、すぐには動けない。軽い脳震盪《のうしんとう》を起こしている。しかし腹部に埋め込まれた爆弾の点滅は、先ほどよりも早まっている。時間がない。どのように処理すればいい。かなりの重量がある自爆犯を外に引っ張り出している時間はない。

そのときふいに、灼は自爆犯の顔を見た。青い眼。薬物投与と催眠によって痛みと苦しみを感じることもないはずなのに、その瞳は一筋の涙を流している。弛緩《しかん》した口元から致命傷を負った動物が漏らすような弱々しい掠《かす》れ声が漏れ出している。

駄目だ。そう思ったときには、灼は走り出していた。間に合わない。時間はない。爆弾の解除手段も見つからない。しかし、このまま自爆犯を見捨てることはできない。

「助けなきゃ！」

「……おいおいっ！　何やってんだ監視官⁉」

だが、灼の伸ばした手が自爆犯に触れる寸前、入江が横から突っ込んできた。低い姿勢からのタックルで腰をがっちりと掴まれ、灼は自爆犯から無理やり遠ざけられる。

「駄目です！　ドローンで解除の準備を……！」

灼が悲鳴のような声を上げた。自爆犯の腹部に埋め込まれた爆弾は、瞬くように高速で点滅を繰り返している。もはや一刻の猶予もない。

それでも、あの眼を見てしまった。目の前にいるのは爆弾ではなく人間だった。自爆テロは人間を人間でないものに変えてしまう。それでも、そこにいるのは人間だった。誰かの悪意によって心を殺され、殺戮《さつりく》の道具として使い捨てられる犠牲者だった。

「間に合うわけ……ないだろっ！」

　だが、再び自爆犯のもとへ向かおうとする灼の顔面を、入江が強かに打ち据えた。手加減のない一撃。予想だにしない一撃。まともに打撃を喰らった灼は床を転がる。

「何をするんだ！」

　一瞬、呆然となり、すぐに激しい感情が灼の裡から湧き上がってきた。急いで起き上がろうとする灼の肩を入江が両手で摑んだ。身動きを封じられる。

「……無理だぜ、監視官」

　入江は険しい顔で言った。獲物を狩ると決めた猟犬の眼差し。

　分かっているはずだ。分かっていたはずだ。もう間に合わない。どうやっても、自爆を解除するすべはない。ガレージから、シスターを連れて脱出する猶予もない。

　入江が背後を振り返り、天馬と雛河にアイコンタクトを送る。

「頼むぜ」

「了解……！」

　シスターを雛河に託した天馬が、黒鉄《くろがね》の執行具を引き抜いている。

　携帯型心理診断・鎮圧執行システム――ドミネーター。

　その照準が、自爆犯を捉え、速やかに対象の脅威度を測定する。

〈シビュラシステム〉はその圧倒的な脅威を認める。自爆犯の腹部に埋め込まれた高性能爆弾を感知し、ドミネーターが変形を開始する。

『対象の脅威判定が更新されました・執行モード・デストロイ・デコンポーザー・対象を完全排除します・ご注意ください』

天馬の両手を呑み込むように漆黒の装甲板が展開し、凄烈で禍々《まがまが》しい緑燐光《りょくりんこう》を放つ内部構造が露出する。使用者に著しい危害をもたらす脅威を退けるためだけに使用が許可されるドミネーターの最大出力――分子破壊銃形態。

天馬が構えるドミネーターの前方に光が収束し、渦のようなエネルギーの奔流が形成され、直後にトリガーが引き絞られた。

ドミネーター・デコンポーザーから発射された分子破壊光は、床を抉《えぐ》り、ジャッキの鉄を刳《く》り貫《ぬ》き、リースカーの車体に大穴を空け、整備ステーションの壁面までを貫通する――その射線上にいた自爆犯の肉体は爆弾ごと完全に消失する。

塵《ちり》ひとつ残らない。ただ、圧倒的な破壊の痕跡だけが刻まれていた。

対象の完全消滅を確認し、ドミネーターが通常形態に戻る。

「……助けるべきだったのに」

灼が力なく呟いた。どれだけ対象の犯罪係数が高くても、人間を執行する限り、ドミネーターはエリミネーターにしか変形しない。対象の分子構造そのものを崩壊させ、完全消滅させるデコンポーザーは、本来、人間以上の脅威を退けるための緊急対処手段だからだ。それを使わなければならないと〈シビュラシステム〉が判断した根拠は理解している。そうしなければ、灼たちは全員、自爆攻撃で命を落としていた。そんなことは分かっている。分かっていたとしても――灼は、自爆犯の哀しい眼を忘れることができない。その眼差しは、もはや灼たちの記憶以外には、この世界のどこにも存在しなくなってしまった。命が消えた。その生々しい痕跡を残すことさえ許されずに。

「俺たちを狙った爆弾野郎でもか……！」

ドミネーターをホルスターに収めた天馬が、怒気を孕《はら》んだ声で低く唸った。

以前にリー・アキが襲撃されたとき、灼は、天馬のエリミネーターによる襲撃犯への執行を妨害してしまった。あのとき、灼はどうして執行を邪魔したのか、その理由を答えられなかった。

今も同じだった。ドミネーターによる執行――犯罪者の殺処分は、〈シビュラシステム〉が下した裁きであり、自爆犯を灼が殺させたわけでもなければ、天馬や入江たちが殺したかったわけでもない。そのはずなのに、灼は、失われた命を目の当たりにしたとき、他に取り得る選択もあったのではないかと思わずにはいられない。たとえ、それがこの世界で最も正しいとされるシビュラの正義と一致しないとしても。

「違う、違うんです……、シスターはこの施設が標的だと――」

陵駕がシスターたちに施設を閉鎖しろと命じた話を聞いたとき、ここが次に狙われると気づいていれば、自爆犯を迎え撃つ準備を整えられたかもしれない。

けれど、それは起きてしまった結果を知っているから、思いつく可能性に過ぎない。

時は過去から現在、未来へと不可逆に進み、現在から過去に戻ることはできない。

自爆攻撃は、最初から誰が標的にされ、どこが狙われるのかを知っていない限り、防げない。だが、なぜ標的にされた陵駕が攻撃を事前に予測できたのか。

施設が自爆攻撃の標的にされたということは、陵駕もまた標的の一人だったということになる。彼女は自爆テロの主犯格ではない。

しかし、彼女は自分が狙われることを予測し、灼たちに警告のメッセージを発した。アウマもそうだ。あらかじめ自分の秘密工場が襲われると分かっていたから、相討ちとなってでも攻撃を阻止したのだ。だとすれば、何かがおかしい。理屈が合わない。

「……そう、アウマ上人もシスター陵駕もテロの計画を知ってて止めようとした」

犯人ではないはずの人間が、犯人の狙いを正確に予測している。そうでなければ、説明がつかない。彼らは犯人ではない。しかし、犯人の目的や心理を、かなりのレベルで予測できている。どうしてそんなことができるのか。犯行を予測できる根拠は何だ？

灼は監視官デバイスを起動する。分析官ラボの唐之杜を呼び出す。

「志恩さん。シスター陵駕からの通信、逆探知は？」

『見つけたわ』

唐之杜からすぐに返事が返ってきた。だが、その僅かな時間さえも今はもどかしい。

『発信場所は、特区PRイベントの特設ステージ跡よ』

監視官デバイスに位置座標が転送されてくる。

その場所を、灼はすでに知っている。

「――最初の爆破現場」

39

一係は、信仰特区のPRイベント会場に急行した。

周囲を規制線によって封鎖されている。外観こそ崩壊を免れているが、爆発によって修復不能になった施設構造が崩落する危険性が高いからだ。解体業者も高価な重機ドローンが巻き添えになることを恐れ、建て壊しの実施を無期限に延期にしている。

つまり、特区PRイベントの会場は最初の事件現場であったがゆえに、連続自爆テロが発生して以降、誰も立ち入っていない。

ある意味で、盲点とも言える場所から、陵駕は電話をかけてきた。

陵駕が自爆テロの標的となっている。彼女を追えば、必然、次なる攻撃に巻き込まれるリスクも高くなる。雛河は、天馬と入江――執行官三人で前衛ポジションを務め、施設内のクリアリングを行っていく。監視官の灼は後衛に下がっている。

潜在犯の追跡や事件現場での対処における公安局刑事課の一般的な人員配置だが、今の一係にとっては珍しい陣形だった。

型破りな監視官である灼と炯は、どちらも率先して事件を捜査し、犯人を捕まえるために奔走する。犯罪者と交戦することにも躊躇《ためら》いがない。

自分たちは刑事だから、当然のように犯罪者と対峙《たいじ》する。それは灼と炯にとって当たり前のことであり、だから、彼らは公安局刑事課の監視官の「普通」から大きく外れていた。精神的ザイルパートナー。互いが互いをフォローし合う彼らの関係は――通常の監視官と監視官、あるいは監視官と執行官のそれとも違う――特異なパートナーシップが彼らの監視官らしくない類まれなパフォーマンスを生んでいる。

けれど、互いの綱を握り、お互いを制御する二人で一頭の猟犬《ツイン・シェパード》は、それゆえに互いが個別独自に動かざるを得ないとき、かえって自身の持つ制御できない大きな力《アウト・オブ・コントロール》に振り回されてしまう。

そのとき、灼は他人に共感し過ぎてしまう。自らに危害を加えようとする犯罪者の命さえも守ろうとしてしまう。そのせいで自分の生命が脅かされたとしても。

先ほどもそうだった。ドミネーターで執行される犯罪者に対し、普通、監視官は憐《あわれ》みを覚えない。限りなく犯罪者に近いとされる潜在犯である執行官も、その引き金を引いたとき、自ら殺《あや》める相手のことを必要以上に考えないようにする。

多分、心理的なブレーキが働いている。自分と他人を明確に区別し、排除すべきものを排除したという結論によって、その思考を完結させる。そうしないと、人間は自分が実行した殺人の意味を考え始め、その場から動けなくなってしまう。

ふいに浮かぶ問い——〈シビュラシステム〉は社会的に最も正しい裁きを下すはずなのに、最後の段階《フェーズ》——執行は、どうして人間の手に委《よ》ねているのだろう？

雛河には、その答えが出せない。かわりに脳裏を過ぎるのは灼の悲しい顔、哀しい眼ばかりだった。この世界から塵ひとつ残さず消えた自爆犯の死を悼む刑事の横顔。

おそらく慎導灼というひとはシステムによる執行の意味をいつも考えている。その手に握った漆黒の処刑具が、自らが引き金を引くことで誰かの命を永遠に奪うことの意味、その正しさの理由、自分は何を本当に為すべきなのか、その答えを探し続けている。

それは〈シビュラシステム〉の絶対の正しさを疑うことにも繋がりかねないから、色相の悪化を招く破滅の道にも通じる。それでも、灼は考え続けることを止めない。

シビュラの正しさを疑いながらも、正しさそのものを疑うことなく信じる——そんな矛盾した心の在り様に、雛河は自らが知る女性——常守朱が歩んだ生き方をどうしようもなく重ねてしまう。

彼女のようでもある彼——だから、常守は灼を監視官に推薦したのだろうか。自分が果たせなかった願いを託して――？　しかし、それは違うような気がする。二人はよく似ているが、けっして同じではない。ちょうど潜在犯と犯罪者、あるいはシビュラと正義が、限りなく近いが、けっして同じではないように。

灼の在り方は、監視官としては必ずしも適切なものではないかもしれない。

しかし、雛河はそんな過ちを犯す灼という人間を正しいと思っている。彼の下で猟犬であることは、自分にとって幸福であることに間違いなかった。たとえ、それがいつか唐突に終わってしまうかもしれないとしても、少なくともそれは今ではない。

雛河たちは施設内のクリアリングを進め、爆心地となったホールに立ち入る。

光のない暗い空間。落下した鉄骨と散乱した建材の破片。焼け焦げた椅子の群れ。

その奥、ステージに小さな灯りが点っている。緊急避難用のテントがある。

入江が足音を殺して先行し、テントに近寄る。そっと内部の様子を窺う。

反応なし。だが、迂闊《うかつ》に飛び込むことはせず、雛河と天馬が、それぞれ別の方向からドミネーターを構え、テントを包囲する。

もしも、陵駕が罠を仕掛けていたとすれば――たとえそれがどのようなものであったとしても――雛河たち執行官はドミネーターの引き金を引く。その脅威を排除する。

雛河はその引き金を引く意味を答えられない。しかし、その引き金を引く理由なら、答えられる。それは多分、仲間を守るという、とても単純な理由だ。

灼と炯、執行官の入江、天馬、如月——雛河にとって一係の刑事たちは仲間だ。かつての一係の刑事たちがそうであったように。真実を追う猟犬の群れ《ライトスタッフ》。

灼がそっと手を伸ばし、テントの入り口を拡げた。漏れ出るランタンの灯り。危険物の兆候はなし。テント内に入る灼に、雛河たちも周囲を警戒しつつ続いた。

十分なスペースが確保されていたテントの中心に、医療用ストレッチャーが置かれている。まるで死体を安置する台のように。

灼は、ストレッチャーに寝かされた青年を見やる。身じろぎひとつせず、ほとんど呼吸すらしないような静かな眠りに落ちている。ストレッチャー脇に待機する延命用ドローンと器具によって接続された青年はまだ若い。短く切られた髪。伏せられた瞼《まぶた》。胸の上で組まれた手。清潔な寝間着で身を包まれている。

「……意識はありますが、植物状態のようです。おそらく教会のベッドは彼のためのものですね……」

雛河が延命用の医療ドローンのデータを解析する。脳波などのバイタルデータは弱く、機械が彼を生かしている。ゆいいつ色相だけが極めて良好なクリアカラーだった。けれど、それはストレスを感じることさえできないからだ。まともな数値とは言えない。

「宿泊パックだぜ」

入江がテントの隅に畳まれた野営用の宿泊装備を発見する。

サイドテーブルにはタブレットが置かれ、教会の医療ドローンのカメラとリンクしている。間違いない。ここに陵駕がいた。だが、一係が到着する前に逃亡した。

「シスター陵駕は、逆探知に気づいて逃げ出したのか？」

「違います。わざと居場所を知らせたんです」

天馬の呟きに、灼は首を横に振った。ストレッチャーに横たわる青年を見つめる。

彼は刑事たちがすぐ傍に近づいても、何の反応も示さない。

死のような眠り。眠るように死に向かっている名前も知らない誰か。

「この子を、おれたちに保護させるために」

陵駕は、あらゆる脅威から守るように隠してきた相手を、自ら手放した。このままでは守り切れない――そう判断したから刑事課に保護させたのだ。

今なお陵駕は自爆攻撃の標的とされている。陵駕を追うしかない。

彼女の歩んだ痕跡こそが、この事件の真実へ繋がる道に他ならなかった。

40

外が紅《あか》い。昼食用に持ってきた弁当を口にする頃には、日が暮れている。

霜月は連続自爆テロに投入した刑事課人員の再配置に追われている。

シビュラ社会は限りなく犯罪の発生件数が低い社会だが、ひとたび広域指定事件が発生すれば、その悪影響が伝播し、規模こそ小さくても犯罪が起きやすくなる。

だから、いつまでもひとつの事件に刑事課の全戦力を注力させられない。

第四の自爆テロは防いだものの、いつまで経っても犯人を捕まえられない公安局刑事課を、報道各社は無能呼ばわりしているが、無視だ無視。

現場の刑事たちは全員、やるべきことをやっている。怠惰を貪る人間など一人もいない。もっとも、課長の自分ほど忙しい奴はいないだろうが……。

何しろ、ようやく仕事を片づけ、束の間《つかま》の休憩に入った途端、一係の監視官が陳情にやってくる始末だ。どうせ追い返してもまた来るので、食事中は入り口に立たせておいた。犬みたいに律儀に待っていた灼は食事が終わった途端、話を切り出してくる。

「教団の強制捜査はまだですか。いくら何でも潜入した二人からの連絡が遅すぎる」

「……文化局と調整中！」

霜月は弁当箱の後片づけを済ませ、淹れたばかりのほうじ茶で口を清めた。色相セラピー効果抜群の特級品なので、無遠慮な部下には分けてやらない。

「そもそも強制捜査の証拠集めに潜入したんでしょうが。この状況でガサを入れても、どうせ情報漏れで空振りよ」

この事件、どういうかたちであれ教団が事件に深く関わっていることは間違いない。連続自爆テロのそもそもの原因と考えられる武器パーツの大規模な密貿易も絡んでいる。海外紛争地帯への武器輸出行為は、開国政策を選択した今の日本において、近い将来のカウンターテロを引き寄せかねない。確実にシビュラの裁きを下し、根絶しなければならない。そのために、最後の最後で教団に逃げられる可能性は潰しておきたい。

「厚生省内の信者が邪魔をしてるんですね」

「相手はそれだけの組織ってこと」

第四の自爆テロの実行犯も相貌認識《フェイス・レコグニション》の記録によって〈ヘブンズリープ〉の信者であることが判明している。普通、これだけの状況証拠が集まっていれば、公安局の捜査が行われないなんてことは有り得ない。

だが、厚生省文化局の肝入りである〈ヘブンズリープ〉を擁護する勢力は、相も変わらず枚挙に暇がない。〈シビュラシステム〉を擁する厚生省は全省庁を優越する権力を持っているがゆえに、その内部に複雑な権力闘争が存在する。

各々が自らの利益のために、真実を都合よく歪めて解釈する。文化局を筆頭とする勢力は、〈ヘブンズリープ〉に対して強制捜査を目論む公安局刑事課が自分たちの管轄を侵し、権力闘争を仕掛けてきていると見做している。

無論、彼らも必死だ。教団を擁護する側に回った連中は、今さら主張を撤回することもできない。この段階に至って教団の犯罪への関与を認めれば、犯罪者を庇っていたことになる。色相の悪化は免れない。だったら、自分が信じた通りの真実を押し通すしかない。だが、それは〈シビュラシステム〉の正義に背く行為だ。

タイムリミットは迫っている。爆弾だけでなく、密貿易の証拠も確保された今、もはや言い逃れはできない。教団支持勢力の抵抗は、どこかで崩れる。

「――今後、十二時間経過しても連絡がない場合、私が必ず細呂木局長を動かす。あなたは外堀を埋めることに専念しなさい」

「……はい」

灼が不承不承というふうに頷く。このタイミングで待ちの姿勢を選べば、教団に潜入している捜査人員を致命的な状況に追い込むかもしれないからだ。

灼の反応は正しい。しかし霜月もむざむざ有能な部下を死なせるつもりはない。こいつらには〈狐〉を狩る仕事が残っているのだ。こんなところで犬死にされては困る。だが、動くべきは今ではない。あと少しだけ、万全の準備を整えたい。

「ねえ……、焦る気持ちは分かるけど、無理は禁物よ」

とはいえ、待つストレスも大概だろうから、少しは苦労を労《いたわ》ってやろうと思ったが、当の灼はきょとんとしている。この男……他人の考えを読むのは得意なくせに、こういうところは本当に空気が読めない。

「報告は聞いてる。執行官に命を助けられたばかりでしょ？　部下に感謝しなさい」

灼が意見陳情に現れる前に、一係の執行官たちが探りを入れてきたのだ。

自爆犯の執行時、監視官の灼がまたしてもドミネーターの使用を妨害した記録が報告されている。罰則規定に抵触するか微妙なところだったが、自爆犯は執行され、爆発による被害も防いだ。なら、多少の誤差は許容してもいい。けっして天馬たちから懐柔目的の特級ほうじ茶を献上されたからではない。刑事課課長はそんな安い賄賂に応じたりしない。それに、今は状況が切迫している。監視官に欠員を出したくない。

「……焦ってるんじゃなくて、どんな手を使ってでも被害を拡げたくないだけです」

当の本人ときたら、処罰を逃れて安心するでもなく、悲しさを誤魔化すような笑みを浮かべ、その本心を隠そうとする。一般人も犯罪者も関係なく、あらゆる他者に共感し、その心に寄り添う無制限の優しさは、刑事よりセラピストのほうがよっぽど向いている気がする。なのに、〈シビュラシステム〉は慎導灼に監視官の適性を認めた。

そういう刑事らしくない人間だから、常守は彼を監視官に推薦したのだろうか。

少なくとも、その特性と経歴だけを見たとき、霜月は灼ではなく炯を推薦することを自然と選んでいた。軍事経験を積んだタフなメンタルと作戦遂行能力こそが、〈狐〉狩りも含めた刑事の職に相応《ふさわ》しいと思ったからだ。

だが、着任後の職務態度を見る限り、炯は高過ぎる身体能力を持て余すくらいに血の気が多かったし、灼のほうも刑事の職務の要ともいえるドミネーターの使用を忌避している傾向がある。どちらも、単独で監視官をやらせていたら、今頃、とっくにシステムから見放されていたのではないか。

そんな二人がバディを組んだ途端、驚くほどに刑事としての性能を発揮する。刑事課の不良債権とさえ呼ばれた一係の執行官たちも、それに引っ張られるように猟犬としてのパフォーマンスが高まっている。

独立した個として振る舞うのでもなく、かといって、先頭に立って群れを引っ張るのでもない。いつのまにか群れの中心になることでチーム全体の結束を促し、自然とひとつの流れに向かう集団を作り上げる。

「……あなた、やっぱりセンパイに似てる」

「え……」

灼は、言葉の意味が分からない、というふうだ。自分がどれだけ普通でないのか、本人だけがいつまで経っても気づかない。だから、普通ではないとんでもないことをいつのまにかやってしまって――

「やり過ぎるな、ってね」

そして、自分の与《あずか》り知らないところまで勝手に突き進まれては困る。刑事課には、今の一係が必要なのだ。ちょうどいいから、最年少任官の監視官にして最年少就任の刑事課課長である先輩直々に、この後輩に処世術をアドバイスしてやろうとする。

だが、デバイスからの着信音に遮られる。

誰からと考えるまでもない。外部から課長室への直通回線で呼び出している。

時間と場所も弁《わきま》えない。そんな女は一人しかいない！

「はい」

『外務省の花城よ』

案の定、想像した通りの相手だった。だがしかし、何でこのタイミングで？　向こうも休憩時間でちょっと愚痴でも聞いて欲しくなったのか？　舐めるんじゃない。私たちはそんな馴れ合うような関係ではない。

「あぁん？」

とりあえず、雑に煽《あお》って相手の反応を窺ってみるが、花城は挑発に乗ることもなく、いつも通りのクールな態度を貫いている。というか……展開したホロウインドウに映り込んでいる景色に見覚えがある。夕陽に聳《そび》える超高層ビル群——新首都高速から見慣れた光景。ちょっと待て、何で花城が〈出島〉ではなく東京にいるのだ。

『——ザハリアス、うちで引っ張るわ』

そして、今夜はイタリアンにする、みたいな気軽さで、とんでもないことを言った。

「はあああああ⁉」

何てことだ。外務省行動課が公安局刑事課に権力闘争を仕掛けてくるなんて。

41

その男の白い肌は細かな格子模様に区切られた黄金の光に照らされて、よい艶を出している。よく引き締まった筋肉質の身体のあちこちに奔《はし》る新鮮な傷痕は、彼に加えられた暴力が現在進行形であることを物語っている。

裁園寺は、教団に捕らえられた公安局の監視官が、拷問によって凄惨な血化粧を負っていく様子を、尋問部屋の隣に設置された特別室から観覧している。

監視官は上半身を裸にされ、鉄製の椅子に後ろ手に縛られている。テーブルに置かれた銀盆には赤く血を吸ったガーゼが積み重なっており、メスや鉗子《かんし》などの医療器具だけでなく、ペンチ、ガスバーナー、糸鋸《いとのこ》といった尋問対象に苦痛を与えるための工具類も準備されている。しかし、拷問に肝心なのは、豊富な道具の品揃えではなく、いかに苦痛の鮮度を維持できるかだ。何を喋っても結局は殺されると諦めてしまった人間は、べらべらと質問に答えはするが、その大半は口からの出まかせに過ぎない。それでは意味がない。意味のない拷問は快楽的な殺人と何も変わらない。

少なくとも、必要なだけの真実を口にするまでは、生還を期待させる拷問を行うべきなのだ。結局、最後は用済みになったら適当に殺してしまうとしても。

教団としては拷問と実験を兼ねているのか、薬物投与が主体だった。あえて痛覚を遮断してから肉体に薄くメスを入れ、表面を切り開いていく。静かに流れゆく血。あるいは血管へ次々に点滴されていく各種の薬液、身体の部位が順番に氷のように冷たくなったり、火に焙《あぶ》られるような激痛に苛まれたりする。

そうやって薬物と暴力のカクテル漬けになっていく監視官の色相は、そのくせクリアカラーの清らかさを獲得しつつある。

公安局の監視官に適用しているのは、教団独自の〝プログラム〟の応用で、拷問による苦痛と薬物による苦痛の強制的な緩和を短期間に繰り返すことで、主観的な痛みと客観的な痛みの感覚を乖離《かいり》させることで、心のバランスを狂わせていく。

自分が消えていく感覚に、普通の人間は耐えられないから、その苦痛のない苦痛というべき恐怖から逃れようとする。

頃合いを見て、トーリが尋問部屋に入ってきた。

「我々インスペクターを探ろうとするとは愚かな……、一応、知っていることはすべて話してもらいましょう」

あえて、〈ビフロスト〉に属していなければ知らない言葉で、監視官の反応を窺う。

「イン、スペクター……？」

薬物によって茫然自失《ぼうぜんじしつ》になっていた監視官は耳に飛び込んできた言葉をそのまま口にする。まるで初めて知った単語を恐る恐る口にする子供のように。

「答えろ。そうでないと、あなたの部下が辛い目に遭う」

トーリが検診用タブレットを取り出し、別の部屋で尋問されている執行官の様子を映す。爪先が床にぎりぎり着かない程度の高さで天井から吊るしている。縄で縛られた手首が自重の負荷によって擦《こす》れ、赤い血の輪を作っている。監視官とはメソッドが異なり、苦痛を感じさせる時間を長く取り、薬物投与による回復に差が出るか試している。

「貴様……」

一瞬、監視官が意識を取り戻したように顔を強張らせたが、怒りの感情を湧き上がらせる程度の反応しか見られなかった。潜在犯である執行官がどうなろうが口を割るつもりがないのか、ひょっとして何も知らないのか。だとすれば、処理するだけだ。

再び、薬効で意識を朦朧《もうろう》とさせた炯の顎《あご》をトーリが摑み、視線の動きを観察する。それから、ドクターに命じ、新たな薬物を投与させる。

監視官を見下ろすトーリの横顔を見ていると、庭にしゃがみ込んで蟻の列に運ばれていく蝶《ちょう》の死骸の行方をいつまでも眺め続けていた幼い頃の彼の横顔を思い出す。

彼は蟻たちが巣に獲物を運び終えそうになると、蝶の死骸をそっと白い指先で摘まみ上げ、再び最初の地点に置き直すことを繰り返した。

地に落ちた蝶。動かぬ蝶。陽光に煌めく美しい羽根の模様。その美しさをずっと眺めたがっていたのかもしれない。幼い息子はその後間もなく、標本という手段を知った。

美しいものを美しいままにしておきたいという願望が、やがては彼を世俗から遠ざけていくことになったが、そもそも、〈ビフロスト〉に連なる者は、普通の人間とは生きている世界が違う。その視点ははるかに高い場所にあり、時折、地を這う蟻の様子を気まぐれに見下ろすくらいがちょうどいい。

蟻を見る眼。蝶を見る眼。人間を〝プログラム〟によって廃人化させていく作業に没頭する間、トーリはこの上なく満ち足りた幸福そうな顔になる。

尋問部屋の照明は明るさを増していき、視界を白く灼いていく。

そこに裁園寺は立ち入ってゆく。空から零れ落ちた太陽の破片を保管しているかのように眩《まばゆ》い。教祖の特別祈禱室もそうだが、トーリは強く白い光に安心感を覚える。

「母さん」

振り向く彼の顔は、穏やかな笑みを浮かべている。

「トーリ、外務省のことは吐かせた？」

「まだだけど、手は打ってあるよ」

別に成果が出なくても構わない。監視官への尋問など、為すべき目的と比べれば些事《さじ》に等しい。本来、トーリに任せたのは、インスペクターとしてゲームに参加することではなく、開国政策以来、略奪経済の要となる日本から海外紛争地帯への闇市場《ブラックマーケット》を介した武器輸出に生じた、ある変化の原因を探らせることだった。

簡潔に言えば、武器の供給量は変わっていないはずなのに、各地の紛争規模が軒並み縮小の兆《きざ》しを見せたのだ。緻密に張り巡らせた水道管があちこちで破裂を起こし、漏水を起こしているかのように。

この傾向が続けば、やがては武器の需要そのものが減少し、略奪経済は大打撃を受ける。何者かの意志が介入している。そして原因を突き止めるうちに判明したのが、〈出島〉とシビュラ公認宗教団体、三郷ニュータウンの入国者コミュニティが連携する新興の武器密輸ネットワークの存在だった。

「そもそも情報漏れは仁世たちが外務省と繋がっていたせいよ。ようやく入国者コミュニティから彼らの影響を排除できるわ。よくやったわね、トーリ」

コングレスマンとしてのチップを使い、関係者全員を一挙に買収する手も考えたが、この一件の背景に外務省が絡んでいることを察知した裁園寺は方針を変更し、私的に問題解決を試みることにした。かといって、他のコングレスマン連中に気取られるわけにはいかない。裁園寺財閥の歳入は軍事関連の割合が大きいから、むしろ対戦相手を潰す好機と見做して敵対的な行動を仕掛けてくる可能性は大いにあるからだ。

教団への息子トーリの入信と組織の掌握。想定していた外務省の妨害は見られなかったが、水面下の工作が続いた。トーリが教祖代行としての地位を手にし、ようやく武器密輸ネットワークを本格的に〈ビフロスト〉にとって都合のいいものに作り変えようとしたとき、〈ラウンドロビン〉の定める大規模なインスペクト事案に、三郷ニュータウンの信仰特区構想が指定された。

折しも、ゲームの親は前回の大規模事案の勝者である裁園寺が務めることになった。勝てる。普段から勝利を疑うことなく、〈ビフロスト〉のゲームをプレイしてきた裁園寺だったが、今回ばかりは圧倒的なアドバンテージがある。それどころか、コングレスマンの席を奪い取ることさえ可能かもしれない。残り三席となった現状で二席を手中に収めれば、有利なプレイングを進められる。最終的な勝利を得たも同然になる。

「母さんのゲームはどう？」

「順調よ。〈ビフロスト〉の椅子が空く日は近い」

今回の事案では、わざとコングレスマンに負担を強いる動議を繰り返している。ゲームが長引けば、法斑《ほむら》静火は保有財産がショートし、プレイ継続不可となって脱落する。そうなれば、リレーションの完結を待たずして目的が達成できる。

「ビフ、ロスト……？」

ふいに意識を失っていたはずの監視官が呻き声を上げた。〈ビフロスト〉の名を呟いたが、まるで意味を理解していない。ならば、どうでもいい。

「ここが正念場よ。梓澤が手駒として使えるうちに決着をつけましょう」

「ファーストは、母さんに媚《こ》びてるよ」

裁園寺が梓澤の名前を出した途端、トーリの声に僅かな険の色が乗った。珍しいことだ。息子がこれほど嫌悪感を剝き出しにするなんて。とはいえ、道具として使う分には、あれほど間違いを起こさない人間もいない。法斑静火がゲームから脱落したら、今回のインスペクト事案からトーリを撤退させ、後の始末は梓澤にやらせてしまってもいい。

「梓澤は便利だけど危険な男よ……。信用できるのは、親子の絆だけ……」

「一緒に、至高の場所に行こう」

裁園寺は、トーリの〝プログラム〟に付き合うつもりはないが、自分の子供の純粋無垢な願いを無下に踏み潰したりもしない。裁園寺は蟻も蝶の死骸も視界にすら入れずに踏み潰すが、息子のトーリは蟻を蝶に変えてやろうとする優しい人間なのだ。それは甘く愚かな行いだが、別段、害を及ぼさないのなら無視していい。

略奪経済に起きていた漏水問題は、間もなく解決される。

爆弾で仕留め損ねた標的もいるようだが、別の手段で始末すればいい。〈シビュラシステム〉がドミネーターという暴力装置を持つように、〈ビフロスト〉も相応の暴力装置を有している。それは平和秩序の破壊者であり、略奪経済の主要産業そのものでもある。

裁園寺は花を弄《もてあそ》ぶように、項垂《うなだ》れている監視官の頤《おとがい》を気まぐれに持ち上げる。天井からの暴力的な光に照らされて、その碧い瞳が揺れる。

「それにしても、炯・ミハイル・イグナトフ——、あのイグナトフの弟なのね」

似ている。よく似ている……が、兄と違って世界の真実については無知らしい。

こんな体たらくで、どうして公安局の監視官になれたのだろう。〈シビュラシステム〉の放った猟犬に生えた牙は、まるで研がれておらず仔犬《こいぬ》の乳歯のように丸い。口の端から垂れる血を裁園寺は指先で拭い、下唇に朱を差すように塗りつけていく。なかなか似合っている。見た目は悪くないから、愛玩動物として弄んでやってもいい。法斑静火が破滅したときは、二人揃って番《つが》いにしても面白いかもしれない。

「油断し過ぎかしら」

「彼は遅かれ早かれ〈ヘブンズリープ〉の教義に身を委ねる。問題ないよ、母さん」

裁園寺はゲームの勝利を確信し、傍に寄り添う息子の腰に手を這わす。祭服の隙間から指先を滑り込ませ、自分から継いだ遺伝子によって造形された肌理《きめ》の細かい肌、優美な骨格の感触を愉しんだ。自ら生み出した美しいものを愛《め》でることに勝る快楽は、贅《ぜい》を貪り尽くしてきた裁園寺でさえも見つけることが難しい。

42

夜の埠頭《ふとう》に一隻の客船が停泊している。

公安局の捜査権限で借り上げられた定期連絡船は、拘禁中のザハリアス夫妻だけを乗せている。そんな客船の様子を監視するように、埠頭にＲＶ車両が停《と》まっている。

車の持ち主は車外に立っており、灼と霜月が乗った公安局の車両のヘッドライトに照らされても、目を細めることひとつせずに悠然としている。

黒のパンツルックに夜闇のなかでも輝くような豪奢《ごうしゃ》な金髪に青い瞳――外務省海外調整局行動課課長・花城フレデリカ。

灼は霜月とともに公安車両から降りると、彼女のもとに近づいていく。

外務省行動課から、ヴィクトル・ザハリアスの身柄を〈出島〉に移す旨が通達された。身柄移送の理由は、捜査機密を盾にされ、明かされていない。課長の霜月が直接理由を聞くまでは要求に応じない構えを見せたところ、この埠頭を合流場所に指定された。

「ここを指定したってことは、おれたちより先に〈ヘブンズリープ〉をマークしてたんですね」

「そう思う根拠は？」

花城は灼の呼びかけに答えつつ、その視線を停泊中の客船から離そうとしない。

「ザハリアスは教団施設内にいる」

彼と妻が客船に残っていることを知っているのは、一係を除けば課長の霜月だけだ。

〈出島〉にいる花城がザハリアスの居所を摑《つか》むには、外務省が炯たちの潜入先である教団に情報のパイプを繫《つな》いでいなければならない。

「うちは本物を引っ張りたいの」

であれば、潜入捜査を承知で、花城はザハリアスを引っ張ろうとしている。

「それが分かってるなら……」

灼は焦燥に駆られる。外務省は教団の内情をどこまで摑んでいる？　炯と如月が潜入捜査から戻らない理由を知っているのか？

「慎導監視官。ちょっと下がってて」

花城に詰め寄ろうとする灼を、霜月が伸ばした手で制した。

「でも――」

思わず、抗弁をしてしまう。このまま課長たちの間ですべての取り決めが為《な》されてしまえば、監視官である灼はその決定を覆せない。炯と如月の身の安全を守れなくなる。

「いいから」霜月は灼から目を離さない。「従いなさい」

強い怒気を露《あら》わにした口調と態度。本物の怒りが霜月から伝わってくる。

「……はい」

その激烈な感情は灼だけでなく、花城にも向けられている。

外務省行動課の介入は霜月にとっても寝耳に水だったのだ。花城に好戦的な態度で近づいていき、睨《にら》みつける。

「単刀直入に聞くけど、行動課はいつから潜入してるの？」

花城は何も答えない。腕を組んだまま、霜月を静かな眼差《まなざ》しで見返す。

「国内事案に首を突っ込まないで」

霜月は、無言で見下ろしてくる花城との距離を詰めていく。

何も答える気がないなら、無理やりにでも答えさせてやる。公安局刑事課と外務省行動課は完全に対等な組織だ。たとえ、今回の事案が国防事案に抵触するとしても、彼らの捜査が刑事課の捜査に無条件に優先されていいわけがない。

「逆よ。むしろ、あなたたちがこちらの領分に足を突っ込んでる」

「はあ？」

花城が警告するように反論した。一係の捜査によって、今回の自爆テロの背景には国際的な武器密売が根深く絡んでいることが特定されている。その捜査に行動課が出張《でば》っていることも推測できる。それでも、まだ教団に対する強制捜査が執行された段階でもないのに、行動課がここまで強硬な行動に出た根拠は何だ？

「代わりにってわけじゃないけど、些々河の件について追加情報を教えておく。彼を殺したのは〈狐《きつね》〉で間違いない」

行動課は拘束していた住宅ローン詐欺事件の主犯、些々河を「事故」によって殺されている。〈狐〉の犯行——その証拠と言わんばかりに、花城は狐のシンボルが刻まれた名刺を霜月に手渡す。

「……梓澤廣一」

やはり、名刺にはその名が記されている。

今回の連続自爆テロは、「梓澤廣一」の手口と違ったとしても、〈狐〉が何らかのかたちで関与しているのか。だとすれば、行動課は〈狐〉によって密貿易に絡んだ重要参考人たちが始末されることを警戒している？

そうだとしても、今回の事件への捜査から刑事課の撤退を急がせるような態度の答えにはならない。本来、〈狐〉狩りは公安局刑事課の領分だ。それとも、刑事課の戦力では太刀打《たちう》ちできないような連中が、この事件の犯人だとでも言うのか。

だが、国内の犯罪グループでドミネーターに勝る装備を有する連中などほとんど存在しない。それとも国外の武装勢力が潜入したとでも言うのか。

——待て。

刑事課で対抗不能なほどの強力な兵科――霜月は、ふいにその可能性に思い至る。そして同時に行動課が国外において、そうした連中を相手にしていることを思い出す。

血の気が引く。自分が事件の捜査方針について、大きな過ちを犯したことに気づく。

この事件に介入してくる相手が霜月の想像した通りの「戦力」であるなら、現在の刑事課の捜査人員が為すすべもなく全滅させられる可能性がある。

だとすれば、一刻も早く、教団に潜入している炯を呼び戻さなければならない。

おそらく、刑事課がこれから相手にしなければならない敵の正体は、彼が国外で経験してきた性質の異なる暴力の担い手――軍事作戦の従事者たちだ。


霜月が受け取った名刺を懐に収め、花城に再び詰め寄ろうとした瞬間だった。

灼の視界に閃光《せんこう》が瞬《またた》いた。

身体《からだ》を震わせる衝撃波と肌を焙《あぶ》る熱波が埠頭に押し寄せてきた。その熱量は風のように一瞬で通り過ぎ、直後に耳を聾《ろう》する轟音《ごうおん》が鳴動する。

何が起きたのか、灼はすぐに理解できなかった。

「そんな……」

やがて、霜月が唖然《あぜん》とした顔で呟《つぶや》いた。

夜の闇を煌々《こうこう》と照らす赤熱の光。船体側部から生じた爆発が各所に次々に引火していき、容赦のない炎が客船全体を瞬く間に覆っていく。

　爆発が起きた場所は――灼は烱とともに訪れた部屋の情景を思い出す――ザハリアス夫妻が宿泊していた客室以外に有り得ない。

　どうして、ザハリアスが殺された――灼は目の前に生じた事態を理解してもなお、その事実をにわかに受け入れ難い――五発目の自爆攻撃――高性能爆薬の威力をもってしなければ成し得ないとてつもない破壊が客船に襲いかかっていた。

　埠頭に配備された消火ドローンが急行し、放水活動を始めるが船体各所で火柱が吹いている。機関部に引火し、次々に連鎖爆発を引き起こしている。

「……やられた。――周辺を警戒。不審な人間を片っ端から拘束」

　花城が険しい顔で通信デバイスを通じ、周辺で待機中の捜査人員に指示を飛ばす。

「この場は行動課が預かるわ」

　そして現場の掌握を宣言する。灼も動きたいが、ドミネーターは携行していない。執行官たちも同行していない。このまま、埠頭にいても捜査の役には立たない。

「どういうことですか。説明してください」

　それでも、行動課が人員を配置していたということは、攻撃を事前に予測していたのではないか。攻撃を予測していたとすれば、なぜその攻撃を阻止できなかったのか。

　もっと最初から、外務省行動課と手を組んで捜査をしていれば、ここまで被害を出さずに済んだのではないか。自らが犯した過ちへの強い後悔が、花城への攻撃的な感情を生んでしまう。行き場のない怒りのはけ口を求めてしまう。

だが、灼の前に霜月が立ち塞がる。小柄な彼女を力で押し退《の》けることは簡単だった。それでも、灼は霜月の眼《め》に射竦《いすく》められる。

「弁《わきま》えなさい、監視官。あなたが首を突っ込むことじゃない」

「く……」

彼女はすでに何かに気づいている。自分が気づいていない何か。こんなところでくだらない諍《いさか》いをしている暇などありはしない。一刻も早く対処しなければならない危機が迫りつつあるのだ、ということ。

灼は、冷静さを取り戻す。なぜ行動課は攻撃を阻止できなかったのか。その問いは、そのまま灼自身に返ってくる。自爆攻撃が密貿易に関わった人間すべてを狙っているのだとしたら、ザハリアスとて例外ではない。それでも、第四の自爆攻撃で狙われた陵駕が逃げ延びたことで、犯人は彼女の追撃を優先すると考えてしまった。

なぜなら、公にはザハリアスは教団施設にいることになっているからだ。本物の居場所は刑事課以外、誰も知らない。しかし、ザハリアスが狙われた。つまり、連続自爆テロの犯人は、ザハリアスの姿をした人間が二人いることを突き止め、なおかつ、客船にいるほうを本物だと見抜いている。だとすれば――、

「戻りましょう……！」

海から風が吹いてくる。火災の熱波の後に訪れる冷たい潮風が首筋を撫《な》でる。

「炯たちが、危ない」

教団は、すでに刑事課の潜入捜査に気づいている。

43

公安局ビルに戻り次第、緊急の捜査会議が開かれた。

刑事課課長の霜月による緊急招集――入江、天馬、雛河の一係執行官が分析官ラボに駆けつけた。灼は霜月の横に立ち、唐之杜がデータを展開していくホログラフィックモニターを見つめる。

「潜入捜査のために保護していたザハリアスと彼の妻が殺害されたわ。捜査対象組織の内部分裂かと思われるが、詳細は不明」

全員の集合を確認し、霜月が事の次第を告げた。

「……それってヤバいんじゃないか？」

少し間を置いて、天馬がぼそりと呟いた。

ザハリアスが殺された。つまり、教団は最初からザハリアスを始末するつもりで海外から呼んでいた、ということになる。

「分かってる。強制捜査の件は私が何とかする。あなたたちは自分たちの担当範囲に集中しなさい。むざむざ部下を二人も失うわけにはいかない。局長と直接話してきます」

霜月が踵《きびす》を返し、ラボから退出する。

明日、教団施設に対する強制捜査が実行される。そのための手続きが整えられ、二係・三係の人員を強制捜査に動員する通達が出されている。

総力戦だ。公安局刑事課は、教団に対して大きな勝負に出る。

本来、一係にとって朗報のはずだったが、潜入捜査が露見した炯と如月が拘束されたであろう状況にあって、灼は冷静ではいられない。

今すぐにでも、教団本部施設に踏み込みたい。だが、そんなことはできない。教団側に公安局の動きを悟られるわけにはいかない。教団の信者や支持者は厚生省や中央省庁に深く食い込んでいる。普段通りに、振る舞わなければならない。

刑事課一係は、連続自爆テロの犯人確保の継続を命じられている。

灼は一度、深く呼吸をする。昂《たかぶ》る神経を宥《なだ》める。人間は高いストレスや緊張に晒《さら》されると自然と呼吸が早く、短くなる。脳に供給される酸素の量が減れば、思考能力が低下する。パフォーマンスは低下し、普通だったらできることでも失敗する。

だから、落ち着け。今ここで焦燥に駆られて闇雲に動いても、事態はけっして好転しない。為すべきを為せ。事件の捜査に集中しろ。

「──情報を整理します」

「了解」

灼の呼びかけに、唐之杜が鑑識データを表示させる。

「現場は外務省に取られちゃったけど捜査情報は共有されてるわ。使用された爆弾は、これまでの自爆テロと同じタイプ」

「つまり五発目、最後の自爆テロです」

灼は、執行官たちに向き直る。

「……ヨットハーバー付近の防犯映像に、リースカーが記録、されてますね……」

「そいつで自爆犯を運んだ。前の手口と一緒だな」

雛河の報告に天馬が頷《うなず》き返す。三郷ニュータウンの廃墟《はいきょ》で発見された医療ドローンの手術記録は五件──本来なら、これで犯人の攻撃も打ち止めになるはずだった。

陵駕を狙った四度目の攻撃も失敗している。隠し通すつもりだった武器パーツの密売ネットワークの正体も刑事課によって暴かれた。いよいよ、犯人は打つ手を失い、追い詰められたことになる。だが、そんなふうに楽観できる状況ではない。

武器の密売ネットワークにおいて、その中心に位置していたのは陵駕であり、ザハリアスはむしろ末端の運び屋に過ぎなかった。教団が武器密売の証拠を隠滅するなら、仕組みを知る陵駕の抹殺を優先しなければならない。

なのに、第五の自爆攻撃は陵駕ではなく、ザハリアスを優先した。

その犯行は、動機から推測される犯人の目的と矛盾している。

その矛盾が、灼には引っかかっている。

「志恩さん。ネタを整理しましょう。子供のDNA鑑定の結果は出ましたか？」

同じ理由で、これまでの見立てにおいて、どうしても事件に嵌《は》まらない奇妙なピース
の存在を無視できない。

「意外な人物よ。保護した子供は、羽利須《ハリス》＝生《しょう》・フラナガン。父親は、久利須＝矜治・

オブライエン」

モニターに保護された羽利須のプロフィールが表示された。父の仕事によって〈出島〉

と東京を行き来しながら育った青年。その経歴に灼はどこか共感してしまう。

「あのガキ、久利須の息子か」

「なんで植物状態に？」

自分とよく似た人生を歩んできたはずの人間が、若くしてその人生を奪われる――そ
のような不幸に見舞われたことに悲しみを覚える。

「色相改善薬物の過剰投与が原因。あの年齢での発症は普通、考えられないけど」

植物状態の青年――羽利須は現在、公安局の医療室で保護されている。経歴を見る限

り、彼が重度の薬物依存や色相悪化に陥っていた記録は見つかっていない。〈シビュラシステム〉の庇護《ひご》下で幸福の追求、平和な世界で生きていく権利を与えられていたごく普通の青年が、どういうわけか、半年前を境に〈ユーストレス欠乏症〉と呼ばれる症例を発症し、植物状態に陥った。あたかも不幸な事故に遭ってしまったかのように。

「なんでシスター陵駕が子供を？」

「昔の同僚の子供だからだろ」

入江の疑問に、天馬が答えた。

信仰特区構想の推進者であり、陵駕たち特区反対派と表面上は対立しながらも、水面下において武器の密売ネットワークに深く関与していた、第二の自爆テロの犠牲者——久利須・オブライエンの子供を、陵駕が守り続けていた。

第二の自爆テロが起きる前夜、陵駕は係数緩和施設に入所した久利須のもとを見舞っている。このとき、陵駕は久利須から息子の羽利須を託されたのだろう。

そして、彼女は託された植物状態の羽利須を守り続けた。

なぜ、久利須は自分の息子を、他の誰でもなく陵駕に託したのだろう？

信仰特区構想の成立によって、武器密売ネットワークの正体が露見することを防ぐために実行された連続自爆テロ。その目論見《もくろみ》に久利須も気づいていたとしたら、当然、そのネットワークの中心にいる陵駕は、事件の主犯である〈ヘブンズリープ〉教団による苛烈《かれつ》な攻撃に晒されることは容易に想像できたはずなのだ。

久利須自身は末期癌《がん》に冒され、さらには色相の急激な悪化によって係数緩和施設に入っており、教団からの攻撃を逃れるすべがなくなっていた。アウマも保護した強制売春の被害者たちや工場地帯といった守るべきものが多く、自由に身動きが取れない。

その意味では、陵駕は教団に狙われた標的のなかで比較的、安全ではある。

しかし、自爆テロの実行犯がリースカーによって犯行現場に送られていたということは、その制御はすでに陵駕の手から奪われていたと見たほうがいい。

彼女は、いずれ自爆テロによって、リースカー整備施設が狙われることを予測していた。それでも武器密売ネットワークの証拠――武器パーツと紛争ダイヤを隠すことよりも、久利須の息子を守ることを優先した。最初の爆破現場に隠れていたのも、陵駕にとっては苦肉の策だったのだろう。だが、そのおかげで難を逃れた。

つまり、連続テロは武器密売の関係者の殺害ではなく、密売の証拠となる施設や設備の破壊を優先する、と久利須自身が気づいていたことになる。

だから、アウマではなく、陵駕に息子を託した。そういうふうに結論づけられる。

だが、そうなったとき、別の疑問が浮かんでくる。当の久利須が爆殺された第二の自爆テロだけが、武器密売と関係のない係数緩和施設で発生しているのだ。

末期癌と重篤な色相悪化で死を目前にした久利須が武器密売について公安局に証言することを恐れ、他の標的よりも優先して狙われた線も考えられる。

だが、用意された爆弾は全部で五発しかない。久利須一人を狙うなら拉致《らち》でも毒殺でも事足りる。わざわざ爆弾一発を動員するのは、手段として過剰だ。

それとも、二発目のタイミングで、しかも係数緩和施設で久利須を爆殺しなければいけない理由があったとでもいうのか。単なる偶然と片づけることも可能だ。

だが、灼は自分が積み上げてきた推理に対し、あえて異議を唱える。

一連の連続自爆テロは、果たして本当に三郷ニュータウンの有力者同士の利害対立、武器密売ネットワークの正体の露見阻止を目的に実行されたものだったのか？

五回の自爆テロによって、実際に何が起きたのか。それを再度、整理する。

第一の自爆――特区PR会場――自爆テロで信仰特区推進派が殺害された。その犠牲者には入国者の違法売春など黒い商売に手を染める者も含まれていた。

第二の自爆――係数緩和施設――久利須＝矜治・オブライエンが殺害される一方、施設に収監された入国者を製薬企業が、臨床実験の被験体にしていた事実が発覚した。

第三の自爆――工場地帯――ジョセフ・アウマ上人が自爆犯と相討ちになり、工場用水の設備が大破したが、第一の自爆テロで違法売春組織から解放され、アウマに匿《かくま》われていた入国者たちは生き延びた。一方、武器パーツの密造の事実が発覚した。

第四の自爆――リースカー整備施設――シスター・テレーザ陵駕の殺害に失敗するも、武器パーツと紛争ダイヤを保管するリースカーの隠し倉庫の存在が明るみになった。

第五の自爆――客船――ヴィクトル・ザハリアスが殺害され、密造された武器を〈出島〉経由で国外へ運ぶための手段が失われた。

一連のテロが武器密売の証拠隠滅を図ったと考える場合、最も違和感があるのは第四と第五の自爆テロだった。もし、刑事課一係が武器密売の線に気づいていなかったとしても、自爆攻撃が成功していれば、かえって現場の鑑識において武器密売に関する証拠が明るみになっていただろう。

第三の自爆テロについてもそうだ。アウマが攻撃の阻止に失敗する、あるいは違法売春の犠牲者たちを見捨てて逃げていたら、彼女たちを匿っていた廃倉庫で爆発が起き、その奥に隠されていた武器の密造工場の存在が捜査当局に気づかれてしまう。

自爆攻撃が成功するほど、かえって本末転倒の結果を招く。そもそも、秘密を隠すために人間を使った自爆攻撃という過激な手口を用いること自体が不自然なのだ。

高性能爆薬による甚大な被害の発生は、当然、衆目を集める。事実、マスコミ報道各社は入国者を巡る連続自爆テロを連日にわたって報道し、それは現在も続いている。

当たり前のことだが、もし武器密売の証拠隠滅を図るなら、爆弾という派手な手段は標的の抹殺だけに使うべきなのだ。そして世間の注目や捜査の目が彼らに集まっている隙に、密《ひそ》かに設備の解体や証拠物件の奪取を行う。

だが、現実には、わざわざ密売の証拠と一緒に標的を抹殺したことで、犯人は隠すべき証拠のもとに捜査当局を呼び寄せる結果を招いてしまっている。

それが杜撰《ずさん》な犯行の結果だとは思えない。公安局の捜査網を掻《か》い潜《くぐ》り、テロを次々に成功させてきた犯人は、けっして場当たり的な犯行を繰り返しているわけではない。

確実な狙いのもとに、標的を仕留め続けている。

だとすれば、灼は、これまで積み上げてきた推理をすべて捨てなければならない。

「……シスターの施設が標的になったことで、過去の前提がすべて崩れました」

しかし、無策のままに暗闇に放り捨てられたわけではない。

自分たちは進んでいる。暗闇へ向かうのではなく、正しい道——真実への道を。

「連続爆破により係数緩和施設での過剰投与、入国者の強制売春、武器密造といった犯罪が暴露されてきた。——つまり犯人の目的は、この国が入国者たちに強いてきた犯罪の告発であると考えられます」

この連続自爆テロの主犯が目論んでいたのは、入国者を巡る犯罪や武器密売ネットワークの隠蔽《いんぺい》ではない。

むしろ、その逆だ。隠されてきた秘密を白日の下に晒すことに、犯人の真の目的があった。それならば、五発すべての自爆攻撃の法則性が矛盾なく説明される。

第四の自爆攻撃で生き延びた陵駕を犯人が追撃せず、第五の自爆攻撃を優先したのも標的それ自体よりも、爆破テロによって暴かれるべき真実こそが重要だったからだ。

「……なら、誰が犯人だ？」

入江が啞然となって呟いた。他の執行官たちも同じだった。

あまりにも突拍子もない灼の推理に戸惑っている。

だが、灼自身も自分が出した結論に戸惑っている。

犯行に、〈ヘブンズリープ〉教団が関与していることは間違いない。

あの教祖代行——トーリ・アッシェンバッハが主犯格の一人であることは間違いない。

しかし、あの青年が事件のすべてをコントロールしているとは思えない。彼は教祖の仁世と同じく、教団施設から一歩も動いていない。

けれど、事件の展開を考えれば、〈ヘブンズリープ〉教団に公安局刑事課の捜査が集中している隙を縫って行動している人間——もう一人別の姿なき共犯者が存在していなければならない。

「幽霊かも」

「なっ」

煙《けむ》に巻くような答えに、天馬が口をあんぐりと開ける。

冗談を言っているわけではない。犯人は、ある意味で、誰の目にも気づかれない幽霊的な存在でなければならない。

咄嗟《とっさ》に灼の脳裏に浮かぶのは、〈狐〉のエンブレムが記された名刺の持ち主であり、正体不明の謎の男――「梓澤廣二」だ。

しかし、この一連の犯行の手口を鑑《かんが》みれば、「梓澤廣二」の犯罪手法とはかけ離れている。この男ではない。まったく別の人間が暗躍している。

「警告してきたシスター陵駕、自爆犯を待ち伏せしたアウマ上人、施設に閉じこもる仁世、爆死した久利須。おそらく四人で立てた計画が、誰かに利用された」

灼は、ひとつの言葉を思い出す――〝私は道を見つける、さもなくば道を作る《Aut viam inveniam aut faciam》〟――アウマが残し、事件に深く関与していた陵駕や久利須たち〈CRP〉のメンバー全員が所持していたとされる懐中時計に記されていた刻印。

まさしく、その言葉の通りだったのだ。自分たちは、これまでの道を自ら見つけ、歩いてきたつもりだった。しかし、その道――これまで歩んできた長い捜査の道程は、犯人によって作り出されたものだった。

この事件の犯人が見つけ、そして作り出そうとしている真実《みち》。五発の自爆攻撃が終わっても、犯人は追い詰められてなどいない。この事件、まだ先がある。

「――以上のことを踏まえて、みなさんは今までの証拠を洗い直してください」

灼は呆気《あっけ》に取られている執行官たちに指示を出すと、スタスタと歩き出す。

「監視官は？」

「ちょっと野暮用で」

振り返らず、ひらひらと手を振って分析官ラボを出た。

時間がない。彼らを納得させるだけの十分な説明をしている猶予はない。

推理の裏付けは、仲間に任せるしかない。その間に、自分は犯人の正体を割り出し、一歩でも早く真実に辿《たど》り着くための道を作り出さなければならない。

この犯人の目論見通りなら、公安局刑事課の〈ヘブンズリープ〉教団に対する強制捜査も事件のピースとして組み込まれている。だとすれば、これから先、犯人が想定している犠牲に炯と如月が巻き込まれる危険性が高い。

廊下を進む足音は、我知らず速まっていく。

その手は懐に荒々しく突っ込まれ、絡んだイヤホンのケーブルと骨董品《こっとうひん》の旧式ポータブルラジオに触れている。

雨が降る音が、遠くから聞こえ始めている。


速まる一方だった足音が、ふいに止まった。

灼がボタンを押し、エレベーターを待っている。

ちょっと野暮用で——そう言って部屋を出ていった相手を追いかけて、無理やり事情を訊《き》こうとするなんざ、フラれた女にしつこく食い下がる男みたいに滑稽だ。

それでも、入江は灼を呼び止める。

「監視官」

そうしなければならない事情がある。

振り向く灼が何かを言い出す前に、入江はさらに問い詰める。

「メンタルトレースってやつを、やるつもりなんだな？」

「違いますよ」

灼は、さらりと答える。大したことをするわけじゃない、と言わんばかりだ。

けどな、監視官。あんたが思ってるほど、あんたの普通は普通じゃないんだ。

共感能力の発露。特A級メンタリスト・スキル。自我境界ボーダーラインの越境。初めて聞いたときは、訳の分からない言葉ばかりでチンプンカンプンだったが、何度も繰り返し聞かされていれば、否応なく覚えさせられてしまった。

他人の心に共感し、その心象風景、経験を自らのものとして追体験する。とんでもない能力だ。最初の頃は、こいつ、自分が超能力者だと思ってるイタイお坊ちゃんかよと思ったが、どうやら人間は才能と訓練次第で、本当にそういう技術を使うことができるのだと信じるようになった。

誰かが見たものの経験したものを、別の誰かがそっくりそのまま見て経験することは、原理的に不可能だ。灼のメンタルトレースも思考の模倣や再現であって完全にそのままというわけではない。だが、普通の人間は相手の心を想像したり、何となく雰囲気を読むくらいが精々なのだ。相手の心そのものになり切り、その思考・感覚・経験を自らのものにする。それは、やはり慎導灼にしか到達し得ない特別な領域なのだ。

それはトップアスリートの瞬発力《スプリント》というべき、一握りの才能の持ち主だけが実現可能な行為であり、当然、人体の限界ギリギリに挑むアスリートたちがその負荷によって肉体を損耗するように、才能ある灼の能力行使は、それゆえに灼自身を蝕《むしば》む。

「野暮用……なんて言い方じゃごまかせない。執行官を代表して止めに来た」

これから多分――、いや、確実に灼はメンタルトレースを実行しようとしている。

何をトレースする？

決まってる、犯人だ。この連続自爆テロの犯人。灼曰《いわ》く、幽霊と称した何者か。

入江は、その正体に見当さえついていない。このやたら複雑で面倒で厄介な事件には教団が深く関与していて、そいつらを強制捜査でとっ捕まえることで、どうにかこれ以上の被害を防ぐことができるかもしれない。それくらいのことしか理解できない。

人間を薬漬けにした上に爆弾を埋め込み、自爆させ続ける連中――どういう目的があるのだとしても、マトモな神経をしていないことだけは簡単に想像できる。そういう連中の心理を読んで、この監視官は事件の真実を解き明かそうとしている。

さっきの捜査会議——灼のぶっ飛んだ推理を聞いたとき、入江はピンと来た。

慎導灼は、事件の真実を探るために必要なピースを見つけ出したんだ。あとはその確証を得るための最後の手段に打って出ようとしている。

だが、その最後の手段は駄目だ。使っちゃならない。使わせちゃならない。

「——行かせてください」

口調こそ丁寧だが、入江を見返す灼の顔は、普段と比べて信じられないくらいに鋭い。こういう顔もできるのだ。普段のふにゃふにゃした感じとはまったく違う。かといって、炯の発する鋭さとも違う。向こうが鋼《はがね》を鍛えたナイフみたいなものだとしたら……今の灼は極限まで薄く研いだ剃刀《かみそり》みたいなものだ。

その鋭利さは凄《すさ》まじく、どんなものでも切り裂くが、代わりに、とても脆《もろ》い。ちょっと力の加え方を間違えただけで刃《やいば》が折れてしまう。そんな脆さを感じてしまうのだ。

「潜入の前に……イグナトフ監視官が執行官全員にメールを送ってたんだ。『慎導監視官に無茶をさせるな』ってね……」

精神的ザイルパートナーである炯は、そのことが分かっている。それは刃と鞘《さや》の関係のようでもあり、人間と道具の関係のようなものであり——、つまるところは完璧な相性、繋がりってやつなのだ。それがあってこそ、灼は自分の力を十全に発揮することができるし、炯も自らの力を発揮できるのだ。

信頼、という一言では片づけられない特別な関係。会って数ヶ月程度の入江たち執行官では、とても同じだけの関係を築けるはずがない。

――だとしても、俺たちだって少しくらいは、今ここにいないあんたの相棒の代わりを務められるって自惚《うぬぼ》れているんだぜ、なあ、監視官。

入江は灼と無言で睨み合う。

互いに考えていることが筒抜けになりそうなくらい、近い距離。

沈黙。

やがて、入江はふっと笑みを浮かべて。

「あんたが倒れたら困るんだよ」

隠すことのない本心を告げた。

困る。困るんだよ、監視官。あんたが倒れちまったら。

俺たち猟犬は、どうやって犯人を追いかけりゃいい？　犯罪者を狩るなら、狩人と猟犬はセットでなけりゃいけない。そうだろう？　そういうもんだと、あんたたちが教えてくれたんだぜ。

「……二人とも、二度と会えないかもしれない」

灼が、静かに、しかし強く言った。

短い言葉。鋭利な言葉。それだけ入江の心の芯に突き立つ言葉。

入江は、心臓に杭《くい》を打たれたみたいに、ドキリとなる。

「死人との約束なんて、キツいですよね」

止《や》めてくれ、監視官。いつもみたいに微笑《ほほえ》んで、そんなことを言わないでくれ。

如月に必ず守る、ピンチになったら助けてやる、と入江は約束した。このまま手をこまねいていたら、永遠にその約束を叶《かな》えられなくなってしまうかもしれない。次の再会が炯や如月――その死体との再会だなんて考えたくもない。

入江は執行官だ。荒くれ者で切った張ったに慣れている。人死にだって怖くない。だとしても、仲間が傷つき死んでしまうことは、いつまでだって平気になれはしない。

分かっている。あんたがさっさとメンタルトレースをやって犯人の正体を突き止めて、敵の動きよりも先回りできれば、教団に監禁されている炯や如月を助け出せる可能性が高まるかもしれないってことを。

だがそれは、仲間を助けるために、慎導灼――あんたを無理やり使うってことだ。

どうすることが正しいのか。答えが見つからない。折り合いをつけられない。

それでも時間は止まることを許さない。

エレベーターが到着する。扉が開き、灯《あか》りが灼と入江を横から照らし出す。

幕の上がった舞台は、演者がその中心に立つことを求めている。

「……いってきます」

灼はエレベーターに乗り込むと、笑顔で入江に敬礼をする。

何も心配することはないと言わんばかりに。

入江は、灼を止められない。

行ってしまった灼を、ただ、信じることしかできない。

44

廊下には、規制線を示すホログラムのテープが幾重にも渡されている。

都内、係数緩和施設。職員はおろかドローンの類も配置されていない。爆破テロ後のスキャンダル発覚によって経営破綻に陥り、その管理権が放棄されたからだ。

一夜にして廃墟と化した建物。人の出入りが絶えた空白を灼は一人で進んでいく。

第二の自爆テロが発生した収容棟の十七階は、瓦礫《がれき》の撤去こそ済んでいるが、破壊の痕跡をあちこちに見て取れる。

テロ発生直後の混乱。爆発によって負った傷の痛み。致命的に悪化する色相への恐怖——この場所に生じた多くの負の感情が、どっと押し寄せてくる心地。

灼は、爆破の現場に居合わせたわけではない。

だが、ここで多くの人間が被《こうむ》った苦痛を想像できる。否応なく想像してしまう。その傷つく心の在り様に共感せずにはいられない。

——どうして自分だったのか。

ほとんどの被害者は偶然に、事故や犯罪に巻き込まれる。

一瞬にして、世界の姿が反転し、見知らぬ誰かの悪意が襲いかかってくる。

その恐怖、困惑、苦痛の訴え。自分と他人は違うと思っても、灼はその痛みへの共感を切り離すことはできない。もし、自分がそうであったら——これは自分であったのかもしれないのだ——自己と他人を重ね合わせ、名前も知らぬ誰かの心理に同調し、理解する。たとえそのために自分が痛みを被るとしても。

生来、そうだったのか、あるいは特A級メンタリスト・スキルを習得する過程で確立された性格傾向なのかどうか——実のところ、自分でも分かっていない。

しかし、確かなことは、灼は小さな頃から他人のことが知りたかった。自分と違う相手を理解したかった。その欲求がいつ、どこから生じたのか分からない。自分の記憶を探っても答えが見つからない。気づいたら、そこにあった、というもの。その他者への理解の希求は、たとえその行いによって痛みを被るとしても途絶えることはなかった。

理解はつねに痛みを伴う。大小の差こそあれ、それは避けがたいものだ。

相手が被った痛みが、自分が耐え切れないほどに大きければ、心の器が砕けてしまう。自我境界の輪郭線が崩れてしまえば、自分を自分とするもの、自己と他人を分かつものが崩壊してしまう。

　心の死。

　それがどれほどの苦痛をもたらすのか、特A級メンタリストであり、メンタルトレースを行使する灼にさえも想像することはできない。心を殺された人間。心を殺した人間。それは生きながらに死者となることを意味する。メンタルトレースは生者の心理を読むことはできても、死者の心そのものを読むことはできない。

　死とは肉体の停止であり、心の作用の完全な停止であるからだ。

　灼は、死者を直接メンタルトレースすることはできない。事件現場において行っているのは、集約された証拠から被害者の心理動向を推測し、その心理モデルを再構築、その死の直前――心が無に帰すまでの状況の再現だ。

　それは死者が生きていた、心がそこにあった最後の時間。

　灼は今、そこに踏み込もうとしている。

　月が部屋を照らしている。青白い光。冷たい夜気を孕《はら》んだ風。

　係数緩和施設十七階、一七〇三号室――久利須＝玲治・オブライエンが殺害され、その心が無に還《かえ》ったはずの爆心地。

　高性能爆薬の強烈な爆発。コンクリート製の壁面を崩壊させるほどの凄まじい破壊力に人体が耐え切れるはずがない。この部屋にいた久利須と自爆犯を燃やし尽くし、その亡骸《なきがら》はほんの少ししか残らなかった。

久利須の存在は、千切れた左腕を残して、すべてこの世界から消え去った。

そういうことになっていた。

これまでは、そうだった。そうでなければならなかった。

だが、今は違う。

「……おれは大丈夫だよ、炯」

灼は部屋の壁際に移動する。暗闇の溜《た》まる場所。それゆえに部屋を最もよく見渡せる地点。部屋に満ちた月の光は青黒く、灼は海に潜ったような錯覚を覚える。

いつのまにか――空気が帯びた水分を肌感覚で捉える――遠くから車の排気音が聞こえた気がした――迷光する輝き――車のヘッドライト――ボンネットを叩《たた》く冷たい雨――窓をトントンと叩く動物の足音――遠ざかってゆくが消えることのない足音。

灼はポータブルラジオを取り出し、ジャックにイヤホンを挿《さ》す。片耳のイヤホンを耳に嵌めた。流れ出すノイズが鼓膜を震わせる。

強まっていく雨音《ノイズ》に混じる、チク、タク、チクタクと規則的に刻まれる金属質の音。

時計の音。空いた手に幻の重みと感触――銀色の懐中時計を握っている。蓋を開き、その裏側に刻まれた文字を見る――〝私は道を見つける、さもなくば道を作る《Aut viam inveniam aut faciam》〟――ここにいた誰かが――久利須がその言葉をきっと口にしたように。

「雨が降っている……」

灼はそっと囁《ささや》いた。

雨が強まる――ノイズが軋《きし》む――時を刻む音が速まっていく――身体が水に包まれていく――暗闇に沈んでいく――手綱なき単独潜航《アンテザード・ダイブ》――沈み、沈み、沈み――そして昏《くら》い海底にその手が達したとき――自我境界ボーダーラインの越境――灼は久利須＝玲治・オブライエンの心理に辿り着く。

雨が降っている、いる、いる――メンタルトレースの実行――第二の自爆テロが今にも起きようとしている――歪み《ノイズ》がひどい――破壊されたものが多過ぎるせいで状況予測に障害が発生している――それでもメンタルトレースを続ける――久利須に集中する――ノイズが去り――部屋に人影が生じる――ひとつではなく幾つもの。

病室の椅子に座っている久利須――扉の傍《そば》に立つ人間――腹に大きな手術痕を刻まれた入国者の男――アンヘラ・ナサール――第二の自爆犯――穏やかな笑みと心を殺された者の虚無の眼――痛みと悲しみを奪われた生ける死者の末路――そんな彼をここまで連れてきた者たち――〈ヘブンズリープ〉の信者が捧《ささ》げる祈り――「「シビュラの加護があらんことを」」――その祝福としてもたらされるもの――命を焼き尽くす灼熱《しゃくねつ》の炎。

自ら招いた訪問者を――自ら招いただと？

生じる疑問――だが確かに自分が彼らを招いたのだという疑いのない確信が灼の裡《うち》か

ら生じている——久利須の心理に寄り添っている——その恐怖と苦痛がマグマのように吹き上がってくる。恐怖——これから生じる爆発ではない——これから自分が自分自身に実行するおぞましい行為に対して——久利須は左腕をサイドテーブルに投げ出す——右腕に工業用のレーザーカッターを握っている——アウマの工場でも使われている道具だ——鉄鋼部品を切り裂くその切れ味は人間の腕など容易《たやす》く叩き切る——切るのだ——何を——今さら問うまでもなく己の左腕を——それが自分の目的を達成するためには必要なのだ——何を恐れることがある——恐ろしいもっと恐ろしいことを自分はやってしまったしこれからも実行しなければならない——左腕の一本を切り裂くくらいの苦痛が何だというのか——これから目の前の男は腹に埋め込んだ爆弾によって焼き尽くされる——第一の自爆犯がそうであったように恐れる心すらも失っている——それに比べたら痛みを痛みとして被り苦痛を受けることがどれだけ恵まれているのか——痛みだ——痛みが欲しい——自分が犯した罪——自分がこれから犯す罪——痛みを奪われた者たちの分だけ自分がその痛みを受け止める——レーザーカッターが回転を始める——灼《や》けるような光——その光を自らの左腕に押し当てる——激痛——肉が裂かれると同時に焦げてゆく——僅《わず》かな抵抗を見せる骨を無理やり押し切って切断する——「が、あァァァァァァ！」——あまりの激痛に絶叫が漏れ出す——痛い——たったこれだけでも耐え難いほどの苦痛——それは雷火のように訪れる——灼は腕を押さえる——痛い痛い痛い痛い——

メンタルトレースを解除しそうになる――解除しない――久利須の心の輪郭をその手で握る――絶対に離さない――やがて左腕がレーザーカッターによって完全に切断される――その断面はあたかも炎で焼灼《しょうしゃく》されたように爛《ただ》れ、焦げている。

途方もない苦痛――消失と漂白――思考が時間面の認識を失い無の領域へ落ちそうになる――背後に何かの存在を察する――雨が降っている――獣の仮面を纏《まと》った男が立っている――灼の背後すぐ傍に――恐怖が湧き上がる――だが獣の男は灼を見つけていない――ただそこに立っている――見誤るな――灼は自らの心の手綱を握る――己の心を手放すな――見るべき他人の心から目を逸《そ》らすな――持ちこたえる――明滅する視界――次々とスキップしていく時間――ノイズだらけのビジョンが明瞭さを取り戻す――自ら腕を断った久利須に〈ヘブンズリープ〉の信者が止血を施している――病に蝕まれた身体に肩を貸して立ち上がらせる――そして久利須を伴い部屋を去っていく。

部屋に残ったのは第二の自爆犯だけ――速まる腹部の点滅――そっと目を瞑《つむ》る――手を組んで神へ祈りを捧げるようなポーズを取る――アウディノス《神よ我が訴えを聞き給え》――その言葉が合図になったように爆弾が起爆する――炸裂《さくれつ》の到来――その破滅の瞬間を灼は目撃することはできない――久利須＝矜治・オブライエンは、すでに部屋を去っているからだ。

灼に押し寄せる炎は、破壊された壁から吹き込む冷たい風に変わっている。雨を孕んでいた風が透明な風に変わっている。幻覚の雨は去っている。雨に濡《ぬ》れたように灼は汗を掻いている。熱病に浮かされたように身体が重い。そしてメンタルトレースを解除してなお、左腕を自ら切り落とした幻覚の痛みが消えない。

苦痛に堪《た》え、歯を食いしばる。生じた痛みはいつまでも消えることがない。

「やはり生きていた……、久利須・オブライエン――」

だが、それこそが証明していた。

地を彷徨《さまよ》う怨霊《おんりょう》の存在、この事件の犯人たる幽霊が何者であったのかを。

45

激しい咳《せき》が胸の奥から湧き上がってきた。

堪《こら》えることができず、ベッドから弱々しく上半身を起こすと、むしろ締めつけが緩んだようにいっそう強い咳が繰り返された。身体の中身がそこから零《こぼ》れ出してゆくかのようだった。苦痛に堪えるための力が咳のたびに引きずり出され、身体は人形にでもなったかのように力が入らない。

ようやく咳が止まり口元を押さえた手を見れば、赤い染みを認める。喀血《かっけつ》だ。肺組織を蝕む病巣はいよいよ最後の侵攻の段階に達したかのように、この身体を痛めつけていく。

もう時間がない。元より残された時間は少なかったが、本当に残り少ない。

人の一生を時計の一周に喩えるとするなら、もう時針も分針も最後の十一番目の刻限をとっくに回ってしまっている。最も細い秒針の、あの経過を待つときにはあまりにも長く感じられる時を刻む動きが、今ではとてつもなく速まったように感じられる。

久利須は、身を横たえていた病床から立ち上がった。片腕を失っているせいで、何かを支えに立ち上がることさえ難儀する。空気が薄くなったように息苦しく、重力が何倍にも強まったかのように身体が重い。それだけ自分の生きられる力がなくなっている。

あともう少しだ。もう少しだけ、時間が欲しい。

時間よ止まれ、あと少しだけ。

次が、最後だ。

次で、終わる。

46

夢を見ている。

目の前に炯と灼が立っている。

炯の金色に輝く髪、厚手のシャツを羽織っている。パーカーを着た灼は、不安そうにこちらを見つめている。自分はオーバーオールを着ていて、髪は後ろで纏めている。

舞子は、二人と自分の姿を、自らの眼で見ている。

光。夕方の暮れなずむ陽《ひ》の朱の色。その目が眩《くら》むような強い光に、舞子は目を細めている。人工島に造成された〈出島〉はその周囲は海に囲まれているから、太陽は水平線に沈むそのギリギリの時間までその光で街を照らし続ける。

色彩の強さ。それは幼い頃に日本にやってきた舞子が驚いたもののひとつだった。故郷の景色も美しい。けれど、日本の景色はまた性格の違う美しさを情景に秘めている。

青は青として、赤は赤として、色は色としての強さを持ち、さらに季節の移ろいによってその装いを刻々と変化させていく。

そのような世界の色彩の強さを、かつての舞子はこの眼で捉えていた。

それゆえ、これが夢、過去の記憶であることにも気づいている。

まだ、十代の頃——確か、中等部から高等部へ進学するくらいだった。

舞子は炯と、灼と一緒に〈出島〉の高台に立っている。街を一望できる場所で、三人のお気に入りの場所のひとつだった。

晴れた日、曇りの日、雨の日——たくさんのことがここであった。

だから、別れを告げるのも、ここだった。

「炯も舞ちゃんも……、帰国?」

信じられないことを聞いた、というふうに灼が言った。

「戦争で……、兄さんが軍隊に戻されるから」

答えたのは炯だった。そうなることが当然という口調に、灼は戸惑いを隠せない。

「でも炯は行かなくていいって、父さんが……」

「兄さん一人だけ行かせられない」

炯と舞子の故国で、再び大きな紛争が起きた。前の戦いのとき、二人はまだ小さかった。

けれど、今度は自分たちも徴兵に応じた。それが必要な義務だった。故郷を守るために銃を手に取らなければならない。

人を殺すことは悪いことで、厳しく罰せられる。しかし、戦争という状況では兵士は銃を手に戦い、敵の兵士を殺さなくてはいけない。

その違いの根拠は何なのか、その答えを当時の舞子は知らなかった。炯も分かっていなかったと思う。それでも、故郷を守るためには戦わなければならない、と漠然とした確信を抱いていた。

「私も、母さんが帰るなら一緒に帰る」

だから、舞子も故郷へ赴くことを選んだ。

「行ったら……、二人とも徴兵されるって……父さんが言ってた」

灼は、ますます分からない、という顔をする。

「それでも……、行くの？」

「それが普通なんだ、灼。この国以外は」

烔は硬い口調で言った。それは正しいことで、けれど、どうして正しいのか、まだ自分たちは分かっていない。それでも、武器を手にすることなく平和な社会で生きていくことができる日本が、この世界では特別な国なのだということを知っている。

今、世界では戦争ばかりが起きている。ずっと昔からそうだったように、これからもそうなのだと諦めているひとたちもいる。平和な世界は〈シビュラシステム〉に守られ、選ばれた場所と人々だけで、だから、それ以外の場所に生まれてしまった人間が死んでいくのは仕方ない。平和の総量には限界がある。だから、安全と安全でない場所を分けて、自分たちだけが安全な場所で暮らせばいい。

烔や舞子は、家族のおかげで幸運にも、そういう場所で育つことができた。

それでも、故郷のことを見捨てられない。自分と同じような人たち。自分と違って、まだ日本に来ることができない人たち。平和を本や夢のなかでしか、まだ知ることのない人たち。その人たちが死んでもいいと思うことはできない。

「大丈夫。きっと私たちの国も平和になるから。そしたら、また日本に戻れる」

戦いたい、わけではない。きっと。敵を殺したくもない。

それでも、平和のために戦いたい。自分が戦うことで故郷が平和を取り戻すことができるなら、いつか自分の国が今の日本のように平和になったら、いつか炯と一緒に、灼を連れて行って、ここが自分たちの故郷なんだと、胸を張って教えたい。

いつか武器を捨てる平和のために、武器を携えて戦いに行く。

「――必ず戻る」

そして、いつか、一緒に平和を守る仕事がしたい。

そのときはきっと、武器など必要なくなっているはずだ。

「うん……待ってるよ。二人とも無事に戻ってきて」

灼が悲しい顔を止めて、笑みを浮かべた。何度も繰り返し見てきた顔。炯と舞子の前を歩いていて、横に立ち傍に寄り添って、後ろから声をかけてきて、そのたびにいつも見てきた灼の顔が、今もまた舞子と炯に勇気を与えてくれていた。

絶対に帰ってくる。強い覚悟に心を突き動かされていた。舞子は一歩を踏み出し、灼と炯の間に立ち、両の掌《てのひら》をそれぞれ彼らに向けた。

「約束だ」

「ああ、約束だ」

灼と炯が、それぞれ言った。

「うん。約束。また三人で――」

舞子の両方の掌を通じて、二人の拳と拳が触れ合った。

そして舞子が言った。


夢からの目覚めは唐突に訪れる。

朝の光が訪れたわけではない。眩《まぶ》しさは感じない。けれど、眠りに落ちているときの暗闇と覚醒しているときに見る暗闇はまったく異なるものだった。

視力回復手術は成功した。脳内の視覚を受容する領域は、その機能を取り戻しつつあると昼に説明を受けた。包帯に覆われた両眼越しに映る暗闇に濃淡が生じている。

それが光の明滅であることを、舞子は感覚というより、記憶から判断している。つい先ほどまで光のある光景を夢に見ていたせいだろう。確かに自分は視力を取り戻しつつあるのだ。それが、どれだけ長い時間を費やすことになるとしても。

けれど――どうして、自分はいまどこかに運ばれようとしているのだろう。

身体が浮いているような感覚。舞子の耳はストレッチャーの軋む音を捉えている。車輪越しに床の凹凸を身体が感じている。何が起きているのだろう。舞子は両眼に巻かれた包帯を毟《むし》り取ろうとする。それは医者に許可されていない。けれど、朧《おぼろ》げにでも何かを見ることができるなら、自分の眼で確認したい。そうしなければいけないという切迫した気持ちが胸の裡から湧き上がっていた。

しかし、舞子の腕は痺《しび》れたように動かない。指一本さえ動かせない。身体中が麻酔にでもかけられたかのようだった。意識はある。けれど、身体が動かない。まるでピン留めされた昆虫標本のように舞子は身じろぎひとつできない。

「——舞子・マイヤ・ストロンスカヤさん」

目を覚ました舞子に気づいたように、誰かが声をかけてきた。あなたは誰——そう問う前に、落ち着き払った口調で男が話を続ける。

「色相に異常が見られました。係数緩和施設に緊急移送します」

その言葉を聞く限り、自分を運んでいるのは医療関係者のようだった。けれど、自分の主治医でもなければ、看護師、看護ドローンとも違う。初めて聞く声だ。

何かが妙だ。今は何時だろう。周りの音がまったく聞こえない。人払いをしているふうでもない。そもそも視覚補助アバターもオフにされている。視覚障害のある患者に対して当然行われるはずの音声による医師のＩＤ説明も行われない。

「あの、手術後の検査では問題ないと……」

それとも深夜なので、当直医師が担当している？　色相が急激に悪化したと説明された。けれど、急激に色相が悪化するようなことは何も起きていない。強いて言うなら、今の状況こそが舞子に何かよくない不安を呼び起こさせる。

「ご安心ください。我々はどんな方の色相でも必ずクリアにします」

なのに、医者を名乗る人たちは絶対に安心だと約束する。その言葉が――舞子はどうしても信じられない。それは相手を安心させるための言葉ではなく、相手に不安から目を逸らさせるために使われる詐術のように感じられるからだ。

この人たちは何者なのか。どうして、自分たちが何者であるか、その所属を明らかにしようとしないのか。彼らは自分をどこに連れて行こうとするのか。

舞子はストレッチャーに載せられ、廊下を進んでいく。

そのときだった。コツコツと硬い靴底が床を叩く音がした。守衛の足音だった。それは聞き慣れたもので、舞子に一瞬、安心をもたらすものだった。

彼らが本当に正しければ守衛が見送るはずだし、何か手違いが起きていたとしたら、その原因がはっきりするからだ。

間もなく、ストレッチャーが速度を緩め、止まった。

守衛による確認。彼は、所定の手続きを済ませるように、言った。

「シビュラの祝福があらんことを」

舞子には聞き慣れない言葉を。

「シビュラの祝福があらんことを」

舞子を運ぶ男たちが同じ言葉を繰り返す。

それが符牒《ふちょう》であったかのように、守衛の足音が遠ざかっていく。

間もなく、舞子を載せたストレッチャーがエレベーターに乗り込む。

別の人間の気配に気づくのと、舞子が何かを嗅がされ再び意識を失うのはほとんど同時だった――シビュラの祝福があらんことを――まるで輪唱するような声の重なりを最後に聞いて、そして夢さえ見ることを許さない暗闇が舞子の意識を奪った。

47

久利須は薄暗い部屋を見渡した。

コンテナを改造した殺風景な部屋。金属製のベッド、医療ドローン、散らばった錠剤。血を吸ったガーゼの山は部屋の隅に捨ててある。

旧式のモニターが青白い光を放ち、報道ニュースを流している。

成立目前の信仰特区――度重なる連続テロの恐怖に屈せず、小宮都知事は強いリーダーシップを発揮している。新都知事の冴《さ》える手腕。小宮カリナの快活な笑顔。

かつて久利須が成し遂げようとした事業の成功は間近だ。叶うことのない理想。容赦のない現実に潰された夢。すべてが不死鳥のごとく蘇《よみがえ》り、今まさにこの地に現実のものとして立ち上がろうとしている。そのように、この日を迎えることができればよかった。

「……お前たちの血塗られた平和が、本当の罪なのだ――」

しかし、久利須の心に歓喜は訪れない。喜びも悲しみも、怒りの炎がすべてを焼き尽くしてしまった。残されたのは灰のような感情だけだった。

手元に置いていた携帯端末から呼び出し音が鳴った。

死者へと通じる電話の存在を知る者は少ない。

久利須は通話に応じる。

『――久利須』

「テレーザ……」

無事、陵駕は四発目の自爆攻撃を回避し、生き延びたらしい。ということは、彼女は自分との約束を守ってくれているのだろう。久利須は陵駕に息子を託した。元より、自分が末期癌によって死んだ暁には、息子の羽利須の親権を引き継いでもらう約束をしていた。〈ユーストレス欠乏症〉に陥った人間は誰かの介護なくしては生きられない。生きながらに死んでいるとさえ言える状態。それでも息子は生きている。そして、父親である自分は間もなく死ぬ。陵駕以外に誰を信じることができただろうか。

遅かれ早かれ、自爆テロか病魔によって自分は命を落とす。だから、後のことは任せたい。信仰特区構想において久利須が務めた地位の後任に陵駕を推薦しておいた。日本と入国者――その間に立って、最も正しい選択をして欲しい。

係数緩和施設を訪れた陵駕に、そういう話をした。

彼女は、首を縦にも横にも振りはしなかった。ただ、羽利須を守る、とだけ約束をしてくれた。あのとき、陵駕は自分の真意に気づいていただろうか。

自ら炎に消え、死者となることで、かつての仲間もろともこの社会の真実を暴き出す復讐《ふくしゅう》に臨もうとする。神への道から最も遠い暗闇へ降りていく道を選んだことを。

きっと、気づいていた。そのことに自分も気づきながら、彼女の信義を裏切った。

『……今でもあなたを止めるつもりよ。あなたは利用されているの』

「利用しているのはお互い様だ……。トーリは私を洗脳したつもりだがな」

〈ヘブンズリープ〉の教祖代行――トーリ・アッシェンバッハを名乗る謎の男が自分に接触してきたとき、この男は自分を利用するつもりだ、とはっきり分かった。人間を人間として見られない男。自分が薬物と催眠によって〈ユーストレス欠乏症〉に追い込んだとしても、シビュラにとって正しい人間の魂を救う行為だと心の底から信じ続けている歪《ゆが》んだ精神構造の持ち主。

この男の誘いに乗れば、自らの目的を達成するためのあらゆる手段が手に入る。

だが、その代償は己の破滅だ。現世におけるあらゆる悦楽を与えてやる代わりに、死後に魂を奪い取る契約を人間に持ちかけた悪魔のように。

トーリは正義の遂行を久利須に求め、久利須は復讐のために、トーリを利用した。

その結果、自爆テロが起きた。

合計五回──おぞましい死と破壊をもたらす炎の炸裂が。

『アウマが死んだわ』

「警告したが……、あいつらしい」

真実の告発のために、犠牲は最小限に済ませたかった。かつての計画がそうであったように。だが、遠い昔にもアウマはこう言っていた──〝必要とあらば自らの身に火を放とう〟──破壊を為すなら自らの命も等しく差し出すことも厭《いと》わない。犠牲なき正義の行使は有り得ない。しかし、自らを犠牲にしない正義もまた正義ではない。

もし、アウマが生きていたら、自分にそのような説教をするだろうか。分からない。

アウマは死んでしまった。久利須が殺させた。その罪から目を背けるつもりはない。

自らが行った正義の対価は、自らの犠牲によって支払うつもりだ。

『……あなたが死ぬのは見たくない』

陵駕は久利須の身を案じている。その罪を理解し、正義と称する愚かな過ちを認め、それでもなお赦《ゆる》し、傍に寄り添おうとしている。

「……私は、父親として、いつか目覚めるあの子のために時を進めねばならない」

『私を置き去りにする気？』

だから、久利須は陵駕にけっして真実を打ち明けようとはしなかった。自らが行う罪を告解することで、彼女を同じ地獄に引きずり込みたくはない。

どれだけ断とうとしても断つことのできない縄のようなもので、久利須と陵駕は繋がれている。互いに別の道を歩み、背中を向け合ったとしても、必ずどこかでまた繋がってしまう。それでも自分は暗闇への道を歩み、彼女は正しき道を歩まねばならない。

「私たちは道を見つけられなかった、この命で道を作る。後は頼む、テレーザ」

自らの行いが世界を変えるとは思っていない。人間一人の魂を炎に変えた程度では、世界という強固な壁は崩せない。それでも、一点の穴くらいは穿《うが》てるのではないか。

暗闇の壁に差す一筋の光のため、正義のため、復讐のため――心と命を奪い去った五人の実行犯、爆弾の炸裂によって奪った多くの命――その罪から逃れるつもりはない。

『待って、久利須！』

久利須は通話を切った。

死者は生者と話をするべきではない。その言葉は呪いになってしまうから。

死者となった罪人――己が何を為すべきか、久利須は理解している。

すべては己が始めたこと。

この社会が犯した罪を焼く火の罰。

その最後の一撃は、自らの命を擲《なげう》って実行されなければならない。

久利須は、先刻、手術ドローンによって爆弾を埋め込まれた自らの腹を見下ろす。

そこには暗闇に揺れる種火のような、小さな赤い光がゆっくりと明滅している。

48

左腕を切断されるような激しい痛みに襲われ、灼は目を覚ます。

幻肢痛《ファントムペイン》――存在しない傷から生じる激痛は脳が発する生命への警告だ。

メンタルトレースの単独使用がもたらす脳機能への負荷は激烈で、これが度重なって復旧不能な損傷が生じれば、灼は二度と戻ってこられなくなる。心の消失、その死。

灼はデスクに置かれたピルケースを取り、中身の頭痛薬を口の中に入れて、ミネラルウォーターのボトルで飲み干す。ゆっくりと痛みが消えていった。

この発作のような痛みは、断続的に訪れ、けっして完全に消えることがない。

まるで、久利須の心の一部が乗り移ってきたかのように。

昨晩、灼はメンタルトレースを実行し、死を偽装した久利須・オブライエンの生存を確認した。その代償として、気を失う寸前まで精神を摩耗させた。

這《は》いずるように公安車両に乗り込み、自動操縦モードで目的地を公安局ビルに設定したところまでは覚えている。気がついたときには地下の駐車場に停車した公安車両の後部座席に横たわっていた。駐車場、エレベーター、廊下、刑事課一係の大部屋――昏睡《こんすい》のような短い眠りが断続的に訪れては覚醒を繰り返し、自分のデスクに戻った。すでに執行官たちも宿舎に戻った深い夜の時刻だった。

強制捜査の実施まで二十四時間を切った。

夜が明ければ、この事件の捜査において、最も長い一日になるだろう。

灼は執行官たちが作成してくれた事件資料に目を通し、朝の訪れを待った。

連続自爆テロを久利須が首謀したと仮定し、これまでの事件証拠を洗い直した結果、その多くが久利須の事件への関与を示している。

やがて、窓から鈍い光が差してきた。曇天の空。今にも雨が降り出しそうな空。それが現実のものかどうか、灼は確証を得ることができない。まだ大丈夫だ。そう信じるしかない。雨は、まだ降っていない。メンタルトレースの過負荷によって発生する知覚異常や時間面の錯綜《さくそう》はまだ確認されていない。

なら、いける。持ちこたえる。炯と如月を救出するまで、この事件を解決するまで。

灼は、束《つか》の間《ま》の休息を取るように、ふいに意識を失う。

そして目覚めたときには、分析官ラボの扉の前に立っている。監視官デバイスで時刻を確認する。約束の時刻。捜査会議の時刻。時間は正しく流れている。

ラボに入ると、すでに雛河たちと唐之杜が揃《そろ》っている。

入江がラボに入ってきた灼に気づき、何か声をかけようとした。灼は小さく手を上げて、問題ない、とメッセージを送る。入江は苦い顔で小さく頷く。

「――この難解な事件を速やかに解決します」

そして、灼は執行官たちの前に立ち、宣言する。

「……と言うと？」

雛河が怪訝《けげん》そうに尋ねてくる。指示された通りに証拠を集め直したが、その妥当性にまだ確証を得られていないという態度。雛河たちは、灼のようにメンタルトレースによって久利須の生存を確信しているわけではない。それが当然の反応だった。

ザイルパートナーである炯の役割は、灼の手綱を握るだけではない。単独では妄想や推測の範囲を脱し得ない灼のメンタルトレースの正当性を保証し、灼と他者の橋渡し役を務める。けれど、今は炯はここにいない。

だから、灼は自ら推理を開陳する。自らが見てきたものを共に事件を追う仲間たちに伝える。自分と彼らを繋ぐ信頼《ザイル》を介して。

「犯人は、久利須＝矜治・オブライエン」

灼は、全員を見回した。その推理そのものに執行官たちが疑義を呈する様子はない。

最初の自爆テロが起きたとき、久利須の色相が悪化していたからだ。シビュラ社会のセオリー通り、久利須が主犯であるなら、当然、そうなる。

だが、第二の自爆テロで死を偽装したことで、久利須は容疑者候補から外れた。死者となることで刑事課の捜査網にとって盲点となった久利須は街頭スキャナの穴が多い三郷ニュータウンに隠れ潜み、事件発生による世論の反応を窺《うかが》いながら、実行犯を運ぶリースカーの遠隔操作などを実行し、連続自爆テロを密かに継続した。

だが、その犯罪遂行は場当たり的なものではない。あらかじめ、捜査当局側の動きも入念にシミュレーションした上で今回の犯行を決行したのだ。

「アウマも陵駕も、爆破対象を知ってた。なぜなら、そもそも四人が計画したからです」

陵駕の執務室から見つかった記憶装置のデータは、この〈計画〉の準備のために集めた資料だった。そして爆殺されたアウマが残した〈CRP〉の懐中時計——そこに埋め込まれていたデータの断片が、〈計画〉の設計図の一部だった。

久利須・陵駕・アウマ・仁世——〈出島〉で組織された難民の権利擁護のためのグループ〈CRP〉の創設メンバー四人に渡された時計。その四つが組み合わさることで、〈計画〉の設計図が完成する。

「自分たちの計画を、仲間同士で妨害する理由はなんだ？」

天馬の疑問に対する答えは、時計が作られた時期から考えて、彼らが今回の事件そのものを計画したわけではないからだ。過去に計画された事件の設計図を、彼らと異なる意志を持つ人間が、連続自爆テロに応用した。

それが久利須の共犯者であり、もう一人の主犯でもある。

「〈ヘブンズリープ〉教祖代行のトーリが、久利須を操っているからです」

死を偽装しても、単独でこれだけの規模の連続自爆テロを遂行することはできない。

金銭・物資・人員——その大量支援は、シビュラ公認宗教団体として、数万単位の信者を有する〈ヘブンズリープ〉でなければ実現し得ない。

自爆攻撃の実行犯の調達、爆弾やドローンの手配だけでなく、報道各社のコントロール、公安局に対する強固かつ広範な捜査妨害まで多岐にわたる犯行への関与には、おそらく教団信者を主体として、中央省庁を始めとする教団の支持者、信仰特区の事業従事者、三郷ニュータウンの工場労働者、首都圏の物資配送業者——膨大な数の人間が、無自覚のもとに動員されている。それは〈狐〉の手口と酷似している。ただ、その使い方と動員の規模が、これまでの〈狐〉のやり方と大きく異なっている。

〈シビュラシステム〉に犯行が露見しないように「事故」を装う手口が〈狐〉の常套《じょうとう》手段なら、今回は、可能な限り犯行の規模を拡大させることに犯行の主眼が置かれている。教団という、巨大な人的リソースを動員可能な組織のトップに、事実上、立っているトーリなら、それが実現可能だ。

「これを見てください」

灼は、唐之杜に頼んで再度の調査を行った捜査資料を提示する。自爆テロの実行犯や久利須、トーリ、仁世といった事件関係者の経歴データを時系列順に追い、比較している。

「久利須の息子は、教団に入信してたのか？」

その中には、これまでの事件の見立てには組み込むことができなかった久利須の息子――羽利須のピースも嵌め込まれている。開国政策を経て、〈出島〉から東京に移り住んだ羽利須の教団入信の理由は、色相悪化の兆候が見られたことだった。

「順を追って説明します」

といっても、施設隔離されるほどの重篤な悪化ではない。普通、ストレスで色相が濁った普通の市民がセラピーを受けるように、羽利須は父親と親しい宗教家である仁世のもとへ身を寄せた。突然の入信、というわけでもない。羽利須は過去に〈ヘブンズリープ〉の関係団体が〈出島〉で行っていた医療ボランティアに参加していた記録もある。

この頃、教団のトップは教祖である仁世が務めている。

「まず、トーリが教団に入信」

そこから時計の針が進み、約半年前、教団にトーリが入信する。数々の企業オーナーを若くして歴任してきた彼は、どういう訳か、いきなり教団の中枢に出現している。

この男は、忽然《こつぜん》と姿を現すや否や、瞬《また》く間に教団の中枢を掌握し、教祖代行という地位に就任した。同時に、教団内に色相治療のための研究セクションを設置し始めると、精神医学、製薬企業など各分野の人材の入信が相次いでいる。

「そして信仰特区構想が発表されるや否や、仁世が姿を消し、教団にいた久利須の息子が植物状態に、そして久利須が発病」

トーリの入信から間もなく、教祖の仁世が特別祈禱《きとう》と称して表舞台から姿を消した。同時期、植物状態に陥った羽利須を、父親である久利須が教団から引き取った。

この直後、久利須の支出が急に上昇している。息子の介護費用だけではない。久利須自身もステージ4の末期癌が発覚し、治療を受けることになったからだ。

まるで不幸の玉突き事故に遭遇したかのように、オブライエン親子の境遇は悪化していく。だが、その増大する支出を補うように何者かが経済的支援を行った形跡がある。

陵駕やアウマの名義も確認できたが、その大半は特定不能――おそらくは教団が金を出していた。事実、久利須は身体的な苦境に陥るなか、入国管理局と東京都行政府が推進する信仰特区構想の旗振り役に急遽《きゆうきよ》、抜擢《ばつてき》されている。

厚生省文化局による強い推薦。いわば、久利須は教団と裏で手を組み、信仰特区事業を推進したことになる。あるいは、病で苦境に陥った久利須への支援と引き換えに、教団が間接的に彼の行動を操作するようになった、とも言い換えられる。

「――教祖代行が全部の裏にいるってのか?」

入江が、理屈は通るが納得はできない、という顔をした。

「病気まで計算通りにはならんだろ」

その懸念を天馬が口にする。ここまでの灼の推理は、筋は通っている。

だが、その場合、トーリが「偶然」に頼り過ぎていることになる。特に病気の発症など、普通、外部から操作できるものではない。

「むしろ『偶然発病』のほうが疑わしいです」

だが、普通ではない例外も存在する。

「——志恩さん、確かあの名簿に」

何かに気づいたように、雛河が呟いた。

事件関係者の再度の洗い出しを行うなかで、灼は教団信者の来歴についても調査するよう、雛河に頼んでいた。

唐之杜は雛河がリストアップした信者のデータをサーチし、該当者を探し出す。

「ええ。教団入信者に、癌治療・人工癌研究の専門家、二瓶三郎博士がいる」

癌治療の研究のため人工的に多能性の癌幹細胞を作成する技術は、前世紀の時点で確立されていた。実験のため、免疫不全マウスに癌幹細胞を移植することは医療現場では当たり前に行われている。これを人間に行わないのは、動物よりもヒトの遺伝子が複雑であるがゆえの技術的な理由、そして人間の癌治療を目指す研究において人間に癌を移植する行為は本末転倒であり、倫理的にも問題があると見做《みな》されているからだ。

普通は、そんなことをする必要がないから、誰もやらない。

しかし逆を言えば、人工癌の人体移植は技術的には可能であり、倫理的ハードルを越えれば実現できる、ということになる。

「つまり、久利須の病気は人工的に引き起こされた。彼を操るために」

やれないことはない。だが、普通は理性が止める。それを気にせず実行できる人間の精神構造は、確実に常軌を逸している。

だが、教祖代行であるトーリの色相は、クリアカラーを保っていた。どういう仕組みで色相を欺瞞《ぎまん》させているのか。巨額の住宅詐欺を設計した些々河のように行為そのものが直接違法ではないというわけでもなく、都知事選で襲撃を行った榎宮のように色相悪化を前提として廃棄区画に潜んでいるわけでもない。無論、「梓澤廣一」のように偶然の事故を設計しているわけでもない。

連続自爆テロの実行役を久利須に任せ、その支援に数万単位の教団関係者――無自覚の〈狐〉の群れを動員したとしても、まず大前提として、事件の全貌をあらかじめ把握しているとすれば、トーリの色相が悪化しないはずがない。数々の証拠は間違いなく、久利須とトーリ、彼ら二人が事件の黒幕であることを示している。

おそらく、久利須は犯罪の遂行によってセオリー通りに色相を悪化させている。だから、死を偽装して地下に潜伏した。しかし、何らかの理由で色相が悪化していないトーリは、その陽動も兼ねて自らの姿を晒している。

　手口は推理できた。久利須の動機や目的も、おおよそ理解できた。

だが、トーリ・アッシェンバッハの動機、犯行の目的が灼には理解できない。これほどの被害をもたらす大規模な犯罪に手を貸し、さらには彼自身が久利須を利用しているはずなのに、肝心のトーリが何を目指しているのか、見当もつかない。

　入国者を巡るシビュラ社会の犯罪を告発しようとする久利須の意志に共鳴した？　そんな単純な理由であるはずがない。そうなるように、トーリが久利須を誘導した可能性が極めて高いのだ。何も目的がないはずがない。なのに、どこにも目的が見つからない。

「すげえな、監視官。脳細胞フル回転って感じだぜ」

　天馬が一応の理屈は呑《の》み込めたというふうに呟いた。だが、同時にその立証が困難であることをも理解している。

「それで、どう証明します？　教団の強制捜査の許可は下りてないぜ？」

　入江が尋ねた。通常なら、これらの証拠を根拠に教団施設に乗り込むが、公安局刑事課による強制捜査の実施が迫っている。この状況で、一係だけが独走することは許されない。だが、このまま手をこまねいている猶予はない。

　トーリは久利須を操作するため、彼の息子に薬物の過剰投与を行った。目的のためなら、標的の最も致命的なものを奪い去ることにいっさいの躊躇《ためら》いがない。同じ理屈でトーリが公安局を本格的に脅威と見做せば、拘束した炯や如月を利用することを何ら躊躇わないだろう。

「久利須と陵駕の身柄を押さえます。その上で教団との取引も視野に入れましょう」

事件の主犯格である久利須の身柄を確保し、同時に、教団の犯罪行為を立証する武器パーツの密貿易の実態を知る陵駕も保護する。

そして、彼らの証言と教団の保護を天秤《てんびん》にかけさせる。たとえ、その結果、主犯格のトーリが免罪される結果を招くとしても。

「……主犯と取引なんて」

「これ以上のテロを防ぎ、潜入した二人を助けるためなら何でもしますよ」

犯罪を裁かず、犯人と取引をすれば、刑事としての服務規定に反する。それでも灼にとって他に選択の余地はない。それが過ちと分かっていても、その道を進むしかない。

「――俺は乗ったぜ、監視官」

覚悟を決めたように入江が顔を上げた。

「どうやって捕まえる？」

天馬も動く腹積もりだ。沈黙する雛河も行動に向けた態度を示す。

「爆弾の埋め込み手術に使われた医療ドローンの位置記録を追いましょう。あれは遠隔手術時に自動でデータバンクにアクセスする仕様になっています」

つまり、機体は変われど、クラウド上にアクセスした際、同じデータを参照している。五発の爆弾を使い切った今、久利須は次の攻撃手段を用意しなければならない。

「分かった」と唐之杜。「大至急調べて、逆探できるようにしておく」

臓器移植プログラムが実行された医療ドローンの位置情報から、正規の医療機関と所在地が異なるものを抽出し、候補を割り出していけば――久利須の潜伏先を特定できる。

灼たちは分析官ラボを足早に後にする。三郷ニュータウンのどこかに隠れているはずの久利須に動きを悟られる前に、一刻も早くその身柄を拘束しなければならない。

49

痛みの在《あ》り処《か》を探していた。

自らの生存を確認するための細い糸のようなものを。

正確な時間は分からないが、一日以上は、椅子に拘束されている。

普通、そうなったら後ろ手に縛られた無理な姿勢に耐えられず、身体が悲鳴を上げ始める。節々に耐え難い苦痛が生じるはずだった。人間の身体は、静止し続けることに苦しみを覚える。それがやけに……鈍いのだ。まるで厚いビニールでできた膜が身体中に張りついているかのように、肉体に生じている痛みを感じない。気を抜くと呼吸が浅くなりそうなのに息苦しさを不思議と感じない。猛烈な眠気ばかりが襲ってくる。

それに抗するために、僅かでもいいから、本来、感じるはずの痛みを細心の注意を払って見つけ出さなければならない。

拘束され、拷問とともにかなりの量の薬物を投与されている。致死性の薬物ではないにせよ、肉体に何らかの影響が出ている。炯・ミハイル・イグナトフを構成している骨組みのようなものを、身体のなかから一本ずつ丁寧に引き抜かれている感覚。それが痛覚の鈍化と感覚の麻痺《まひ》、思考の寸断を招いている。

インスペクター……。

トーリの母……。

俺の兄……。

「灼に……、知らせないと……」

この部屋を訪問した女――教祖代行の母親らしき女は、炯の兄――煇《あきら》のことを知っているかのような口ぶりだった。しかし、僅かなりとも炯が捉えた、あの奇妙な女――世俗と隔絶した王侯貴族のような恰好《かっこう》、立ち居振る舞いは、むしろ犯罪に携わる人間特有のものを想起させた。そんな人間がどうして兄のことを知っているのか。いずれにせよ、確かなことは、あの女は三郷ニュータウンの利害に介入を図ろうとしており、そのために卜ーリが動いている、ということだ。あの口ぶりでは、外務省と何らかの理由で敵対している可能性が高い。

それだけではない。あの女は、梓澤という名前を口にしていた。〈狐〉が関与したと思《おぼ》しき数々の犯罪の陰に、その名前と足跡だけを残し、誰にも捕まえることのできない男「梓澤廣一」を、あの女やトーリは知っている。

トーリたちは、梓澤を〝ファースト〟と呼んでいた。何かの序列を指している？　トーリが口にした〝インスペクター〟が刑事課が想定した〈狐〉の頭に相当するものであるなら、これまでの事件に関与した犯人たちはひとつの組織に属しており、梓澤もその組織の命を受けている、ということになる。

〈ビフロスト〉――そのような耳慣れない言葉を、あの奇妙な女は口にしていた。それこそが、〈狐〉を操る組織なのか。陰謀論が生み出した秘密結社のようなものが、果たして存在するのか――だが、そこに属する人間は、確かに存在している。

だとすれば、この教団が、何か巨大なものの結節点になっている。万魔殿のような場所。その事実を知らずに教団へ踏み込んだ炯と如月は、彼らが外務省の潜入捜査官のために張った罠《わな》――昏睡状態に陥った教祖の仁世と接触し、その餌食《えじき》になった。

外務省はどこまで教団の内情を把握し、教団はどこまで外務省の行動を把握しているのか。おそらく、教団が完全には外務省の動きを追えていないからこそ、炯と如月は生かされているのだ。

間もなく扉が開いた。天井から照射され続ける強い光に慣れた炯の目では、暗い廊下から入ってくる人影の姿を咄嗟に把握することはできない。

車輪が軋む音がする。誰かが、車椅子に乗せられている。

ドクターの二瓶が車椅子を押している。すぐ後に、白皙《はくせき》の面——トーリが続く。

別の部屋で尋問されている如月を連れてきたのか。

だが、光の下に車椅子が入ってくるにつれて、そこにいるのが誰なのか、炯は即座に理解した。その女性は病院着のような服を着ており、深い栗色《くりいろ》の髪をしている。顔には拘束具が嵌められているが、間違いない。見間違えるはずがない。

「……舞子」

呆然《ぼうぜん》とした呟きが漏れた。こちらの心を揺さぶるため、よく似た姿をした別人を連れてきた？　全身ホロを使っている？　目の前にいる舞子が本物ではないと判断するための根拠を必死に探している。

だが、炯の声を聞き、車椅子に乗せられた舞子が咄嗟に身を乗り出そうとする。腰と両手を拘束されているため、身動きが取れない。

「——炯」

何より、拘束具越しに漏れ出た声は、間違いなく舞子に他ならなかった。

炯の頭が、瞬時に、真っ白になる。教団は明確な一線を越えた。

「貴様ら……」

「さあ、外務省の潜入捜査官は誰だ？」

「……知らない！」

駆け引きなど、考える余裕は消え去っている。

どうして舞子が拉致された？　厚生省直轄の先端医療施設に入院している患者をどうして運び出せるのか。灼は、気づかなかったのか――。

そうではない。舞子が入院していた場所が、厚生省直轄の施設だったからだ。教団は厚生省文化局の強い支持を受けており、製薬企業を始め、医療分野にも広範に通じている。この短期間で炯の関係者の居場所を調べ上げ、連れ去る手腕は並大抵ではない。

「正直になれ。美しい奥さんが大変なことになる」

トーリは舞子の髪を指の先で漉《す》く。美しい蝶《ちょう》の羽根を愛でるような穏やかな顔、次の瞬間には何の前触れもなく羽根を引き千切るような残酷で無邪気な子供の顔。

同伴している二瓶が、懐から薬瓶を取り出し、スポイトで中身を吸う。その際に僅かに零れた薬液が床に落ち、小さく煙を上げる。

自分に投与されたような薬物ではない。もっと直接的に人間を傷つける化学薬品だ。皮膚に垂らす。鼻に嗅がせる。口腔《こうこう》内を焼く。想像したくもない暴力を炯は想像してしまう。戦時中、そうした拷問を行う連中もいたという話を聞かされたことがある。人間は、想像するよりもはるかに容易く、人間を非人間的に扱い、平然と暴力を振るう。

「止めろ……」

止めてくれ。炯は、必死に懇願しそうになる。監視官となった以上、兵士であったときと同じように事件捜査において負傷し、時として自らの命を奪われるような事態に陥るとしても、その覚悟はできている。

しかし、舞子はそうではない。かつては彼女も兵士だったが、今は違う。舞子は一般人で、炯の妻だった。命を賭しても守らなければならない相手《パートナー》だった。

「聞き方を変えましょう。私はあなたのお兄さんの情報を知っています」

「なに……？」

ふいにトーリが交換条件として持ち出した内容に、炯は目を瞠《みは》る。舞子も同じだった。どうしてここで炯の兄――煇の話題が出るのか理解できず、困惑している。

やはり、この男も、煇のことを知っている。炯の兄は殺された。彼の命を奪ったのは、灼の父親――篤志だった。だが、その後篤志は自ら命を絶った。なぜ殺されたのか。なぜ、死ななければならなかったのか。

不可解な死。理不尽な死。動機も分からない。理由も分からない。だが、彼らが何か途方もなく大きな秘密を抱えて死んでいったことだけは確信を持っている。そうでなければ、篤志さんが煇を殺すはずがない。何か理由があった。その真実を知らない限り、炯も灼も、そして舞子も、呪いのような過去から解き放たれることができない。

だが、その真実を、どうしてトーリが知っている。外務省の情報を引き出すためのブラフとは思えない。では、灼の父も、炯の兄も――〈狐〉によって殺されたのか。インスペクターを名乗る犯罪者たちが設計した犯罪によって、その命を葬られたというのか。

この男は、何を、どこまで知っている――？

「あなたが話せば教えてあげますよ」

トーリは聖歌隊の少年のような無垢《むく》な微笑みを浮かべる。この男は、炯が自らの軍門に降《くだ》り、公安局と外務省を裏切ることを望んでいる。自らの信じる正義から転向し、教団に隷属することを強いている。

「本当に……、何も知らない……」

だが、炯はトーリが望む情報を何も知らない。自分の手札にないものを、相手は欲している。口から出まかせに情報を吐いて、相手が騙《だま》されるとは思えない。そうなったとき、炯と舞子の運命は本当に尽きる。かといって、この場で頑迷に抵抗し続けることを選んでも、トーリが温情をかけるようなことは絶対にない。

炯の返答を拒絶と捉えたのか、トーリの顔から、ふいに笑みが消えた。冷たい顔。教祖代行の顔が現れる。

話す気が失《う》せたと言わんばかりに、トーリが無言で目配せすると、二瓶がスポイトを舞子に近づけていく。炯は椅子に繋がれたまま飛び出そうとする。無論、一歩たりとも動けない。手首が手錠で激しく擦れ、千切れるような痛みを寄越《よこ》す。構わない。手が千切れてもいい。今ここで動けなければ意味がない。体当たりをしてでも、拷問を止めさせる。だが、鉄の椅子は強固で、炯がどれだけ暴れても、微塵《みじん》も揺らがない。

まだ目が見えていない舞子の眼前に掲げられたスポイトが、彼女の口元に迫っていく。

炯は獣のような絶叫を上げそうになる。

「――ちょっといい、サード」

そのときだった。

開いたままになっている尋問部屋の扉から、男の声がした。

けっして大きくはないが、その低く響く声に室内の人間すべてが動きを止めていた。

誰もがその声を聞いた途端、危険なものを感じ取っていた。ちょうど獣の遠吠《とおぼ》えや唸《うな》りを、真っ暗な山の中で耳にしたときのように。

廊下の、炯から見て死角になる位置に誰かが立っている。

二瓶は手を止め、トーリが顔だけ振り向き、扉の陰にいる男に尋ねる。

「……なんですか？」

「少し、外で話そうよ」

提案する口調だが、有無を言わさぬ強い命令の意志が宿っていた。逆らえば、相応の報復がもたらされる。そういう警告を含んでいる。

サード、とトーリを呼ぶ、その男の声に炯は聞き覚えがある。

炯と如月が拘束された直後のことだ。テーザー銃で意識が混濁するなか、一瞬、目を覚ましたときに自分を覗《のぞ》き込んでいた男がいた。特徴に乏しいが、その存在がなぜか頭から消えない奇妙な気配をした男は、こちらが何者であるかを確かに認識していた。

その男が如月に何か話しかけていたことを、炯は憶《おぼ》えている。その声と、扉の陰にいる男の声は一致している。

男は、トーリを三番目《サード》と呼んでいる。自分より序列が下の相手を呼ぶ口調だ。

〝ファースト〟――〝梓澤〟――真珠色のドレスを着たあの女の言葉が蘇った。

扉の陰にいる男は、「梓澤廣一」なのか。この事件に、あの男も関わっているのか。

炯の求める真実への手がかりが、今目の前に幾つも存在していた。

だが、そのすべてに炯は手が届かない。

梓澤の提案に従い、トーリは部屋を出ていく。

彼に続き、教祖代行の意向を汲《く》んだ二瓶が、舞子を乗せた車椅子を押して出ていく。

舞子が何か言葉を発しようとするが、拘束具がその自由を奪う。

「舞子……」

炯は椅子に繋がれたまま、力の限り、吼《ほ》えた。

だが、その声を聞く者は誰もいない。鉄の扉はすでに固く閉じられている。

それでも、炯は吼え続けずにはいられない。

「……必ず助ける」


鉄扉越しに、猛獣が喚《わめ》くような声が微《かす》かに漏れ聞こえてくる。

捕まえた入国者の監視官は、かなり獰猛《どうもう》だ。梓澤の経験上、こういう野蛮な性格というのは、どちらかといえば監視官より執行官のほうに多かった記憶がある。

監視官というのは、出世と色相にしか興味のない臆病な人間か、出世と色相に興味はないくせに不思議と高い成果ばかりを出し続ける神に愛されたような人間の二種類しかいない。だが、シビュラの寵愛《ちようあい》を受けた人間はその幸運の分だけ周りを不幸にする。自分以外のすべての他人の色相を濁らせていく毒の沼のような存在でもある。

不幸にも、梓澤が関わりを持ってしまったのは、後者のような監視官だった。物事が上手《うま》くいく人間は不思議なくらい失敗をしないが、物事が上手くいかない人間は何があっても失敗ばかり繰り返してしまう。かつての梓澤も、そうやって失敗ばかりを繰り返していた。恥の多い人生、屈辱の半生……が、それも今では遠い過去の思い出話だ。ゆいいつの心残りは、自分が知る限り最も有能で、最も悪辣《あくらつ》な監視官を自らの手で葬り去ることができなかったことだ。その監視官は早々に出世を重ねて、梓澤の手が届かない場所に行ってしまい、あるとき、梓澤の与《あずか》り知らないところで死んでしまった。

今、この扉の向こうで生殺与奪の権を握られている監視官は、これからどうなるだろう。梓澤からしてみれば、どうでもいい。こっちの監視官には大した興味はない。捨て駒にされてこのまま死ぬもよし。命乞いをして裏切りと背信の道を選ぶのもいい。

炯・ミハイル・イグナトフ。彼が死ぬのが先か。

それとも、先に、教団のほうがお陀仏《だぶつ》になるか。

「……拷問はただの脅しです」

廊下に呼び出したきり視線も合わせずに待っていると、トーリが先に口火を切った。

梓澤は、首だけ動かし、トーリを見やる。

「そういう問題か？」

そういうことを話してるんじゃない。

「公安局は間抜けじゃない。強制捜査まで秒読みだ。なのに人質を増やすとか、なに考えてるの？」

純粋に疑問だ。元から、この教団が〈ビフロスト〉にとって使い捨ての駒であることは分かっている。彼らはそういう連中だ。規模の大小ではない。この社会にあるすべてのものは、コングレスマンにとって等しく交換可能な駒に過ぎない。

別に、危機感は露ほども感じていない。もうすぐ、リレーションは完結を迎える。これほど大規模な破壊が、〈ビフロスト〉にとって何の利益になるのか疑問も大きいが、梓澤は今回のゲームから外されている。どんな結果に転んだところで知ったことではない。

だが、いくら奔放なプレイングを好む裁園寺と組んでいるとはいえ、トーリのやり方は遠慮がなさ過ぎる。まるで開発途中のゲームにバグがないか虱潰《しらみつぶ》しに検証していくデバッガーの如《ごと》く、普通では有り得ない無茶なプレイばかりを繰り返している。まるで、どこまで負荷をかければ、リレーションが破綻するかを試しているかのようだ。

ある意味で〈ビフロスト〉のゲームは社会に対するデバッグのようなものだが、過度な干渉を実行すれば、〈シビュラシステム〉に目をつけられる。

梓澤はシビュラが怖いわけではない。むしろ、シビュラほど正しいものはないとさえ思っている。しかし、この社会最強の暴力装置である〈シビュラシステム〉に見つかるか見つからないか——そのギリギリの瀬戸際を攻めることに、インスペクターとして、〈ビフロスト〉のゲームにおけるフロントマンを務めることのやり甲斐《がい》を感じる。

それは、いわばプロフェッショナルの仕事に対する考え方だ。コングレスマンたちも同じ感覚を持っている。彼らは虹の円卓でゲームをしているが、ゲームで遊んでいるわけではない。もし、遊んでいるように見えるとしたら、それは単に彼らと同じテーブルに着く資格がなく、背後からゲームを覗き込む程度のことしかできていないからだ。

いわば――こういうことを本人に言うつもりはないが――トーリがやっているのは、何も知らない小さな子供がゲームが進行しているテーブルに飛び乗って、チップやカードを手当たり次第に蹴飛ばし、ゲームそのものをおじゃんにすることと変わらない。

それが小さな子供のやることで、ただのゲームであれば、プレイヤーの大人たちは笑って許してやったり、あるいはちょっと眉を顰《ひそ》めるくらいで済む。

しかし、〈ビフロスト〉のコングレスマンたちは違う。リレーションはただのゲームではない。ゲームの進行そのものを危うくするような妨害行為を繰り返すなら、彼らは小さな子供であっても捕まえ、その場で首を刎《は》ねるだろう。冒瀆《ぼうとく》には罰を与える。

だが、〈ラウンドロビン〉によって、トーリにそのような処罰が下される様子はない。積極的にゲーム自体に負荷をかけたがる裁園寺はともかく、他のコングレスマンまで、彼女とその息子の自由奔放な振る舞いを容認している理由は何だろう？

単に、誰にも彼女たちを止めることができないのか。それとも――。

「あの刑事には〝プログラム〟を適用します。そして夫婦ともども、〈ヘブンズリープ〉に入信した、ということにすれば――」

「それで通用すると思ってるわけか」

トーリは大真面目《おおまじめ》に対策を検討しているような態度だが、梓澤からすればふざけているようにしか思えない。トーリ・アッシェンバッハ。裁園寺財閥の後ろ盾と、〈ビフロスト〉の庇護があるとはいえ、これまでの彼の経歴を見る限り、けっして愚鈍な男ではない。曲がりなりにも教団を短期間で乗っ取り、中央省庁への影響力も拡大させている。〈狐〉のメカニズムも広範に拡大した。そういう細かな調整が必須の仕事をやってのけたというのに、いざ、リレーションに参加した途端、母親の裁園寺よりも乱暴なパワープレイを躊躇《ためら》わなくなった。心変わりの理由は何だ？　力を行使する快楽に囚《とら》われて、歯止めが利かなくなり、本性が現れたのか——。

「我々には〈ビフロスト〉がついている。何とかしてくれますよ」

「あ、えーと……」

そうくるかあ。おじさん、ちょっと驚きのあまり言葉がなくなっちゃったよ。

梓澤は目を閉じ、小さく頭《かぶり》を振る。ちょっとさあ、それ本気で言ってる？　本気で言ってるならだいぶ面白いよ。このままいけば、〈ビフロスト〉が何とかしちゃうのは、多分、事件のほうじゃなくて、君のほうだと思うんだけど。

「公安局恐るるに足らず。状況を利用し、教団をより強くします。そして我々こそがドミネーターを所有し、治安を担う」

それどころか、公安局乗っ取りすら公言する。教団を使い捨てた次は、公安局を標的にするつもりだろうか。案外、こういう人間がドミネーターを握ったら、それはそれで面白いかもしれない。公安局の連中に一番足りていないのは、システムへの完璧な信仰だ。潜在犯を執行しているうちに、ついつい自分たちが正義とか法の番人と勘違いして、〈シビュラシステム〉を完全に信じ切れなくなる。そういう愚かな間違いについては、少なくとも、このシビュラ絶対主義の教団なら犯さないだろう。

しかし……そうだとすると、逆にどうして〈シビュラシステム〉はいまだに不安定な人間をその裁きの担い手として使い続けているのだろう？　そういう疑問が湧いてくる。完璧な判断を下すシステムが、完璧でない判断を下す人間を使う理由——それはそれでけっこう気になることだ。梓澤は、そっちのほうが気になり始める。

「——分かった。もういい。ここは任せるよ」

「ファースト？」

「仕事は最後までやる。安心しな」

梓澤は、トーリの肩を軽く叩き、その場を辞する。

今回、何だかんだでストレスだったのは、最初は放置していたくせに面倒事が起きた途端、下位のインスペクターの尻拭いをさせられそうになったからだ。

それは何と言うか……敬意が足りない。仕事への矜持《きょうじ》を軽んじられた気分だ。

どうして〈ラウンドロビン〉が自分のような有能なフロントマンを、リレーションから外したのか、その理由が気になって方々に探りを入れていたが、そもそも自分が必要ないとされた事案に無駄に首を突っ込んでも仕方ない。

多分、この状況が容認されている以上、破綻すれすれのゲームを実行させることも、〈ビフロスト〉の思惑の通りなのだろう。だとすれば、自分も自分なりのやり方でゲームをプレイさせてもらう。ゲームをプレイする権利は、いつもプレイヤーの側に存在する。コングレスマンにとってインスペクターは駒のようなものかもしれないが、梓澤からすれば、コングレスマンもまた自分自身のゲームにとっての駒のようなものだ。

そして、駒の動かし方ひとつをとっても、その人間の品性は現れる。

梓澤は、品のないやり方が嫌いだ。

ゲームを遊ぶときに行儀が悪くてもいいが、品がないのはよろしくない。

50

ふいに扉が開く音がした。後ろ手に縛られ、独房の床に転がされている如月は、どうにか身を捩《よじ》って扉のほうを向こうとする。再びの尋問。外務省のことなど如月は知らない。何も知らないが、沈黙することで何かを隠しているふりをし続けることができる。

いずれは見抜かれる嘘《うそ》だ。それでも、監視官を死なせないためにやれることは何でもやる。何もしなければ、如月は剣にも盾にもなれない、自分が無価値な道具であることに耐えられなくなる。

だが、ドクターが如月を宙吊《ちゅうづ》りにする準備を始める様子はない。

代わりに、車椅子に乗っていた人間が独房に放り込まれた。

ドクターたちはそれっきり、用は済んだと言わんばかりに扉を閉じた。

後には、如月と、新たに独房に連れてこられた人質の呼吸音だけが重なり合う。

人質の女性は両手を拘束されている。

女性は、ゆっくりと視線を巡らせ、注意深く周囲の様子を窺おうとしている。その仕草に、如月は相手の目が見えていないことに気づく。

「誰か……、そこにいるんですか……？」

話しかけようとした如月よりも先に、女性が声を発した。

面を上げた彼女の顔には、両方の眼を覆う包帯が巻かれている。

その容姿、その声――そして、この場所に人質として連れてこられたであろう状況が、この女性が何者であるかの確信を如月にもたらした。

「あなたは……、イグナトフ監視官の奥さんですよね」

「舞子、と呼んでください」

女性は、小さく頷く。確か、名前は――舞子・マイヤ・ストロンスカヤ。彼女は誘拐されてきたばかりなのに、その態度は不思議と落ち着いていた。見た目と違って、タフなメンタルをしているのかもしれない。

「……舞子さん、不安でしょうがきっと、きっと……そう言いかけた後に、如月は言葉に窮してしまう。きっと大丈夫、きっと助かります——そんな都合のいい展開になりはしない。だが、それでも、諦めてくださいと告げることもできない。

如月の執行官としての、刑事としてのちっぽけなプライドがそうさせている。

すると、舞子も言いたいことは分かっている、というふうに頷き返した。

「……ええ、相手に訊きたいことがあるうちは殺されません。心配なのは、炯のほう」

「え……？」

思ってもみなかった返答に、如月は面食らう。理由も分からず拉致されてきた一般人の態度ではない。冷静に状況を分析し、自分が生き残る可能性を見極めようとしている。

だが、そんな彼女は、炯こそが心配だ、と口にする。

「……炯なら、ここにいる人たちを簡単に殺してしまえる。でもそうしないよう我慢している」

続く言葉に、如月は唖然となってしまう。違う。彼女は夫の生死を心配しているのではない。夫が殺《あや》めるかもしれない命のことを心配しているのだ。

如月は過去に目を通した炯の経歴を思い出す。従軍経験に基づく高い軍事スキル。記載された文章こそ簡潔だったが、その言葉が意味するところは、如月のような普通の日本人とは異なり、彼は兵士として殺人の技術を身に着け、実際に戦場を経験している。

殺人を犯せば、色相は濁る。それが犯罪だからだ。しかし戦争という別のルールが適用される状況においては、人を殺すことは罪ではなく、兵士の義務になる。

それは罪を観念的に捉えるのではなく、明確な法《ルール》に基づき定義することで、同じ行為であっても適用される法が異なれば、罪は罪ではないものに変わり、罪ではないものが罪に変わる、ということだ。

だからといって、人間の心理は必ずしもシステマティックに区別できないから、どんな状況でも殺人は罪であり、すなわち敵兵を殺す兵士の行いは罪であるという観念に囚われてしまう人間は少なくない。実際、大多数の人間は、法的に許可されていたとしても、他人を殺すことに躊躇《ちゅうちょ》してしまう。

義務としての殺人を遂行できる人間は限られている。実際、日本でも国防軍に採用される兵士は〈シビュラシステム〉によって一定の資質を見出《みいだ》されていると聞く。

そのような才能を、システムは炯・ミハイル・イグナトフという監視官に見出している。多くの日本人と違って、炯はやろうと思えば、人間を容易く殺せるのだ。

今の状況、確かに、殺せばどうにかなる。脅威をすべて排除し、生還する。

しかし、そうなれば炯の色相は悪化する。日本国内において合法的な殺人とは、基本的にドミネーターによる執行しか許されていない。それ以外のあらゆる手段による殺人はたとえ誰かを守るため、救うための行為でも、〈シビュラシステム〉はけっして許しはしないだろう。その可能性を、炯の妻である舞子は心配している。

自分や如月という人質の存在が、彼に一線を越えさせてしまうことを危惧している。

「そういうことから逃げて国を出たのに。日本語で因果応報って言うんでしょうか」

「因果、応報……」

「国では大勢の死を見ました。敵も味方も。家族も友達も。なのに私たちだけ平和になろうとして……」

舞子の言葉には、同胞に対する後ろめたさとでも言うような自責の念が込められている。舞子や炯は、紛争地帯の混沌《こんとん》と犠牲を知識ではなく経験として知っている。

「そんな、けっして悪いことでは……」

そこから逃げるため、止むを得ず他人を見捨てることは間違ったことではない……と如月は思う。誰よりもまず自らの平和を望むことは、人間にとって当たり前の権利のはずだ。しかし、それを口にしても舞子の気持ちを楽にしてやれるとは思えない。

「結局、私は爆撃で視力を失い、炯はこの平和な国でも兵士として働いています」

彼女もまた兵士として戦ったことがあるのだ。しかし、それは殺人を望んだからではないだろう。如月が、ドミネーターによる潜在犯の執行を望んで公安局のスカウトに応じたわけではないように。自由や義務感、あるいはもっと別の自分が信じる何かのために、武器を取る選択をしたのではないか。

「兵士は、私たち執行官のほうですよ。シビュラのため犯罪者を処理するんです」

「シビュラの？　人のためではなく？」

「えっと、最大多数の最大幸福の……」

如月は、その何かをいまだに見つけることができない。そのせいで、舞子の質問に明確に答えられない。自分は、何のために執行官になったのか。どうして、ドミネーターを握り、犯罪者を追っているのか。その何かを見つけることができず、暗闇を彷徨《さまよ》い続けているからこそ、如月は執行官をやっているのかもしれない。

「……私たちの幸福は、あなたたちの幸福とは違うみたいですね……」

舞子が俯《うつむ》く。何かを見つけられそうで、しかし見つけることのできなかった人間が浮かべる悲しみの顔。そこに如月は、舞子という女性の正しさを見る。

もしも、探し続けている答えを見つけたときには、自分は、この目の前の女性が口にした問いに答えることができるのだろうか。分からない。しかし如月にとって確かなことは、炯や舞子の歩んだ先に訪れるものが不幸ではなく、幸福であって欲しいということだ。正しくあろうとする人間に対して正しい報いがなければ、如月はこの世界にあるかもしれない正しさというものを、きっと信じられなくなってしまう。

51

理想郷《ユートピア》。理想郷《シャンバラ》。理想郷《アルカディア》。

人類は多くの場所、多くの時代において、それぞれの理想郷を想像し、語ってきた。理想郷はどこにもないが、いつか見つかるものでもある。人類は、むしろ、そのような希望のもとで、世界の絶望の総体を少しずつ、縮めていき、幸福の範囲を広げている。それが人類が歩んできた歴史である。

陵駕は、そのように思っている。個々人に実現できることは、とても小さなことでしかない。しかし、ちっぽけな個人の総体が社会を作り、やがては世界そのものとなっていくように、個人の小さな行為が連鎖を重ねていき、やがては世界を大きく変えてゆく。そのためには、個人の尺度では想像できないほどの長い時間が必要になる。

時間。個人に許された時間は、とても短い。

だから、人は時間を進めようとする。時間を進めることで少しでも早く、希望を実現させようと望む。それは神への祈りに似ている。揺らがぬ時間。沈黙を続ける神。しかし、その両者は限りなく近く、しかしまったく異なるものでもある。

それゆえに陵駕は時間への信仰に身を任せ、久利須は神への信仰に命を託した。

互いの進む道は、同じ方向を向いていながらも、まったく別のものになった。

時間では解決し得ないもののために、時間こそが奪われたものであるがゆえに、久利須は、その最後の時間を動かそうとしている。

陵駕はそれを止めたい。だから、今ここに立っている。

三郷ニュータウン近傍――地下区画。世界を支える巨人のような、太く巨大な柱が林立している。旧時代、都市の災害に備え、郊外地に建造された大規模な放水路だ。

すでに耐用年数が過ぎた空間は、朽ちた古代の神殿のように静けさで満たされている。その一角に、貨物コンテナを改造した小屋が建っている。人が暮らすには、あまりにも粗末な家。それが久利須が最後に選んだ仮の住まいだった。

陵駕が無人の小屋のなかに立ち入ると、間もなく、遠く何処《どこ》からともなく人の足音が聞こえてきた。久利須が戻ってきたのなら、説得のチャンスはまだあるかもしれない。

しかし、そんな楽観を陵駕は抱けない。久利須がここに自分が立ち入ることを許したのなら、それはすでにこの場所が彼にとって用済みになっているからだ。

間もなく、近づいてきた足音が、小屋の周囲で鳴った。

陵駕は小屋の内部、暗闇のなかで静かに呼吸をする。

『**犯罪係数四・〇・執行対象ではありません・トリガーをロックします**』

託宣の女神がもたらす裁きの声が、陵駕にまだ為すべきことがあるのだと告げていた。

「……会えると思っていました、シスター陵駕」

陵駕をドミネーターで照準する二人の執行官の間から、小柄な人影が現れた。

監視官、慎導灼。

以前に会ったときよりも、はるかに憔悴《しょうすい》している。ここに来たということは、彼は正しき道を歩み続けてきたのだ。そのために相応の代償も払ってきた。

その優しげな瞳は今、哀《かな》しみの光に満たされている。

切迫の顔。焦燥の顔。辿り着くべき真実のすぐ傍まで辿り着いた狩人《かりうど》の顔。

終わりが近い。もう洞窟の暗がりに隠れ続けることはできない。裁きの火と罪を灼く火、二つの光が暗闇を照らそうとしている。

「辿り着いてくれてありがとう、慎導監視官。でもなぜ私がいると考えたの？」

「あなたは、久利須を助けようとしていますから」

候補から絞り込まれた久利須の潜伏拠点に、陵駕が先回りしていた。

自分たちが久利須を追っているように、彼女もまた久利須を追っている。

「……彼だったら、よかったのにね」

だが、そんな彼女ですら、間に合わなかった。すでに小屋の中央に設置された医療用ベッドは空になっている。しかし、ベッドのすぐ傍にはまだ生々しい赤に染まった大量の包帯や消毒ガーゼが落ちている。手術用ドローンの作業アームも返り血を浴びている。

久利須がこの潜伏拠点を去ってから、まだあまり時間は経《た》っていない。

「監視官、久利須への移植手術記録を確認」

医療ドローンをすぐに解析し、雛河が報告する。

六発目。やはり、自分でやる気なのだ。

「事の発端は、あなたと久利須、アウマ、仁世の四人の計画だった。入国者を脅《おびや》かす犯罪を告発するために」

「ええ、……その通りよ」

陵駕は犯罪計画の立案に携わっていたことを告白した。それでも犯罪係数が四〇程度で済んでいるのは、彼女が計画を実際に実行したわけではないからだ。

「横からで悪いが……アウマは武器密売人だろ。犯罪者じゃねえのか？」

医療用ベッドの痕跡を調べている天馬が、ジロリと陵駕を睨みつけた。国外の紛争地帯へ出荷された大量の密造パーツが生み出す血塗られた金を陵駕たちは手にしている。

「あの武器は一定期間使ったら、壊れるようにできている……」

陵駕は微笑みとともに、密造武器パーツの「仕組み」を明かす。それは廃棄区画の武器ブローカーが口にしていた噂《うわさ》と一致する。海外紛争地帯で出回っている日本製の高品質パーツは奇妙な壊れ方をする——。

「紛争国での武器流通をコントロールするため、あえてアウマ上人がやっていたことなんですね。その資金をあなたが出していた」

〈出島〉で活動していた陵駕たちが入国者の問題を解決するために選んだのは、難民を生み出す世界紛争そのものを止めるための戦いだった。

「対症療法よ。お金も時間もかかるけど、それなりに効果はあった」

高品質な武器を購入できるのは、当然、紛争において優位に立ち、豊富な資金力を持つ武装勢力だ。彼らの一方的な虐殺や略奪行為を止めるためには、その勢力そのものを弱めなければならない。そこで高性能だがすぐに壊れる欠陥武器を大量に買わせることで、彼らの武力と資金力を同時に弱体化させる。無論、やり方を誤れば、紛争のさらなる激化を招きかねない。しかし、国際的な調停機関が存在しない現状において紛争を止めるためには、陵駕の言う通り、対症療法的な手段に訴えるしかない。

だが、毒をもって毒を制すような戦法を使っても、〈出島〉に押し寄せる難民の数は減らない。日本政府は混乱を避けるため鎖国政策を堅持し、入国者となった難民が生き延びるためには賄賂《わいろ》や不正、犯罪に手を染めるしかない。〈出島〉は目詰まりを起こし、新たな紛争の火種になりかねない。

「そしてもっと効果的な手段を考えた。入国者そのものが排除されないよう、爆弾テロで悪党を排除し、その犯罪を暴露する」

日本が世界に向けて扉を開こうとしないのなら、無理にでもその扉を抉《こ》じ開ける。高い壁に穴を穿つ。犯罪を裁くため、自らも犯罪者となる道を選ぶ。

「私たちは、D計画――終末救済計画《ドゥームズディ・プラン》と呼んだわ」

「実行すべきではないプランです」

開国政策以前――鎖国体制下の日本において入国者はまだ難民と呼ばれ、今よりもはるかに待遇は劣悪だった。だとしても、正しさのための犯罪というレトリックを灼は認められない。その行いは、陵駕たちが命がけで止めようとしてきた紛争そのものを、自ら引き起こすことに等しいからだ。だが、それでも過ちを犯すしかないと決断を下した彼女たちの正しさもまた、灼は否定できない。裁かれない罪、救われない命がそこに在ったとき、ひとは自らの正義という武器に頼るしかないからだ。

「そう。あなたのお父さんも同じことを言っていた」

前に陵駕は、自分たちの組織の創設に灼の父親が力を貸してくれたと言っていた。父は彼女たちの暴走を止めようとしたのだろうか。今の自分と同じように。

最大多数の最大幸福。シビュラ社会が掲げる理念は、しかしシビュラ社会の外にいる人間たちには適用されない。社会そのものが抜本的に変わらなければ解決不能な犯罪を前にして、彼は自らの正義にどのようにして折り合いをつけたのだろう。

答えはない。だが、陵駕たちは最後の一線で踏み留《とど》まった。

「でも、計画を利用されてしまった。私たちの想像を超える力が働いたせいで――」

長い歳月を経て、葬り去られたはずの計画が実行に移されてしまった。

「それは何ですか？」

久利須を操るトーリの目的は何なのか。陵駕たちですら把握し得ない力――そこに彼が通じていることは間違いない。その力は、〈狐〉と呼ばれる犯罪者集団の正体に繋がっている可能性が高い。

「――〈ビフロスト〉」

陵駕は、その名を口にする。

52

鋭い痛みに襲われ、目を覚ます。

痺れるような痛み。腕に電撃が奔《はし》ったような痛み。その痛覚が眠りを妨げる。

身動きを取れないせいで強張《こわば》った身体の節々が痛んでいる。

目を開くと、強い光が眩しい。教団施設。拷問部屋。部屋に染みついた血と汗の臭い。

猛烈な咽喉《のど》の渇きに咳《せ》き込んでしまう。気絶するまで叫び続けていたからだ。

そして気づいた。烔は、全身を苛《さいな》む苦痛の感覚に。

薬物投与によってあれほど遠ざかっていた感覚が再び取り戻されている。

炯は、最も強い痛みを放つ己の手首を見た。手錠に繋がれていた手首が擦れたせいで皮膚が破れ、血が滲《にじ》んでいる。

手錠に繋がれていたはずの自分の手を見つめていることに気づいた。

拘束が——曖昧になっていた意識が明瞭さを急速に取り戻す——外れている。

咄嗟に、炯は周囲を見回した。誰もいない部屋。強い照明の落ちる部屋。拘束されていた尋問部屋から別の場所に移された形跡はない。

誰もいない。トーリや二瓶らドクター、あるいは「梓澤廣一」の姿もない。

炯は尋問部屋に放置されている。いったい、何が起きたのか？

炯は周囲の様子を注意深く疑った。状況は好転しているのか、それとも悪化しているのか——即座に判断を下せない。暫《しばら》くの間、様子を窺っても何の変化も起きなかった。

代わりに、覚醒とともに強い光に慣れた視界が扉付近に転がる小さな影を見つける。

夏の路傍に倒れ、じりじりと熱線に焼かれていく虫のように小さな何か。

指輪と、銀色に輝く懐中時計。

この拷問部屋に似つかわしくない優美な形状をしている。

トーリから与えられたセキュリティパスの指輪。仁世の首にかけられていた時計。

炯は、反射的にその正体を見極めようとして、椅子から立ち上がった。長い間、座らされていたせいで上手くバランスが取れず、数歩も歩かないうちに炯はよろめいてしまう。身体を強《したた》かに床に打ちつける。

そして呆然となった。今、自分は歩いたのだ。背後に、炯を縛りつけていた尋問用の鉄椅子が鎮座している。そこにはもう誰も座っていない。

炯は足元を見る。足首に嵌められていた拘束具も外れている。

何者かが、炯の拘束を解いたのだ。そうとしか考えられなかった。ならば——炯は再び立ち上がり、扉の前に置かれた指輪と懐中時計を手に取る。

センサーが指輪に反応し、扉が開いた。汗に塗《まみ》れた炯の頬を小さな風が撫でた。澱《よど》んだ空気が清涼な空調によって洗われる。

暗闇に沈む廊下に、防毒マスクを装着したドクターが倒れている。人数は二名。見張り役が気絶させられている。炯が拘束を脱したことに警告が発せられる気配はない。

誰かが炯の拘束を解き、脱出のための最低限の装備を残していった。潜入捜査の接触目標だった教祖の仁世が身に着けていた懐中時計を置いていった。

炯は、そのメッセージを、外務省行動課が発したものだと理解する。

迷っている暇はない。彼らが何を考えているかなど関係ない。舞子と如月を救う千載一遇の好機が訪れている。利用できるものはすべて利用する。部屋の隅に置かれたテーブルを見やり、手術用具の入った銀盆から、炯はメスを躊躇なく手に取った。

やるべきことをやる。炯の思考は、兵士の感覚を取り戻している。装備の現地調達。人質の奪還。そのための手順を即座に構築する。

炯は、照明の落ちた廊下の暗闇に向かって歩き出す。


教団施設の研究棟に、「処置」を施す前のボトム信者を隔離しておく部屋がある。信者の色相悪化を防ぐために壁は厚く、中にいる人間がどれだけ叫んだり暴れたりしたところで外にはいっさい漏れない。

そこに舞子や如月が閉じ込められている。

炯は防毒マスクを装着した見張りのドクター二名が立つ扉へ近づいていく。見張りは炯の接近に気づき、ちらりと一瞥《いちべつ》する。そのまま、不思議そうに首を傾《かし》げる。

「どうした？　交代の時間はまだのはずだが……」

彼らと同じく防毒マスクを装着し、全身をドクターの装束で偽装した炯に話しかけてくる。炯は何も答えない。無言のまま冷静に、相手二名の体格や挙動からどれほどの相手かを推測する。化学系の技術者や研究者が多い〈ヘブンズリープ〉において、戦闘力は重視されない。不必要な暴力は色相の悪化を招くからだ。

そして炯は、シビュラによって必要十分と認められた暴力をその身に体得している。

沈黙する炯を不審に思ったのか、見張りのドクターが腰のテーザー銃に手をやろうとする。その瞬間、急速に間合いを詰めた炯は相手の腕を掴み、隠し持っていたメスで素早く切り裂いた。下腕、上腕、いずれも動作を伝達する腱《けん》を断ち切っている。咄嗟の襲撃に抵抗できないドクターの首に腕を回し、瞬く間に気道を絞めて気絶させる。

その頃には、もう一人の見張りのドクターも異変に気づき動き出している。だが、炯の追撃は相手の反応を上回っている。手にしたメスを投げナイフの要領で投擲《とうてき》し、相手の腕に命中させる。痛みに怯《ひる》んだ隙に接近し、拳の一撃を顔面に叩き込む。

見張り二名を無力化し、ドクターの腕からメスを引き抜くと、炯は呼吸を整える。

殺さずに済んだ。命を奪うなら、もっと楽なやり方が幾らでもあったが、ドミネーターではない武器で人を殺せば、犯罪係数は悪化する。

殺せるが殺せない。殺してはならない。だが、もし、この先、殺さなければ助けられないとしたら——。炯はそれ以上の思考を止める。必要ならそうする。必要になったそのときに判断するしかない。必要なとき、必要なことをするだけだ。

炯は扉に近づき、指輪でロックを解除する。

扉が開き、薄暗い内部が覗き見えた。女性が二名、床に転がされている。急に扉を開き、室内に入り込んできた防毒マスク姿のドクターに、黒いスーツを着た女性が反応し、病院着の女性を庇《かば》おうとする。

間違いない。どちらも炯が見間違えるはずがない。

「舞子、如月」

炯はマスクを取り払い、素顔を晒す。

「――炯」

舞子が小さく驚きの声を上げた。まだ視力が完全に回復したわけではない。だが、彼女は炯の声を聞き間違えない。

「監視官……！」

如月も炯の来訪に気づく。尋問と監禁によって憔悴が見える。だが、毅然《きぜん》とこちらを見返す眼差しに力は失われていない。すぐに彼女の手首と両足を拘束している結束バンドをメスで切断する。続いて舞子の手首の拘束を外す。

戦闘、拘束解除――想定外の使用を繰り返したメスの刃が摩耗し、使い物にならなくなり、その場に破棄する。二人を連れて監禁部屋を出る。

かなり派手に動いている。教団も異変の発生に気づく可能性が高い。

すぐに動かなければならない。

教団施設内がにわかに騒がしい。聖堂を満たす、あの静謐《せいひつ》な空気は消え去っている。

如月は炯と同様に、見張りのドクターから奪い取った防毒マスクと装束を身に着けている。調達した車椅子に舞子を乗せ、通路を進んでいる。

舞子の存在は一般信者に知らされていないから、彼らはドクター姿の如月と烔に運ばれていく彼女を見かけても疑問を持たない。それどころか、眼に包帯を巻いた舞子に哀しみを帯びた微笑を寄越す。紛れもない憐みの感情。善良さゆえに自らの信じるものをいっさい疑わない彼らの愚かさを、如月は否定できない。

色相が悪化して潜在犯になるまで、如月も〈シビュラシステム〉を、クリアな色相を保つことを正しいと思い、何の疑問も抱いていなかったからだ。正しいと自明に思うことは、その正しさを理解していることと必ずしもイコールではなかった。

舞子を憐れみ、微笑みを向ける信者たちは、かつての自分なのだ。そんな感覚が如月の胸の裡に訪れる。だとしたら、彼ら彼女たちは、いつか自分と同じ道を辿るのだろうか。そのとき、誰が彼ら彼女たちを守ってくれるのだろうか。

如月は誰も守ってくれなかった。転落を続けるだけの人生。色相悪化。潜在犯認定。施設隔離。それでも何かを諦められなくて、執行官となってここにいる。

その何か、如月が見失ってしまった正しさというもの——その在り処を別の正しさの場所からやってきた烔や舞子という相手を通じて見つけられるかもしれない。

そのような期待が、今の如月を突き動かしている。

監視官である烔のために、執行官として働きたい。刑事として、守るべき市民である舞子を守りたい。絶対に彼らを守り、脱出させる。二人を生還させる。

執行官として正しく使われたい。強い、強い感情が生まれている。

『――危険なボトムが脱走しました。ボトムたちは、ドクターの装束を盗み、目の不自由な女性を同行しています。見つけ次第、近くのドクターに通報を』

全館放送で、トーリの声が響き渡った。神の敵を見つけ排除せよと命じる天使の酷薄な声。信者たちが信奉するその美しさは、今や如月にはおぞましさしか感じられない。

炯が先行し、如月は舞子を乗せた車椅子を押す力を強めた。

やがて廊下が途切れ、階段に出くわす。背後から如月たちを追う足音が聞こえてくる。

炯が一瞬、如月を見やった。頷き返すと、彼は先に階段を登っていく。逃亡ルートのクリアリング。如月は車椅子を止め、舞子の手を取る。階段を登っていく。

舞子は視力を回復する手術を受けたばかりだ、と炯が言っていた。まだ満足に目が見えていない。それでも、彼女の歩みは確かなものだ。体幹がしっかりとできている。平衡感覚に優れている。従軍していた頃の舞子をふいに想像する。

間もなく、外に出た。といっても、教団本部の敷地から出たわけではない。

教団施設のテラスだ。白い壁の向こうに緑地帯が見える。

如月は手を引いていた舞子を炯に任せ、先行してテラスを囲んでいる壁の状況を確認する。地上までかなりの落差がある。緑地帯とはいえ、衝撃はかなり大きい。アクション映画と違って現実に何もつけずに建物から飛び降りれば、人体はかなりの損傷を負う。

どうすればいい。視線を巡らせると、緑地帯を循環する水路を見つけた。着水であればば衝撃をだいぶ減らせる。だが、テラスからかなりの距離がある。

舞子は目が見えない。飛び込みの難易度は飛躍的に上がる。一般人である彼女の生命保全を第一に考えて行動しなければならない。

だが、別の脱出ルートを探している余裕はない。炯が指輪で施錠したテラスの扉を施設内部から抉じ開けようとする物音が聞こえる。教団の追っ手が迫っている。

「どういう状況？　炯」

舞子が尋ねる声が聞こえた。炯が冷静な口調で答える。

「壁がある。――俺を踏み台にすれば、如月執行官を逃がすことができそうだ」

その言葉に、如月は弾かれたように背後を振り向く。

「監視官……？」

炯と舞子は、すでに覚悟を決めたと言わんばかりに、その場から動かない。

「早く行ってください」

「私には、市民に奉仕する義務があるんですよ……。それなのに！」

炯は監視官で、舞子は一般人だ。そして如月は執行官であり潜在犯だ。シビュラ社会の常識として、その保護を優先されるべきは彼らであって、自分ではない。

「……ここで三人ともまた捕まりますか？　あなたが逃げなければ、全員殺されます」

舞子の言葉に如月は反論できない。単独で脱出が可能なのは炯と如月だけだ。だが、如月と舞子を残して炯が逃げれば、後には教団にとって用済みの人質だけが残る。

分かっている。三人の生存可能性を最大限にするならば、炯と舞子を残し、如月だけが逃げるべきなのだ。だが、再び捕まった炯と舞子の安全が保障されるわけではない。より苛烈な実力行使に出る可能性のほうが高いのだ。

つまり、二人を見捨てることになる。如月は煩悶《はんもん》する。執行官として正しいことをしたいと願った。なのに、その正しさを実行するだけの力が自分にはない。

「でも……」

自分の弱さを認めたくないように、如月は炯の命令に従うことに逡巡《しゅんじゅん》してしまう。

彼は如月を叱責せず、懐から懐中時計を取り出す。教祖の仁世が身に着けていた時計。教団に潜入しているであろう外務省行動課の捜査官が、あえて炯に託したということは、事件捜査の鍵になる証拠である可能性が極めて高い。

「行くんだ、執行官」監視官、炯の硬く大きな手の感触が如月の手を包んでいた。掌に鎖のついた懐中時計が載っている。「――お前が頼りだ」

その言葉が、号砲となって如月の心を突き動かした。

俯いていた如月は力強く顔を上げ、炯を見つめる。自分を率いる飼い主の顔。共に犯罪を追う狩人の顔。自らの能力すべてを委ねることを決めた監視官の顔。

如月は舞子を見る。自らが守るべき相手。いつか投げかけられた問いに自分なりの正しい答えを返さなければならない相手。

「必ず、助けを連れてきます」

誓いを込めて、そう言った。

頷き返した炯が壁際に近づき、壁を背にして腕を伸ばし、跳躍のための足場を作る。

如月は軽く勢いをつけて地面を蹴った。炯の力を借りて、風のように跳躍する。テラスの塀の縁に着地すると、そのまま端まで走っていく。その視線は、緑地帯を縫う水路の青色だけを捉えている。如月は呼吸を整え、そして躊躇《ためら》うことなく身を投げた。

高跳び台からプールへ飛び込む水泳選手のような華麗な動きで、水路に着水する。

冷たい水の感触。白く湧き立つ空気の泡。如月はそのまま水中を潜っていき、外部へ繋がる循環用のダクトを発見する。

どこまで息が続くか分からない。この水路の先がどこへ通じているのかも分からない。

それでも立ち止まることはできない。先に進むしかない。

如月は一心不乱に泳ぎ続ける。

打つべき手はすべて打った。炯は動きにくいドクターの装束を脱ぎ捨てた。

扉のロックが解除され、防毒マスクを装着した追っ手がテラスに躍り出てくる。一人二人なら殺さずに無力化できる。だが、その数が増えれば犠牲なしの脱出は叶わない。

「……誰も殺さないで」

背後に庇った舞子が、炯の手を握っている。炯は冷静さを取り戻す。如月を逃がすことができた。だとすれば、自分たちは、事件を解決するため、生き延びるため、別の目的のために行動しなければならない。

炯は舞子の手を握り返し、もう一方の手を自らの口元に近づけた。祈りを捧げるように手にした指輪を口にそっと含んだ。拳を握り、周りを囲むドクターたちを睨みつける。

この連中は自分が犯罪に加担していることに気づいてすらいない。正しいことを実行しているだけだと思っている。彼らにとって炯と舞子は魂の平穏を乱す悪なのだ。

善と悪。その違いは、そっくりそのまま異なる価値観を持つ人間同士で意味が入れ替わる。善は悪でもあり、悪は善でもある。そんな神学的なことを論じるつもりはない。

問題なのは、彼らが自覚なしに犯罪に加担していることだ。彼らが自覚なしに犯罪に加担させられていることだ。暴徒鎮圧用の指叉《さすまた》やテーザー銃で武装したドクターたちの背後に、祭服を着た男が立っている。冷ややかな蒼《あお》い眸《ひとみ》で炯と舞子を捉えている。

トーリ・アッシェンバッハ。連続自爆テロの主犯格。この男こそが正義《システム》によって裁かれるべき犯罪者。炯は、この男から視線を外さない。睨み合う。武装したドクターたちが炯と舞子の周囲を囲む。

「タチの悪いボトムだ……」

ボソリとトーリが呟いた。次の瞬間、炯は背中を切り裂かれたような激痛とともにその場に崩れ落ちる。ドクターの一人が発射したテーザー銃の電撃が神経を麻痺させる。

舞子がふいに倒れた炯の身を案じ、声をかけようとしてくる。

薄れゆく意識のなかでも、炯は握った舞子の手を離さない。

守る。俺が、絶対に――。

暗黒が、炯の意識を奪う。

53

「〈ビフロスト〉……って何ですか?」

灼は、陵駕が口にした名を繰り返した。〈狐〉とは異なる、その名前を。

「――〈狐〉と呼ばれる集団を統括する、おそろしく強い組織よ。その存在が、みなの運命を狂わせた。あなたのお父さんも」

強大な暴風のごとき力を持つ者たちが、陵駕たちの行動を蹂躙《じゅうりん》した。それだけではない。灼の父親すらも同じく餌食にされたのだと陵駕は言う。

雨が降っている――冷たい雨の気配が忍び寄ってくる――真っ暗な道に停まったクラ

シックカー――その運転席に座っている父親――灼は窓越しにその姿を見つけて――

「その組織が黒幕だってのか？」

入江が発した問いに、灼は没入しかけた意識を取り戻す。父親の真実へと繋がる手がかりの発見。だが今は、事件解決を最優先しなければならない。

「ええ。〈ヘブンズリープ〉のトーリも、〈ビフロスト〉に関わっている可能性が高い。――でも、これ以上は私も何も知らない」

陵駕は力なく首を横に振った。

まるで誇大妄想の類、陰謀論の秘密結社のような組織――だが、そのようなものが存在していなければ、実現不可能なことばかりをトーリは実行している。あるいは、〈狐〉によって仕掛けられた数々の犯罪も。

運命を狂わせる者たち。理論上は可能だが、実現不可能であるはずの行為をいとも容易く実行し得るだけの力を持つ者たち。そのような集団に標的にされれば、個人が抗《あらが》うすべなど存在しないに等しい。

「……ひとつ教えてください。久利須の息子をおれたちに保護させたのはなぜです？」

それほどの影響力を持つ犯罪集団に対し、〈シビュラシステム〉に最も近い法執行組織である公安局であれば、対抗し得ると踏んだのか。

陵駕は何も答えない。代わりに、放置されていた医療ドローンがふいに動き出した。

機体各所に光が灯《とも》り、顔面部に相当する部位が灼たちのほうを向く。

『……あの子は、私とテレーザにとって弱点だからだ』

機械が老いた男の声を発した。何者かが遠隔操縦している。医療ドローンは鑑識ドローンが接続していたケーブルを無理やり引き抜くと、ホログラムを投影する。

そこには、左腕を失い、コートを羽織った痩せた男の姿が映っている。

『息子が生まれて、すぐ妻に先立たれた。……あの頃の入国者では珍しくないことだ』

「――久利須」

死を偽装し、生きながらに死者となった久利須は、まさしく死人にように痩せ衰えていた。頰は削《そ》げ、白髪だらけの髪、深く刻まれた皺《しわ》、だが、その双眸《そうぼう》だけは異様なまでの凄味《すごみ》を放っている。さながら己の命を顧みず死地へ赴く殉教者の面持ち。

『それ以来、テレーザが、我が子のように面倒を見てくれた。愛情を注いでくれた』

「……とても優しい子、私たちの希望だった」

愛された人間。愛を生んだ人間。愛を育んだ人間。

久利須の言葉、陵駕の言葉、どちらにも一片の偽りも含まれていなかった。

『あの子は入国者の現状を変えたいと言って、仁世のもとに行った』

正しいことをしようとした子供の背中を押したと、父親は言う。まるで自分が犯した罪を告解するように。彼の息子――羽利須は〈出島〉の医療ボランティアに参加していた記録が残っている。〈ヘブンズリープ〉もまた、開国政策を経て入国者を自らの教団に招くようになっていた。恐れるべきことは何もなかった。そのはずだった。

「だけど、それがすべてを狂わせた。そこで修行という名の拷問に遭い、……あの状態になってしまった」

『トーリだ。……仁世さえ無事なら、そうはならなかった』

後の教祖代行、トーリの入信。そこから教団の性質が一変した。悪魔が神の家を乗っ取るように、色相が悪化した者たちを守るはずの場所が、そうした守られるべき者たちを貪《むさぼ》り尽くす地獄と化した。その悪意に久利須の息子も呑み込まれた。

父親が気づいたときには、その手から希望はすでに滑り落ちていた。

その過ちを悔いた。その罪を自ら裁くための罰を求めた。

だが、人間は未来に起きる犯罪を予知できない。

この社会は未来に起きる犯罪の可能性を予測し、その罪を犯し得る人間を潜在犯として裁く。ドミネーターによって執行しているはずなのに、すべての犯罪を防ぎ切ることができない。その防がれなかった犯罪によって、心を殺された者たちがいた。

心を壊され、犯罪の歯車にされた者と、今、灼は話をしている。

『……あなたは救済ではなく、入国者への差別を生む社会そのものへの復讐を誓った』

ドローンの視界越しに、こちらを睨みつけるような若い刑事の眼差しが見えている。

久利須は、地下の下水道を孤独に歩いている。

光もなく、自分の足音、呼吸の音以外に何も聞こえない。旧時代の混乱を経て都市のインフラは一新され、そして旧《ふる》き遺物はそのままに打ち捨てられた。

「さすが慎導篤志の息子だ。会ったこともない相手の心をそこまで読むとは」

特A級メンタリスト・スキル。メンタルトレース。そのような傍目《はため》には魔法のようにしか見えない特殊な技術を、かつて〈出島〉で出会った男は持っていた。その男は誰よりもシステムに寵愛されているように見えた。しかし、どこか他人を寄せつけない、誰にも見通すことのできない暗闇のようなものを、その穏やかな顔の奥に抱えていた。

そのような孤独を宿す人間だからこそ、久利須たちは信頼した。関わった時間は短くとも、確かに自分たちは、世界そのものと戦うためのすべを与えられた。

だが、自分は彼のように万能でもなければ、理不尽と戦うための力など持っていなかったことを、息子が命に等しいものを奪われたときに気づいた。

『自爆犯は宗教的な理由でテロを行ったんじゃない。あなたが洗脳したんだ。息子さんの発病に対する報復として』

病に倒れた息子と対面したとき、教団は、あなたの子供は浄化されたのだと、計測されたクリアカラーの色相を見せつけてきた。まるで羨むように。

もはや、手も足も動かせず、言葉すら発しない。医療の助けがなければ生き長らえることさえ許されない息子を前にして、久利須の世界から色が消え去った。

「……その通りだ。報復は半ば終了した。宗教の名を借りて弱者を虐待する連中は粉々になった」

間もなく、自分も不治の病に陥った。そんなとき、狐のマークが記された名刺とともに息子を植物状態に追いやった信者たちの情報が送られてきた。彼らは全員、ドクターと呼ばれる教団信者のもとで特別なプログラムに従事していた。久利須の息子の色相改善のため、彼らが投薬、催眠、暴力をもたらす姿が記録に収められていた。何も分からず、彼らはそれが正しいことだと信じて疑っていないようだった。

泣き、吐いた。消えることのない痛みと怒りに久利須は支配された。

この社会が犯してきた罪を告発するために彼らを正しく使って欲しい――同封されたメッセージに久利須は応じた。かつて計画し、しかし決行されるはずのなかった計画を蘇らせた。必要なすべてのものが届けられた。投薬と催眠によって道具と化した五人の教団信者。高性能の爆弾。移植手術用の医療ドローン。リースカーへのアクセス権――あらゆるものが、久利須の裡に点《とも》った昏《くら》い火を憎悪の炎へ変えていった。

『あなたの癌も、息子さんの病気も人為的なものだった可能性が高い』

必要な道具を受け取ったとき、メッセージの送り主と息子を〈ユーストレス欠乏症〉

に追いやった人間が、同じ人物であることを悟った。

教団信者は羽利須と同じ方法で魂を殺された。それが実行可能な人間は、教祖代行と称し、〈ヘブンズリープ〉を仁世から奪った男、トーリ・アッシェンバッハ以外有り得ない。久利須の身を蝕む不治の病すら、偶然にしては出来過ぎなほどの不運だった。

「知っているさ。望んだ病ではないが、生きる理由を明確にしてくれた」

『……え？』

どんな手を使ったのか分からない。だが、トーリは確かに久利須からかけがえのないすべてのものを奪い取った。おそらく、自分と息子がこの地獄そのものに等しい不幸に陥ったのは、偶然、あの男が選んだからなのだ。自爆の実行犯となった教団信者たちも、たまたま手伝っただけ。すべてが偶然の産物に過ぎないとしても――奪われた者の怒りを消し去ることはできない。何があったから、こんなことになってしまったのだろう。

この社会は罪を犯した。罪を犯す者を裁くことのない社会を恨んだ。

理不尽な怒り、見当違いの憎しみだと分かっていても、久利須はもはや復讐を止められない。止まらぬ激情が人間を犯罪に突き進ませる。

あの男が望む通りにしてやった。際限のない破壊、取り返しのつかない犠牲、その限界が社会の許容値を超えれば、シビュラという正義《システム》は、この連続自爆テロに関わった罪人すべてを裁き、罰を下すだろう。

「利用されながら、利用する。難民を巡る泥沼の交渉の基本だ。トーリも逃しはしない」

　ここまで辿り着いた。この社会が、けっして自分を許さず、トーリも許さない。そのような罪を犯さなければならない。そのために久利須は己を炎そのものに変えた。

　裁かれるべき標的は、あと一人。

　それですべてが終わる。


「止めて、久利須」

『……もういい、テレーザ。私が預けたものを公安局に渡してくれ。それが最後の保険になる』

　陵駕の悲痛な声にドローン越しの久利須は応えようとはしない。彼にはもうどんな言葉も届かない。そのことを誰よりも理解しているように、陵駕が懐に手をやった。

　取り出したのは銀色の懐中時計だ。アウマが残したものと同じ型。

　だが、それを灼が受け取ろうとした瞬間だった。

　灼は、陵駕の腹部に奇妙な光を見つける。針のように細い光は、グレーの陵駕のジャケットの上を何かを探るように僅かに動いた後、その位置を確定させる。

　途端、陵駕の腹部から血が爆《は》ぜた。

何が起きたのか分からないという顔で、陵駕が目を瞠《みひら》き、そして力を失った彼女の身体が傾いだ。そこで再び血が爆ぜた。胸部に穴が空く。糸の切れた人形のように陵駕は手術台のテーブルに倒れ込む。

直後、遠雷のような発砲音が木霊《こだま》する。

狙撃だ。そう認識したときには、灼は急いで身を伏せている。続けざまに狙撃手の放つ弾丸が着弾する。先ほどまで灼が立っていた位置を通過する。さらに到来した弾丸が医療ドローンを破壊する。天馬が急いでベッドを蹴り上げ即席のバリケードを構築する。その陰に雛河と入江が飛び込む。

正確無比な狙撃。こちらの配置を完全に読んでいる。

灼たちがこの小屋を訪れたときから、ずっと監視していたのだ。そして必殺のタイミングで狙撃を仕掛けてきた。だとすれば狙撃手の標的は——真っ先に狙われた陵駕だ。

灼は二発の銃弾を撃ち込まれ、瀕死《ひんし》の彼女のもとへ駆けつけようとする。だが、銃撃は絶え間なく襲ってくる。身動きが取れない。

代わりに弾丸の雨を縫うように、ドミネーターを構えた天馬がバリケードから飛び出した。狙撃手が陵駕にトドメを刺そうと、その頭部を狙っている。天馬は彼女の傍に駆け寄り、物陰に引っ張り込む。テーブルやパイプを遮蔽《しゃへい》物に利用する。

だが、音よりも速く飛来した大口径ライフル弾がパイプに当たり、跳弾《ちょうだん》することでテーブルに置かれた紙袋を突き破り、死角となった角度から天馬の右肩部に命中する。跳弾の角度さえも考慮した神業めいた一撃に、肩を撃ち抜かれた天馬はドミネーターを取り落とす。だが、執念で陵駕をバリケードの下に引きずり込み、灼に託した。

その直後、さらなる追撃が来た。弾丸は灼たちではなく、小屋の壁を貫通し、ガスボンベを直撃する。苛烈な爆発が生じ、扉を突き破って室内にも炎が雪崩《なだ》れ込んでくる。

天馬は入江たちにバリケードまで引き寄せられ、危ういところで難を逃れる。

闇雲な狙撃ではない。すべての銃撃に殺意が込められ、明確に標的を定めている。

「し、止血します……」

「大丈夫か、天《てん》さん！」

爆発の轟音で聴覚がおかしくなっている。救急セットを開く雛河とドミネーターを構える入江が同時に叫ぶ。電気系統が故障し、照明が落ちる。

「心配ねえ」天馬が大声で叫び返す。出血は大きいが致命傷ではない。「シスターは！」

だが、陵駕は違う。灼は床に仰《あお》向《む》けに倒れている陵駕を抱き起こした。小さく細い身体に穿たれた穴から赤い血が流れ出している。床を雨のように濡らしている。

「……慎導灼、あなたは――」

声はか細い。糸のように細く、今にも途切れてしまいそうだった。

「だめだ……、死んじゃだめだ……」

灼は必死に呼びかける。陵駕の命を繋ぎ止めようとする。しかし、流れ出す血はますます多くなっている。腹部を穿った弾丸は致命的な内臓器官を貫き、胸部の弾丸は心臓に近い血管を切り裂いている。血が肺に混じり、陵駕は咳き込む。発する言葉は濁り、意味を成していかなくなる。その眸は、すでに光を見つけられていない。

目前に迫る死。避けようのない死。終わりを迎える命の時刻。

「私たちや……、あなたのお父さんのようには、……ならないで」

陵駕は手に持っていた二つの懐中時計を灼に託した。その濡れた血の感触を灼は受け取った。このひとを死なせてはならない。声をかけ続ける。だが、その声はもう陵駕の耳に届いてはいない。呼吸が消えている。魂は肉体を去っている。

灼は陵駕の死を看取《みと》る。

雨が降っている――ふいに――雨が降っている――誰かの声――雨が蕭々と降っている――降り出した冷たい雨を灼は浴びる――目撃した死――自ら命を絶った父親の亡骸を見つけて――「監視官！　慎導灼！　仕事をしろ！」

灼は入江の怒鳴り声で目を覚ます。生じたビジョンが消失する。認識の時間面を取り戻す。激しい銃声。誘爆の音。灼は陵駕の亡骸を抱き留めている。魂が失われてもなお重みある命の名残り。

「俺が出て、スナイパーを追う！」

灼の肩を強く摑んでいた入江が、恐れ知らずの吶喊《とっかん》を行おうとする。

「だめです！　敵の数も場所も分からない！　ドローンで確認してから——」

灼は必死に止める。狙撃を仕掛けてきている敵戦力は、国防軍に匹敵する大型火器を運用している。国内で使用することはおろか所持することすら不可能なはずの武装。刑事課の手持ちの装備では対抗できない。

このまま、いたずらに入江を囮《おとり》に出せば、彼を見殺しにすることになる。

だが、入江は灼の制止も聞かずに飛び出している。狙撃によってあちこちに乱れ飛んだテーブルや椅子、物資保管用ボックスを盾に移動し、入り口付近に転がり込む。

「廿六木さんみたいに撃たれちゃいますよ！」

灼はなおも警告する。自棄《やけ》になったら負けだ。敵は手練《てだ》れだ。一人を狙い、別の仲間が助けようとしたところをさらに撃つ。膠着《こうちゃく》状態に陥り、焦《じ》れたところで飛び出してきた残りの標的を始末しようと牙を研いでいる。

「こういうときのための執行官だろ！」

それでも脅威を退けるために、執行官を道具のように使い捨てろと入江は言う。執行官は監視官の命令に従わなければならない。死地に活路を切り開くためなら命を捨てろと言われたらそうするしかない。

だとしても、灼はそのような命令を下せない。今まさに目の前で命が奪われたばかりだった。失われた命。取り戻せない命。死なせない。もう誰一人として死なせない。

「執行官は盾じゃない、人間だ！」

灼の叫びに、入江が、天馬と雛河が、一瞬、動きを止めた。

初めて耳にする言葉を聞いたかのように。

執行官は潜在犯だ。いつか罪を犯すとシステムに予言された者たち。それゆえに道具として使役される者たち。監視官は、執行官に絶対的指示を下す。だが、それは犯罪を追うためだ。事件を解決するためだ。真実に辿り着くためだ。いまだ犯罪を犯さざる彼ら――執行官の命をみだりに使い捨てさせたりはしない。

それでも命を使わなければ窮地を脱し得ないなら、灼は自らも危険に身を置くことを厭《いと》わない。刑事課一係は猟犬の群れだ。お互いに連携し、脅威に対抗し、生き延びる。

灼は陵駕を床に横たえ、入江のもとに向かおうとする。

そのときだ。

灼は燃え盛る炎のなかで、何かが爆ぜる音を聞く。小さな音。それを耳で捉えることができるほどの静寂がふいに訪れている。

いつのまにか苛烈な銃弾の雨が止んでいる。

54

久利須は地下水路を歩いている。亡者の如き足取りで。

病巣に侵され湿潤した肺組織が空気を取り込むたびに、血がゴボゴボと泡立つような感覚を覚える。地上にあって水中で溺れていくような苦しみが胸から迫《せ》り上がってきた。

血を吐いた。喀血のサイクルが速まっている。もう、先は長くない。とっくに止まっていてもおかしくない命の時間を、久利須は最後の執念だけで長らえさせている。

「向こう側で会おう……、テレーザ」

陵駕が死んだ。殺された。医療ドローンが破壊される直前、陵駕が凶弾に斃《たお》れるのを見た。ほとんど即死の致命傷。とてつもない技量の狙撃手に襲われた。

彼女を狙った刺客が何者であるか、久利須には見当もつかない。しかし誰が放ったのかは分かっている。〈狐〉が寄越した死の遣い。トーリが依頼したのか、それとも別の誰かが処理に動いているのか。久利須がトーリを利用しその命を奪おうとするように、トーリも久利須が利用できなくなれば始末しようとしている。

久利須は再び血を吐く。殺されるまでもなくもうすぐ自分は死ぬ。命は惜しくない。生き残るつもりもない。久利須は最後までトーリに利用される。〈狐〉に〈ビフロスト〉に――巨大な嵐のような力に逆らわない。だがこのまま使い捨てにされるつもりもない。

失ったはずの怒りや悲しみの感情が湧き上がっていた。死人も同然となった久利須の身体は再び動き出す。息子の羽利須は時間と未来を奪われ、仁世も生ける屍《しかばね》と化した。アウマも死んだ。そして陵駕さえも逝ってしまった。

すべては自分の過ちが生んだ結果だとしても、その喪失を悲しむことを神でさえも奪うことはできない。遠い過去、正しき道を歩もうと誓った仲間のすべてがその道を半ばにして命を終えた。自分の亡き後、陵駕が正しき道を歩むと信じていた。彼女はついぞ神を感じることはできず自分は信仰を持てないと言っていた。無力で凡庸だと嘆く陵駕の顔を久利須は何度も見てきた。しかし彼女はつねに誰かの傍にいた。弱き者。誰にも顧みられない者。見捨てられた者。そういった光の差さぬ場所に横たわる者の傍にあり沈黙とともに痛みを分かち合うためにその手を取ること。それこそが信仰なのだ。

その光を通じ、久利須は神を見ていた。しかし陵駕は死んだ。殺された。

沈黙する神はどこまで自分からかけがえのないものを奪ってゆくのだろう。

もうすぐ自分は逝く。光の断たれた暗闇の先、虚無へと続く道を往く。

『――準備は整ったようですね』

取り出した携帯端末にトーリの顔が映っている。清廉な顔。一点の曇りもない眸《ひとみ》。

「……今度こそ標的を誘い出してくれるのだろうな」

『間違いなく』

悪魔が微笑む。神はこの罪人さえも赦すのだろうか。分からない。しかし久利須は許しはしない。契約の履行と引き換えに共に地獄へ引きずり落としてやる。

すべては還るべきところに還らねばならない。


厚生省文化局の信者から、公安局による強制捜査が実行されることが伝達された。

とはいえ、公安局刑事課が電撃的な強制捜査を実行したとしても、それは行政組織としての破格の素早さであって、その承認から実行までには一定のタイムラグが存在する。

それだけの時間があれば、対処は十分に可能だ。

「ここが強制捜査されるよ」

トーリは母親であり、今回のリレーションを主導する裁園寺と連絡を取っている。

リレーション継続中のコングレスマンとインスペクターの直接接触は、〈ラウンドロビン〉によって禁じられている。だが、これは親子の私的な接触だ。母親と息子が連絡を取っている。それだけのことだ。屁理屈《へりくつ》のようだが、〈ラウンドロビン〉からの警告や処罰はない。であれば、恐れることは何もない。

『それは避けようがない。でも時間は稼げるわ。教団は十分に目的を果たした。その間に、あなたは歯車に最後の目的を達成させなさい』

「はい、母さん……」

裁園寺は今、最後のゲームの席に着くため、〈ビフロスト〉の部屋へと向かっている。

それがどこにあるのかトーリは知らない。知りたいと思ったこともない。

『間もなく〈ビフロスト〉の席がひとつ空く。あなたの席よ。そうなれば後はどうにでもなる』

なのに、母は自分に同じ場所に登ってこいと命じている。今の地位は捨て、コングレスマンとしてのゲームに興じろと囁いてくる。息子は母の思う通りのことだけを考え、思う通りのことだけを実行すると信じ、まったく疑うことがない。

「はい」

事実、その通りだ。トーリは生まれたときから、すべてを母に支配されてきた。

この世界で最も自由である存在、コングレスマンの子として生まれること。それは必ずしも親と同じ自由を謳歌《おうか》することを意味しない。社会のあらゆる束縛に縛られることのない者のもとで生きるということは、この社会のあらゆるものと接点を持たないことに等しい。コングレスマン裁園寺莢子が自ら産み、その寵愛を一身に与えられた子供。

それゆえにシビュラ社会のどこへ赴こうとも、彼女から絶対に逃れられない。

トーリにとって、このシビュラ社会は広大無辺な箱庭だった。頭上を見上げれば、いつもそこに自分を見下ろしている母親の眼差しがある。

その眸を見つめ返すたびに、トーリは細く長い光のかたちを脳裏に浮かべる。暗闇に差す光。しかしそれは陽の温《ぬく》もりからは程遠い、冷たい月光のような鋭敏さを纏ってい る。光。夜。窓。そのようなイメージがトーリを過去の記憶へと誘《いざな》っていく。

幼き日のある夜のこと。寝静まった屋敷の廊下をトーリは歩いている。小さな手。小さな足。小さな背。裁園寺の屋敷にあるものすべてが大きく感じられ、巨人の館を彷徨《さまよ》っているような錯覚に囚われた。幼き日の自分は何を探していたのか。覚えていない。母を探していたのか。ただ暗闇を恐れ、光を求めていたのか。

細く長い光。母の寝室へと続く扉に幼いトーリが手をかけたところで、薄く開いた扉越しに寝室の情景を覗き見た。

巨大なベッドの上で生白い蛇の群れがのたくり、身体を絡ませ合っている。汗に濡れ波のような皺を作っているベッドシーツ。べちゃべちゃと肌を這い回る舌の音。鼻を突く強烈な香水の匂いと発散される汗と体液の饐《す》えた臭い。あらゆるものが濃密な感覚となってトーリに雪崩れ込んでくる。母が、自らの兄と呼ぶ男を貪り、犯す光景。

白い蛇は裸身の母とその兄、そして彼らの周りに侍《はべ》らされた男たち。みな母の兄と似た華奢《きゃしゃ》な身体つきをしており石膏《せっこう》のように白い肌をしていたが、下腹部に反り立つ陰茎だけが赤黒く、迫り出した内臓のようにグロテスクに脈動している。

彼らはみな、母に犯されている。美しい蝶に群がる無数の蟻をトーリは庭で幾度も見たことがある。しかし、今目の前では蝶が蟻を貪っている。あの美しい羽根は獲物を呼び寄せるためにあり、空飛ぶ蝶はつねに地を這う蟻を見下ろしている。
その蝶の眼が、幼いトーリの姿を捉えている。薄く開いた扉の前でトーリは罠に嵌まったように身動きが取れない。母が手招きをする。足は動かない。しかし扉が開かれ男たちがトーリを母のもとへ運んでいく。羽根が生えているかのように軽やかに。

　そして幼い息子もまた母親の餌食になる。母の兄は何も言葉を口にせず、骸《むくろ》となったようにベッドの隅に転がっている。部屋のなかには幾人か本当に息絶えている男たちもいる。母に喰《く》い尽くされた男たち。母が男や少年たちに命じる。彼らはトーリを代わる代わるに犯してゆく。母はその様子を愉《たの》しんでいる。昏《くら》い情欲を満たした最後に自分が息子を喰らい尽くす瞬間の甘やかな感触を想像している。トーリは心を塗り潰されてゆく苦痛のなかでいつしか白く輝く光を見る。木漏れ日の落ちる屋敷の一室で彼は捕まえた蝶に一本ずつピンを突き立ててゆく。手元を誤り針が蝶のか細い身体を切り裂いてしまう。千切れた蝶を捨て、また蝶へとピンを黙々と突き立ててゆく……。

『新しい席は、元々、私の兄が座っていた席よ。それをあなたが継ぐの。新しい身分を得て、新しい教団を作りなさい』

　母の言葉に、トーリは過去への追想から目を覚ます。途方もない時間の経過は現実には瞬きの一瞬ほどに短い。しかしその一瞬の――時に自覚することすらできない――夢のような感覚こそがトーリ・アッシェンバッハを縛り続ける。己の心に突き立てられたピンを自ら抜くことはできない。

「兄、ねえ……」

トーリは通信を切り、ふと自分の父親のことを思い出す。母のことは幾らでも思い出せるのに己の父親といえば、あの夜の出来事以外に姿すらも思い出すことができない。〈コングレスマン〉のゲームに敗北した者。あらゆるものに優れた妹によって継ぐべき家すらも奪われた哀れな彼がいつこの世を去ったのか、息子であるトーリは知らない。

今はもうあの屋敷すらどこにもない。母親は自らの赴く場所すべてを蹂躙し、破壊していく。教団もまた壊された。大切に大切に、トーリが美しく仕上げたものも彼女にとっては愛でる価値すらない。分かっている。また作ればいい。また集めればいい。

トーリは穏やかな笑みを浮かべながら、再び携帯端末を手にする。

自らの決心は定まった。

55

唐之杜は、一昨晩から眠ることなく解析作業に没頭している。

徹夜そのものは苦ではないが、終わりの見えない作業に意識が飛びそうになる。

公安局ビルの情報中枢を司《つかさど》るメインサーバー。その演算リソースのかなりの部分を借り受けて、山積みになった解析作業を進めさせている。

霜月刑事課課長によって発令された〈ヘブンズリープ〉教団への強制捜査。

その実行の根拠となる証拠を可能な限り揃えろという指示が分析官ラボに下された。

可能な限り、というのは強制捜査が実行されるまで証拠になりそうなものは何でも揃えろということなので、事実上、業務時間が無制限に延長される。いくら何でもこればっかりは横暴極まりないので、総務課にパワハラでも訴えようかとＡＩに陳情文章を書かせ始めたところで、ふいにモニターの一面が切り替わった。

板橋《いたばし》区新三園《しんみその》で規定値超過のサイコパスが計測された。エリアストレスの発生を示す警告。街頭スキャナが色相悪化者ないしは、集団的サイコパスの悪化を検知したのだ。

だが、現在、二・三係の人員は強制捜査の準備に詰めており、一係も連続自爆テロ事件の実行犯、久利須の拠点の捜索から帰還していない。

こういう場合、誰が対応することになるのだろう？　まさか、分析官に刑事の真似事《まねごと》をしろとでも。いや、むしろ刑事業務なら元監視官の刑事課課長の霜月がぴったりじゃないだろうか。もしかして彼女が久々に現場に出動するとか？

寝不足の頭でくだらないことを考えていると、現場に急行した警備ドローンが捉えた映像がモニターに映し出される。封鎖された路上で警備ドローンに囲まれ、女性が両手を上げている。雨に降られたように全身がぐっしょりと濡れている。

「ん……？」

その女性の姿に、唐之杜は見覚えがある。黒いスーツに白いシャツ、ショートカットの中性的な整った顔立ちは――教団に潜入していたはずの如月だ。

「真緒ちゃん……」

正体が露見したはずの彼女が教団施設から遠く離れた場所で発見された。炯と一緒に脱出したのか。唐之杜は解析作業を止め、如月が発見された周辺の該当スキャナや監視カメラの映像を即座にチェックする。

だが、どれだけ解析用ＡＩを走らせても、炯の反応が見つからない。

如月だけがそこにいる。彼女は何かを訴えるように、懐から銀色の懐中時計を取り出し、警備ドローンの前に掲げる。


夕刻、雨が降り始めていた。

負傷した天馬を公安局ビルの医療ルームに搬送して間もなく、如月が護送されてきたと分析官ラボの唐之杜から連絡が入った。

灼は入江、雛河とともにラボの医務室に赴く。

ベッドには、入院着に着替えた如月が横たわっている。かなりの衰弱状態にある。脱水症状。軽度の飢餓状態。通常の値をはるかに上回る薬物量も検出されている。

「如月さん！」

「如月！」

灼と入江が足早にベッドに近づくと、如月が首を動かし反応を返した。無理に起き上がろうとするのを手の動きで制すると、彼女は力なくその身を再び横たえる。

「無事でよかったです……」

雛河がベッド脇に立って呟いた。

すると、ふいに奥のベッドを仕切っていたカーテンが開かれた。

「俺もいるぞ」

「うわっ」

「……なんだそのリアクションは」

左腕を吊った天馬が上半身を起こし、ベッドに腰掛けている。変質者に声をかけられたかのような雛河の反応に、天馬は苦い顔をする。

「……すみません」

すると、如月が恥じ入るように、小さく震える声で言った。

「謝らないでください」

しかし彼女が謝る必要などなかった。一係の執行官二名がいっぺんに戦線を離れてしまったが、如月は潜入捜査が露見し、天馬は武装した犯罪者に狙撃された。どちらも殺されずに済んだのは僥倖《ぎょうこう》と言っていいからだ。

狙撃された陵駕は、搬送を待たずに死亡が確認された。現在、鑑識ドローンによって司法解剖に回されている。だが、強制捜査への影響を鑑み、その死は公には伏せられている。さらなる犠牲者が生じるなか、仲間の命が助かったことだけを素直に喜べないけれど、死体となった如月と再会せずに済んだことに灼は心から安堵《あんど》している。

「潜入がばれたんだな？」

入江の問いに、如月は無言で頷いた。発見されたのは、彼女だけだった。炯は、まだ教団施設から離れていない。無論、潜入捜査を継続しているわけではない。

「炯は捕まってる。このままじゃ……」

強制捜査が実行されれば、むしろ炯の存在そのものが教団にとって邪魔になる。すぐに行動しなければならない。だが、どうすればいい。焦りが思考を鈍らせる。

「――舞子さんも」

だが、ふいに如月が発した言葉に、灼の脳内の思考すべてが停止した。

「今なんて……？」

上手く聞き取れなかった。相手の話を聞き逃すなんて、普段なら絶対に有り得ない。

「イグナトフ監視官とともに、その奥さんも教団施設に拉致監禁されています」

だが、続く如月の言葉に、灼は現実を受け入れるしかない。

如月がこの状況で悪趣味な冗談を口にするはずがない。すぐに舞子が入院している病院に連絡を取らなければならない。なのに……灼は手が震えて監視官デバイスを上手く操作できない。呼吸が無意識に浅く、早くなっている。冷たい汗を掻いている。

状況を——如月が脱出したとき炯と舞子がどんな状態で教団に拘束されたのか報告を聞き、情報を整理しなければならない。なのに、灼は口を開けたまま、陸に打ち上げられた魚のように何も言えなくなってしまう。

「……これを」

如月が震える手で、懐から何かを取り出し、灼の眼前に差し出した。

掌に載った銀色の懐中時計に繋がれた鎖が、小さく音を立てた。

蓋が開き、裏側に記された刻印が見えた。

〝私は道を見つける、さもなくば道を作る《Aut viam inveniam aut faciam》〟——四つ目の〈CRP〉の懐中時計。

「イグナトフ監視官から、預かりました」

如月の言葉に、灼は頷き、両手を包むようにして時計を受け取った。

託されたものを、灼はすぐに唐之杜に渡した。

何を為すべきか、指示を出すまでもなかった。

「今すぐ解析するわ」

唐之杜が毅然として言った。踵を返し、去っていく。

「……慎導監視官、今すぐ教団への強制捜査を」

「今、課長が局長と話しています」

強制捜査は秒読みに入っている。だが、その一分一秒すら、今は惜しい。

「おれたちは、今できることをやりましょう」

潜入捜査に赴く直前、灼と炯は約束をした。廊下に落ちる四角く切り取られた光の眩しさ。手術室へ向かう舞子を見送る炯の横顔。舞子が光を取り戻したとき、灼と炯が二人で彼女の前に立ち、その目に見える世界を平和なものにすることを互いに誓った。

約束が水に消えてゆく。そんなことがあってはならない。

灼は、執行官を伴い、分析官ラボへ急いだ。


唐之杜のデスクには、記憶媒体を取り出した四つの懐中時計が置かれている。

「懐中時計が四つ揃って……、彼らの計画同期用のサーバーが見つかった」

分析官ラボのモニターに大量のデータが表示されてゆく。

小宮都知事／信仰特区推進派／久利須／アウマ／陵駕／ザハリアス――これまで標的となった事件関係者たちのプロフィール情報がピラミッド構造で並んでいる。

彼らの情報は、特区PR会場／係数緩和施設／工場地帯／リースカー整備ステーション／客船――それぞれの爆破現場と結びつけられ、さらに想定される犠牲者の数／告発される犯罪内容／社会への波及効果の予測などが文章や数値で付帯されている。

事件の見取り図には別のタイムチャートも設けられている。実行犯となった五人の教団信者／連続テロを遂行する久利須／後方支援を担うトーリ／情報撹乱《かくらん》に用いる仁世――どのタイミングで何を実行すべきか、その指針が定められていた。

想定犠牲者の項目にザハリアスの妻が含まれ、犯行支援者の項目に教団の医師である二瓶、特別保護対象に久利須の息子である羽利須も組み込まれている。それ以外にも、各自爆テロの発生時点での公安局刑事課の動向も推定されている。

「これがシスターの言っていた〈終末《D》救済プラン〉ってヤツか」

「正確には、久利須が今回の事件に変換した計画表です」

この計画表は、つねに爆破テロに対して達成目標が設定されており、これをクリアしていれば標的の抹殺に失敗しても――例えば陵駕が狙われた第四の事件のときのように――ステータスが目標達成となる。

ということは、陵駕の暗殺は久利須にとっても想定外だったのだろう。

だが、逆を言えば、目標を達成していなければ、その事件はいまだに犯行計画が継続中ということになる。

「ねえ、まだ未達成の目標がひとつある」

それが、あった。唐之杜が指摘した項目を拡大する。

「……小宮都知事。そうか、最初の爆破で殺す予定だった。だから六つ目が必要に」

輝かしい美貌の女性――東京都知事・小宮カリナの画像が多数、展開する。

画像解析ソフトを用いて、全身ホロを纏った生身の彼女とホロ投影のみの状態を区別できるよう精緻に分析した形跡がある。

久利須は自らに爆弾を移植している。計画表にはなかった第六の自爆テロ――その目的は、いまだ目標未達成となっている最初の自爆テロを完遂することだ。

「入国管理局オブザーバーが都知事を爆殺。入国者問題を象徴する事件になります……」

本来、それこそが最初の計画だったのかもしれない。最も影響力が大きい都知事を爆殺することで社会への波及力を最大限に利用し、その後の告発へと繋げる。

だが、都知事の殺害に失敗したことで、久利須は犯行計画を変更した。犯罪の告発を先行させ、最後に、都知事である小宮カリナを抹殺する。久利須自身が主犯であったことを公に知らしめながら、自ら命を絶つ。

「……久利須はすべての罪を背負う覚悟だ」

連続自爆テロを巡って日本国内の報道は過熱し、多くの入国者絡みの犯罪が告発される一方で、入国者そのものが脅威と見做されつつある。それゆえ社会は欲している。日本人と入国者双方にとって憎悪され、罪人として処刑されるべき、血塗られた生贄《いけにえ》を。

「これだけの事件、犯人が死ななきゃ終わらない」

怒れる神への燔祭《はんさい》——久利須は山の頂へ向かい、自らを炎にくべようとしている。

56

陽が落ちるとともに、公安局ビル最上層——局長室に霜月は呼び出された。

エレベーターの扉が開くと長い廊下が続く。

誰とも擦れ違うことはない。完全な人払いがなされている。

局長室では、細呂木がデスクに座したまま、沈黙していた。その眼差しは虚空を見ているように焦点が合っていない。しかし、呆《ほう》けているわけではない。

その眸《ひとみ》は、ドミネーターと刑事がリンクしたときと同様に、青白く発光している。

現在、彼女は——正確には彼女を含むシビュラの構成者たちは性別という概念を超越している——〈シビュラシステム〉と直接接続され、その超高速演算によるシステムの最終的な解決判断の確定を行っている。

霜月は神殿に仕える女官の如く沈黙し、託宣の巫女《みこ》が下す裁きを待ち続ける。

「……リスク計算が終了。やりたまえ」

やがて、下される審判のとき。

「はい」

霜月は応答を返す。強制捜査のため編成された刑事課の捜査人員は、すでに待機状態となっている。いつでも行動を開始できる。

「こちらも確認したい点が出てきた」

細呂木が声を発した。彼女は〈シビュラシステム〉の言葉を代弁している。

「と、いうと？」

霜月は問う。神託を賜《たまわ》るように。

「殺意なき殺人の連鎖……、〈シビュラシステム〉の裏を掻くようなやり方が、極めて不愉快になってきた、ということだ」

その声に感情はない。完璧なシステムは感情という人間らしい情緒を排している。

それでも、シビュラの発した言葉には、明確な敵意が宿っている。

正義は、その見えざる敵の姿を捉えつつある。

雨が降り始めている。

煌々と輝きを放つ夜の街並みを雨が濡らしてゆく。

公安局ビル屋上、ヘリポートから公安局のヘリが飛翔《ひしょう》する。

刑事課一係——灼、入江、雛河が搭乗している。第六の自爆テロの犯行阻止のため、緊急対処の適用が承認された。狙撃手の存在を警戒し、通常のドミネーターを上回る高火力装備——強襲型ドミネーターの使用も許可されている。

ヘリが公安局を離れるのとほぼ同時、地上の道路に赤いサイレンが瞬く。公安車両の群れが公安局ビルを次々と発進してゆく。

刑事課は、久利須とトーリ——主犯二名に対する対処を両面で同時展開する。

灼は炯と舞子を救うため、教団施設に向かいたい。だが、一係は第六の自爆犯と化した久利須を追跡し、逮捕しなければならない。それが刑事として果たすべき責務だ。

久利須を放置すれば小宮都知事が殺害される。さらなる犠牲が生じる。

多くの命が炎に呑まれてきた。これ以上、一人として死者を出すわけにはいかない。

だが、警告を発するべき肝心の都知事と連絡が取れない。

「都知事に繋がらない……っ！」

灼は監視官デバイスを切った。苛立ちが募り、髪を手で掻き回す。焦燥に駆られ、負の感情が漏れ出してしまう。監視官として適切とは言えない振る舞い。だが灼は、雛河や入江の前では素の自分を晒してしまうことに抵抗を感じていない。

雛河たちも戸惑うことなく、事件の概要把握に努めている。

「大体、教団がなんで都知事を？」

「移民特区は前の都知事のときから構想はありましたし、どのみち成立するのに……」

久利須が都知事を狙う目的は判明している。だが、久利須の言葉に従うなら、この事件を引き起こした黒幕というべき男――トーリの目的がいまだに判然としていない。

特区構想は小宮の都知事就任で計画が進展したが、雛河の言う通り、前都知事の時代から構想が進んでいる。つまり、改革法案の皮を被《かぶ》った既定路線の踏襲に過ぎない。

トーリが教団を乗っ取ったのが、約半年前だ。特区構想を潰したいなら、その段階で手を打つべきで、わざわざ爆弾テロという乱暴な手段を使う必要もない。

だとすると、久利須を使って都知事を殺害しようとしているトーリの目的は、特区構想の廃案ではない。むしろ特区成立以降に、何らかの理由で都知事の存在が邪魔になるのでこれを排除しようとしている。

「都知事がいなくなれば、権力の空白が生じる」

「その隙に教団が利益を独占？」

入江の合いの手に、灼は頷く。例の〈終末救済プラン〉によって、三郷ニュータウンを入国者絡みの犯罪の温床にしていた宗教関係者や顔役たちが一掃されたことで、一帯の入国者コミュニティは統治者を失った。

そこにトーリが教団を使って一気に勢力を拡大させる――という図式を当て嵌めるこ

ともできるが、その場合、結論がおかしなことになる。

「でも、遅かれ早かれ強制捜査は入る。教団は限界だ。権力を手に入れても意味がない」

久利須の告発に、教団も関与していた武器密売ネットワークの摘発が組み込まれていた以上、連続自爆テロの段階が進むほどに、捜査当局の手が教団にも辿り着く。事実、公安局刑事課による強制捜査が発動されている。信者たちが無自覚の加害者だったとしても、シビュラの裁きを完全に免れるとは考えにくい。少なくとも、教団のシビュラ公認資格は取り消され、中央省庁からの支持も取りつけられなくなる。

「教祖代行トーリの想定では、ここまで追い詰められるはずではなかったとか……」

雛河がおずおずと見解を述べた。

そのように考えることもできる。しかし、最初の爆弾テロで都知事の殺害に失敗しても計画は継続されている。

「だとしても、計画はいつでも中止できた」

もしも自分がトーリだったら――と灼は仮定する――連続自爆テロの各段階において、撤退を選ぶ機会は幾らでもあった。教団の関与が露見しそうになったタイミングで久利須を始末し、沈黙を決め込んでもいい。

そもそも公安局による潜入捜査が発覚した時点で、偽装工作や逃亡を図るのが自然だ。

教団そのものは逃げられない。しかし、トーリ個人であれば逃げられる。住宅ローン詐欺において、主犯の一人辻々河が〈出島〉への逃亡を図ったように。

あのとき辻々河は、あらかじめハイパー・トランスポート社をマークしていた外務省行動課によって先回りされ、その身柄を拘束された。だから、トーリは外務省に拘束されることを警戒し、逃亡ではなく教団施設での立て籠《こも》りを選んだのか？

しかし、ザハリアスの殺害直前に行動課の課長である花城が言外に認めていたように、外務省行動課の捜査官が教団に潜入している。すでに捜査当局の手は教団内部にまで及んでいるのだ。そう易々《やすやす》と逃げ切れるとは思えない。

「久利須の最終目標は、移民への差別を生む社会そのものへの告発……、ならトーリは？」

考えれば考えるほどに、トーリ・アッシェンバッハという犯罪者の目的が読めなくなる。おそらく、あの男は〈狐〉の頭の一人だ。事実、今回の連続自爆テロには〈狐〉のネットワークが利用された形跡が端々で確認されている。

しかし、〈狐〉のセオリーに反し、トーリは逃げも隠れもしない。それは狡猾《こうかつ》な獣たる狐の振る舞いにそぐわない。まるで自分の犯罪の関与が暴かれ、捜査当局に追い詰められたところで、自分は絶対に捕まらない、裁かれないと確信しているかのように。

それは常人の振る舞いではない。しかし、常軌を逸した妄想型の犯罪者が場当たり的に犯行を繰り返している訳でもない。何か確かな目的に則《のっと》り犯行計画を遂行している。

「そうか……、もしかしたら特区はどうでもよかったのかも」

その何かのために動いているとすれば、トーリの理解不能な振る舞いも納得できる。都知事の殺害も特区成立の有無も、それに伴う教団の解体さえも、より大きな何かのために切るべきカード、手段に過ぎないのかもしれない。

「どうでもいい、って……」

「都知事が死ねばトーリ・アッシェンバッハは特区以上の何かを得る。その何かが、分からない」

その大きな何かを達成することで、トーリはシビュラ社会における司法の裁きからも逃れ、安全圏に到達する。だが、そんな〈シビュラシステム〉を超越するような都合のいいしろものがこの社会に存在しているとは思えない。そんなものが存在しないからこそ、シビュラはこの社会におけるゆいいつ絶対の司法システムとして君臨している。

そしてサイコパスの解析に基づく〈シビュラシステム〉の仕組みが絶対だからこそ、〈狐〉たちは社会規模の詐欺である「事故」に見せかけた無自覚の犯罪加担のネットワークを設計した。犯罪の自覚がなければ色相は濁らない。犯罪を計画しただけでは色相は濁らない。だから、〈シビュラシステム〉はその犯罪を認識することができない。それゆえに〈狐〉はシビュラに裁かれない。

なのに、〈狐〉の一人であるはずのトーリの振る舞いは、あたかも自分がシビュラに認識されない、完全に透明な存在になれる手段があるとでも言わんばかりだった。

無理だ。そんなことはけっして実現し得ない。

「分からないのは……、仕方ないんじゃ」

推理の袋小路に陥った灼を労《いたわ》るように、雛河がボソリと呟いた。まるで灼が何か大きな間違いを犯していると指摘するかのようだった。

どういうことだろう。他にトーリの目的を推理する手立てがあるとでもいうのか。

「え……？」

灼は、そんなものがあるというなら知りたいと、藁《わら》でも縋《すが》るように雛河に訊き返す。

「いや……何かが欠けた状態で、全体像の完全な推理は不可能じゃないかと……」

雛河にも何か明確な答えがあるわけではない。灼と同じように、トーリという目的のない犯罪者の動機の推理に苦慮している。

それでも灼と違うのは、推理が上手くいかない原因に目を向けていることだ。全体像を描くことを阻害する決定的な空白――それは逆を言えば、この欠けている空白さえ埋められれば、全体の見通しが立てられるということだ。

空白。何が欠けているのか。どうすれば、この事件において、トーリのような規格外の振る舞いが可能になるのか。その可能性について、ひとつ推理を巡らしている。

〈シビュラシステム〉が統治する社会体制においては有り得ないことだが、システムの裁きを超越する存在ないしは組織を仮定するのだ。

「そっか……」

だとすれば、筋は通る。

トーリがこの連続自爆テロを経て、達成しようとしている目的が、〈シビュラシステム〉に認識され得ない存在になることだとすれば、彼の動機を説明できる。

だが、それにはシビュラ社会の正義の前提を根底から覆さなければならない。

すなわち、〈狐〉よりもっと透明なもの……システムに認識されず、それゆえに犯罪を犯しても罪を裁かれることのない者たちが、この社会のどこかに隠れ潜んでいると考えなければいけなくなる。

それはシステムの完全性を疑う行為だ。〈シビュラシステム〉による統治体制の正当性《コレクトネス》そのものを否定しなければならない。

しかし、灼たちが証拠の積み重ねによってシビュラの盲点を掻い潜る〈狐〉の存在を見つけ出したように、この事件において積み重ねられた証拠は、シビュラの盲点そのものというべき集団が存在している可能性を示唆している。

そのような集団が存在するとは、到底、思えない。

しかし、その集団に該当する存在の名を、灼は耳にしている。

死の間際、陵駕が口にした言葉。彼女たちの運命を捻じ曲げ、そして灼の父親——慎導篤志の死にも関与しているとされる謎の集団。

「——それが、〈ビフロスト〉か」

灼は見えざる獣の尻尾《しっぽ》を追った先に、神の国へと繋がる虹色の橋《ビフロスト》の輝きを見つける。

57

ドクター三名と側近信者が一名、捕らえた監視官の護送に携わっている。

大量の薬物投与と拷問に耐えた監視官のタフな色相を教祖代行は羨んでいる。これだけ強靭《きょうじん》な色相の持ち主なら、どの側近にも勝る護衛になるだろうと思っている。

ただし、それが実現しないなら、殺してしまっても構わないとも思っている。トーリにとって、他人はすべて交換可能な標本に過ぎない。

両手に拘束具を嵌められた監視官は、足を引きずるように歩いている。限界を迎えた肉体を気力だけで動かしている。逆に言えば、心が折れれば終わりだ。

今度は、かなり苛烈な拷問をトーリはドクターたちに命じた。

そのために、普段は教祖代行の護衛を務めている側近が同行している。

トーリはドクター以外にも、自らの周囲を護衛するための傭兵的な信者の登用も行った。廃棄区画のごろつきとは言えないまでも、一般社会には馴染《なじ》めない程度に暴力的な人間が生活の保障や高額の報酬に釣られ、教祖代行トーリの配下についた。

対外的には側近と呼ばれるが、その実、近衛兵《このえへい》として教祖代行に仕えている。

ある意味、教祖代行の盾であり剣となって行動する者たち。それは、〈シビュラシステム〉の正義の代行者である公安局の監視官と執行官の関係に似ている。

少なくとも、教祖代行は、そう考えている。シビュラを神と信じ、クリアな色相を保ち、執行のための武力を行使する。足りないものは、処刑具たるドミネーターだけ。

しかし、かつては公安局刑事課の監視官を務め、その後に色相悪化によって執行官となった経験を持つ自分から見れば、そんな考えは世間知らずの妄想型の犯罪者が現実と虚構の区別がつかなくなっているだけと言わざるを得ない。

外務省海外調整局行動課特別捜査官――宜野座伸元《ぎのざのぶちか》は今、教祖代行の側近として、再び拘束した公安局の潜入捜査官――炯・ミハイル・イグナトフの護送をドクターとともに行っている。

間もなく、炯が、ついに苦痛に耐えかねたというふうに足をもつれさせた。床に頭から落ち、身体を折って蹲《うずくま》る。側近――その姿に全身ホロで扮《ふん》した宜野座は、倒れた炯を引き起こそうと膝をつく。

そして、最も至近距離にいたからこそ、今しも監視官が口に含んでいたセキュリティパスの指輪を吐き出す瞬間を見る。拘束具の電子施錠を外すつもりだ。

だが、ロックは解除されない。すでに教祖代行がパスを書き換えている。

万策尽きた――そのように炯が一瞬、目を瞠った。

その直後だ。炯は指輪を手の動きで床に弾いた。カランと音を立て、指輪が通気用に床に設置された溝蓋《グレーチング》に引っかかる。そちらにドクターたちの意識が向いた。

その一瞬に炯は即座に立ち上がっている。猛烈な勢いで前方に立つドクターに体当たりする。両手は拘束されたままだ。当然、姿勢が前傾に崩れる。破れかぶれの抵抗――ではない。その動きに迷いはない。完全な攻撃動作。炯は両手を拘束されたまま――槍《やり》のように鋭い肘撃ちをドクターの顎《あご》に叩き込む。

ドクターは戦闘訓練を受けていない。元軍人の炯の攻撃をまともに喰らってはひとたまりもない。以前に捜査上の行き違いで、彼と直接手合わせをしたことがある宜野座だから身をもって知っている。

炯・ミハイル・イグナトフの戦闘力は通常の監視官の基準をはるかに上回っている。規格外の監視官であり執行官だった狡噛《こうがみ》とはベクトルこそ違えど、その肉体、徒手空拳だけでも凶器に等しいのだ。

炯は、もはや兵士の本能で追撃を繰り出す。その場でスピンし鋭い回し蹴りを放つ。斧《おの》のような一撃だ。マトモに喰らえば宜野座とて危うい。反射的にバックステップを取る。すぐ目の前を炯の放った蹴りが通り過ぎる。

だが、この場にいる人間でそんな対処ができるのは、執行官に堕《お》ちて以来、実戦的なトレーニングを積み続けた宜野座くらいのものだ。

すでに顎に一撃をもらっていたドクターは、さらに頭部側面に強烈なキックを喰らう。メシリと湿った音がする。下手をすれば頸椎《けいつい》が骨折するレベルの衝撃に、ドクターは完全に昏倒する。仰向けに倒れ、背後のドクターを巻き添えにする。

そして炯は、今の一撃を躱《かわ》した側近信者――宜野座を睨み据える。完全に標的と見做している。迂闊《うかつ》にホロを解こうとすれば、その予備動作に攻撃を叩き込まれかねない。まるで獰猛な軍用犬と遭遇してしまったような気分だ。そういえば同僚の狡噛は昔、機械の猟犬に襲われたことがあった。あの頃の宜野座は出世と保身のことしか頭にない監視官で……それからいろいろなことがあって、今はもう少しシンプルに生きている。

宜野座は炯に視線を固定したまま、彼の背後でテーザー銃を構えようとしているドクターの動きを察知する。護衛に同行したドクターで身動きが取れるのは、その一人しか残っていない――ならば、と宜野座はデバイスを操作し、全身ホロを解除する。

「ほう、今回は自力で脱出できたか」

ふいに教団信者の装いが消え、暗灰色のスーツを着た宜野座の姿が露わになる。いきなり目の前に出現した見覚えのある男の顔に、炯が僅かに瞠目《どうもく》する。

ちょっと反応が小さい。だが、それも訓練された兵士らしい。

宜野座は即座に、炯に向かって突進する。彼も自らの背後から奇襲を仕掛けるドクターの狙いを瞬時に察し、横に跳んだ。宜野座も右前方に向かって跳ぶ。二人の間を発射されたテーザー銃のワイヤーが通り抜ける。

そのまま宜野座は前転し、姿勢を低くしながらドクターに強烈な足払いをかける。宜野座は十分な身長と体重がある。ドクターは容易く転ばされる。そのまま義手の拳で落ちてくる相手の顔面を殴ろうとして――それより先に炯の鋭い蹴りが襲来する。

正面から蹴りを喰らったドクターはそのまま背後に吹っ飛ばされる。まるで調教済みの軍用犬を思わす猛撃ぶりだ。予期せぬ連携攻撃に宜野座は驚きを禁じ得ない。

だから、お互いに言葉を交わすこともなく、気絶したドクターに押し潰されたままになっている三人目のドクターへと近づく。その拳を振り下ろし、相手の意識を奪う。

そして手分けし、三名のドクターを尋問部屋へと引きずり込んだ。

周囲を警戒する。戦闘そのものは一分もせずに片づいている。増援が駆けつけてくる様子はない。ようやく一息つける。顔に大痣《おおあざ》を作った炯が宜野座を見返してくる。

「お前は行動課の……」

「二度も助けることになるとはな。世話を焼かせるな」

本物だぞ、と証明するように宜野座は左の義腕を掲げてみせる。それから全身ホロを投影するために外していた革手袋を装着し、手首の留め具を固定する。

すると、ほぼ同時に別室に続く扉が自動で開いた。

無骨な顔つきをした教団信者が立っている。炯はすぐに制圧に動こうとするが、宜野座は慌てずに信者のほうに向き直る。

「首尾は？」

「仁世を確保。安全な場所に隠します。そちらの首尾はどうです？」

信者の姿が掻き消え、髪を後ろに流して固めた生真面目そうな面《おもて》が現れる。

行動課特別捜査官――須郷徹平《すごうてっぺい》が正体を晒した。宜野座と同じくスーツを着用。行動課に服装規定はないが――狡噛なんて動きやすいラフな私服ばかりだ――宜野座や須郷は刑事課時代とほぼ同じスーツを選んでいる。そのほうが身体に馴染んでいるからだ。

「通信妨害の装置を破壊しておいた。もうすぐ公安局の強制捜査も始まる」

目線を送ってくる須郷に、宜野座は頷き返す。潜入していた公安局の刑事たちが大立ち回りを演じてくれたおかげで施設内の監視が緩み、破壊工作を行う隙が生じた。

有線でもドミネーターが使えないことはないが、どうしても動きが制限される。強制捜査を実行するなら徹底的にやる必要がある。宜野座はもう刑事課の執行官ではない。必ずしも古巣の公安局による捜査のお膳立てをしなくてもいい。

だが、結果的とはいえ公安局側の潜入捜査の露見を阻止できず、さらに一般人である炯の妻にまで危害が及ぶ事態を招いてしまった。その借りは返すべきだ。

「おい、どういうことだ！」

無論、事態に翻弄される側になってしまった炯からすれば、自分たち行動課の動きは訳の分からないものに見えるだろう。

「お前と同じ、捜査だ」

しかし、職務上、それ以上のことは明かせない。行動課も仁世の身柄の確保を狙い、教団に捜査官を潜入させた。だが、その目的は公安局刑事課とは、やや異なる。

国内事案と国際事案は概念上の分類とは違い、現実には今回の事案のように双方が絡み合ってしまうこともある。外務省行動課は、〈シビュラシステム〉が統治する世界の外側を主な活動フィールドにしている。だが、システムが認識できない「外」という概念は必ずしも海外のみに当て嵌まるわけではない。

シビュラ社会の内側にあってもなお、システムが認識し得ない「外」——あるいは盲点と呼ぶべき領域、あるいは存在を、外務省行動課は追っている。

〈ヘブンズリープ〉教団は、その内と外を繋ぐ結節点になっている。

公安局側がどこまで事情に通じているのかは分からない。しかし、黙考する炯は大まかな状況を即座に察したようだった。彼ら公安局刑事課と自分たち外務省行動課はスタート地点が大きく違う。だが、慎導灼と炯・ミハイル・イグナトフ——彼らが率いる新たな刑事課一係は、極めて短い期間で真実に辿り着こうとしている。新たなる猟犬の群れは、旧き猟犬の群れに肉薄しようとしている。

「……妻が監禁されている。場所を知らないか？」

烱が沈黙のすえ、宜野座に尋ねた。恥を承知で助けを乞う、というふうだ。監視官としての職務を遂行するなら、その質問をするべきではない。強制捜査が目前であるなら教祖代行トーリの逃亡や証拠隠滅の阻止を優先すべきだ。

宜野座は答えを口にする前に、烱に手を貸し、立ち上がるのを手伝ってやる。度重なる拷問と戦闘で激しく消耗しているが、この若き監視官が立ち止まる気配は微塵もない。

「教祖代行の執務室に隠し通路がある。おそらく……」

そして宜野座は烱の妻――舞子の居場所についての情報を提供する。

烱の選択を、宜野座は尊重する。教祖代行は彼女こそが監視官のアキレス腱になると踏み、自分の手元に置こうとしている。

「恩に着る……！」

宜野座の答えを聞いた途端、僅かに前屈《まえかが》みになっていた烱の背筋が伸びた。身体に太く揺るがぬ芯が取り戻されたかのようだった。小さく会釈をすると踵を返して走り出す。まったく現金な奴《やつ》だった。聞きたいことが聞けた途端、一目散に飛び出してゆく。猟犬というには、この異国からやってきた監視官は野性の気質が強過ぎる。

「おい」

そう呼びかけ、足を止めた炯に向かって、宜野座は電磁警棒を無造作に放り投げる。

警棒を受け取った炯は、その手の重みを僅かに見下ろすと、今度こそ脇目も振らずに走り去っていく。いくら凶器のような肉体をしているとはいえ、人質奪還に丸腰で挑ませるべきではない。

「……いいんですか？　教祖代行を任せて」

宜野座と炯のやり取りを黙って聞いていた須郷が、ボソリと尋ねてきた。

「大丈夫だろう」

短い言葉で返事をする。間に合うかもしれないなら、間に合うように手伝ってやったほうがいい。

刑事が私情と責務の間で揺れるとき、時に後者を選ぶことを宜野座は否定できない。私情に振り回されて人生を棒に振った刑事もいる。しかし、責務に殉じた刑事もまた順風満帆な人生を送れたわけではない。むしろ、真逆の人生を歩んだと言ってもいい。

そして宜野座もまた、最後の最後で私情に走ってしまった刑事の父親がいたから、そこで失うはずだった命を長らえた。そして今もここにいる。昔、事件の捜査で、そういうことがあった。遠い過去になってゆく記憶。

それでも、あのときの感覚を思い出そうとすると、痛みを感じないはずの鋼鉄の義手に幻の痛みが生じる。その痛みこそが宜野座にとって生きていることのあかしだった。生きることの意味を示そうとする指針に他ならなかった。

58

都知事専用の公用車が夜の新首都高速を走行している。

路面を雨が濡らしているが、完全自動操縦の車は危なげなく目的地へ向かっている。

その後部座席に小宮カリナは、第一秘書のオワニーと並んで座っている。

運転席と区切られた後部座席はやや細長い半円状にシートが配置され、動く会議室としても機能するしろものだ。都内の信仰特区PR会場へ向かう間も、カリナは都知事としての公務や会議に追われている。

会場には、主催者である厚生省文化局の強い要請を受け、遠隔ホロではなく、カリナ本人が出向くことになっている。自爆テロに怖気《おじけ》づいた都知事は出席しないのではないか、と報道チャンネルが憶測を流したり、出席を取りやめるべきだという意見も身内で出たりしていたが、カリナは自身を後援する肯定党の期待に応えるほうを選んだ。

彼らにとって、アイドル出身のカリナは御しやすい駒のひとつに過ぎない。しかし複雑化する盤面において、ゲームのプレイヤーは必ずしも自分の思った通りに駒を動かせず、その駒が持つ力ゆえに必然の一手を選ぶようになる。プレイヤーではなく、駒がプレイヤーに選択をさせるのだ。同じようにカリナも動かされるだけの駒で終わるつもりはない。そのために着実に支持基盤を固めていく必要がある。

日本人と入国者の関係は、今、かつてなく緊迫している。だからこそ、信仰特区法案の成立によって、都知事と東京都行政府が入国者政策に関与できる道筋を切り拓《ひら》くのだ。

そのために、カリナは必要な根回しを続けている。新人政治家であるカリナであっても途方もない時間がかかることは理解できている。時計の針は、人間がどれだけ焦ったところで速く時を刻んだりはしない。何かを達成するためには、相応の時間と労力を費やすしかないのだ。それこそが遠回りのようで、最も近い成功への道だった。

そして次の会場に到着するまで、ようやく少し休憩時間が取れたと思ったら、カリナのタブレットに着信が入った。公務用のアカウントではない。限られた人間にしか教えていないプライベートのアカウントに呼び出しが入っている。

「あら？」

誰かと思ったら、公安局の刑事だ。慎導灼。都知事選の後、臨海公園で会ったときに番号を教えてあげたのに、これまで一度もかけてこなかった。それなのに、着信履歴を見てみると短時間に物凄い数の着信が入っている。うっかりすると検閲ＡＩにストーカー認定され、ブロックされるレベルだ。

この急な心変わりは何だろう? カリナは灼からの呼び出しに応じる。

『――都知事! やっと繋がった!』

通話が始まった途端、灼が挨拶もなく切り出した。ひどく切迫した口調だ。

「刑事さん……、すごい剣幕ね」

いつになく焦っている。それだけで何か大変なことが起きていることが分かる。大変なこと――都知事選の終盤、彼の警告通り、ギガアリーナでの討論会で襲撃が起きた。

『例の爆弾テロ。……次の標的はあなただ』

案の定、今度は都知事が狙われるのだ、と灼は警告する。カリナは無意識に眉間に皺を寄せる。しかし今回、カリナが向かう先は中央省庁の関連施設であり、警備も厳重だった。招待客のセキュリティ管理も行き届いており、テロリストが紛れ込む隙もない。それとも、厚生省や入国管理局にテロリストが浸透しているのか。だが、そうなったら行政府のトップに立つカリナは、自らに関わる人間すべてを疑うしかなくなってしまう。世論への影響力は絶大だが、新人ゆえに政治の世界においては、利害が対立する敵のほうが多い。真に頼れる相手は少ない。心から信じられる味方は僅かしかいない。

「分かってるなら、犯人を逮捕して……!」

慎導灼は、その数少ない味方の一人だ。少なくとも、カリナはそう思っている。だから素の態度で彼に接する。灼は相手に危ないと警告して終わりという性格ではない。

『そこは信仰特区PRのイベント会場ですか？』

灼が矢継ぎ早に質問してくる。カリナは今どのあたりにいるのか、車の窓越しに外を見る。夜の首都高を走っている。飛んでゆく雨粒。煌めくヘッドライト。水中のクラゲのように揺らめく都市の景観ホロ――

「向かってる最中です！」

カリナの代わりに、横で事務作業をしていたオワニーが割り込んだ。これ以上はカリナと灼が会話をすること自体お断り、という態度。確かに都知事と公安局監視官のスキャンダルは、時勢柄、よろしくない。

『位置情報を確認。引き返してください』

やがて、自分から質問しておいて、灼はカリナの居場所を突き止める。おそらく通話中に逆探知を行っているのだ。油断も隙もない。しかもイベント出席を取りやめるように要請してくる。いや、その強い口調からして絶対に出席するな、と警告している。

「無理です。ただでさえ事件のせいで入国者への風当たりが強くなっているのに、中止になどできません」

小宮カリナを支持する肯定党の計画を、政治家の一存で変えられない。まだ、それが可能であるほどに権力構造をひっくり返すことはできていない。

『命よりも大事ですか、それ！』

灼がいっそう激しい口調で言った。本当に、普段の彼らしくない。単に切迫している以上のストレスが彼の心をがんじがらめにしている。そんな心理感覚をカリナは読み取る。為すべきこと。やるべきこと。それがあまりにも山積みになって藻掻《もが》いている。けれど、それは自分も同じだ。彼が公安局の監視官であるように、自分は東京都の都知事なのだ。そして、為すべきことを為すために、今は権力への階段を登り続けなければならない。たとえその先に脅威が待ち構えているとしても、それを恐れて尻尾を巻いて逃げ出してしまえば、小宮カリナは政治という勝負において敗北する。

そんなことは許されない。

「私は都知事です。私にしかできない役目があるの」

カリナは凛然《りんぜん》と言い放った。引く気はない。逃げる気はない。政治家となる道を選んだそのときから、小宮カリナは退路というものを断ってここにいる。

『……このっ、分からず屋！』

だが、そんなカリナの覚悟をすっかり理解しているからこそ認められないと言わんばかりに、灼が怒りの声を発した。ほとんど子供みたいな罵倒だ。

「なっ……！」

信じられない。こいつ。この男。あまりに想定外の反応に、カリナは二の句が継げなくなってしまう。

『いいですか、それなら……』

一方、灼は話が通じないなら別の手段に打って出ると言わんばかりだ。いいだろう。受けて立つ。拳を掲げたなら、拳で応えてやる。真っ向勝負だ。

『……キャッチです。ちょっと待ってて』

そう思った矢先、急に灼がいつも通りの冷静な口調になる。

「あなた、なにそ――」

れ、と言い返そうとしたところで、通話が切れた。勝手に保留にされたのだ。

カリナは唖然となる。こんな仕打ち、生まれてから一度もされたことがない。


「今の……、都知事ですよね……？」

「待ってて……って友達かよ」

ボソリと雛河が呟くと、隣の入江も呆れたように灼を見やる。公安局のヘリは現在、市内上空を飛行しており、間もなく都知事の車両を捉えようとしている。

灼はテロ襲撃を警告していた都知事との通話を、別の緊急通信が入ったので一方的に保留にした。天下の都知事を相手に傍若無人の振る舞いと言っていい。

『――監視官。ようやくよ』

だが、そうなるのも無理はない。霜月から通信が入ったのだ。一係の他の刑事に聞こえるよう通信内容が共有される。彼女は現在、二係・三係の捜査人員を率いて、〈ヘブンズリープ〉教団施設への強制捜査に赴いている。現場を退いた彼女が陣頭指揮を執るのは珍しい。それだけ公安局の上層部も事態を重く見ている。

「強制捜査！」

『ええ。私は二係と一緒に〈ヘブンズリープ〉の施設に向かう。あなたは都知事を』

灼が待望の報せ《しら》に声を上げる。大量の刑事ドローンを率いた刑事課の車列が教団施設の目前にまで迫っている様子が映像で共有される。マスコミ各社にもいっさい、情報を漏らしていない。電撃的な奇襲だ。

「了解。敵は重武装の可能性が高いので、お気をつけて！」

それでも盤石《ばんじやく》の布陣とは言い難い。刑事課は警察的な組織であって、武力の行使を主体とする軍事組織ではないからだ。久利須の隠れ家で雛河たちが襲われたように、犯行グループは軍事的な作戦行動を可能にする戦力を保有している。

軍事戦力との接触——現一係で最古参の執行官となった雛河でも、それほどの脅威と接敵した経験は、過去に東南アジア連合ＳＥＡＵｎの〈シャンバラフロート〉で窮地に陥った監視官の常守の救援に一係の面々と向かった他、数度の経験しかない。

『誰に向かってそんな口きいてるの！』

経験値という点では同じような霜月だが、彼女が敵を恐れる様子はない。その脅威を警戒しながらも、正面から突撃するしかないのだと覚悟を決めている。

そうだ。やるしかない。雛河は対スナイパー用に使用が許可された強襲用ドミネーターの整備作業を進める。射手は入江が務める。雛河は火器管制プログラムを調整する。土壇場で動作ミスが起きたら終わりだ。そんな窮地に仲間を追い込みたくない。雛河は限られた時間を目いっぱいに使って自分の仕事を成し遂げる。

一方、灼は霜月との通信を終え、保留していたカリナとの通話に戻っている。

『分からず屋ですみませんね』

通信の共有設定が切れていないのか、二人の会話が雛河や入江にも聞こえている。当然だが、都知事はご立腹だ。しかしどこか……友達に拗《す》ねているかのような態度だ。

「なんの話ですか、もう」

灼のほうは、すっかり元の調子を取り戻したのか、とぼけたように首を傾げてみせる。

『この……！』

画面は見えないが、都知事が言葉に詰まっている様子が目に浮かぶ。すっかり灼の調子に振り回されている。

不思議だ。本当に、不思議な刑事《ひと》だ――特A級メンタリスト・スキルを持ち、他人の心理を読むことに長《た》けているはずなのに、灼は他人の心理を読んで気に入られようとする振る舞いをすることがほとんどない。むしろ、自由奔放極まりない。それなのに、彼と関わりを持った人間たちは、むしろ、その素の自分を彼に見せるようになる。

相手の心に自然と寄り添ってしまうような灼の在り方に——気づいたら心を惹《ひ》かれてしまっている。それは雛河とて例外ではない。

「とにかく、それならプランBです」

灼が次なる作戦を立案した。

雛河も入江も、小宮カリナも——気づくと、彼の言葉に耳を傾けている。

59

教祖代行執務室のデスクを操作し、トーリは機密データを処分していく。

投影されたインターフェース画面に、データ削除の進捗《しんちょく》状況が表示されている。〈プログラム〉の物理カルテも焼却済み。強制捜査までにはすべての作業が済むだろう。

トーリはすでに脱出の算段を整えている。コングレスマンたる母——裁園寺莢子の手配によって教団施設からの逃亡、国外への離脱ルートを手配している。

久利須が都知事を巻き込んで自爆するとき、すでにトーリ・アッシェンバッハという人間は、シビュラ社会から消え去っている。

そもそも、今の身分とて本物ではない。その都度、都合のいい身分を奪って生きてきた。コングレスマンもインスペクターも、シビュラの盲点であるということは、すなわち死者の名を騙《かた》る亡霊のようなものに過ぎない。

　あらゆる社会的身分は、己の自由を縛る鎖だ。しかし、多くの人間はこの鎖こそを愛や絆《きずな》と呼び、自らの魂を縛りつけられることを望む。

　たとえば、オブライエン親子の血の絆は、トーリが想像していたよりも強かった。久利須は血に縛られている。だからこそ、理不尽な不幸に直面してもなお、息子のために復讐し続けることを止められなかった。その異常なまでの執着をトーリはついぞ理解できなかった。どうして人は破滅すると分かっていながら愛という縛りから逃れられないのだろう。人間による人間への執着。そこにトーリはおぞましささえ覚える。

　すでに久利須と連絡を取るすべはない。彼とやり取りをしていた通信端末も処分してある。代わりに逃亡時に使用する新たな端末を用意した。完全な新品だった。トーリはこれからの自分の行動に必要な相手の番号を記憶している。それを入力する。

　すでに施設の電波遮断機能が無効化されている。外務省行動課の潜入捜査官がやったのだろう。だが、今となってはそのほうが事を進めやすい。

　数度のコールのすえ、相手が通話に応じる。

「ファースト」

『……新しい端末からの番号かこりゃ？　俺、基本的に非通知は拒否だよ拒否』

梓澤も、このタイミングでトーリがかけてくると分かっていたのだろう。呆《あき》れた口調で応対してくるが、会話そのものは拒否していない。

「手伝ってくれ。なぜか母さんと連絡がつかないんだ」

そして、あらかじめ決めていた通りの質問を口にする。

あれほど密に連絡を取り合っていた母からの連絡が途絶えている。リレーションが佳境に入っているのか、それとも彼女自身も何らかの対応に追われているのか。

『そりゃねえ……。強制捜査は大きな失点だ。いくら〈ビフロスト〉のコングレスマンでも、できないことだってある。裁園寺さんも自分の身を守らなきゃいけない』

梓澤は嘲笑《ちょうしょう》を含んだ口調で答える。コングレスマンの庇護を失うことは、インスペクターであるトーリにとって大きな痛手になる。強制捜査が始まったこのタイミングで、トーリは窮地に追い詰められたと言っていいだろう。

『君の不始末のカバーに俺が動いてるの。そのために、裁園寺さんから君のカードをもらってる』

「聞いてないぞ……」

なるほど、やはり母は自らの失点回避のために奔走しているのだ。相変わらず梓澤は第一《ファースト》カバーに動いている。梓澤も〈ビフロスト〉のゲームに貢献してポイントを稼ぎつつ、コングレスマンに貸しを作ることができる。願ってもない機会だろう。

『上手く切り抜けろ。君が宗教家として自分とシビュラを信じ抜けたなら、君のサイコパスはクリアなままだ……』

そう言い終えると、梓澤は満足したかのように通話を切る。

元からトーリの話を聞くつもりはなかったと言わんばかりだ。

「あいつ……」

直接顔を合わせたときとまったく印象が変わらない。露悪的で慇懃《いんぎん》無礼な性格。梓澤にとってコングレスマンしか眼中になく、下位のインスペクターは付属品程度に過ぎないと思っているのだろう。実際、その通りだ。息子は母親の付属品でしかない。その身から産み出されて以来、トーリは本当に自由であったことは一度もない。

結局、最後まで母の呪いから解かれることはなかった。教団も彼女の欲望に呑み込まれてしまった。公安局の強制捜査によって〈ヘブンズリープ〉は解体される。

そう思うと……無性にやるせない気分になってくる。自分の人生のすべてが徒労に過ぎないと突きつけられた気分だ。神が母に犯されてゆくようだった。

その絶望に、トーリは暗い顔で項垂《うなだ》れる。自分は何もかもを失う。最初から分かっていたことだ。ただひとつ母が誤算を犯したのは、己の息子がただ透明であることを望んでいるわけではないことに気づかなかったことだ。母がもし我が身可愛《かわい》さで息子さえも切り捨てるとしたら、それは何より、トーリが望んでいた機会の到来を意味する。

ゆえに、トーリはもう一人、接触すべき相手を呼び出す。

「サード・インスペクターのトーリ・アッシェンバッハです」

『ようやく決心がついたかね』

老賢者の如き静かな知性を帯びた声が、この社会の盲点たる暗黒から返ってくる。

「ええ。僕はコングレスマンになる」

組むべき相手は決まった。覚悟も定まった。虹の橋を渡る決意を固めた。

「――でも、それは母さんが決めた席じゃない」

裁園寺の席を、もはやトーリは望まない。

そう告げるなり通話を切った。それだけで契約は完了した。

間もなく、出立のための最後の準備を整えるため、ドクターの二瓶が車椅子に女性を乗せて執務室に入ってきた。

舞子・マイヤ・ストロンスカヤ。

彼女は薬によって眠らされている。もう間もなく、彼女は意識を取り戻すだろう。であれば、事は早く済まさなければならない。トーリはデスクから拳銃を取り出す。すでに薬室に銃弾は装塡《そうてん》され、撃鉄も起こされている。あとは引き金を引くだけ。

トーリはほとんど戦闘経験がない。殺人に相当する数多《あまた》の犯罪を母の手解《てほど》きによって経験させられてきたことがあるくらいだ。しかし、これだけ距離が近ければ、赤ん坊でもない限り標的は外さない。そしてトーリはもう無力な赤ん坊ではない。

舞子を連れてきたことで用済みになった二瓶を、トーリは手にした拳銃で射殺する。

速やかに一撃で。弾丸は無駄にしない。

そしてトーリは教祖代行の椅子から立ち、その席を退いた。

60

教団施設の正門前、数十人単位の信者たちが無言の抗議をするように、夜の雨に打たれながらも微動だにせず立っている。

彼らに向き合うように公安局の刑事ドローンが隊列を組んでいる。円筒形のドローンが赤い警告灯を点灯させている。その背後には黒スーツ姿の刑事たちが控えている。

その最後列、ＳＵＶ型の公安車両の横で、強制捜査の陣頭指揮を務める霜月が待機している。レイドジャケットを着用した臨戦態勢で腕を組み、仁王立ちしている。

「色相がクリアな信者たちで壁を作ってます」

勧告を無視し、立ち退く素振りを見せない信者に業を煮やし、現場の臨時副官を務める二係監視官、坂東《ばんどう》が険しい顔で霜月に報告する。

現在、正門前に陣取る教団信者たちは外部からのスキャンによって、危険物を身につけていないことが確認されている。人間爆弾が紛れ込んでいる様子はない。人間バリケードを作っている教団信者たちは色相的に問題がない。つまりシビュラ的に完全に善良な市民ということだ。公安局は社会の精神衛生を維持するための警察機構であり、強制捜査の断行によって市民の色相を侵害することは職務に反する。それが分かっているから、教団も色相がクリアな信者を選んだのだろう。

「露骨な時間稼ぎね。悪質な妨害と判断し、催涙弾の使用を許可します」

であれば、施設内に残っている信者ないしは教団幹部級は色相に問題を抱えていると判断すべきだ。早急に行動を開始すべきだと霜月は判断を下す。

バリケードを作っている信者たちを排除ではなく、保護する。そのような法解釈を適用する。すでに公安局刑事課は、〈ヘブンズリープ〉信者たちを何らかの犯罪に無自覚に関与させられている被害者であると認識している。

彼らが教団を守ろうとする意思が自発的なものであったとしても、いわば、それは集団規模のストックホルム症候群のようなものだ。犯罪者と長く行動を共にしているうちに親近感の錯誤が起きる。そして犯罪に利用される。一刻も早く彼らを教団から引き剝《は》がさなければならない。

霜月の命令を受諾し、刑事ドローンが一斉に催涙弾を発砲する。

途端、教団施設の正面入り口に煙が立ち込めた。降りしきる雨でも洗い流すことのできない濃い密度の煙に信者たちが呑まれていく。涙や咳を発し始める。小さな悲鳴も聞こえる。それでも彼らは逃亡せずにその場に踏み留まろうとする。

限界だ。殺傷能力はないとはいえ、催涙ガスを浴びてまったく無事というわけにはいかない。彼らが頑迷な抵抗を続け、致命的な色相悪化を迎える前に対処を断行する。

——総員、突入。

霜月の号令に合わせ、刑事ドローンの密集陣形《ファランクス》が前進を開始する。断続的に催涙弾を発砲し、無力化された信者たちを後に続く刑事たちが拘束、保護する。信者たちには速やかに防毒マスクが装着されていく。色相の急激な悪化が見られる場合は公安車両とともに待機している護送車両に誘導する。

徐々にバリケードが崩れていき、間もなく、刑事課の強制捜査の一団は、教団施設内に侵入する。刑事ドローンが四方に散り、各所で投降の呼びかけと催涙弾の投擲《とうてき》が行われる。施設内の信者たちは、外でバリケードを築いていた連中よりも忍耐力がない。

間もなく、教団施設の中心部である聖堂に刑事たちが到達する。

霜月は如月が報告した教団の違法な投薬実験の物証や、これに関与したと思しきドクター信者を拘束させていく。

突入以来、組織だった抵抗がまるでない。指揮系統が崩壊しているのか。そういえば電波暗室化しているとされた教団施設内でも問題なく通信が使えている。おかげで公安局側は連携を崩すことなく、速やかな制圧を実現している。

外務省行動課の潜入——何らかの破壊工作を行ったのだろうか。これが行動課なりの借りの返し方なのかは分からない。彼らもプロフェッショナルだ。単に迷惑をかけたという理由だけで善行を施すようなことはしない。

であれば、行動課もこの状況を利用し、目的を達成しようとしているのだろう。すべてを彼らに掻《か》っ攫《さら》われるわけにはいかない。この犯罪の被害がシビュラ社会において起きているのならば、この事件は公安局こそが解決しなければならない。

「——最優先でイグナトフ監視官を探して」

霜月は監視官デバイスで指示を飛ばす。

了解、と二係監視官から返答が戻ってくる。

霜月は、拘束され聖堂に集められていく教団信者たちを見やる。まだ、潜入していた炯と拉致された彼の妻、舞子は発見されていない。

それだけ彼らが教団の教祖代行と限りなく近いところにいる、という無言の証明でもある。強制捜査は順調に進行している。しかし霜月は、むしろ焦燥を募らせる。

自分の予測が正しければ今回の事件には、いまだ姿を現していない脅威が隠れ潜んでいるはずなのだ。陵駕を暗殺した狙撃手——その正体について公安局はいまだ何も情報を摑めていない。だが、それこそが警戒すべき敵の最大戦力である可能性が高い。

平和破壊者たる傭兵《ようへい》集団。それがたった一人であるとは限らない。

教団の沈黙は、むしろ、その凶悪な獣に怯《おび》えているようにすら感じられる。

その猛威に対抗するためには、炯・ミハイル・イグナトフという戦力を一刻も早く取り戻さなければならない。


教団施設の強制捜査が始まった。

聖堂から距離のある倉庫からでも、その混乱を感じ取れる。

行動課特別捜査官――須郷徹平は出荷寸前の状態で保管されている積荷のケースにデバイスを近づけ、荷物ごとにタグ付けされた出荷先のデータを収集する。

本来、教団の教祖である仁世は海外の紛争抑止のため、外務省に手を貸していた。

任意のタイミングで壊れ、またその所在地を遠隔で特定可能な仕組みを埋め込んだ密造武器は、無節操に闇市場に出回っているように見えるが、実際は外務省が海外の協力者を介して集計した統計データを元に、その出荷先を選んでいる。

紛争状態に均衡をもたらすことで、段階的な平和構築を成し遂げる。一朝一夕では実現せず、数年から十数年単位の時間経過を必要とする。とても気の長い話だ。しかし、森の木々は一夜にして火で燃やし尽くせるが、木々を森にするためには長い時間を費やさなければならない。破壊に対し、復興には途方もない時間と労力がかかる。

かつて兵士だった須郷は、そうした長期的な計画を立案する人間たちの視野を想像することも難しい。守るべき味方と倒すべき敵――そういった達成目標を切り分け明確化することで、兵士は物事をシンプルに判断し、任務を達成する。

現場の兵士と作戦を立案する将校は、単に階級が異なるというだけでなく、その性質そのものが異なる。だからこそ、どれだけ優秀な兵士が現場にいたとしても、これを指揮する将校が過ちを犯せば任務は失敗する。

過去、兵士だった頃の須郷はそのような経験をした。思い出したくもない過去だ。しかし、けっして忘れられない過去でもある。あんな失敗は二度と御免だ――そのとき味わった痛切な悔恨は、須郷の胸に抜けない楔《くさび》となって打ち込まれている。

「顧客データを確保。我々が把握していない名前がかなりあります」

須郷は収集した情報を、同じく教団に潜入していた行動課捜査官の宜野座に共有する。

密造パーツは、外務省が把握していない地域の独裁政権や武装ゲリラにも出荷されていた形跡がある。ちょうど外務省の思惑とは真逆に、紛争の激化・長期化をもたらそうとする目論見が働いていた、ということだ。

教祖代行のトーリが無節操に密造パーツの販路を拡大したというより、何者かの意志を汲んでいた、というほうが正しいだろう。

略奪経済の当事者たち。日本と海外紛争地帯の技術ギャップを利用し、巨大な利益を貪っていた連中こそが外務省行動課が追っている敵のひとつだった。

こうした死の商人たちは、開国政策に転換して以後の日本においても、〈シビュラシステム〉の監視網を逃れて暗躍している。彼らは銃で撃って殺せば片がつくような単純な敵ではない。だからこそ、外務省行動課のような捜査機関が対処に動いている。

「よし。公安局の強制捜査も始まった。そろそろ潮時だ」

宜野座が撤収の判断を下す。現在、須郷と宜野座の階級は同じだが、公安局時代は、宜野座のほうが先任だった。そもそも彼は執行官になる前は監視官を務めていた。そういう経緯もあるせいか……須郷は自然と宜野座の指示を仰ぐことのほうが多い。

前々から思っていたが、自分は現場肌なのだろう。それも末端の兵士として任務を遂行するほうが性に合っている。制限された状況で最大のパフォーマンスを発揮するように心身がチューンナップされている。それは兵士の気質と呼ぶべきかもしれないし、あるいは須郷自身の生来の気質かもしれない。

兵士であった頃、刑事であった頃、そして今の自分――そこに違いがあるとすれば、須郷は命じられた正しさに身を委ねるのではなく、自ら選んだ正しさに身を置くようになったということだ。だから今、こうして外務省行動課の捜査官として働いている。

兵士でも刑事でもなく、しかし兵士でもあり刑事でもある仕事を求められる場所で。

そして、須郷の兵士としての嗅覚が、脅威の襲来を察知する。

何かが空気を動かす気配がした。音ひとつなく。しかし、何かが明確に動いている。

それはちょうど狩りを行う直前の肉食獣のように。

須郷はすぐに立ち上がると同時に宜野座の身体を押し、貨物コンテナの陰に退避しようとする。その場に立っていたらやられる――その直感が、須郷たちを救った。

顔のすぐ間近を銃弾が通り抜けた。空気を切る音。殺意の音。ギリギリのところで避《よ》けた銃弾が積荷に命中し、ケースの外装がひしゃげる。

その間に、須郷と宜野座は貨物コンテナの陰に転がり込んでいる。

宜野座が右腕を掲げ、須郷に制止のサインを出す。慎重に様子を窺う。

「……また、あいつか」

そして、忌々《いまいま》しいものを見たように呟いた。

須郷は、その反応に襲来した敵の正体を察する。

ある傭兵集団の残党――〝パスファインダー〟と呼ばれる者たち。

しかも狙撃ではなく、自動小銃で中距離から仕掛けてきたということは――。

宜野座が一瞬、須郷を見返し、小さく頷いた。連携の確認。それだけで須郷は自らの役割を理解し、躊躇なく走り出した。

須郷はコンテナの陰から飛び出し、またすぐさま別のコンテナの陰へ駆け抜ける。

そこに浴びせかけられる苛烈な自動小銃の掃射。敵に姿を晒した時間は数秒もない。

だが、スーツの裾が千切れた。確実に追尾してくる。間違いない、奴だ。

須郷は、コンテナの上に立つ敵の姿を視認する。

細身の身体を包む野戦服、幽鬼のような白髪、無数の皺が刻まれた顔、柳のように揺れ、それでいて白刃のように鋭い気配をした老兵――ヴィクスンだ。

彼女はAK‐ALFAを油断なく構えて須郷を追跡、標的としてロックオンする。

その瞬間、須郷に気を取られているヴィクスンの背後に、別のルートから距離を詰めていた宜野座が飛び降りた。

着地――とほぼ同時に左の回し蹴りを放つ。完全なる奇襲。

だが、ヴィクスンは信じられない反射神経でこれを回避する。それどころか、身を屈めた至近距離から自動小銃を構え、宜野座の軸足に掃射しようとする。

蹴りを避けられた宜野座も左脚を地面に着けると同時に右の回し蹴りを放ち、発砲寸前の自動小銃を掬《すく》い上げて逸らし、一気に弾き飛ばす。AK‐ALFAが高く舞った。

早々に武器を手放したヴィクスンに宜野座が組みつこうとするが、それよりも一瞬早く、彼女は腰のナイフシースから二振りのタクティカルナイフを抜き放っている。

右手のナイフを横薙《よこな》ぎに振って首を刈ろうとするヴィクスンの斬撃を、宜野座は身を反らして避ける。だが、そこにヴィクスンは左手のナイフで突き込んでくる。速く、隙がない。人体急所を最短距離で狙ってくる。

止むなく宜野座は密着距離まで間合いを詰め、膝蹴りを放つ。

だが、ヴィクスンは超人的な反射神経でナイフを振った腕を即座に引き、あえて膝蹴りを受けて衝撃を受け流す。それでも組みつこうとする宜野座に鋭い頭突きを放つ。堪《たま》らず姿勢を崩した宜野座をヴィクスンは体捌《たいさば》きで投げ飛ばす。比類ない身体制御で身長と体格の差を完全に覆している。転倒した宜野座が斬撃を警戒し、咄嗟に身体を起こす瞬間に合わせ、死角から右の蹴りを顔面に放つ。宜野座は辛うじて義手の左腕で受け止めるが、ヴィクスンは細身の身体から考えられないほど強い蹴りを放っている。

完全には受け流せず、宜野座は蹴り起こされるように距離を取らざるを得ない。

相手の間合いを警戒しながら立ち上がるが、ヴィクスンはすでに体勢を立て直しており、両手にタクティカルナイフを構え、猛然と襲いかかろうとする。

その瞬間を、須郷は待っていた。劣勢と見せた宜野座が誘導したヴィクスンの位置からは死角となるコンテナの陰から飛び出すと、帯電状態の電磁警棒を振り抜いた。ヴィクスンの背中から左腕にかけて強烈な電撃が奔《はし》る。

筋肉が麻痺したヴィクスンは左手のナイフを取り落とすが、即座に右腕だけで切りかかってくる。須郷は電磁警棒で斬撃を受け止める。凄まじい衝撃に腕が痺れる。

須郷も近接戦闘はプロフェッショナルだが、次々に放たれるタクティカルナイフの一撃を受け流すのが精いっぱいだった。やがて距離を詰められ、組み合いになった途端、ヴィクスンに須郷は投げ打たれる。空間把握、呼吸の緩急、力の発揮が常人のものではない。

須郷は距離を取って体勢を整え、復帰した宜野座とともにヴィクスンと対峙《たいじ》する。

二対一。なのに、敵はまるで劣勢を感じさせない。お前たちなどこの程度で十分だと言わんばかりにいっそう鋭敏な殺意を発し、老兵がゆらりとタクティカルナイフを構える。

自動小銃が一挺《ちょう》、タクティカルナイフが一本。

この戦闘における損失だ。別に惜しくない。ヴィクスンにとって自らの身体そのものが最大の武器だ。加齢によって必然的に衰える肉体は、むしろ無駄な動きを削ぎ落とし、その瞬間その瞬間に自身の戦力としての最盛期を維持するように訓練を続けてきた。

そんな歴戦の傭兵であるヴィクスンからすれば、目の前の男たちの動きは無駄だらけだった。身長は高く、ぶ厚い筋肉の鎧《よろい》を纏っている。体力も耐久力もある。だが、それだけ動きも鈍くなる。俊敏さという点で、彼らはヴィクスンの足元にも及ばない。

ゆえに殺す。殺さなければならない。ヴィクスンは外務省行動課の抹殺を依頼されている。自らの願いと仕事の依頼が一致することは傭兵稼業では珍しく、この幸運を逃してはならない。ヴィクスンはナイフを構え直し、獲物を狩ろうと身体に力を込める。

その瞬間だ。

『——ヴィクスン。調子どうよ？』

いきなり、耳のインカムから呑気《のんき》な声が聞こえてきた。ファースト・インスペクター。梓澤廣一。今回の仕事の依頼人であり、襲撃の厳密な進行管理を行うタイムキーパー。

「邪魔するな」

『ここは終わりだ。逃げて逃げて』

「しかし……」

ヴィクスンは低く唸った。この男は、いつも最悪なタイミングで連絡を寄越す。選択の余地があるように見えるが、実質一択しかない状況を見計らい、誘導を図ってくる。

『俺の命令が聞けないの？　昔の一係へリベンジしたいんでしょ？　チャンスはすぐ作るよ』

だが、実際にこの男が警告を発したということは、この男の指示に従うことこそが、この場における最善の選択なのだ。人間は効率よく振る舞おうとするが、本当に効率よく動き、正しい判断を下せる人間は少ない。そして梓澤廣一は、そのようにその場その場で最も正しい行動を取る。憎たらしい男だ。しかし、その判断に誤りはない。

「……了解」

ヴィクスンは踵を返し、撤退する。行動課の捜査官たちの顔を脳裏に焼きつけておく。

殺すべき標的。復讐の敵。自分《ヴィクスン》か相棒《ジャックドー》――どちらかが次は必ず仕留める。

「待て！」

走り出すヴィクスンの背中を、行動課の捜査官が追ってくる。本当に待っているべきなのはお前たちだ。お前たちの命が終わる瞬間を待っていろ。

ヴィクスンはコンテナから飛び降りざまに、離脱用のスタングレネードのピンを抜いてばら撒《ま》いた。ちょうど彼らが着地した瞬間、強烈な光と音が炸裂する。

そのときには、すでにヴィクスンは作戦現場を離脱している。

いっさいの痕跡を残さず、跡形もなく消えている。

61

信仰特区構想の会合が行われる港区麻布《あざぶ》の高層ビルには、新首都高と連絡する専用高架道路と接続された立体駐車場が併設されている。

そこから北東に約八〇〇メートルの位置に、かつては東京タワーと呼ばれ首都の象徴とされた旧時代の電波塔がある。すでに放棄されて久しく、朱色に塗られた鉄骨は錆《さび》に侵され黒ずんでいる。塔の中腹に備えつけられ、老朽化により立ち入りが禁止された展望台の上部に、ジャックドーは狙撃姿勢で待機している。

望遠スコープ越しに、八〇〇メートル先の立体駐車場を監視するジャックドーの眼はほとんど瞬《まばた》きしない。呼吸も最小限に留《とど》め、視界のブレを極限まで減らしている。

間もなく、立体駐車場に都知事を乗せた公用車が到着した。

ジャックドーは、防弾仕様の車両でも完全に防御できない箇所——タイヤを狙う。僅かに露出しているタイヤのゴム部分を撃ち抜くのは、八〇〇メートルの遠距離からでは文字通り、針の穴を狙うようなものだ。

しかし、歴戦の狙撃手であるジャックドーは狙いを過たない。

公用車が立体駐車場の通路を進む。望遠スコープのクロスサイトにタイヤが重なった瞬間、ジャックドーは静かにその引き金を絞っている。

狙撃の瞬間、強烈なマズルフラッシュが瞬いた。

マズルブレーキを使用していても殺し切れない強い反動がジャックドーの身を震わせる。いつ撃っても……心地よい瞬間だ。狙った獲物は絶対に外さないジャックドーにとって銃を撃ったという感触は、獲物を撃った手応えそのものでもある。

弾丸は左側の前輪に命中した。低速であっても、車は大きな質量物体だから、その運動エネルギーを殺し切れず、破壊された前輪を軸にして大きくスピンする。

通路を二転、三転とする間、ジャックドーは追撃を浴びせる。構えている対物狙撃銃はセミオートマチックで連射速度に優れている。瞬く間に一発、また一発とタイヤを撃ち抜いていき、公用車は完全に停止する頃には、まったく動けなくなっている。

間もなく、公用車から乗客が出てくる。都知事が入国者の秘書を伴っている。

彼女たちの抹殺はジャックドーの仕事ではない。

公用車から少し離れた位置に、食品輸送用の冷凍トラックが停まっている。その物陰からゆらりと男が姿を現した。幽霊のような……そうとしか表現のしようがない病み衰えた姿は腹だけが異様に膨らんでいる。そこに高性能爆弾が埋め込まれている。

異様な風体の男が通路に現れ、避難しようとする都知事と秘書の前に立ち塞がる。

だが、秘書の女が都知事を庇うように一歩前に出た。銃らしきものを構え、おもむろに久利須を照準する。

おかしい。ジャックドーは違和感を覚えるや否や、秘書の得物を確認する。

見覚えがある。公安局の執行兵器――ドミネーター。

ジャックドーが珍しく瞠目している間にも、望遠スコープ越しに見える秘書の姿が解け、黒いスーツ姿の男に変わってゆく。執行官だ。

公安局に待ち伏せされた。ジャックドーは、即座に状況を把握し、再び狙撃体勢に入ろうとする。その瞬間、眩《まばゆ》い光とともに轟音を発し、大型ヘリがジャックドーのすぐ上空を横切った。

公安局のヘリ――その展開した機体側面から槍のような長大な銃身が覗いている。その照準は、まっすぐにジャックドーを狙っている。

全身ホロを使って都知事に成り代わり、久利須を誘《おび》き出す。同時に攻撃が予測される敵の狙撃手に機動力のある公安局のヘリで対処する――灼の提案したBプランで入江は対抗狙撃を担う。

ヘリ側面の搭乗口が展開され、ガンシップのように強襲用ドミネーターの銃身が外に伸びている。激しい風と雨が吹き込んでくるおかげで、ビシッとセットした髪がぐしゃぐしゃになっている。だが、その甲斐はあった。

「狙撃手を発見！　こっちは任せろ！」

入江はインカムで灼に報告。捉えた敵から眼を離さない。

強襲用ドミネーターとのリンクによって、入江の視界は電子的な補正が行われている。眼下、東京タワーの展望台上部に、防水シートでカムフラージュを施した狙撃手の姿を捉えている。狙撃手は即座にヘリの接近に反応し、その身を起こしている。野戦服を身に纏った男だ。肌の色が濃い。おそらく海外出身の傭兵だろう。

初めて見る顔だ。しかし、確信がある。間違いねえ。久利須の拠点を襲撃した狙撃手。陵駕の婆《ばあ》さんを殺し、天馬を撃ったクソ野郎。見つけたぜ。逃がすかよ、この野郎。

入江は強襲用ドミネーターで狙撃手を照準する。こいつの所業からして犯罪係数は確実にオーバー三〇〇に達している。一発レッドカードで退場だ。強襲用ドミネーターによる物体解析により、その腕に構えている銃器が対物狙撃銃だと警告される。禁制品どころじゃない。廃棄区画のヤクザでも売り捌いたりしない強力な火器だ。ふざけてる。この傭兵は東京のど真ん中で戦争でも始めるつもりか？

一刻も早く排除しなければならない。灼はドミネーターによる問答無用の執行を必ずしも望んでいない。だが、この狙撃手はこれまで入江たちが相手にしてきた犯罪者連中とは根本的に性質が異なる。法や正義というものから背を向けて生きており、殺しを生業《なり》業《わい》にすることを何ら躊躇《ためら》わない。本物の殺し屋ってヤツだ。こういう手合いと対峙したとき、殺すか殺されるか——その二択しか存在しない。

狙撃手の対処も素早い。対物狙撃銃を構え直すと、立射《りっしゃ》の姿勢で公安局のヘリに向かって発砲してくる。凄まじい連射だ。貫通こそしないがヘリの装甲がひしゃげ、火花が散る。衝撃でヘリの安定性が失われる。

ヘリの自動操縦システムが墜落を回避するため、高度を急上昇させた。入江は強襲用ドミネーターを摑んだまま、機体から振り落とされないように足を突っ張って持ちこたえる。畜生、何て野郎だ。対物狙撃銃で撃たれれば身体が吹っ飛ぶ。そうでなくても、ヘリが撃墜されたらお終《しま》いだ。入江に逃げ場はない。肝が冷える。

だが、そんな肉体の恐怖を捻《ね》じ伏せるほどに、頭は熱くなっている。喧嘩《けんか》の前のようにアドレナリンが出まくっている。

ヘリが機体制御を取り戻すと同時に、入江は再び強襲用ドミネーターで狙撃手を捉え、今度こそ執行しようとする。

だが、狙撃手が立っていたはずの展望台上部に濃いスモークが焚《た》かれ、視界が阻害されている。すでに狙撃手は姿を完全に消している。

62

教団の警備がたちどころに緩んだ。

というより、ほとんど機能していない。

行動課の捜査官、宜野座が言っていた通りだった。公安局による教団施設への強制捜査が行われている。ということは、脱出させた如月は無事に保護されたのだろう。強制捜査には一係も同行しているのか。灼は、執行官たちは――状況を把握しようにも、ギガアリーナのときと違って監視官デバイスはない。連絡手段は断たれている。

教団側の抵抗がない。すなわち、トーリは教団そのものを破棄しようとしている。このまま奴を逃がせば、誰にも辿り着けない深淵《しんえん》というべき領域へ行方を晦《くら》ますだろう。許されない罪を犯しながら、裁かれることのない罪人――〈ビフロスト〉――そのような者たちが存在する場所がマトモであるはずがない。怪物たちの住処《すみか》に舞子が連れて行かれようとしている。絶対に阻止し、奪還しなければならない。

　刑事ドローンが放つ催涙弾を逃れ、施設の深部へと逃れようとする信者たちの波を掻き分けて、炯は教祖代行の執務室へ向かう。

　宜野座は教祖代行の執務室に隠し通路があると言っていた。強制捜査によって教団施設の正門や物資搬入口は封鎖されている。であれば、人知れず外へ逃れるために、そこをトーリは必ず利用する。

　扉を蹴破るようにして飛び込んだ。油断なく電磁警棒を構える。

　だが、室内で誰かが動く気配はない。机の傍に男が一人倒れている。白衣を着たドクターの信者、二瓶だ。首元に指先で触れる。すでに脈はない。胸部を銃弾が貫通し、完全に絶命している。まだ殺されてから時間は経ってない。トーリの犯行だ。逃亡のため、自分に近しい人間の痕跡を完全に消していく徹底したやり口。

　そして、二瓶の死体のすぐ傍に横倒しになっている医療用の車椅子を見つける。見覚えがある。尋問部屋に連れてこられた舞子が座らされていた車椅子だ。

　途端に息が詰まった。氷を流し込まれたかのように心臓がぎゅっと縮まる。だが、二瓶以外の誰かが撃たれた形跡はない。大丈夫だ。まだ、舞子は殺されていない。

　デスクの背後、壁の一部が後退し、地下へと続く隠し階段が覗いている。奥の様子を窺おうと炯が目を細めたとき、階段に落ちた白い包帯を見つける。

見間違えるはずがない。舞子が巻いていた包帯だ。

連れて行かれた。トーリは舞子を人質に取り、教団施設から逃亡を図っている。

「舞子……！」

まだ、殺されていない。だが、いつまでも無事とは限らない。腹心の部下を躊躇なく殺すような人間だ。逃亡の障害になれば、いつ人質を切り捨てるか分かったものではない。殺人を躊躇《ためら》わない。色相の悪化を考慮しない。シビュラ社会において犯罪を犯した人間の末路。だが、トーリはより根本的な部分で犯罪を実行することに躊躇いがない。善悪の区別がついていない……というより、犯罪が犯罪であることを理解しないまま育ってしまった歪《いびつ》な子供のようだった。

そのような人間に、炯が身を置く正義のルールは通用しない。やるなら、徹底的にやるしかない。躊躇を捨てて挑むしかない。炯のなかで何かのスイッチが切り替わっていく。炯は刑事の思考から兵士の思考へ埋没していく。

炯は速やかに階段を駆け下りる。足音は最小限に、その速度は最大限に。

暗闇のトンネルへ躊躇なく飛び込んでいく。

一寸先の光さえも見通せない暗闇の只中《ただなか》にあっても、狩るべき者の痕跡を炯は捉えている。冷たい殺意を研ぎ澄ませ、炯は逃亡者を追跡する。

暗黒の通路を祭服を纏ったトーリは進んでいる。手にした拳銃を人質に突きつけている。両手を結束バンドで固定された舞子は彼のすぐ後をついてくる。目の見えない人質だが、トーリは彼女に配慮をするつもりはない。転びそうになったら乱暴に進行方向を修正させる。殺さずに連れているのは……ひとえに保険のためだ。脱出手段の到達までに公安局の刑事、もしくは外務省の捜査官と遭遇したとき、彼らの動きを少しでも鈍らせるために人質を使い捨てる。

利用すべきものを利用する。そして利用できなくなれば捨ててしまえばいい。シビュラ社会に生きながら、そのシステムが定めるルールの外で生きてきたトーリは、そのように生きることが最も正しいと教えられてきた。その通りに生きてきた。

地上を分断する海水面浸食の影響は地下にも及んでおり、使用不能に追い込まれた旧時代の下水処理システムの多くは廃棄されたままになっている。

地上に住む人間たちには存在さえも忘れさられた暗渠《あんきょ》こそが、トーリが母である裁園寺に指定された逃亡ルートだった。とはいえ、リレーションブロックの急激な増大によってゲームの親である彼女も追い詰められ、その対処に追われている。

闘争に没頭する余り、母は破滅へと向かっている。

彼女の敗北は近い。しかし、自分は勝利を掴む。

もうすぐ自由と心の平穏が手に入る。サイコパスを至上とするシビュラ社会にあって、誰もが当たり前に享受しているものを渇望するというのも皮肉な話だ。トーリはシステムに管理された社会の空白を生きてきた。それゆえに、初めて〈シビュラシステム〉に触れたとき、自由への活路を見出した。

〈ヘブンズリープ〉に入信して間もなく、一時ではあるがコングレスマンである母からの干渉が途絶えた時期があった。教祖の仁世と手を組んでいた外務省を警戒したのかもしれない。いずれにせよ、そのときトーリは自らの濁り果てた色相を初めて見た。

暗黒に近い紫《マルベリーパープル》――色相の基準に照らし合わせれば、トーリの色相は重篤な潜在犯として隔離されてしかるべきものだった。

それも当然だろう。トーリが母とともに歩んできた人生は、まったく普通ではなかったからだ。その稀《まれ》に見るような悪化した色相を、教祖の仁世や教団の信者たちは憐《あわ》れんだ。不治の病に罹《かか》ったに等しいトーリに対し、その魂に寄り添うことを彼らは選んだ。その在り様は端的に言って不気味だった。それでもトーリは教団に浸透するという命令を与えられていたから、彼らに積極的に溶け込んでいった。

そして奇跡が起きた。あるとき、改善の兆候ひとつ見られなかったトーリの色相がクリアカラーになったのだ。白光のごときクリアな色相。その急激な変化に教祖を含め、みな当惑を禁じ得なかったが、当人たるトーリにとっては神の恩寵としか思えなかった。

そのときトーリは確信した。ひとはシビュラと交わることでその魂の在り様を変えることができるのだ。望むべくもなかった自由の獲得。シビュラという神、その福音をもたらす教団への熱烈な信仰——トーリは教祖代行となり、教団の信者全員が自分と同じクリアカラーを獲得できる方法を夢中で模索していった。

間もなく母たる裁園寺莢子の接触が再開され、教祖である仁世の色相は悪化していった。毒婦たる母が、トーリの得た束の間の聖域を汚染していった。

教祖の魂は、同胞の安寧は自分こそが守らなければならない。だから、トーリは仁世に〝プログラム〟を施した。同様に色相を悪化させてゆくものがいれば、ドクターを総動員し、その魂を守らせた。この聖域を何者にも汚させない——その一心で為すべきことを為してきたが、しかしすべては瓦解した。母の撒き散らす毒によってすべてが腐り果てた。己のすべて——教団は深い紫の泥に消える。

「……教団も終わりだ。いいさ。どうせ僕はコングレスマンになるんだし。やっぱり母さんじゃ駄目だったんだ」

暗闇のトンネルを抜けると、すぐ傍を滝のように地下の下水が流れ落ちていった。人の営みが汚した水は長い循環の果てに清浄さを取り戻し、再び透明な輝きを得る。

自分が母の望む通りに〈コングレスマン〉の席を得れば、シビュラに裁かれることはない。しかし、その代償に神の恩寵からは切り離されてしまう。それは魂の清浄さがもたらす真の自由とは程遠い。光を呑む暗黒ゆえの透明さは、再び自分の心を殺すだろう。

だから、母ではなく、別のコングレスマンと手を組むことを選んだ。

母が消えた後、その席には自分が座ることになるだろう。

だが、自らの意志で虹の橋を渡ったとしても、その先で神々を気取るつもりはない。

むしろ、無謬《むびゅう》の神たるシビュラの光が、その盲点の暗闇さえも照らすようにこの身を捧げよう。もうすぐ再び色彩《じゅう》を失う自分が望むものは、たったひとつ。

「僕の人生はただ神のためのものだ……」

他にいったい何を望むというのだろう。

トーリは神の名を呼ぶ。神の声を欲する。

だが、みだりに神の名前を口にしてはならない。

神の名を呼べば、そこに神はいないと知った悪魔が近づいてくるからだ。

「――そこまでだ」

暗闇の奥から悪魔の声がする。

トーリは手にした拳銃の銃口を人質のこめかみにあてがう。

その引き金にかけた指に躊躇いなく、必要なだけの力を込める。

雛河は銃口なき銃を、ドミネーターを構えている。

監視官の意を汲み、まだ完全には久利須を照準していない。照準すれば、たちどころにドミネーターとリンクした〈シビュラシステム〉が、久利須の脅威度を判定する。

第四の自爆犯は身体に埋め込んだ爆弾により、デコンポーザーで消滅させられた。久利須も同じ爆弾を埋め込んでいる。ドミネーターは、まず間違いなく同じ対処判断を下す。だが、監視官は――灼は、そのように犯罪者を処理することを望んでいない。その行為は、公安局の監視官として、必ずしもシビュラ的な振る舞いとは言えない。それでも雛河は灼の意志に従う。共に真実を追う猟犬の群れの一頭として。

そしてもし、灼が為すべきことを為せないなら、そのときは、自分が――

「……なぜ、これほど早く到着できた？」

久利須が起爆装置を掲げ、咳の混じった小さな声で訊いた。

カリナを装っていた灼は、その身に纏っていた薄い外皮《ホロ》――雛河が炯たちの潜入捜査のためにカスタマイズした外装欺瞞用の全身ホロを解除する。

久利須に向かって歩み寄る灼は左腕を押さえる。何か途方もない痛みを堪《こら》えるように。

「教団本部から脱出した仲間が、仁世教祖の懐中時計を手に入れてくれたんです」

刑事課に久利須と陵駕の時計を渡しても、教団施設の奥底にある仁世の懐中時計を獲得しなければ、その真実は明らかにならない。久利須の自決と強制捜査によるトーリの逮捕――その後に事件の全貌が明らかになるように、久利須は「保険」をかけた。

しかし、一係はその思惑を部分的にだが飛び越えた。刑事課一係が作った真実への道が、久利須の歩もうとする道に先んじた。そして久利須の最後の自爆攻撃を阻止した。その現実に久利須は悲しむような……喜ぶような、雛河には理解することのできない小さな笑みを、その憂いを帯びた顔に浮かべている。

「――これも神の思し召しか。都知事ではなく公安局員と心中でも私は構わない」

その声に、犯行を思い留まる気配はまったくない。

久利須にとって、シビュラ社会の中心に近い場所にいる人間――都知事と公安局の監視官。どちらを殺しても社会に大きな影響を及ぼすことに変わりはない。

久利須は起爆スイッチを手にした腕をゆっくりと伸ばし、灼に向かって掲げた。火をもって終末へ向かおうとする犯罪者の決断に、雛河もまた自らの決断を下す。

「動くな、久利須・オブライエン!」

雛河はドミネーターを久利須に向かって構え、照準する。雛河は執行官として、監視官である灼の命令に従う。しかし一係の刑事として、守るべき仲間を守るために行動する。その判断を自ら下す。仲間を死なせない。慎導灼を殺させない。

『**対象の脅威判定が更新されました・爆発物・デストロイ・デコンポーザー**』

システムは、その裁きを黒鉄《くろがね》の器を通して発する。即座にドミネーターは変形を開始する。装甲板が展開し、雛河の腕を覆っていく。緑燐光《りょくりんこう》を放つ内部構造が剝《む》き出しになり、兇暴《きょうぼう》な光を放ち始める。すべてを呑み込む光、すべてを砕き割る光、この世界からひとつの命の存在の痕跡すら残さず抹消させる光。

　瞳に蒼い光を点した雛河は、その引き金を絞ろうとする。

　だが、その指は引き金にかかったまま、最後の動作に移ることはできない。

『犯罪係数・四五・刑事課登録監視官・警告・執行官による反逆行為は記録の上・本部に報告されます』

　デコンポーザーの射線上に、灼が割って入ってきたからだ。

　その手を伸ばし、自らの背中を雛河に晒す。ドミネーターは測定された犯罪係数に基づき、即座に通常形態に変形、装甲板は仕舞い込まれる。牙を研ぐような緑の閃光をその内側に閉じ込め、その光は警戒を示す赤色に変化する。

　システムとリンクする雛河の瞳も同じ赤色に染まっている。

「撃たないでくれ！」

　一瞬、灼が振り向いた。これまでに目にしたことのない切迫した顔つきだ。その顔は子供が必死に哀願するようだった。それは刑事の顔ではない。しかし雛河はその灼の顔に人間のあるべき顔を見る。

「危険です、どいてください……！」

　だからこそ、灼を死なせられない。久利須を殺すしかない。それが灼にとって罪だというなら、自分がその代わりを務めてもいい。そのための執行官なのだから。

だが、すでに灼は雛河に再び背中を向けている。

その眼差しは、久利須を見ている。久利須だけを真っすぐに見つめ続けている。

伸ばした左腕から生じる激痛を堪えるように、灼が全身を鋭く震わせた。

爆心地での単独メンタルトレースの実行——今、灼を苛んでいる苦痛は、久利須がもたらしたものだ。その心理に極度に共感したがゆえに痛みの繋がりを断てなくなった。

危険だ。灼は今、自ら死に向かおうとする人間の心に同調し、その繋がりを断つどころか強めてしまっている。死を望まぬ灼は、死を欲する久利須に引きずられている。

『**対象の脅威判定が更新されました・犯罪係数・二七・執行対象ではありません**』

なのに、

「え……」

四五から二七への更新——その犯罪係数をドミネーターによって計測している雛河は、自爆を決意した犯罪者と同調しその苦痛の度合いが増しているはずの慎導灼の犯罪係数が、今しも減少に転じてゆく光景を目撃する。

灼は向かってゆく。

焼けるような激痛を発する左腕を庇いながら、久利須へ近づいていく。

「あなたはとんでもないことをした……。でも、それは利用されたからだ……」

足を引きずっている。少しでも身体を動かすだけで、左腕の痛みが全身に拡《ひろ》がってゆくようだった。脳が発する警告。生命を危うくする危機がそこに在るのだと悲鳴を上げている。分かっている。分かっているからこそ、この痛みを抱えて死へと命を擲《なげう》とうとする久利須を死なせてはいけない。

この痛みは久利須そのものだ。痛みだけが、灼と久利須を繋いでいる。

「……病気にさせられたおかげで覚悟できた。その点ではトーリに感謝している」

久利須は一歩も動かない。背後に退くことも、前に一歩も踏み出すことも——どちらもすでに自分にはもうできないことなのだ——その想《おも》いが灼に雪崩《なだ》れ込んでくる——世界は時を刻み続ける——だが自分の時間は停まってしまった——未来を与えられるべき子供の時間は奪われた——未来を託すはずだった仲間もまたその時の歩みを停められた——何もない——もはや残されたものはただ為すべきことだけで——久利須は起爆スイッチを再び掲げる。灼に向けて、来るな、と警告のメッセージを発する。

「……ここで死ぬ必要なんかない」

だが、灼は歩みを止めない。止めることはできない。多くの命を奪った犯罪者。そうすることでしか自らの絶望や怒り、憎しみの痛みを消すことができなくなってしまった人間を、このまま死なせていいはずがなかった。

この男に裁きを。罪を犯したのなら、裁かれるべきなのだ。その罪を裁かれず、ただ排除されるだけでは、裁かれざる罪ゆえに罪を犯したこのひとは何も救われない。

「いや、こうすべきだ。事件の犯人として。悩んだすえ、犯罪者になった入国管理局の人間として」

その顔は力の抜けた小さな笑みを浮かべている――不思議な気分だ――心と感覚が混線する――今なお猛《たけ》り狂う怒りは消えることがない――なのに、あの孤独な闇に立ち続けていた寒々とした心地が消え去っている――だがそんな身勝手さを神が戒めるように久利須の胸に刺すような痛みと違和感が込み上げる――堪《こら》えることのできない血の炸裂が胸の奥で爆ぜる――口から血を吐き出す――喀血が止まらない――血を吐き出した分だけ身体から熱が奪われている――永遠に取り戻されない熱――死の静止がもうすぐ傍まで迫っている――自分を裁く者がすぐ傍にまでやってきているように――罪が罪として裁かれる――そんな当たり前のことすら当たり前でなくなってしまった世界で、今、神は自分に裁きを下そうとしている。

「……これで時を進めることができる」

ずっと、そのことだけを望んできた――自分たちならば時を進められるのだと信じていた——自分たちの亡き後にも、その残した道を歩む者たちがいると信じて疑わなかった——だから道を見つけるのではなく道を作ろうとした——真実への道——正しき道——たとえその先にある真実がどのようなものだとしても、ひとはよりよく生き、正しきことを為せるのだと信じていた。

「さもなくば……この国の問題は永遠に解決しない」——その信仰はいつ失われてしまったのだろう——それとも信仰を失うことができなかったからこそ神の炎に灼かれる道を選んでしまったのか——「……いや、問題があることにすら気づかないだろう」——分からない——分からないからこそ、自分《おれ》は自分《あなた》を死なせたくない。

「こんなことで時間を進めても、ろくなことにならない……」

殺させてはいけないのだ——裁きを神に委ねずに人が人を裁くために法を生み出したのは——多くの人が正しさを求めてきたからだ——あなたのように——あなたが裁かれない罪に怒り絶望したように——裁かれない罪など在ってはならないという願いの火が受け継がれ——失われてはならないものを失い、奪われ難いものを奪われたすべての人々が未来の誰かに自分と同じ苦しみを味わってほしくないと願ったから——人間は法と正義を生み出したのだ——その選択を積み重ねてきたのだ。

幻肢痛が生じる——切断されない腕に痛みが生じる——切断された腕に痛みが生じる——その互いの痛みが一致する——いっそう激烈な苦痛となって灼に襲いかかる——久

利須も身を折って咳き込み溢《あふ》れる血とともに命が零れ出してゆく――それでも久利須は起爆スイッチを握った手の力を緩めない――その手を取ろうと――灼もまた歩み寄ることを止められない――左腕を苛む痛みに抗うように全身に込めた力をけっして緩めない。息子がそこに立っている――父がそこに立っている。

だが久利須は、もう立っていられない。背を預けていた立体駐車場の転落防止壁が作る小さな影のなかに膝からくずおれる。夜の街を煌々と照らす景観ホロの瞬きが立体駐車場の屋根越しに、雨に濡れた地面に差し込んでいる。

禍々《まがまが》しく強い赤い光。冴え冴えと冷たい青い光。人の営みが生む温かな色の光が、その狭間《はざま》で揺蕩《たゆた》うように煌《きら》めいている。

久利須は黒々とした血を吐き出す――自らの肉体を構成する致命的な何かが剝がれ落ちていく――魂と肉体を繫いできたものががらがらと崩れ落ちていく――視界は急激に色を失っていく――灰色の、白い光と、黒い闇の――目の前に、それでも輝きを失うことなく愛する子供が立っている――分かっている――それが幻であることは――血塗られた生の末期《まつご》に自分だけが救われるような光を見つけていいはずがない――雨が降っている――それでも今、あらゆるものを奪われた果てに死んでゆく人間の最期の瞬間に手を伸ばさずにはいられない――起爆スイッチを摑む力さえも失った久利須――その痩せ衰えた身体を受け止めて――なおその重みを受け止め切れなくて灼は膝をついてしまう

──血の臭い──朽ちてゆく魂の匂い──その僅かな命の残り香さえも止まない雨によって薄れていく──雨が降っている──久利須は死を目前にして怒りも憎しみも灰となって燃え尽きている──後に残るのはただ叶うことのなかった祈り──「息子のために……、もし、息子が目覚めたとき……、世界がきれいに見えるように……」

「子供のためにあなたは、自分の想いを果たすために悪を受け入れ過ぎたんだ……」

神は人の祈りに沈黙したまま何も答えを発さない。救いを求める者に救いの手を差し伸べることはない。それゆえに神は人の傍に立っている。日陰に沈む誰にも顧みられることのない命の最期の瞬間に寄り添うように神はそこにおり誰の眼にも見えることはないままにただそこに在り続ける。

「神は、すべてを赦す」

赦されざる罪を犯した者はそれゆえに赦され、そして裁かれるのだ。

雨が降っている。

その命の残り火を雨粒の一滴が消してゆき、地に流された罪を洗い浄めてゆく。

灼は、久利須の亡骸を抱き止めながら雨に打たれている。

激痛が遠のいていく──同調していた心が無に還っていく──生者は去って死者となる──そして久利須は完全な死者となっている──その重みは命が消えた分だけ軽くなったはずなのに、いっそう重くその腕に圧しかかってくる──雨は降り続け止むことはない——そして灼はその腕に父の亡骸を抱いている——銃弾が貫通したこめかみから血を流している——微動だにしない父の骸《むくろ》が——声を発する——お前のサイコパスは特別だ——雨が降っている。

『対象の脅威判定が更新されました・犯罪係数・一五』

灼の犯罪係数が転落するように下降してゆくさまを、雛河はドミネーターにリンクした視界で見つめ続けていた。

『対象の脅威判定が更新されました・犯罪係数・七』

監視官にドミネーターを向けていることを警告する赤い光に覆われた視界のなかで、その数字だけが閃光のように白く眩しい。

そして事切れた久利須を灼が受け止めた瞬間、雛河は信じ難いものを目撃する。

『犯罪係数・ゼロ・トリガーをロックします』

その引き金は、硬く閉ざされる。

ドミネーターから警告の赤い光が消える。雛河とのリンクが切れる。

システムは存在し得ないものを裁くことはできないと告げるかのように。

しかし、すぐそこに、雛河翔《しょう》の前に慎導灼は存在している。

存在しているのに、存在していない。そんなことは有り得ない。

有り得ない現実を目の前にして、雛河は呆然とするしかない。

ドミネーターを構えることを止め、ただ雨に打たれる慎導灼だけを見つめている。

こめかみに小さな円筒形の硬質な感触が触れている。

銃口だ。舞子は、その鉄の感触が人間を殺すためのものであることを知っている。教祖代行――トーリが人質である自分に銃を突きつけているのは、そうしなければならない状況に陥っているからだ。

彼がそのような行動を取るしかない理由を、その声の到来を舞子の耳は捉えていた。

「炯」

「舞子！」

その名を呼ぶと、すぐさま答えが返ってきた。朧げな視界のなかではその居場所を正確に捉えることはできない。しかし、炯がすぐ傍まで迫っていることは間違いなかった。大きく声が反響している。轟々《ごうごう》と流れ落ちる下水の音でも掻き消せない。

「お前しつこいな……、影みたいにいつまでもついてきやがって――」

舞子に銃を突きつけるトーリが心底うんざりするというふうに呻いた。その影が通路の床に落ちていた。影が落ちている――？

そのぼんやりとした明暗を、舞子の視覚は認識し始めている。

「諦めろ……、外では強制捜査が始まっている」

眼下、地下水路の暗闇の一部が切り離され、落ちた光のもとで輪郭を結ぶ。

「強制捜査なんて関係ない。身分なんてどうにでもなるんだ……お前らとはもう何もかも違うんだよ。――シビュラという神が僕を選んだんだから」

トーリは哀願するように叫んでいる。その願いを誰に向かって発しているのか、舞子には理解できない。神に救いを求めるのだとしたら、彼の祈りはその向く先を間違えている。〈シビュラシステム〉は神ではない。人が、人々が、自らよりよく生きるために作りだしたシステムこそがシビュラであって、人がそこに神に等しい全能性を託すとしても、システムはけっして全能であることはない。

神とは多分、もっとシンプルなものなのだ。全能でもなく万能でもなく、それゆえに何があっても自分たち人間から分かち難いもの。人間と世界、その繋がりに人は何か言葉を与えたくて、その祈りを託して、神と呼ぶのだ。

だから、舞子がトーリに拳銃を押しつけられても、神は救いの手を差し伸べない。

「やめろ、撃つなら俺を撃て！」

しかし、炯の叫びが舞子に突きつけられた銃の感触を遠ざける。そこに舞子は炯を信じる想いとともに確かに神の存在を感じ取る。

「は、ははは……」トーリが泣き出すように甲高い笑い声を発した。「清く正しい夫婦愛ってやつか、それ？　嘘っぽいんだよ。本性を出したらどうだ？」

トーリは銃口を炯に向けている。影の動きが殺意の矛先を舞子に示している。

「……言えないなら僕が言ってやる。お前らはな、互いに自分の弱さを隠したいだけなんだよ。愛なんてものは己の嘘を正当化するための言葉でしかないんだ……」

自らが無力だという言葉そのもので、トーリは炯や舞子を傷つけようとしている。敵意を帯びた言葉は柄のない両刃のナイフのようなもので振るえば振るうほど、突こうとすれば突こうとするほど、その言葉を発した自分自身さえも傷つけてしまう。

撒き散らされる悪罵《あくば》は、傷ついた彼の身体から流れ出す血の飛沫《しぶき》のようだった。舞子の視界は光と闇を明瞭に区別していく。その狭間、目に見えるものと頭で想像するもの──二つの像が重なり合って、夢とも現実ともつかないような情景を映し出していく。

暗黒が到来する直前──爆撃によって光を失うその刹那の瞬間に舞子が視《み》たものは、敵味方を問わずあらゆる人間が爆弾の炸裂によって生じた無数の破片によって切り刻まれ殺傷されていく地獄のような光景だった。白く瞬く光、荒れ狂う紅蓮《ぐれん》の炎、透明な怪物のような爆風がすべてを引き裂いていき、人も人の営みもすべてが破壊されていった──あのとき無数の悲痛な叫びを聞いた。

神に祈る声。神を罵《のの》る声。神に祈りを捧げることもなく絶えていく声。

「もういいよ……、なんなんだよ……」

そして命を手放していった人間の声。

「弱者は死ね、二人とも死ね……」

怨嗟《えんさ》に塗《まみ》れ、呪いを残して没してゆく声。

同じだ。神を信じると叫び続ける声は、しかし神に見捨てられた者の悲しい訴えに他ならなかった。神に見捨てられた人間とは、神を捨てるしかなかった人間なのだ。

おそらく、そう、きっと——このひとは信じたくないものしか見つけられなかったのだ。だから、信じられるものを欲して、そこに神の名を与えて——けれど神はその呼びかけにはけっして応えたりはしないから、このひとは、こんなにも孤独なのだ。

その孤独を埋めるために、自らの弱さを許す誰かがいると信じることができなかったから、神は、人の上に在るものだと信じるしかなかった。

その弱さ、悲しみを舞子は理解し、それゆえに愛するひとが殺されることを拒んだ。

絶対に殺させない。

そう思ったとき、舞子は腕を振っていた。炯を照準し、銃を構えていたトーリの腕を撥《は》ね上げる。想定外の方向からの反撃にトーリは反応が遅れる。額に拳銃を強打させたトーリが再び拳銃を構え直す頃には、舞子は適切な間合いを取っている。

頭上から落ちる照明の灯りが、白貌《はくぼう》と呼ぶに相応《ふさわ》しいトーリの面を照らしている。その顔が激烈な感情によって歪んでいる。その表情の機微を回復したばかりの舞子の視界は正確に捉えることはない。そして兵士にとって敵兵の顔の造形を認識することは為すべきを為すために必要なことではない。

舞子は自分の顔に向けられたトーリの拳銃が、その引き金を引かれるよりも先に、素早く両手を伸ばしている。結束バンドで両手首が繋がれているが、十本の指を動かすための制約はない。右手をグリップ付近に添え、銃身に這わせた左手の親指で銃口を引っかける。軍隊格闘において体得した近接戦において敵兵の拳銃を無効化するすべ。

手の中で駒のように回転した銃のグリップを、兵士ではないトーリは取り落とす。一瞬の攻防が過ぎると、拳銃は舞子の手に握られている。軽量だが硬質なプラスチックの感触。グロック拳銃。舞子は、すかさずその銃口を眼前の人影に突きつける。

細かな表情は分からない。だが、全身の動きに驚愕《きょうがく》と怯えを感じ取る。

想像してもいなかった形勢逆転に、トーリは悲鳴のような威嚇のような、小さな声を発する。だが、その反応を確認するより前に、舞子は相手の胸部に向かって、タン、タンと速やかに三発の銃弾を撃ち込んでいる。的が大きく、仮に防弾チョッキを着込んでいたとしても動きを封じることができる胸部を最優先に狙う。

そして――トーリは有り得ない反撃に対する備えをしていなかった。心臓と肺に、合計三発の風穴が空き、祭服が赤い血に染まる。

致命傷だ。そうなるように狙ったし、実際そのようになった。トーリはその白い手で胸元を弱々しく擦った。その手を染める血の紅を認識する間もなく、全身から力が失われ、ぐらりとその身が傾いだ。背の低いフェンスを乗り越えて、下水道へと落下する。

淀んだ暗い水に間もなく浮かんだ死体は赤い血を流し続ける。それはあたかも鮮やかな色をした魚が自由を欲しどこかへと消えていくようだった。二度と戻ってくることのできないどこかへ去ってゆく——その末路を舞子が見届けることはない。

まだ硝煙が銃口から立ち昇る拳銃を構えたまま、足の力が抜け、その場に座り込んでしまう。手にした銃が地面に転がった。

そのまま倒れそうになった舞子の身体を、階段を駆け上ってきた炯が支えた。とても強い力で抱きしめられている。間近で見るその顔は、涙で濡れている。

「すまない……」

その言葉を口にするのは自分のほうだ。けれど、今はそれよりも、

「無事でよかった」

炯が殺されずに済んだ。それ以外、何も考えられない。

今は、この取り戻した光のなかで炯だけを見ていたい。

「……見えてるのか？」

炯の問いに、舞子は頷く。

「あなたの顔……、見えるわ」

舞子は涙を流している。

「舞子……」

その涙を炯の指先が、そっと拭った。

舞子もまた、その手で炯の頰に触れている。小さな笑みを浮かべたまま、一筋の涙が炯の碧い瞳から零れ落ちる。

「あなた、泣いてる」

舞子は自分の見えているものを、ただそのままに口にした。

自分を守り、そして自分が守ったものを、その目に焼きつけるように。

「……あなたは、誰も許さなかったじゃないか」

命の尽きた久利須の亡骸を抱きかかえたまま、灼はその場から動くことができなかった。久利須が腹に埋め込んだ爆弾が起爆することもない。

ただ沈黙だけがその場を支配している。降り続く雨音も聞こえない。

優しい子になった……。

ふいに久利須が声を発した気がした。それは幻聴か今わの際に発した言葉か。久利須は僅かに口を開いたまま絶命している。彼の口の端から流れ出る黒い血を灼は拭おうとしたが、その手は自由に動かない。全身に痺れるような痛みが奔《はし》ったかと思えば、石になったかのように身体が重く凍えている。

まるで——雨が降っている——冷たい水底《みなそこ》に潜っていくかのように——雛河が何か叫んでいるのが聞こえる——聞こえない——それでも灼は返事をしようとする——だが、言葉は言葉にならず、水のなかに生じる泡になって消える。

代わりに——雨がいっそう強くなり——遠く彼方《かなた》より去来する父の声——もしも百年**がこの一瞬の間にたったとしても、何の不思議もないだろう**——襲来する獣の面を纏った男——**雨が降っている。雨が降っている。雨が蕭々《しょうしょう》と降っている**——父の謡《うた》うような、あるいは子供を眠りに誘《いざな》うような声に合わせ、その面貌が姿を変えていく——何か巨大な空間のようなものが視えた——その空間は黄金色に満たされており——灼の目の前に立つ獣の面の男はいつのまにか■■になっている——天井に渡されたアームがその■■を摑み上げはるか遠くに連れ去っていく——光のなかに消えていく——その眩しい光を遮るようにいつのまにか父が幼い灼の前に立っており、その大きな手で優しく息子の頭を撫でた——「これが……、真実だ」

その言葉が合図になったように、スイッチが切れたように灼の意識は暗黒に沈む。

その目に見たものを記憶に焼きつける暇《いとま》さえも与えないように。

瞬く間に、速やかに。

すべては消え、後には何も残らない。

64

雨は止むことがない。

摘発された〈ヘブンズリープ〉教団施設は、完全に公安局に制圧されていた。制圧……そのような表現を使うほど激烈な反抗を行った信者など皆無に等しかった。

潜在犯護送車が列を成して、教団施設正面に乗りつけていた。刑事ドローンによって連行されてゆく信者たちは一様に悄然《しょうぜん》としている。クリアカラーを貴ぶ彼らの色相は軒並み悪化しただろう。だが、今の炯に彼らの行く末を案じるような余裕はまるでない。

信者たちの列から外れるように自走式のストレッチャーが道路を横切っていく。

そこには舞子が横たわっている。その閉じられた瞳に雨粒が落ちても反応はない。心的ショックによるストレス緩和のため、すでにケア薬剤が投与され、彼女は深い眠りに落ちている。炯は、ストレッチャーで運ばれる舞子に付き添っている。

間もなく、舞子を運ぶための護送車の前に到着する。後部カーゴの重い扉が開かれ、刑事ドローンとともに舞子は収容される。まるで潜在犯を隔離するような扱いだった。だが、これでも他の色相が悪化した信者たちと区別はされている。それ以上の特別待遇は、たとえ公安局員の配偶者であっても許されない。

計測された舞子の色相は……正直、かなり悪化している。たとえ正当防衛のための行為だとしても、舞子はトーリをその手で射殺している。状況から見て、あそこで舞子が撃たなければ烔もしくは舞子が撃たれていた。

だが、それなら手を汚すのは、舞子ではなく自分であるべきだった。烔は、自らの過ちを悔い続ける。あのとき、どのような判断を下せばよかったのか。トーリは交渉が通じる状態ではなかった。背後や暗闇から忍び寄り、トーリを殺害すべきだったのか？あるいは舞子の命が奪われないように、トーリが逃亡するままに任せるべきだったのか？

幾らでも、ああすればよかった、こうすればよかった――そんな可能性ばかりが頭のなかを駆け巡る。しかし、そのどれも実行されることはなかった。舞子がトーリを射殺した。夫を救うための咄嗟の行動。その緊急判断が〈シビュラシステム〉によってどのように判断されるのか――その裁きはシステムに委ねるしかない。

だが、もしあのとき、あそこで烔がドミネーターを手にしていたら、システムは間違いなくトーリの執行を命じたはずだ。その真実を確かめるすべは失われている。だとしても、あの状況でシステムがトーリを無罪と断じるはずはない。その執行を速やかに命じなかったとすれば、烔はシステムの正義を信じられなくなる。

――信じられなくなる？

炯は、自分がふいに抱いた思考に対し、当惑を覚える。疑ってはならないものを疑うこと、信じなければならないものを信じられなくなること——それは、この世界においてまったく正しくない行為だ。

炯は咄嗟に顔を上げる。運ばれてゆく舞子の姿を見ようとする。

護送車の扉は無情に閉まってゆく。

残された炯に声をかける者は誰もいない。暗闇にサイレンの赤色が点滅している。赤と黒。その交互の瞬きのなかで、炯は冷たい雨に濡れていく。

やがて。

「……炯」

背後で声がした。炯は、すぐに振り向けない。

足音は、少しずつ近づいてくる。傷を負っているようなゆっくりとした足取りだ。だが、ぼろぼろに傷ついているのは炯も同じだ。本当は立っているのもやっとで、それでも舞子を見送るまでは膝を屈することさえできず気力だけで動いていた。

理性はもう、とっくに限界に達している。

どうして、間に合わなかったのだろう。

どうして、こんなことになった。

どうして、俺とお前がここにいて、なのに、どうして舞子がここにいないんだ——。

烔は振り向きざま、灼を殴りつけてしまっている。胸の奥から言葉にならない想いが湧き上がり、それを言葉にするすべを失ってしまったから、烔は灼を殴るしかない。倒れた灼に馬乗りになる。入江も雛河も烔の突然の行動に反応することができない。

「なんで……、舞子が巻き込まれた！」

見当違いの怒りで灼を罵っている。向けるべき相手を失った怒りを、向けるべきでない相手にぶつけている。だが、他にどうすればいい。何を憎めばいい。何も分からない。

「…………」

答えはない。灼は何も言わない。ただ沈黙している。その顔に怒りはなく、ただ哀しみだけがある。無力な者が痛みを耐え忍ぶために宿す哀しみの顔を前にしたとき、烔はその怒りをいっそう募らせてしまう。

どうして灼がそんな顔をするのか。お前なら何かができたはずじゃないのか。お前なら、お前なら――

「何とか言え！」

「言い訳は、しない……」

だが、そんな灼ですら、どうにもならなかったから、こんなことになった。烔も間に合わなかった。灼も間に合わなかった。そんなことは分かっている。分かっていても、

「この……」

やり場のない怒りを抑えるだけの強さが炯にはない。気づけば拳を強く握ってしまっている。振り下ろすべき相手はすでにこの世にいない。だが、それで灼を殴って何になる。灼はきっと無言で自分の拳を受けるだろう。何度でも何度でも……けれど、それで炯と灼の手には何が残るだろう。摑むべきものを失った先に待っているものなど、何もありはしない。そうなったら、取り返しのつかないものを失ったあの日を繰り返すだけだ。今度こそ、灼と炯、舞子は――失われてはならないものを本当に失ってしまう。

約束をしたはずだ。あんなものが見せたかったわけじゃない。

見せたかったのは、あの日、故国での従軍から日本へ帰ってきた空港で舞子が目にするはずだったすべてのもの。炯や舞子、灼――三人にとって故郷と呼べる場所で、その平和と喜びのなかで、炯と灼が笑って舞子を出迎えて――。

「……くそっ！」

炯は天を仰ぐ。いっそ、自分の拳を己に向けようとする。

「……そこまでよ」

霜月の鋭い声が飛んだ。強制捜査の指揮を執っていた彼女が、揉《も》み合いを続ける炯と灼に業を煮やしたように近づいてくる。

「あなたも、カウンセリングとメンタルケアを受けなさい」

そして冷厳と命じた。メンタルケアを受ける？　妻を潜在犯扱いされ、まだ事件だって主犯が死亡したとはいえ、すべてが終わったわけではない。目の前の現場を放り出して自分だけ色相の心配をしろと言うのか。

「そんな場合じゃ——」

「そんな場合よ。あなたのためなの」

霜月はいっさいの反論を認めない。獣と化した猟犬がどれだけ吼えても耳を貸すつもりはない。上官の命令はそれだけ絶対的な強制力を伴っていた。今の自分にはそれ以外に為すべき正しいことが何ひとつとしてないことを否が応でも理解させられた。

「……はい」

やっとの思いで、それだけを口にした。炯はもう灼の顔を見ることさえできない。

灼は自分が守るはずだったもの、守れなかったもの——それゆえに下されるべき罰がいつまでも下されないまま、目の前で沈黙する炯を見ていられず、ただ空を見るしかない。ぶ厚い雲と闇に覆われた空から雨が降り続け、仰向けになった灼の顔を濡らしていく。熱さと冷たさの入り混じる雨が灼の頰を流れていく。

事件が、そして終わりを告げる。

65

此度《このたび》のゲームが終わりを告げた。

議事進行ミドルウェア〈ラウンドロビン〉は、虹の円卓に座った三名のプレイヤーに対して、リゾルツの表明を求めている。〈コングレスマン〉が何を得て、そして失ったのか。ゲームの親である裁園寺は、その口火を切った。

「信仰特区は成立の見込み、インスペクト動議は成立、インベスト案件もすべて価値が上昇……」

結果だけを見れば、親である裁園寺は、損失も大きかったが、その分のリターンも確保している。信仰特区の成立は、国内に新たな〈出島〉というべき入国者の特区をもたらし、海外貿易の活発化、租税回避地として新興国の金融資本の誘致など多くの面で利潤を生み出すだろう。それを見越して投資を繰り返してきた裁園寺の財閥や、代銀の関連企業は軒並み株価を上げ、その資産額を増やしている。

「またしてもインスペクターを失ったが、リレーションの成果としては上々だな」

今回、最も上手く立ち回った代銀は、裁園寺ほどの破壊的な買収や投資を行うリスクも冒さず、ただ利益だけを手中に収めていた。

主犯となった久利須は最後の自爆攻撃を前に病没し、インスペクターであるトーリも逃亡途中で射殺されるという憂き目に遭っている。それでも教団に浸透し、密貿易を通して海外の紛争を阻害せんとしていた外務省の捜査規模を把握することもできた。

次なる勝負は、信仰特区の主導権をいかにして奪い取れるかだろう。略奪経済の復興は、〈コングレスマン〉の絶対的な支配力、影響力を維持するために欠かせない。

そう、次のゲームについて考えるべきだ。考えるべきだが……裁園寺はその思考を他のことに向けざるを得ない。

サード・インスペクターの喪失。トーリが殺された。息子が死んだ。

裁園寺は終盤において、トーリを見限った。そうする他なかったからだ。法斑静火を完全に叩き潰すために破壊的なアクションを繰り返し、ゲームのプレイ負荷を極限まで上げる。その命令にトーリは忠実だったが、しかし最後の最後で引き際を誤った。

リレーションの終盤戦、慎重なプレイングが要求されるところでも、トーリは敵もろとも相討ちになるような破壊的な行動を止めなかった。

だから、火消し役を依頼した梓澤には、トーリのインスペクター権限をすべて譲渡してでも、事態収拾を図るように命じたのだ。〈パスファインダー〉の使用はけっして安くはない。しかし、トーリは今回のリレーションが完了した時点で、次なるコングレスマンとなるのだから、インスペクターとしての肩書きは、むしろ邪魔になる。

そう思って選んだ行動が……裏目に出た。トーリの逃亡には不確定要素が増え、それが結果的に彼の命を奪うことになった。

やはり、駄目だったのだ。たとえ自分が産んだ子供であったとしても、その遺伝子の半分は、あの惰弱な父親——それは裁園寺の兄だ——の弱さを引き継いでしまった。敵対者に付け入る隙を与えてしまい、そのすべてを奪われる。

だとすれば、彼がコングレスマンにならなかったのは、ある意味では正解だったのだろうか。席を二つ確保したところで、それが裁園寺にとって弱点として機能するなら意味がない。いっそ今回のリレーションによって生じるコングレスマンの席は、代銀と共謀して破棄してしまってもいい。彼も一騎打ちを望むであろうから。

それにしても……息子であるトーリを失い、裁園寺は珍しく途方に暮れている。このような結果を招くなら、もっと早くに彼を使って次の生殖を行っておくべきだった。兄との間で駄目なら自分が産んだ子供を使って、次の子供を作る。さらに今度は、その子供との間に子を成す。その繰り返しによって限りなく純粋な血統種を産み出す。それこそが、裁園寺一族をより強力なものにする最善の方法だと信じ、疑ったことはない。

だが、その可能性は潰《つい》えた。やはり、裁園寺の人間だから優秀なのではない。裁園寺莢子であるからこそ優秀だったのだ。どうすれば自分に見合うだけの男を見つけることができる？　優れた女傑である裁園寺にとってゆいいつの不幸は、それに相応しいだけの番《つが》いを見つけることができないことだ。

『リゾルツ確認・配当を実行』

いっそ、敗北によってコングレスマンの席を失う法斑静火を使ってみるか？　好みのタイプではない。しかも敗北者だ。だが、もう一人のコングレスマンである代銀は老人の搾りかすのような男で論外だし、あの法斑一族が最後に送り出した人間を貪り食って自らの裡に取り込むというのは、それはそれで悪くはない。

リゾルツの表明を行う間、ほとんど勝負に関与することができなかった法斑静火は何も語らず、感情を表に出さないまま冷静さを装っている。

命乞いの言葉を今ごろ考えているのだろうか。

「代銀さんも危ないところだったけど……、これで法斑さんは終わりね」

そして、〈ラウンドロビン〉が配当を実行しようとする。

「その前に――」

だが、ふいに代銀がメモリーカードをテーブルの上に置いた。情報のキューブが浮かび、虹の円卓の直上に浮かぶ黄金の天球たる〈ラウンドロビン〉に吸い込まれていく。

リゾルツの表明後に、追加で自らの貢献を訴える行為はルールに反する。それとも、法斑静火を抹殺するために駄目押しの一手を図ろうとしているのか。

裁園寺は代銀を一瞥する。最後の最後で、代銀が裁園寺の意図しない行動を取る。それは間違いなく腹に一物を抱えているからだ。

「今回のリレーション中に死亡したサード・インスペクターのトーリくんから、情報提供がある」

そしてカードを切ってきた。彼の口からトーリの名前が出てきたことに、裁園寺は本能的な不快感を覚える。情報提供だと？　わざわざコングレスマンがインスペクターと手を結んでいたことを暴露するなど自殺行為に他ならない。

「知っての通り、彼はコングレスマン裁園寺莢子の息子さんだ。二人は〈ビフロスト〉のゲームにあるまじき振る舞いをした」

だが、代銀は恐れひとつ感じていない振る舞いをする。そこで裁園寺は理解する。違う。この男は自分とトーリの繋がりを告発しようとしている。

「代銀、まさか私の息子をたぶらかして……」

トーリがそんな自殺紛《まが》いの行動を選ぶはずがない。いったいどんな手練手管《てれんてくだ》を弄したというのだ。そもそも彼が過度なプレイングを行った原因は、この老獪《ろうかい》な男がそそのかしたせいなのか。だとしたら、代銀は裁園寺との協定を破ったに等しい。コングレスマン同士の駆け引きにおいて面従腹背《めんじゅうふくはい》は基本だが、これは明らかな裏切りだった。

トーリは、あの子は愚かだが馬鹿ではない。聡明《そうめい》な頭脳を持っている。生き残るための才覚という点で、正しく母親の血を継いでいたはずだ。

『母さん……、今頃驚いてるだろうね』

〈ラウンドロビン〉が表示するホログラフィックモニターに映るトーリ。愚かに利用され、溝鼠《どぶねずみ》のような哀れな末路を辿った彼は、しかし勝利を確信した口調で告げる。

「愚かな……！」

何を言っても、息子は母に応じない。これは死者からの手紙だ。

『まさか自分の父親が、母さんの兄だったなんてね……。僕の色相が濁ったのは、母さんのせいなんだよ。……真に浄化されるべきは僕じゃなくあなただ。母さんをきれいにするにはこれしかない――』

裁園寺は呆然となる。今さら、そんな些末《さまつ》な理由で息子が反旗を翻《ひるがえ》したのか理解に苦しむ。そもそも、色相などシビュラがなければ生きていけない家畜のような人間を管理するための基準に過ぎない。そんなものは超越者であるコングレスマンは必要がない。

『僕が母さんの席に座る。悪いのは母さんだ。信仰に目覚めなかったらと思うと、ゾッとする。さよなら……、愛していたよ』

狂ったような息子の言い分に吐き気がする。まさかトーリは自分が信仰に目覚めたから色相が改善したとでも思っているのだろうか。そうではない。教団を支配するための準備を整えた裁園寺が息子との繋がりを復帰させたからだ。目的達成に必要な色相データをコングレスマンのカードによって別の人間から奪い取り、その庇護対象である息子に与えた。ただそれだけのことに過ぎない。

裁園寺はシビュラを呪った。純粋であるがゆえに愚かな息子は、ゆいいつの伴侶たる母への信頼を失い、その隙を卑怯《ひきょう》な策謀家に突かれたのだ。

「コングレスマンからインスペクターへの過剰な干渉と援助。看過できんよ。しかもインスペクター自身が告発したわけだ」

代銀は悠然とした態度で話を続けた。裁園寺を陥れるため、彼もまたインスペクターと手を組んだことになるが、あくまで盤外における交渉しか行っていない。リレーションにおける便宜は何ひとつ図らない。ちょうど裁園寺が梓澤と組んだように。

いや……まさか、と裁園寺は自分の犯したミスに気づく。事件の後始末を依頼した梓澤は、それゆえ裁園寺とトーリの繋がり、そのすべてを把握していたはずだ。

奴こそが裏切者なのか。それとも、最初から代銀の采配の下で動いていたのか。

その答えを裁園寺が知ることはできない。

彼女の座っていた巨大な椅子から、拘束具が出現する。両手両脚を固定され、身じろぎする以上の動きを封じられる。

「きさま……、殺してやる……！」

裁園寺は罠にかかった獰猛な獣のように吼えた。いっそ代銀との共謀を暴露してやろうか。だが、それを明らかにしたところで代銀だけでなく自分も同罪に問われることに変わりはない。それに、そもそもあの場で口約束を交わしただけで、その後の代銀は裁園寺の意図を読んで荒稼ぎはしても、裁園寺に直接協力したことは一度もない。謀《はか》られた。この男は裁園寺の兄を破滅に追い込んだときも、その後に法斑劫一郎《こういちろう》を潰したときも、競合者を排除することに加担しつつも自らの手はけっして汚さなかった。

「君の兄上も同じように死んだ。進歩のない一族だね」

最初から、法斑静火と裁園寺莢子のどちらか一方を排除することを狙って行動していたのだ。そして、リレーションの完結によって、より確実に潰せるほうに標的を定めた。

『ただ今のデータにより十三項目における不正行為が示唆されました・同時に提出されたファースト・インスペクターのデータと照合・八項目を事実と断定・コングレスマン資格剝奪の上・執行します』

裁園寺が、その考えを読んだときには、すでに破滅の時を迎えている。

黄金の天球たる〈ラウンドロビン〉から細い光線が伸び、椅子に拘束された裁園寺を捉える。次の瞬間、極大の閃光が押し寄せた。

標的を分子レベルから分解し、完全な無に帰す絶大な威力を秘めた破壊光。

その執行対象となった裁園寺は自らの煌びやかな容姿、艶やかな皮膚、しなやかな筋肉、骨格に至るまで焼き尽くされていく過程を、地獄の激痛とともに経験する。僅かに出力が弱められた執行の光は、その罪人に必要なだけの苦痛をあえてもたらすように設計されている。だが、その苦痛に悲鳴を訴えるだけの器官はすでに裁園寺から奪い去られている。焼かれていく。肉体の欠片《かけら》も残さず、魂の一片までも――。

その処刑の光景を、代銀は微笑を浮かべて鑑賞した。

静火もまた、感情のない仮面のような顔で眺めている。


『一部リレーションを継続・障害となるブロックの処理を推奨します』

裁園寺を執行した後、〈ラウンドロビン〉がそのように言った。

信仰特区を巡るリレーションは完結したが、一部の達成項目が未了のままだと警告している。障害の放置は、〈ビフロスト〉にとって好ましくない。すなわち、次なるリレーションの焦点は、そのブロックの処理になるのだと暗に告げていた。

次なるゲームの卓に座るのは、静火と代銀と、

「次のコングレスマンは梓澤ですか？」

静火は空席になった裁園寺の席を見やった。ただの椅子にしては大仰に過ぎると思っていたコングレスマンの椅子は、それ自体が罪人を執行するための処刑台も兼ねている。あまり趣味がよい造りではない。過去、自分の一族の源流となる人々がどのような意図で、この遊戯の部屋を設《しつら》えたのか。静火はふとその意味について考えようと思ったが、答えが出たところで何も意味はないと気づき、それ以上の思索を止めた。

「奴はもうシビュラに目をつけられている。君と私の、一騎打ちだ」

代わりに、静火は仮面の微笑みを浮かべながら、代銀の答えを聞く。

やはり、今回のリレーションの結果は、〈ビフロスト〉の既定路線だったのだ。前回のようにゲームの間にどれだけ利益を貪れるかの競争ではなく、〈シビュラシステム〉の監視の眼の強化により、必然的に失われるコングレスマンの席――誰をその生贄にするのかを競い合う。裁園寺は静火を狙い、代銀は裁園寺か静火のいずれかを狙っていた。

結果的に、今回はこの老人に救われたことになる。

おそらく、一騎打ちとなったときに容易に打ち倒せる相手として、生き永らえたとはいえ、相変わらず軍資金は十分とは言えない静火を残した。敵は倒せるときに倒しておく。ただし、やり過ぎもせず、あくまで必要なだけの力しか使わない。卓越した情報分析と戦力の運用。容易ではない。代銀遙熙《はるき》と対峙し、これに競り勝つことは。

やがて代銀が席を立った。少し伸びをして、それから骨の一片さえ残さず焼き尽くされた裁園寺の席を見た。部屋のなかには、僅かに焦げた臭いが漂っている。

「腹が減ったな。一緒に飯でもどうだ」

「遠慮しておきます」

静火は代銀の誘いを丁重に断った。食事をする気分ではない。静火はあまり食欲というものが湧かない。必要になったら必要な分だけの食料を補給する。それで事足りる。

それに、たとえ空腹を覚えていたとしても、悪趣味な代銀と食卓を共にしたいとは思わない。どのような趣向の料理が並ぶか分かったものではない。

代銀は、特に気分を害する様子もなく部屋を出て行く。

その途中、ふいに彼は足を止め、

「──あ、そうそう。私に裁園寺を始末させるよう誘導したな？」

「なんのことでしょう」

「良《い》い手だったよ」

笑んで去る代銀を、静火は感情の消えた顔で見送った。

やがて帯びていた熱が完全に消え、冷たい鉄の残骸と化した裁園寺の席に視線を移した。そこに二度と誰も座ることのない席。静火はその胸に宿していた黒い炎が消え去っていることに気づく。その炎が裁園寺に達する前に、別の炎が彼女を呑み込んだのだ。偶然にせよ、代銀と静火の思惑は一致し、裁園寺が葬り去られる結末を迎えた。

狙ってはいたが、狙って成功できるものではない。しかし、その偶然によって生き残ったのだとすれば、静火は崩れゆく危うい橋の上とはいえ、正しい道を歩んだということになる。勝利には程遠い、しかし敗北してはいない。

負けていなければ、次の勝負に挑むことができる。

静火はその終局へと、自分自身という駒を進める。

66

外務省行動課のティルトローター機は東京を離れ、〈出島〉へ向かって飛行している。

キャビンには宜野座と須郷が着席している。

『国内事案はうちの縄張り……なんて話は、飽きるほどやった。それでもこうしてあなたたちが出てくるわけ？』

通信デバイス越しに公安局刑事課課長の霜月の姿が映っている。強制捜査が行われた教団施設では、宜野座たちはパスファインダーの一人——ヴィクスンと交戦し、その行方を追跡していたため、直接、霜月と顔を合わせることはなかった。

その後、課長間の交渉のすえ、今回の事件における証拠となる身柄の引き渡しが取り決められた。

「仁世教祖と久利須・オブライエンの息子はうちで保護する」

「……公安局が確保しても、施設に送るだけでしょうから」

主犯であるトーリによって、〈ユーストレス欠乏症〉にされた二人は、通常の医療機関に収容するわけにはいかない。今回の一件により、自らに累が及ぶのを恐れて彼らを始末しようとする人間が現れる可能性も高い。

証拠物件としての生存の保証――それが人道的に正しい行為かどうか、一介の捜査官に過ぎない宜野座にその是非を問うことはできない。だが、機械によって生かされているとはいえ、まだ死んでいない命の猶予を社会の都合で奪うことは認めたくない。〈出島〉か、あるいは本土から離れた沖縄か……その移送先は今後の協議次第だろう。

彼らが〈ユーストレス欠乏症〉に限りなく近い状態に陥っていたとしても、それが人為的操作によるものなら、治療による回復の可能性がないわけではない。その閉じられた瞼が再び開かれるまで、たとえ長い時間と労力がかかるとしても、少しでも希望があるならその手間を惜しむべきではない。

『仁世は外務省の協力者だったのね』

「さすが、頭の回転が速いな」

それに外務省にとっても単なる慈善事業ではない。仁世はシスター陵駕やアウマとともに世界紛争そのものと戦おうとしていた。そのために外務省とも手を組んでいた。彼らの残したシステムは行動課によって再編される。宜野座と須郷が潜入捜査によって入手した顧客リストも組み合わさり、略奪経済の根絶に向けた本格的な反撃が行われる。

その点で行動課にとっては意味のある捜査だった、と宜野座は考えている。

公安局刑事課においても都知事暗殺を阻止し、入国者コミュニティにおける紛争の抑止も成功している。けっして、失敗を犯したわけではない。

だが組織としての目標達成が、必ずしも個人のレイヤーにおいても同じかといえばそうではない。宜野座と須郷は羽利須の身柄引き渡しの際に、霜月から一係監視官の炯の身に起きた不幸について聞かされている。

彼の妻がトーリを射殺した。だが、直接自身が生命の危機に晒されており、また監視官の炯も同じ窮地に陥っていた。それは緊急的な判断であり、客観的に見ても殺人罪が適用されることは、まず有り得ない。

だが、シビュラ社会における司法制度は、対象のサイコパスに基づく犯罪係数の測定、ドミネーターによる即時量刑、執行ですべてが決まってしまう。そこでは罪の裁きは法ではなくシステムによって決定される。

家族が潜在犯になる——。宜野座は幼い頃、そのような経験をしたことがある。刑事だった父親は旧い正義を捨てられず、変わりゆく世界の正義に適応できなかったせいで潜在犯になってしまった。その結果、彼の家族は途方もない苦痛を強いられた。

もう遠い過去だ。そのときの自分が味わった苦しみを思い出すよりも、今では父親が自ら失格者の烙印《らくいん》を押されたとしても手離せなかった何か……その理由や目的について考える時間が増えるようになった。刑事であることに殉じたがゆえに父親が被ったであろう苦しみについて、かつては想像することさえできなかったというのに。

時間は、多くの物事を解決する。だが、それはいつも苦しみの瞬間に救いをもたらさない。救われなくて、許せなくて、それでもいつしか時間が赦しに変わっていくのだ。

それを今、苦しみの渦中にいるであろう炯に助言することはできない。

どのような決定が下されるのか、宜野座たちはシステムの判断に介入する資格を持たない。刑事課課長である霜月も、システムの判断こそが絶対であるという姿勢を崩すことはない。それでも彼女なりに部下のメンタルを気遣っているようだった。

色相こそが社会の絶対の基準であることは変わらない。だが、開国政策の実行と入国者の受け入れによって、シビュラ社会そのものの正義の在り方は少しずつだが変わり始めている。その変革の希望のために、宜野座も須郷も——常守が選んだ方法とは別のやり方で、かつての船を降り、花城の下で新たな船に乗ることを選んだ。

その選択が正しかったのか、間違っていたのか。今の宜野座はまだ答えを出せない。おそらくはかつての船に残ることを選んだ霜月や雛河、唐之杜、異なる道を選んだ六合塚もそうだ。狡噛は……どうだろう、あいつはあいつにしか理解できない独特の思考でさっさと答えを出してしまっているのかもしれない。

『花城フレデリカに伝えておいて。あんたに必ず屈辱を与える。私の足元に這いつくばらせてやるって』

「いやです、そんな」

そんなことを考えていると、霜月の無茶な要求に須郷が困り果てていた。宜野座は先輩というわけではないが、実直過ぎる須郷には、つい手を貸してしまう。兄貴風を吹かすような態度は自分らしくないのであまり得意ではないが、

「自分で伝えてくれ」

そう言って、須郷の代わりに霜月の相手をする。霜月はどうにも面白くないというふうに腕を組んでそっぽを向く。

『なによ、もう!』

宜野座はまるで年長者のように彼らの間で振る舞っている。事実、そうだった。いつのまにか自分は周りよりも先を生きる側の人間になっていた。

宜野座が刑事になってから、それだけ長い時間が流れていた。

67

舞子は都内のカウンセリング施設に収容された。

一時は係数緩和施設への入所も検討されたが、配偶者である炯はその提案を拒否した。舞子の色相はかなりの悪化を計測していたが、数値そのものは一定の値で推移している。今は彼女が事件に巻き込まれたことで強い心的ストレスを受けているのだ。なら、時間が経てば回復の見込みはある。

そのように信じるしかない。自分が信じなければ、誰が舞子を守るのだ。

炯は面会許可が下り次第、すぐにカウンセリング施設を訪れた。

面会室では、半透明の仕切り越しに舞子が向かい側に座っている。

病院着を纏った彼女は、再び眼に包帯を巻いている。取り戻されたはずの視力が再び失われた。心的外傷が原因であるという診断。だが、その暗闇の再来こそが外部からの余計な情報を遮断し、彼女の色相を保護しているとも言われた。

「ごめんなさい……」

「なんで舞子が謝る？」

小さく謝罪を口にした舞子に、炯はできる限り優しく語りかける。恐れることなどないと言わんばかりに。彼女に不安を抱かせてはいけない。ここが正念場なのだ。

「色相が濁っちゃって……」

犯罪係数も危ないかもしれない、という言葉を舞子が呑み込むのが炯には分かった。

彼女の態度は、思っていたよりも冷静だった。それは自分の置かれた状況を受け入れているからではない。どれだけ危うい絶壁に立っているのかを理解しているから、悲嘆にくれたり、泣き喚いたりすることができないだけだ。

「施設で色相が回復した例もある。状況によっては殺人でも犯罪係数は上昇しない。監視官や国防軍の兵士と同じで……」

　炯は舞子に大丈夫だと言葉を繰り返すように、その行為が完全に合法的であること、似たようなケースでの回復例を思いつくままに列挙する。しかしそれはどれも自分と舞子の身に降りかかった不幸と似ているようで、まったく異なるケースばかりだ。

　舞子は監視官ではない。舞子は国防軍の兵士ではない。それでも、舞子にかつての兵士だったときのような行動を選ばせたのは、自分が過ちを犯したからだ。

「ごめんね、炯。ごめんね……」

　違う。舞子が謝る必要などない。ただ犯罪に巻き込まれただけだ。裁かれるべきは犯罪者であって舞子ではない。

「安心しろ……、しっかりメンタルケアを行えば大丈夫だ。俺たちを迎え入れてくれたシビュラを信じろ」

　炯は、仕切りの向こうで悲しみに震える舞子を抱きしめて安心させてやることさえできない弱さを呪った。自分にできることは信じることだけだ。システムは正しい裁きを下すのだと信じるしかない。この世界で最も正しいとされる〈シビュラシステム〉が過ちを犯すはずがない。舞子は正しいことをした。その無罪を信じる以外に道はない。

　それでも、もし信じることで救われるというなら、救いを差し伸べてくれるというなら、炯は神を騙《かた》る悪魔だろうが契約してしまうかもしれない。だが、そんな都合のいい悪魔はシビュラ社会のどこにもいない。

システムの支配する世界に、神も悪魔も存在することは許されない。

68

狙撃によって肩に名誉の負傷を刻んで病院送りにされた天馬が、ようやく職場復帰したときには、今度は監視官の炯がメンタルケアを理由に有給休暇で現場を離れていた。それが自分のためではなく嫁さんの色相をケアするためだと、一係の刑事であれば誰もが知っている。その一件を巡って灼と炯が事件現場で取っ組み合いの喧嘩になったのだと、天馬は後で入江から聞かされている。だが、その情報も後でオタク小僧に聞いてみれば、灼は殴られっぱなしだったそうだ。そりゃそうだ。あの二人が本気で喧嘩をするところは想像できないが、いざ殴り合いになったら、考えるまでもなくイグナトフ監視官の圧勝だろう。そもそも勝負にならない。

どうして止められなかったんだよ、と言いそうになったが、雛河はともかく入江が立ち入れなかったなら、それができない剣幕だったのだろう。せめて俺がいてやったらよ……入江と二人がかりで監視官を止めることもできたんじゃなかろうか。

事件捜査の終わりを前に蚊帳《かや》の外になって、戻ってきてみれば、どうにも悪い空気が漂っている。万事解決というわけにはいかないにせよ、事件はどうにか終結した。もうすぐ如月も戻ってくるってのに、まるで葬式みたいな空気になっているのはよくない。

「……何だ、俺、撃たれ損だったのか？」

天馬は久しぶりに大部屋の自分のデスクに腰を落ち着けても、報告書作りに身が入らない。ここはいっちょ酒でも入れたほうがいいんだろうか。

「……都知事を守った。〈ヘブンズリープ〉の違法な行為も摘発……、意味はありましたよ」

書類作成をしている雛河が背を向けたまま、ぼそりと答えた。こいつも心ここにあらずって感じだ。

窓のほうに目をやれば、監視官の灼は椅子に胡坐《あぐら》をかいて、ペン型デバイスを鼻と口で咥《くわ》えている。ずいぶんとふざけた態度だが……そんな周りの反応すら考えられなくなっているってことだろう。坊ちゃんにしちゃ、相当追い詰められているってことだ。

その視線はぼんやりと明後日《あさって》の方向を向いている。

そんな灼を心配するように、入江が仕事の手を止め、声をかける。

「……あんたは必死にやった。イグナトフ監視官の奥さんのことで、自分を責め過ぎるなよ」

実際、その通りだった。話を聞く限り、どんな打開策を打ったとしても一発逆転ホームランにはならなかっただろう。刑事の家族が自分の捜査している犯罪に巻き込まれる……なんてことは刑事だったら誰もが一度は想像し、そして絶対に現実になってほしくない悪夢の筆頭だ。だが、そういうことが起きてしまった。

起きてしまったら……その後で、どうにかするしかない。起きてしまったことは変えられない。事件のたびに、そういう現実を刑事は突きつけられる。そういう現実のなかで刑事をやっていくしかない。

「それは、まあ……」

灼は心ここにあらずという感じで入江に答え、それから、はい、とかありがとうございます、とかぽつぽつと感謝の言葉を口にした。多分、分かっているはずだ。どうにかなってしまったものは自分でどうにかするしかないってことを。

天馬はこれ以上、自分が灼に何か言うべきことも見つからず、かといって報告書作りにも集中できないので、妙に静かな態度で書類を作ってる雛河のほうを見た。ちょっと自分の報告書類用に文面をパクる……いや、参考にさせてもらおうと思ったが、その気配を察知したかのように雛河がやけに素早い仕草で作成を完了した書類を送った。

送り先は、課長の霜月だ。そのまま同じ文章を使ったらバレてお説教を喰らってしまう。仕方ないので天馬は再び自分のモニターに向かった。

しばらくして、やっぱり今夜は入江と一緒に灼を呑みに誘ってやるかと思った。

如月は公安局ビルの展望テラスから、街の景色を眺めている。

強く夕陽が射している。

目が眩《くら》むような真昼の日差しとはまた違う、昏《くら》さを帯びた光は見つめるほどに吸い込まれそうになる。身体を預けている手摺りがなかったら、そのまま飛び降りてしまうかもしれない。夕刻の光にはそのような魔性が宿っている。

展望テラスには、如月以外の人影はない。

他の刑事はまだ職務時間中なので刑事課オフィスに詰めているし、非番の執行官もわざわざ職場と同じフロアにある展望テラスに出てきたりはしない。

如月の本格的な職場復帰は、明日からになる。傷も癒え、執行官の職務適性のテストもクリアしている。

だからこそ、その前に会っておかなければならない相手がいた。

間もなく足音が聞こえ、如月は背後を振り向く。

スーツ姿の炯が立っている。如月の姿を見つけ、歩み寄ってくる。

「……お呼びたてしてすみません」

「別に構わない」

炯はリラックスしたように力の抜けた笑みを浮かべる。

本来、彼は強制休暇を命じられている最中だ。なのに、如月は炯と連絡を取ってしまったから、結果的に職場である公安局ビルまで呼び出すことになってしまった。執行官は潜在犯だから事件捜査以外で外出することは許可されない。だから、部下であるはずの執行官が監視官を呼びつけたようなかたちになり、如月はその非礼を詫《わ》びようとする。

「……俺も君に礼を言いたかった。今回の件では本当に助かった。ありがとう」

だが、炯は気にする素振りひとつ見せない。それどころか感謝の言葉さえ口にする。

「いいえ、私は自分の任務を遂行しただけです……」

これまで目にしたことがないほど穏やかで落ち着いている。だが、それはコップの縁ギリギリまで注いだ水が一見すると安定しているように見えるだけだ。少しでも触れれば、表面張力を維持できなくなって水はコップから溢れてしまう。

そんな炯の危うさに、如月は気づかずにいられない。

彼をそのようにしてしまった責任の一端は間違いなく自分にあるのだと突きつけられた気分になる。罪悪感が胸のなかで膨れ上がっていく。失敗したかもしれない。こんな状態で、こんなタイミングで、自分から話を切り出せるとは思えない。

「あの、舞子さん……、奥さんは……」

気づけば、如月は思ったままの質問を口にしてしまっている。それは相手の傷を抉《えぐ》るような結果を招くかもしれない。

「メンタルケア施設でカウンセリング中だ。サイコパスは悪化したが……、即潜在犯というほどではない」

だが、心配するなというふうに炯は苦笑を浮かべる。

「あ……」

一瞬、如月の緊張が解ける。

「だが、ボーダーに近い数値を出していて、しばらく施設を出ないほうがいいと……」

しかし、すぐに茨《いばら》で胸を締めつけられるような苦痛が取り戻された。大丈夫であるはずがない。かつて事故に巻き込まれた如月はその色相を大きく悪化させた。より凶悪な犯罪に巻き込まれた舞子の色相が無事で済むわけがない。ましてや、彼女は――。

「すみません……」

結局、如月は月並みの反応しか返すことができない。自分が色相を悪化させたとき、周りからどのような助言を受けただろうか。もう思い出せない。自分のことで精いっぱいだったはずだ。他人の言葉に耳を貸す余裕さえなかった。

だとすれば、炯も舞子も、自分よりはるかに強かった。シビュラのない異国からやってきた人々。この社会が世界のどこよりも平和であることを知っているからこそ、たとえ理不尽な目に遭ったとしても、この社会を支える〈シビュラシステム〉の正しさを信じることを捨てずに、生きていくために必要な正しさを失わずに済んだのだ。

「妻は大丈夫……。だが、俺はどうかな。明日、監視官適性の審査がある」

だが、そんな炯でさえ、彼らしくない弱音を口にする。如月の記憶が正しければ、彼が執行官に対して弱気なことを言ったのは、これが初めてのはずだ。

それは彼に自分が信頼されていると思っていいのだろうか。

自分は、彼を信じていいのだろうか。

「大丈夫です。イグナトフ監視官なら」

「そう願う」

信じている。信じるしかない。今の如月を生かしているもの——正しさを信じようとする心を取り戻させてくれたのは、間違いなく炯と彼の妻である舞子だった。

だから、その正しさのために、如月は炯に話さなければならないことがある。

如月は炯と並んで、しばらく無言で夕陽を見つめた。それから、

「あの……」

「ん？」

「罪を、告白してもいいですか」

ぽつりと、雨の最初の一滴が降るように、話を切り出した。

如月は自ら犯した罪について語り始める。

その罰を求めて。

69

霜月がその報告書に目を通したのは、夜も遅くになってからだった。

ここ数日、〈ヘブンズリープ〉教団の組織解体と連続自爆テロにまつわる各方面の事後処理が玉突き事故を起こしたように、次から次へと押し寄せていたからだ。

厚生省文化局を筆頭に教団を支持していた連中は、こぞって掌を返して公安局への恭順を示すか、あるいは担当者が長期休養に出たまま帰ってこなくなった。

連続自爆テロにおいて無自覚の歯車にされた教団の信者たちは、都内各所のメンタルケア施設に分散して収容された。一部は色相悪化が激しかったため、公安局ビル内の潜在犯留置監房に放り込まれている。

そうやって一夜にして政局が入れ替わった。

三郷ニュータウンの信仰特区法案が完全成立し、施行されれば、あの土地は東京都行政府の直轄地になる。都知事の小宮は空白となった入国者コミュニティの指導者の座を結果的に手に入れたことになる。

だが、その一方で入国者を巡る状況は、むしろ悪化の一途を辿っていると言わざるを得ない。都知事は巨大な未来の票田《ひょうでん》の支持を得たかもしれないが、短期的にはその反動で都民や日本人からの反発を受けることは免れない。

公安局刑事課も事件は解決したが、その被害の余波を巡る世論の反発からは逃れられない。現場も軒並み疲弊している。それを監督する霜月はもっと疲弊している。

今夜こそ自宅に帰ると決めて、最後に目を通しておいたほうがいいだろうと思い、一係執行官の雛河が送ってきた報告書に何気なく目を通して、そのまま席から立てなくなった。レポートを読み耽《ふけ》り、そして課長権限で該当するドミネーターの記録映像を公安局のメインサーバーから引っ張り出してくる。

「はあ……？」

映像には、自爆しようとする久利須を説得する灼の映像が映っている。雛河のドミネーターの映像だ。執行官が監視官を照準したことで警告が発せられている、だが、状況的に灼のほうが射線に割り込んでいる。雛河の違反は問うべきではない。

それに問題はそこではない。

霜月は、計測された灼の犯罪係数に視線を奪われている。服用するつもりだったメンタルケアの薬剤が手から零れてざらざらと床に落ちるがそんなことにも気づかない。

「はあああ……？」

灼の犯罪係数は危機的状況に陥るにつれて、下降の一途を辿っている。
四五、二七、一五、七――普通、そんなことは有り得ない。強度のストレス状況下でもクリアカラーを維持できる人間はいる。監視官は、そういう資質を持つ人間がシステムによって選抜されている。だとしても、その数値は一定か、あるいは軽微の増加を示すものだ。ドミネーターに記録されている灼のように、急激な減少を示したりしない。

それでも灼の犯罪係数は下がっていく。

むしろ、ドミネーターは正しい数値を計測し、その精度を増していくかのように。

「はあああああ……⁉」

驚きの余り、霜月は自分の声を抑えられない。

何てことだ。有り得ない。

やがて、慎導灼の犯罪係数は——0《ゼロ》になる。

そのような判定を〈シビュラシステム〉が下すゆいいつの可能性について、世界の真実を知る数少ない人間である霜月は、その答えを知っている。

けっして口にしてはならない、その名前を——

「免罪体質……！」

霜月は、自ら口にせずにはいられない。

＊

この独房は世界と壁で隔てられている。

それゆえに世界で数少ない、本当に自由な場所だった。

この独房に壁の向こうの正義が訪れたとき、システムは自由の領域を奪おうとする。

それでも、私は信じている。

異なる正義と正義の対話が、新たな自由を人々にもたらす標《しるべ》となることを。


珍しく、来客があった。

あるいは、珍しい人物が訪れたと言い換えてもいいかもしれない。

常守《つねもり》朱《あかね》を隔離する独房を、公安局局長である細呂木《ほそろぎ》晴海《はるみ》が訪れている。

「――慎導灼監視官の免罪体質が周知のこととなるのは、君が望まない展開かな？」

ある意味で〈シビュラシステム〉そのものである細呂木が、穏やかな口調で尋ねてきた。細呂木は常守の対面のソファに腰を下ろしている。その容姿は前局長である禾生《かせい》と似ているが、そのような外見をシステムが選んだのか、常守には分からない。シビュラなりの意趣返しなのかもしれないが、そのことについて思考を巡らすときではない。

今、考えるべきは――〝免罪体質〟と呼ばれる例外存在について。

常守は、ある事件の捜査がきっかけで、〈シビュラシステム〉の正しさについて違和感を覚えるようになった。それはいわばシビュラ社会という、多彩な色彩の載った一枚の真っ白な紙に空いた小さな穴のようなものだった。

その穴を塞いでしまうべきか、あるいはどうして穴があるのか、穴の先には何があるのか――常守は後者の問いの探求を選び、そして〈シビュラシステム〉は、穴を見つけたら塞いでしまう選択をした。そのような選択を繰り返し、シビュラ社会は成り立っている。

その違和感、穴について、システムはこう呼んだ。

〝免罪体質〟――それは社会的共感能力に乏しく独自の価値判断・倫理基準によって意志選択を行い、時に社会のルールを著しく逸脱した判断を躊躇《ためら》いなく行う人々――いわば社会との繋《つな》がりを持たず、独自の精神形質を有し、完全に独立した個である者たちだ。

それゆえに、彼らにはシビュラ社会の司法システムの前提となる、犯罪を犯せば色相が濁るという基準を適用することができない。

シビュラ社会には、そのような例外存在が二〇〇万分の一の確率で存在しているとされている。こうした先天的な資質を持つ者たちが生まれることは極めて稀《まれ》で、さらに何も罪を犯していなければ、その精神形質が特異なものであることをシステムは特定できない。とはいえ、例外存在である免罪体質者はシビュラ社会において、周囲の人間と同じ普通の価値判断で行動することが難しく、その孤立を深めていき、犯罪に相当する行為に手を染めやすくなる。そして、その存在がシステムに露見する。

しかし、もし仮に周囲の普通の人々と完全に協調し、決定的な孤立に陥ることなく生きてゆける免罪体質者がいるとすれば、その人物は例外存在のさらなる例外存在として、その正体――免罪体質者であることをシステムに感知されることなく、普通の人々と同様の生涯を歩むことになる。そのようにして生きてきた免罪体質者がいた。

その名は、慎導灼《しんどうあらた》。

〈シビュラシステム〉の眼《め》は、ついに彼を見つけ出してしまった。

「シビュラには、それでも慎導灼を監視官に起用した理由がある。だから、引き続き彼は監視官のまま……でしょ？」

常守は細呂木に――〈シビュラシステム〉に問い返す。

〈シビュラシステム〉は、これまで免罪体質者について、自らの全能性を拡張するためにその回収を繰り返してきた。しかし、今のシビュラは、必ずしもその選択を即座に実行できない理由がある。システムは例外存在を求める。それは全能のシステムにとって理解し得ないもの、感知し得ないものがあってはならないからだ。

「我々の〈狐〉狩りにとって、最も有効な人材だ。シビュラの盲点を埋められるのは、シビュラの一員になれるものだけ」

そして今、システムは例外だけでなく、盲点の在《あ》り処《か》について探っている。

その盲点は、互いに異なる正義によって対峙《たいじ》する道を選んだ常守朱と〈シビュラシステム〉にとって、しかしその発見という点において目的が一致している。

だが、そのために下される選択について、常守はシステムに追従することはない。

「狡兎《こうと》死して走狗《そうく》煮らる……」

「……ふむ」

ふいに常守の発した言葉に、細呂木は微《かす》かな笑みを返す。

常守はシステムの思惑を正確に把握している。しかし、慎導灼に与えられるべきは執行猶予ではない。孤立ではなく繋がりを選んだもの――罪を犯さざる例外存在に対して社会が与えるべきは、何にも侵されざる自由でなければならなかった。それは彼以外のすべての人間に当然のものとして与えられてきたものだ。

例外を例外ではないものにする。

その方法について、常守朱と〈シビュラシステム〉は決定的に対立している。

今なお戦いは続いている。

「——一係の猟犬たちを使い捨てにはさせない。彼らはきっと、自分たちの力で真実に辿り着く」

常守は、一歩たりとも退くことを選びはしない。

PSYCHO-PASS《サイコパス》 3

C

第四章　Cubism

30

如月《きさらぎ》は公安局ビルの展望テラスで炯《けい》と向き合っている。

沈みゆく陽《ひ》の名残りは、いつもより長い気がする。それゆえに陽の当たらない互いの半分の横顔は暗く濃い影を纏《まと》っている。

「罪……？」

「前任監視官の『事故』についてです」

如月がその言葉を口にすると、炯がすっと目を細め、それから小さく頷《うなず》いた。

「……聞かせてくれ」

その促しが、如月に過去への扉を開けさせる。硬く、重く、閉ざし続けたもの。目を背けることを欲し、もはや目を背けることのできないものに、光を当てるときがきた。

「私には、恋人がいました。私は当時、スイミングアスリートで、相手はスポーツカウンセラーの男性でした——」

企業所属のプロフェッショナルのアスリート。それが一般人だった頃の如月の仕事だった。〈シビュラシステム〉の適性診断に基づく最適な仕事。

もちろん、そのサポートを行うコーチ兼カウンセラーだった男性もシビュラの相性診断によって選ばれた。如月を導く彼はとても有能で、性格も優れていて……何もかも如月と相性ピッタリだった。

「経歴には目を通した。二人が乗っていた車が事故に遭ったと……」

だが、あるとき事故が起きた。自動操縦が前提になった社会で交通事故というものは滅多に起こらず、事故が起きるとすれば、それはいつも人間側の過失——すなわち人為的なミスが原因だった。そして、如月が遭遇した事故も、そうだった。

自動操縦で安全に走行していた如月の車に相手の車が突っ込んできたのだ。

義務化されている自動操縦システムの更新を怠り、交通管制システムとのミスマッチが起きた。免許は持っていてもマニュアル運転など一度もしたことがなかった相手運転手はハンドル操作を誤り、対向車線の車列に突っ込んだ。

如月たちの車に正面衝突した。

どちらの車両も大破し、当然、搭乗していた如月たちも重傷を負った。

「相手の過失でした。彼も私も後遺症で色相が……。なのに、加害者は罰金刑を受けただけで平然としていました」

頸椎《けいつい》の損傷。事故で身体《からだ》を強く打った如月は日常生活を送る程度なら支障はないが、アスリートとして致命的な損傷を被《こうむ》った。当然、企業との契約は打ち切りになった。一方で同乗していた男性も負傷に加え、愛する教え子の選手生命が絶たれた事実に気を病み、そのストレスで色相が濁った。どちらもカウンセリングを経て、隔離施設へ入所した。

だが、一方で加害者の相手ドライバーの色相が濁ることはなかった。システム更新の怠慢やハンドル操作の失敗など数々の過失は認められたが、すべてはあくまで偶然であって、悪意を持っていたわけではないと弁護士を通じて主張したのだ。

その主張は、自身の色相が悪化しなかったことで正しいものとして認められた。

綿密で集中的な色相ケア、カウンセラーや弁護士を抱き込んだ言質《げんち》の獲得によって相手は自分の色相を守り切った。本来、被害者であるはずの如月たちの色相が悪化したことも、かえって相手の無罪証明に利用された。

被害者とされる連中の色相が悪化したが、加害者とされる自分の色相は悪化していない。ならば、自分は悪くない。ある種のメンタルタフネスは詐欺師のような自己弁護で自らすら騙《だま》し切ってしまう。

そんな理不尽な現実を突きつけられても、如月は何もできなかった。そして隔離施設へ入所したときには、加害者と被害者の明暗は分かたれていた。

「その後、隔離施設で装置の故障があり、潜在犯の脱走事件が起こった……」

如月と男性は別の隔離施設に入所し、交流も途絶えていたが、あるとき噂《うわさ》を聞いたのだ。施設のシステム故障によって重篤潜在犯が逃亡しようとしたことで、その隔離施設では全館を挙げての対処が行われた。毒ガスの噴霧で多くの巻き添えが発生した。

「全員、殺処分。私の恋人もそこに……。やり場のない怒りを嫌というほど味わいました。執行官就任を受け入れたのも、怒りの矛先が欲しかったからです」

如月の色相はいっそう濁った。ふわふわした幸福な世界と信じて疑わなかったシビュラ社会から自分の心は完全に切り離されてしまった。如月は孤独だった。

隔離施設を出て、執行官として職務を行う日々。潜在犯を見つけ、ドミネーターによって執行する毎日。自分と同じ立場の潜在犯を撃つことそのものに如月は罪悪感を抱かなかった。まるでシステムの一部になったようにすべてが無感覚だった。

あの日――事故の被害者であったはずなのに、色相が濁ったからという理由だけで無慈悲に自分たちを見捨てたシステムと同じように潜在犯を処理し続けた。

「そんなとき、あるオンラインカウンセリングを見つけて……。気紛れに回答すると、妙な文面が現れたんです」

だが、そんな空虚な日々に、あるとき、火の一滴のような感情が生じた。

自室のベッドで完全なルーチンと化したストレッチとトレーニングを終えてから、タブレット端末でネットに接続すると、『パナケイアの泉』というサイトを見つけた。

潜在犯である執行官は、ネットへのアクセスが制限されている。ＳＮＳへの投稿や自分から情報発信を行うことはできないし、閲覧サイトも検閲されている。

そんな人間にアクセスが許されるオンラインカウンセリングなど、便所の落書きのような下卑た投稿ばかりが集まるサイトくらいしかない。

ただ、そのときだけは違った。

――自分のサイコパスを守りながら報復を可能とするネットワークにようこそ。

画面に表示された一文には、狐《きつね》を模したマークが添えられていた。

何だこれは？　オンラインカウンセリングの皮を被《かぶ》った悪趣味なアングラサイトにアクセスしてしまったと思い、如月は接続を切ろうと思った。だが、頭で考えていることとは裏腹に、勝手に自分の手が動いていた。

「半信半疑のまま、そのサイトで事故の加害者への報復を依頼しました」

ひどく事務的な作業だった。行政文書を入力するように、事故を起こした加害者の身辺情報を気づけば入力していた。事故から時間は経過していたが、相手の名前や職業、住所、ＳＮＳでのアカウントまで仔細《しさい》に記憶したままだった。

隔離施設に入所するまでに調べ上げたすべての情報を、如月は少しも忘れていなかった。そのときようやく……事故を起こし、自分たちの人生を破滅させた相手を恨み続けていたことに気づいた。怒りや憎しみ、どうしようもなく昏《くら》い感情が一気に点火した。

「……それで？」

「相手がまた事故を起こしたんです。私も執行官として調査に出て……、その人も色相が濁っているのが分かり、喜びました」

かつての事故のときとはまったく立場が変わっていた。執行官が世間から死神のように扱われ、忌避される存在だとしても、その恐怖心によって色相が濁った相手を威圧する光景に、嬉《うれ》しさが込み上げてこなかったといえば嘘《うそ》になる。

結局、この身勝手な加害者さえもシステムの裁きからは逃げられないのだ。長い時間を経て巡ってきた復讐《ふくしゅう》の機会とも言える時間の濁り切った甘美さを味わった。執行の恐怖に相手は竦《すく》み上がっていた。あの瞬間の相手の哀れな姿を如月は忘れない。その哀れな相手を暴力的に打ちのめす自らの醜悪さもまた二度と忘れられない。

そんな話を聞かされて、炯が眉間に皺《しわ》を寄せている。当然だ。自分に嫌悪感を覚えるのは当たり前のことだ。しかし、あの頃の自分はその嫌悪感の棘《とげ》に目を背けるように、自らが取り込まれた偽りの正しさにのめり込んでいった。

「以来、ネットワークから私に指示が来るようになりました。空メールの転送や、消火器を隠すとか——」

どれも些細《ささい》な指示ばかりで、実際に実行したところで身の周りでは何も変化は起きなかった。それが遠大なドミノ倒しだったと知ることになるのは、もっと後の話だ。

ただ、この社会のどこかで、かつての自分のような理不尽な目に遭った誰かの助けになっているかもしれない。おそらくそれは、この社会から見捨てられた誰かにとってよいことなのだという身勝手な考えに支配されていた。

　復讐の依頼は一回だけ。あとは執行官としての職務をルーチンでこなすように、そのネットワークの不可解な作業もルーチンでこなしていった。

「そしてあの日、整備班に検査の要望書を送るようにと……」

　決定的な瞬間は、あるときふいに訪れた。

「要望書？」

「――『公安車両のエンジン音がおかしい』と」

　如月はいつものように、ネットワークの指示に従った。たわいもない嘘の報告。実際に調べたところで何も不調など見つからない。それなら別に問題ないと思った。

「その直後、前監視官の二人が……」

　だが、「事故」が起きた。あの日、雨が降っていた。現場へ向かう監視官たちが乗った公安車両が突如としてカーブでスリップを起こし、如月たち執行官を乗せた護送車の目の前でガードレールを突き破って転落していった。

　かつて自分が経験した事故よりもはるかにひどい事故によって、公安車両は激しく壊れ、片方の監視官は即死、もう一人も重傷を負い、色相を濁らせた。

「記録では、多数の整備ミスが原因だ」

その通りだった。公安車両には、ひとつひとつは些細だが積み重なれば致命的になる整備ミスが多数生じていた。誰もが整備指示書に従い、組み込むべきでない部品を組み込み、繋《つな》ぐべきでない配線同士を繋ぎ、緩めてはいけないボルトを緩めていた。そして無自覚に監視官たちを事故で殺すための鉄の棺桶《かんおけ》を作り上げていた。

「私も偶然だと思い込もうとしました……。でもお二人の捜査を見た今は分かる」

その細工を施すことになる最初のドミノのピース、それを倒すために検査要望書を送ったのは自分だった。

「私は、歯車のひとつだったんです」

無視しようと思えば無視できた。単なる偶然と片づけてしまえばいい。しかし、如月は自らが倒したドミノの全体図を想像してしまった。そうなったら、もう、自らの犯した罪に気づかずにはいられなかった。ネットワークとの関係を断った。

「……私は指示を無視するようになりました。するとてくるようになって」

だが、今度はネットワークのほうが接触を繰り返してきた。しかも、具体的な指示は何ひとつ出したりはしない。ただ、戻ってこいと囁《ささや》き続ける。殺処分された恋人の名前とメッセージ――〝ぼくを忘れないで〟――その復讐の意志、自分が何をしてしまったのか忘れるなと言わんばかりに。もうお前は後戻りできないのだという警告。

「脅迫か。だが、誰にも相談できなかった」

「はい……」

できるはずがなかった。自分が復讐心に駆られ、手を出してしまった犯罪ネットワークによって、自分の上官というべき監視官に間接的にせよ危害を加えたのだ。〈狐〉は自らを防衛するために、その無数の群れを動員した。如月はその群れの一部だった。歯車にされていた。その真実に気づき、協力を拒んだとしても、犯してしまった罪が消えることはない。どんなことをしても償えない。帳消しにならない。

「そして、教団施設にいたあの男が……、花を送ったと分かりました」

どれだけ逃げても、〈狐〉は追ってくる。裏切り者は許さない。逃げられない。まるでそう警告するように、ついには、あの男が自分の前にやってきた。〈狐〉のネットワークの歯車として、役目を果たすときがまたやってきたぞと悪魔が囁くように。〈狐〉を追う者たちを――一係監視官の炯と灼を始末する手伝いをしろと言わんばかりに。

「梓澤廣一《あずさわこういち》……」

炯が、如月の示唆する相手の名を口にした。その顔は驚愕《きょうがく》に固まっている。

「あの男に……私は、操られていた……」

茫然自失《ぼうぜんじしつ》の状態にあったと言い訳し、何が起きるのか分からず犯罪に手を貸していたとしたら、それは必ずしも罪に問われない。だとしても、如月は自らの罪を忘却することはできなかった。

「だが抵抗した。脅迫も拒んだ」

協力を拒んだのは、犯した罪への恐怖からだ。

裁かれたくない。殺処分されたくない。裏切り者だと後ろ指を指されて今の場所から去りたくない。まだ何も償っていない。償う方法も見つからない。

だから、炯の言葉に如月は頷くことも否定することもできない。ただ、展望テラスから太陽の沈んでいく空を見た。目を灼《や》くような光。それでも、その眩《まばゆ》さを見つめ続けることを止《や》められない。

「最初の加害者はどうなった？」

やがて、炯が尋ねた。

「一時的に隔離されましたが、色相も回復し、普通に暮らしています」

如月が実行した報復によって色相を濁らせた相手は、その後に色相を改善し、元の暮らしに戻った。呆《あき》れるほどのメンタルタフネス。きっと自らが犯した過ちのことさえも覚えていないのだろう。その愚かさを、しかし如月はもはや憎めない。自分もまた同じだったことに気づいてしまったからだ。自らの行いが何をもたらすのか。その想像の欠如。歯車としての生は確かに色相を濁らせない。だが、それはけっして幸福な人生ではない。それはとても安定しているようで……自由と最も遠い場所にある。

「今はどう思っている？」

「最悪の事態になる可能性もあった……。自分の弱さが悔しくて……。処罰を覚悟すべきと思い、こうしてお話ししました」

もはや復讐を望む価値もない。自らを汚すことで相手を破滅させ、その代償に自らもまた破滅する。そんなくだらないことで自らの感情を慰めていたことが悔しかった。

強くありたいと――これほど望んだことはなかった。

だから罪を告白し、罰を欲した。そうしなければ、犯した過ちを償えないから。そして、このひとなら自分を正しく罰してくれるという相手と巡り合った。

その相手は今、悲しげな面持ちに微笑《ほほえ》みを生じさせている。

「俺は、お前も一係の結束も信じている」

その言葉が、何よりも如月の心を罰してくれていた。

如月もまた信じている。今の一係に宿るもの、正しさというものを。

「俺が課長に話す。今はまだ誰にも話すな」

自らの肩に触れる炯の手の温かみが、如月の身体を覆い自己と世界を隔ててきた薄い膜のようなものを溶かしていった。

「あの……、聞いてくださって感謝します」

「俺も、話してくれて感謝する」

如月は正しさに身を委ねることを止められた。自らにとっての正しさを選び取った。

29

父が車を整備していた。

一〇〇年以上前のヴィンテージ車両。すべての部品が組み合わさり、連動することによって初めて車が動作する。ガレージでジャッキアップされた車体の底面には多くの金属の管が走っている。どの部品からどの部品へと力を伝えるのか想像もつかない。難解極まりないパズルのようなしろものだ。

やがてジャッキを下げ、今度はボンネットが開かれる。父は魔法のように手際よく整備していく。オーケストラの楽団を率いる指揮者のように、部品ひとつひとつの役割、その存在理由を余すことなく把握しているのだ。

幼い灼《あらた》は、父の鮮やかな修理の手つきに魅了されている。

「とても優れた設計でな。どんなに古びても、メンテナンスで必ず蘇《よみがえ》る」

「カウンセリングみたい」

灼は率直な感想を口にする。よく考えて言葉を口にするのと同じくらい直感から生じる言葉も大切なのだ、と父に教わっていた。

「確かに、メンタルケアと車弄《いじ》りは似てるな」父は息子に頷き返した。「心も、手間をかければクリアになるし……、わざと壊すこともできる」

「……え？」

そして、よく分からないことを言った。よく分からなかったから、灼は長い歳月を経た後もその言葉を覚えていた。直感的な引っかかりは、心の奥底に沈んだ釣り針の破片のようなもので普段は意識されない。夢。すべては夢の中で無意識に蘇る過去の記憶。

「よし。灼、エンジンスタート」

父がそう言ったので、幼い灼はハンドルの脇に挿《さ》さっている車のキーを回した。

ブルン、と車体が震えた。命を宿したようなリズミカルな振動が伝わってくる。

車の中で、父と息子はしばらく一緒にエンジン音を聞いた。

息を吹き返したような車の様子に、幼い灼は嬉しくなる。

「調子よくなった。機械は素直だね」

「心もそうだ。心理的影響は計測できるし、シビュラには罪の可能性もお見通し」

父が頭を撫《な》でている。とても大切なことを言っている気がしたが、灼にはよく分からない。しかし、〈シビュラシステム〉がとてもすごいものだということは、幼いながら知っていた。そのせいだろうか……幼い灼は、時折、〈シビュラシステム〉という名前を聞くと背筋がぞくりとする。どうして、シビュラという名前を聞くと怖くなるのだろう。

「だが……、お前のサイコパスは特別だ」

頭を撫でてくれる父親が語りかける言葉を聞いていると、その恐怖はたちどころに去っていく。怖くはない。何も怖くはない。何を怖がっていたのかさえも覚えていない。

ガレージの入り口から、来客を報《しら》せるチャイムが鳴る。これも父が自らの手で修理したものだった。ホームセクレタリーを経由せず、スイッチと配線、チャイム――シンプルなアナログの仕組みで動いている。チャイムはチャイムの役割だけを果たす。

車のエンジンを止め、父は入り口へと向かっていった。シャッターの脇にある扉を開ける。幼い灼もすぐ後についていっている。

「お久しぶりです。慎導《しんどう》監視官」

来客者は扉の前で待っていた。

「煇《あきら》くん。よく来てくれたね」

父がその名を呼んで来客を歓待する。チャイムを鳴らしたのは、煇さんだ。

「炯くん！」

そしてもう一人、自分と同じくらいの背丈の少年の名を灼は呼ぶ。炯は口元まで隠れるくらい大きなプルオーバーコートを着ている。俯《うつむ》きがちな顔、碧《あお》い眸《ひとみ》で灼を見ている。

「灼、炯くんと遊んでいなさい」

父に言われて、灼は元気よく頷いた。元からそのつもりだった。炯がやってきた。とてもうきうきしていた。灼は炯に向かって手を差し出した。

「うん。おいで、炯くん！」

炯はその手をじっと見たまま、動こうとしない。構わない。灼は待っている。きっと相手もいろんなことを考えているはずだから。大丈夫。

「ほら」

やがて、煇が弟の背中をそっと押した。その力に勇気づけられたように炯は一歩前に出て、灼の手を握った。

その手を摑《つか》む力。互いに互いの手を摑む力。灼は炯の手を引いて、そして一緒に走り出す。ガレージの前から庭へ、じゃれ合う二匹の仔犬《こいぬ》のように思いっきり駆けていく。

どこに遊びにいこうか。候補が浮かび過ぎて決められない。だから、二人で一緒に決めよう。二人で何をするのかを。いつだってそうしてきたように。

二人を父と兄が、微笑ましいものを眺めるように見送っている。

彼らの様子を、そして灼は一人佇《たたず》み、見つめている。ここにはいないはずの大人になった自分が、ここにはもういない人たちと過ごした日々の記憶の中に立っている。

あの頃、雨はまだ降っていなかった。

そして目が覚めた。

硬く冷たい床の上だった。青い光が窓から差し込んでいる。

深夜の刑事課一係のオフィス、窓際に配置された監視官デスクの傍《そば》に敷いた寝袋にくるまっている。灼はアイマスクを外しながら、誰もいないオフィスを見回した。どうして自分はこんなところで眠っているのだろう。

定時を迎えても先日に発生した連続自爆テロ——その報告書の作成が終わらず、段々と眠気が抑えられなくなり、仮眠を取ることにしたのだ。

ゆっくりと伸びをした。いくら何でも寝過ぎだった。すっかり夜半を迎えている。刑事課オフィスも消灯されている。誰も起こさずに放っておかれたのだろうか。あるいは殴っても蹴っても起きなかったので放置されたとか？

のっそりと起き上がると、デスクのモニターにメモが貼られていた。灼が普段からベタベタと貼りつけているメモに混じらないよう画面のど真ん中に。

絶対に気づかせるという相手の意志のあらわれ。

『先に帰った　炯』

ああ、そうだ。やっぱり炯だ。多分そうだろうなと思った通りだった。いつまでも起きない灼を炯が引きずって家に帰るわけにもいかない。それぞれに帰るべき家があり、それは互いに異なるものだから。

　そのとき、ふいに左腕に峻烈《しゅんれつ》な痛みが奔《はし》った。

　思わず、呻《うめ》き声が洩《も》れるような痛みだ。幻肢痛《ファントムペイン》。それは傷のないところから生じる痛みだ。腕を失った人間がその存在しない腕に痛みを覚えるように――灼は傷ひとつないはずの己の左腕が肘から先で断たれたような錯覚を覚える――雨が、降っている、――連続自爆テロの主犯である久利須《クリス》をメンタルトレースして以来だ――空気に冷たい気配が混じり――爆《は》ぜる火のような音が聞こえる――獣の仮面を被った男がすぐ傍に立っている――私の罪は……我が子のため……――久利須の呻くような声が聞こえた――獣の仮面の男は久利須であり父であり幼い灼自身でありそして自らの知る誰とも違う何者かだった――灼は息を殺す――意識を逸《そ》らす――自分が気づいていると悟られなければ相手も自分に気づかない――思考に没頭する――雨が降っている――血塗《まみ》れの名刺――慎導篤志《あっし》と記され――狐のマークが刻印されたその名刺を灼は手に取って――〝お前のサイコパスは特別だ〟――ふいに蘇る言葉――幼い灼の頭を撫でる父の大きな手――あの言葉を、果たして自分は初めてどこで聞いたのだろう。

「おれは、何なんだよ……、父さん」

　思い出すことはできない。しかし、そのぽっかりと穴の開いたような空隙は、確かにそこに生じていた。とても深い、底知れない暗黒の果てにある水底《みなそこ》。それは誰も知ることのない絶対の孤独とともにある。

28

紅蓮《ぐれん》の炎を思わせるイミテーションの紅葉《もみじ》の樹《き》が庭に植えられ、そこから零《こぼ》れ落ちた火が灰となって地面に落ちたように庭園は枯山水に整えられている。

政府の要職者御用達《ごようたし》の料亭に、霜月《しもつき》は呼び出された。会食はいつも気が進まない。特に、公安局局長の細呂木《ほそろぎ》と一対一の席ともなれば、気づまりもひとしおだった。

「……ずっと免罪体質者と一緒にいたなんて」

食事が一段落した頃、霜月はぽつりと言った。嘘偽らざる感情をそのまま口にしている。免罪体質、と名のつくものに霜月はよい思い出がない。むしろ、古傷を抉《えぐ》られるような苦痛を覚える。刑事になる前も刑事になってからも——霜月は免罪体質者を巡り、かけがえのないものを失ってきた。取り返しのつかないものを失わせてしまった。

それは呪いを帯びた剣でつけられた傷のようなもので、どれほどの時間を経てもけっして癒えることのない生々しい痛みを発し続ける。

しかし、霜月はその苦痛を訴えることはない。痛みに苦しんでも、痛みを訴えるような資格はないからだ。苦々しい痛みが胸の奥で苛《さいな》み続ける。何者にも打ち明けることのできない真実と秘密を霜月は胸の裡《うち》に抱えたまま生きている。

「おや、この私の中身を忘れたか？」

そうした霜月の懊悩《おうのう》を嘲笑《あざわら》うように、細呂木が珍しく冗談めいた言葉を口にする。本人に嘲弄《ちょうろう》の意図はない。霜月の言葉を文字通りに受け取っているのだ。それはシステムに最も近く、システムそのものでもある存在らしい反応でもある。

「……当然、常守《つねもり》元監視官も知っていた。何らかの取引の結果、慎導を監視官とした」

霜月は眉間に皺を寄せ、自らの推測を口にした。霜月は世界の真実の一端を知っている。しかし、そのすべてを知っているわけではない。世界の中心を囲うように引かれた境界線の前で、霜月は踏み留《とど》まる選択をした。その一方で、臆することなく境界線を跨《また》いで行ってしまった人間もいた。

それは常守朱《あかね》という女性で、霜月と同じ刑事課一係の監視官だった。

彼女は、どこまで知っていたのだろう。あの慎導篤志の息子――慎導灼を獄中にある常守が推薦したことがすでに特例だったが、そこにはまだ表沙汰になっていない幾つもの特例事項が隠れ潜んでいるのだろう。

常守が灼を推薦すると決め、霜月が炯を推薦すると決めた。果たしてその逆は有り得たのだろうか。知り得た真実の不均衡を今さらながらに霜月は思い知らされている。

「その推測はさておき……監視官適性が規定値以下となれば、慎導灼を通常通り処理する。異存あるまいね？」

処理、という言葉が具体的にどのような処置を意味するのか、霜月はその意味を悟っているが、想像するような愚を犯さない。常守は正義そのものとなっていくような選択をした。しかし霜月にはそこまでの強さはなかった。正義を信じること、それが自分にとって限界だった。そして霜月が信じる正義《システム》はときに常人には理解し難い独自の正しさを躊躇《ちゆうちよ》なく実行しようとする。

「はい。監視官の力を最大限に発揮させるという私の務めも変わりません」

しかし、霜月は心中の懊悩をおくびにも出さない。

細呂木が満足そうに頷いた。この局長は――以前の局長である禾生《かせい》と比べ、幾らか柔和な反応をする。そうした心理作用をシステム側が計算しているのだろうか？　いや、そこまでシステムは自分を唯一無二の対象としては認識してなどいないだろう。

霜月は余計な思考を捨て、話を続けた。自らの果たすべきこと、免罪体質者であることが判明した慎導灼が為《な》さなければならないことは引き続き、変わっていない。

「問題は、この社会に寄生する存在。――私の考えでは、〈ビフロスト〉はシビュラ以前から存在しなければ成立し得ません」

霜月たちがシステムにとって不可視の存在たる〈狐〉を追ううちに、その巨大なネットワークを統御する頭脳のようなものを仮定せざるを得なくなった。

それが〈ビフロスト〉と呼ばれる集団。彼らはどういうわけか、完璧な監視網を築いているはずのシビュラの眼《め》に映らず、これまで完全に不可視の存在であり続けた。

純白に輝くもの。透明に澄んだもの。過去、システムはそのような脅威に直面してきた。しかし、〈ビフロスト〉はある意味、より厄介なしろものだった。これまで認識されぬがゆえに攻撃を仕掛けてきた者たちと違い、〈ビフロスト〉は認識されぬものであるがゆえに、そのまま無に溶け込もうとしている。在るはずなのになく、ないゆえに在るもの。

そのような存在を生み出すためには、システムが誕生する以前に遡《さかのぼ》らなければならない。しかしどのような存在でさえも時間を遡るすべを持ち得ないから、必然、〈ビフロスト〉と呼ばれる不可視の集団は、シビュラ以前の存在でなければならない。

「そんな存在が有り得るかね？」

「仮説です。調査し、直接ご報告します」

問題はすべてが仮説に過ぎないことだ。それゆえに徹底的に調べ上げ、その存在を摑まなければならない。完全無比たるシステムであるシビュラにさえも見通せないもの、ある意味で徹底して物理的な存在は、機械ではない人間でなければ見つけられない。

「君は優秀で、理想的な市民だな」

そのようにして、果たすべき役割をまっとうすることに霜月は疑問を抱かない。人間が機械を使役するのではない。機械に人間が使役されている。

ロボットの語源は、奴隷や強制労働という意味の言葉だったとも言われる。人間以下で人間よりも便利な存在。多分、そのとき人間はひとつの勘違いをした。人間より便利な存在は、当然、人間よりも優秀だ。そして人間が便利さを追求していった結果、自分より優秀な機械の言う通りにしたほうが有益だという真実に気づいてしまった。〈シビュラシステム〉は、人間より優秀で、それゆえに人間を従える機械だ。

「……シビュラにとって退屈な存在に過ぎないことは分かっています」

その社会で優秀であることは、システムにとって交換可能な優れた部品であるということだ。システムからすれば、何の面白みもないだろう。

事実、そのような評価をかつての霜月はシビュラから下された。決定的な差。常守朱《かのじょ》と霜月美佳《じぶん》――システムは、この二人にまったく異なる価値を見ている。

「近頃は、そうとも限らないがね」

ふと、帰り際に席を立った細呂木が言った。

覆されつつある評価の裁定を、霜月は素直には喜べない。

その賞賛のようでもあり、警告でもあるような言葉を、細呂木は何の目的もなしに発することはない。機械は人間のような不安定な情緒に流されない。

だから、運転手が普段よりも情緒が少し不安定になっていても、自動操縦の公用車の運転が乱れることはない。

景観ホロに彩られた超高層ビルの合間を縫う新首都高速の高架道路。

会食からの帰路、霜月は運転席で腕を組んで座っている。飲酒はしていないが――それは市民として当たり前のことだ――ハンドルを握り、アクセルを踏むこと自体が霜月は好きではない。それは旧時代的で野蛮な行為だ。

「……なんて厄介なのを推薦したんですっ！」

そして霜月は公衆の面前であれば、野蛮極まりないと眉を顰《ひそ》められそうな大声で叫んだ。

『でも優秀でしょ』

ホログラムで投影される常守は、未決囚として投獄された人間らしからぬ朗らかな態度で応える。接見禁止措置が取られた彼女と自由に通話できる人間は限られている。霜月だって、常守と通話がしたくてしているわけではない。

しかし、今は違う。通話しなければならないから通話しているのだ。

「例の残党も現れて……何でもかんでも潰すから、こっちがとばっちり受けるんです！」

なので、ここぞとばかりに文句を口にする。

『私一人でやったような言い方だけど……』

霜月がひとしきり話し終えると、常守が呆れたように小さく笑った。まあ、確かに投獄されている常守に文句を言ったところで、外務省の行いをどうにかすることはできないだろう。そもそも、すべての発端になった出来事において、確かに常守はその中心にいたが彼女だけがすべての責任を担ったわけではない。

誰か一人の責任ではない。しかし誰も悪くないとは絶対に言えない。それゆえに誰かが絶対に正しかったわけでもない。

それでも、霜月は常守から確かに受け取った何かがある。それは霜月にとっても手に余る厄介極まりないしろもので——それでも、自らの手から放り出すような無責任な行動を取るつもりはない。意地がある。自分にも公安局刑事課課長の意地がある。

「とにかく！　余計な真似《まね》はしないでください。新人監視官二人は私が面倒見ます」

『それって……』

だから、そのはにかんだような笑いを止めろ。嬉しそうにニコニコするんじゃない。あなたを喜ばせるつもりで言ったんじゃない。まったく……まったく、この先輩は何もかもを変えてしまったくせに、自分自身は何も変わってなどいないのだ。

「刑事課は人手不足なんです！　……今、慎導を失うと困るんですよ！」

ただ、彼女はいなくなってしまった。刑事課一係から。

そして刑事課一係から常守がいなくなったとき、多くの刑事たちが離脱して、霜月は確かに困ったのだ。だから困ったことになるのはもう勘弁だ。

もう誰一人として刑事課から、失ってなるものか。

27

すでに火災の痕は外から窺《うかが》い知ることはできない。

東京近傍、三郷《みさと》ニュータウンと呼ばれる入国者の街で、連続自爆テロが起きた。その混乱の余波は事件が解決してからも続いている。事件が大規模であるほどその被害は根深く残り続けるのだ。

異なるがゆえに新しい隣人たちを日本がどう受け入れていくのか——その問いが、執行官を辞め、ジャーナリストになった六合塚《くにづか》の脳裏に浮かんでいる。

もはや六合塚は刑事ではなく、それゆえに犯罪を追う必要はない。しかし、気づけば新たな刑事課一係の捜査に繰り返し手を貸していた。それは過去への郷愁だろうか？

そうでもあるが、そうではないと六合塚は思っている。

六合塚は取材用のカメラ付きレコーダーに向かって立ち、語り始める。

「——移民政策の劇的な変化が、今回の連続爆破事件を招いた。そもそもなぜ変化は起きたのか。私はそのきっかけに無関係ではなく、今も答えを求め続けている」

六合塚は公安局ビルの高層フロアにある食堂で霜月と会っている。

ランチ時には刑事課だけではない一般職員も多く訪れるから、執行官時代の六合塚は何となく彼らの目線が面倒くさくて、唐之杜《からのもり》のラボで適当な昼食を取ることも多かった。

逆に、縢《かがり》などはよく食堂を利用していた気がする。縢秀星《しゅうせい》。同い年で自分よりも少し誕生日が後だったから——あと自分より少し背が低かったから——六合塚は同じ刑事課一係の執行官だった縢を何となく弟みたいに見ていたところがあった。

だが、首都全域を巡る大規模な騒乱——広域指定事件が発生し、その捜査中に縢は脱走を図った——少なくとも公的にはそういうことになっている——それっきり行方不明になった縢の顔を六合塚は二度と見ることはなかった。まるで穴に飛び込んだまま二度と帰ってこなかった少女《アリス》みたいに。キャロルの物語でアリスは自分の家に帰ってきた。

しかし、縢が帰ってくることはなかった。

あれからもう、七年以上の歳月が過ぎた。今の六合塚は執行官ではない自由の身だから、縢の行方を探すこともできる。試しに都内の廃棄区画や〈出島《でじま》〉のコミュニティをそれなりに探ったことはある。けれど、上がってくるのは、過去の事件捜査での大捕り物の顚末《てんまつ》くらいのもの。彼の行方を辿《たど》る手がかりのひとつさえ見つからなかった。そして、ひとつの確信を抱いた。たとえ生きているにせよ、死んでいるにせよ、多分——去ることすら告げずに去った縢と自分が会うことは二度とないだろう、と。

「……インタビュー？」

そして、霜月の言葉に六合塚は過去への追想を止めた。テーブルに置かれたパニーニのランチボックスから目を離す。霜月は多分、今日の気分でそれをランチに選んだのだろう。単なる偶然。しかし、そこに何か運命めいたものをふと感じてしまう。

変わりゆくもの。変わらずそこにあるもの。

「正義についてのドキュメンタリーです。この国の正義の変容を感じませんか？」

六合塚は気持ちを切り替え、ジャーナリストとして霜月に問い返す。

「人間の正義に価値はない……なんて、公安局員が言うと問題ですかね？」

「霜月課長にとって正義とは？」

「神を疑うなかれ。神を試すなかれ。シビュラの正義と価値は考えるまでもない」

霜月は敬虔《けいけん》な信徒のように、シビュラの絶対的正義を口にする。それは日本人としては特別な振る舞いのように見えるが、多くの日本人の心情を代弁している。

この社会はすべてがシステムに立脚している。サイコパス。犯罪係数。ドミネーター。〈シビュラシステム〉――その正義の変容は、シビュラの正義の揺らぎとも言える。そのような変化をこの社会は望まない。

「では……」

「駄目とは言ってません。他ならぬ弥生《やよい》さん……、元執行官の頼みですから」

しかし結局、霜月は刑事課一係への密着取材の許可を出した。

「ありがとう」

そう言うと、今度は霜月のほうが何かを訴えるような視線を向けてくる。

「でも、もうちょっと本音で話してくれてもいいんじゃないですか？」

「本音？」

六合塚は霜月の意図を測りかねる。だから答えを待った。

「……先輩のためなんでしょ」

霜月の言っていることは間違っていない。常守が監視官でいられなくなった後、宜野《ぎの》座《ざ》たちが行動課を選んだように、六合塚もジャーナリストの道を選んだ。その延長線上にこの仕事があることは間違いない。

「そう単純な話ではないわ」

しかし、それだけがすべてではない。

今はまだ、それだけしか答えることができない。

26

そしてインタビューが始まった。

通常勤務の合間を縫っての取材だ。一係監視官の灼と炯の話を聞くのは、新宿《しんじゅく》にある高層ビル屋上のカフェだった。秋も深まる時期で、晴れ渡っているが、風が冷気を孕《はら》んでいた。三脚に固定したカメラの録画を開始し、六合塚は彼ら二人に向き合った。

「幼なじみ同士で、現場も同じ。上層部に何か意図があったのでしょうか」

「意図って……」

「セットで選ばれたわけじゃない。お互いの適性が合っただけです」

だが、出鼻を挫《くじ》かれるように、灼と炯の間に硬い雰囲気が横たわっていた。

灼は何かを言いあぐねているようだし、炯は突き放すような態度を取っている。

二人は並んで座っているものの、視線ひとつ合わせない。

「こいつは……、まあ一生懸命やってますよ」

やがて、炯が表面上は灼を褒める言葉を口にした。だが、それが本心ではないことは誰の目にも明らかだった。露骨に視線を逸らしている。

「なんだよ、偉そうに」

案の定、灼が気分を害していた。炯に視線を向けることもしない。身体的動作を伴わない返事は、それだけ何かを強く抑え込もうとする心のあらわれのように見えた。

「褒めただろ」

なおもつっけんどんに炯は呟《つぶや》き、それっきり二人は沈黙する。

インタビューの順番を間違えたかもしれない。国籍を超えた精神的ザイルパートナー。それゆえ自分の求める答えに最も近いと思った二人が、今は互いを拒絶し合っていた。

　公安局ビル刑事課課長室に設けられた会議室を狡噛《こうがみ》は訪れている。

　同じく行動課の花城《はなしろ》と宜野座、須郷《すごう》の姿もある。〈出島〉に捜査拠点を置く外務省行動課の特別捜査官は、捜査会議にオンライン参加している。

　刑事課課長室。そういう役職も場所も狡噛が監視官、そして執行官だった頃にはなかったものだ。それも当然だろう。もう何年前になる？　槙島聖護《まきしましょうご》を追うために刑事課一係を脱走したのは今からおよそ七年前のことだ。あれは狡噛の人生において決定的な契機になったから、さすがに忘れたりはしない。

　学生時代から一緒だった宜野座と監視官になり、最初、狡噛は刑事課三係で監視官をした。そこでとっつぁん――ベテラン刑事の征陸《まさおか》と出会った。征陸は名字は違うが宜野座の実の父親で……だが、それとは関係なく波長が合った。征陸は刑事らしい刑事で、そして狡噛にもその傾向があった。刑事が人生そのものになってしまう人間。狡噛は監視官である以上に、犯罪捜査に強く心を惹《ひ》かれた。狡噛には犯罪者を追う天性の資質があった。刑事になって、そういう自分の本質に気づかされた。

　犯罪心理学を学ぶ雑賀《さいが》教室への参加が契機となり、狡噛は犯罪者の心理について深く学ぶようになった。色相が濁った人間の心理について学べば当たり前だが、自分の色相も影響を受ける。事実、雑賀教室に参加した刑事の間で色相悪化者が相次ぎ、結局、講師だった元大学教授の雑賀譲二《じようじ》はその任を解かれ、田舎《いなか》に隠遁《いんとん》する羽目になった。

狡噛は、そんな雑賀に感謝している。多少の色相の濁りはあっても、犯罪心理学を学ぶことで得られたものは大いにあった。未知への好奇心を刺激された。

好奇心。不謹慎だが、そのように表現するしかなかった。犯罪者の心理を推理し、逃亡する犯人を追い、逮捕すること。それはこれまで自分が出会ったことのない「他者」との出会いの連続だった。胸糞《むなくそ》悪い事件、犯罪者とも幾度となく遭遇した。

それでも、刑事の仕事が狡噛の飽くなき知的欲求を満たし続けたことは間違いない。

やがて狡噛は三係から一係に移った。学生時代以来、宜野座とのバディ。そこには征陸もいた。他にも気のいい仲間、刑事たちがいた。監視官の仕事にも慣れ、気の置けない仲間と事件を追う毎日。あの頃の自分がどこか空虚さのようなものを感じていたとしても、客観的に見れば、間違いなく充実していたはずだ。欲するものと手に入るものの釣り合いが過不足なく取れている状態。それを普通、人は幸福と呼ぶ。

幸福……だったのだろうか。けれど、その時間と仲間を失ったとき、猛烈な喪失感を覚えたことは間違いない。執行官、佐々山光留《ささやまみつる》が殺された。後に〈標本事件〉と呼ばれる連続猟奇殺人を追っているうちに、深みに嵌まり過ぎた佐々山が犯人の手に落ちた。

再会したときには、佐々山はグロテスクな前衛アート作品に変貌《へんぼう》していた。

憎しみが湧き上がった。これまでの人生でいまだ経験したことがないほどに強く。

そして狡噛は生まれて初めての経験をした。自分のなかに「他者」を見つけた。

人間が犯罪を犯そうとする決定的な思考判断の変容……犯罪者と呼ばれる連中の心理、そのものを我が身をもって経験したのだ。その瞬間、狡噛慎也《しんや》は犯罪者と限りなく近しくなった。いつか復讐のために犯罪を犯す。必ず仇《かたき》を殺す。それは絶対にそうなるという予告のようなもので、案の定、狡噛の犯罪係数は急激に悪化した。

潜在犯認定、監視官資格の剝奪、執行官への転落。狡噛は猟犬の日々のなかで、未解決になった〈標本事件〉に関与したクソ野郎どもの素性、その行方を調べ続けた。

弾丸を装塡《そうてん》し、撃鉄も起こした拳銃をつねに持ち歩き、少しずつ引き金にかけた人差し指の力を強めていくような日々。どこかで銃が撃発する。いつか絶対にそうなる。

やがて監視官が宜野座一人になった刑事課一係に、新人監視官が配属された。常守朱。

執行官は狡噛以外に征陸、縢、六合塚。これに唐之杜も加えていい。このメンバーが狡噛が刑事だった頃の最後の仲間たちだった。

間もなく、〈標本事件〉を模倣する事件が起きた。犯人自体は過去の事件と繋がりはない。だが、その犯行を唆《そそのか》した背後に、狡噛が探し続けた犯罪者がいた。

槙島聖護を追い詰めるためなら、狡噛は文字通り何でもやった。執行官、刑事としての職務を逸脱し、過去の自分と決定的に異なる自分に変貌していく最終プロセスの到来。

槙島は、あらゆる犯罪者と「異なり」、とてつもなく頭がよく、腕っぷしも強かった。

狡噛は自己のすべてを総動員し、槙島と対峙《たいじ》した。一度目の直接対決は決着がつかないままに終わった。そして、どういう訳か公安局上層部に拘束された槙島が逃亡した。

これを追い、奴《やつ》を仕留めるためには、狡噛はすべてを捨てなければいけない。

だから、すべてを捨てた。

刑事は犯罪者に限りなく近い思考をすることでその狙いを解き、犯人を逮捕する。だが、月並みな言い方をすれば、その軸足はつねにマトモでなければならないのだ。征陸のとっつぁんがそうであったように、刑事は犯罪者を理解しても、犯罪者そのものになってはならない。犯罪者そのものになった刑事はもう刑事ではない。

ただの犯罪者だ。

狡噛はただの犯罪者になり、槙島を追った。自分と異なる他者を理解する好奇心や喜びはもう感じない。執念だけが狡噛を突き動かした。槙島はどこか歌い踊るように、喜びを内に秘めるようにさらなる犯行を重ね、黄金色の麦畑で狡噛に追いつかれた。

狡噛は手にした拳銃の引き金を引いた。銃口越しに伝わる頭蓋骨《ずがいこつ》の感触は、銃の撃発とともに砕け割れ、永遠の沈黙を返して寄越《よこ》した。復讐の終わり。犯罪の完遂。自らの手で殺人を犯したとき、狡噛もまたずっと追い続けてきた「他者」になっていた。

何もやることがなくなり、ひどく疲れていたことに気づいて、そして日本を去った。あれから七年以上の歳月——二度と戻ってくることはないだろうと思った場所に、それでも今はまた戻っている。しかしもう、狡噛は刑事ではない。外務省行動課の捜査官という立場ではなく、その心の在り方そのものが刑事とは異なるものになっている。かといって、犯罪者ではない。犯罪を犯したことは間違いないが……今の狡噛の仕事は犯罪者を追うことでもある。

その犯罪者の名は、

「……〈ビフロスト〉については、シビュラシステムの盲点を突く存在と推測されます。犯罪係数の計測が可能かどうかも不明。ただし、三層構造なのは確かかね」

刑事課課長の霜月が、〈ビフロスト〉と呼ばれる犯罪者集団についての見解を述べた。

本来、国内事案と国際事案は、刑事課と行動課でその領分を分けてきたが、ここにきてどちらにとっても追うべき共通の標的が現れたのだ。

「自分が聞いたのは、コングレスマン、そして、インスペクターという言葉です」

そう報告したのは、一係監視官の炯だ。軍役を積んだという硬質な立ち居振る舞い。刑事というより、軍人らしい。

「コングレスマンがトップで、インスペクターはその部下。〈狐〉は末端組織で、自分が何をやっているか分からない一般市民」

もう一人の一係監視官、灼が説明を引き継いだ。

「何をやっているか分からないから、犯罪係数も上がらない……」

狡噛が二人の説明に相槌《あいづち》を打った。彼らの言う通り、過去の狡噛は何を、、やるのか、、が明確になったから犯罪係数が跳ね上がった。その逆といえば、すんなりと呑《の》み込める。

「知らずに銃の部品を作った人間と、その銃を使う人間じゃサイコパスも違う」

同席する宜野座が言った。何というか、ギノにそう言われると、少し耳が痛い。

確かに狡噛が槙島を殺すときに使った拳銃は、その製造時、未来に誰を殺すかなんて想定されていなかっただろう。銃それ自体が意志を持って人間を殺させたりはしない。

「居場所が特定できない理由は？」

次なる発言者は須郷だった。狡噛が日本を去ってから刑事課に配属された執行官で面識はないと思っていたが、過去に国防軍絡みで起きた事件の捜査でニアミスしていたらしい。そのときの事件捜査で征陸や二係監視官の青柳《あおやなぎ》とも繋がりを持ったらしい。遠いような近いような関係。時々、格闘トレーニングに付き合ってもらっている。

「梓澤廣一という男だが、経歴も生活もでたらめで、まったく足取りが追えない」

「街頭スキャナにも反応なし。おそらく他人のＩＤで生活してるんでしょう」

炯と灼の返答に、狡噛は少しずつ推理のためのピースを集めていく。

梓澤廣一の振る舞いは、過去に狡噛が追っていた槙島とある面では似ている。どういう訳かシステムに認識されずに犯罪を遂行する。その生活の痕跡すら特定できない。

「そんなことが可能なの？」

「現実問題、そう考えるしかないんです」

だが、梓澤が槙島と決定的に違うのは、何らかの手品を使って自らをシステムから追跡不能な存在に変えている点だ。槙島はシステムに認識されないからこそ犯罪を繰り返した。しかし梓澤は犯罪を繰り返すために、システムに認識されない細工を施している。であれば、だ。狡噛は笑みを零す。

「話が見えてきた。——そいつらが隠れてる盲点に、何らかの問題が生じた。安全に暮らす連中がリスクをとるのは、その安全が揺らぐときだけだ。てことは都知事、また狙われるぞ」

「なぜそう言える？」

「無差別な連中じゃない。都知事の死が必要だから事件の標的にしたんだ」

尋ねてきた炯に返す。いちいち細かい理由を説明しないといけないのが面倒くさい。

連続自爆テロで都知事は殺されなかった。ということは、〈ビフロスト〉の連中は、梓澤廣一に再度の仕事を依頼しないはずがない。

「今も挽回《ばんかい》を狙っている……、と」

「ああ、そうだ」

狡噛は、霜月に頷きを返す。この若い課長とやらは物分かりがよくて助かる。

少し休憩の時間を取ってから、六合塚はインタビューを再開したが、あまり状況に変化はない。硬い絆《きずな》で結ばれていたはずの監視官コンビの表情は相変わらず固い。

少しアプローチを変え、日々の職務に対する所感を尋ねた。

「最近の事件で感じること……、やっぱり人の死を見るのは辛《つら》いです」

個別に意見を尋ねたのが功を奏したのか、灼は彼らしい意見を述べた。

現実の刑事の仕事は、ドラマみたいに犯人をドミネーターで成敗して気持ちよく事件解決とは都合よくいかない。現実には解決しても後味の悪い事件のほうがずっと多い。

「被害者が出る前に解決する〈シビュラシステム〉でも、不運なケースはある。特に今回の犯人たちみたいなのは一定数いる」

一方で、炯は犯罪者への敵意をストレートに口にしていた。事件捜査中に人質にされた彼の妻が犯人を射殺した件は、公安局との繋がりが残っている六合塚にも、それとなく噂は伝わっている。

当然、潜在犯、犯罪者に対する憎しみは募っているだろう。だが、ある意味で一時的に感情的になっているとも言えた。欲しいのは煽情的《せんじようてき》な記事ではない。追い詰められた人間が口にする言葉は、必ずしも本音ではない。

「みたいなのって……」

「人を傷つけることが生きがいの人間だ」

再び二人が衝突し始めた。こうなるとインタビューどころではない。感情的になっている炯。自らの本心の置きどころに迷っている灼。どちらも普段の彼らとは言い難い。

「ごく少数だろ。大半は普通だよ」

「洗脳した人間に爆弾埋め込む奴もいる」

「でも、久利須は……」

「なんだ、久利須は普通の凶悪犯か？」

残念だが、このインタビューはあまり使えないかもしれない。日を改めるべきだろうか。六合塚はインタビューを続けつつ、取材の段取りを再整理し始める。


行動課と刑事課の捜査会議が続いている。

参加者の数は限られている。捜査上の秘密を厳守するためだ。

とはいえ、元公安局関係者の多い現場だ。行動課の特別捜査官である宜野座と須郷は刑事課からの転属で、狡噛は殺人を犯して海外逃亡中だったところを花城にスカウトされた。三人とも、本来なら日本国内で勝手に動き回ることすら許されない潜在犯だ。

そんな連中を条件つきとはいえ、監視官に相当する首輪も付けずに捜査に従事させているのには、相応の理由がある。

「〈ビフロスト〉とは別の、重火器を持った犯罪者が確認されてるわ」

　霜月が捜査資料をホログラムで投影した。二人組の老兵。どちらも手練《てだ》れと一目で分かる鋭い目つき。殺人と平和の破壊を生業《なりわい》とする荒《すさ》んだ傭兵《ようへい》の顔。

「〈ピースブレイカー〉の残党か？」

「ああ、行方不明とされていた教導部隊〈パスファインダー〉と思われる」

　狡噛の問いに宜野座は答える。

「教導部隊？」

「兵士の教育や、装備の運用を研究する部門です。性質上、熟練の腕利きが集まる」

　須郷が霜月の質問に答えた。元兵士らしく、シンプルで的確な寸評。宜野座や須郷は海外での捜査時に何度か、この傭兵と遭遇している。国内で相手にしていた犯罪者やチンピラ連中とは強さの次元が違う連中だった。

「あの……、〈ピースブレイカー〉って？」

　話を進めていると、おずおずとした調子で灼が尋ねた。なるほど。ということは、彼らはまだ〈ピースブレイカー〉については霜月から情報を開示されていないのだ。

「機密レベル3の閲覧を許可します。後で見ておきなさい」

　だが、霜月は二人のアクセス制限を解除する。国防案件に相当する高度機密の閲覧を新人の監視官に許可する。霜月は相当の賭け金《ベット》を彼ら二人に積んでいるらしい。

「簡単に言えば、日本の闇経済や海外での略奪に関わる極秘の特殊部隊。今の行動課が生まれた理由のひとつよ」

花城も霜月の判断を見て、明かせる範囲の情報を開示した。真実を知っている人間からすれば、かなり踏み込んだ内容を明かしている。

〈ピースブレイカー〉の脅威は並大抵ではなく、だから行動課は潜在犯を特別捜査官として登用している。毒をもって毒を制す。刑事課が犯罪捜査という国内治安の防衛組織だとすれば、行動課は、標的を仕留めるために攻勢の性質を持つ準軍事的な集団だ。

「連中は俺たちに任せてもらおう」

だからこそ、狡噛のようなろくでなしが、まだシビュラが存在しなかった古い時代の刑事ドラマのような恰好《かっこう》で、拳銃をその身に帯びて犯人を追うことが認められている。

狡噛は、刑事時代のように再びスーツに袖を通すことはなかった。本人にもその気はないのだろう。刑事みたいな恰好をしても、狡噛はもう刑事ではない。

昔、宜野座は決定的に変わっていく狡噛の、その在り様をすぐ傍で見ていた。殺人という決定的な過ちを犯した狡噛は海の向こうに消えた。再び日本に戻ってきたとき、また何か明確なものが変わったような気がした。

監視官、執行官、海外紛争地帯の傭兵——そして今ここにいる狡噛慎也。それらはすべて一本の弦で繋がっているが、爪弾《つまび》く音は時間と場所で違うものになっている。

人間は、変われば変わる。そして死んでしまえば、二度と変わらない。昔、海外で宜野座は狡噛に拳銃を向けたことがある。狡噛が槙島を殺した銃。殺人を犯すことが分かっていて父親の征陸が狡噛に渡した銃。白銀に輝く鉄の光沢。むせ返るジャングルの濃い緑の匂い。すぐ直前まで傭兵と戦っていたから互いに血と汗の匂いを全身から発していて……そして宜野座は手にした銃の引き金を引くことはなかった。

あのとき、殺す価値もないと思ったのか、殺す必要はないと思ったのか、今となっては定かではない。確かなことは宜野座は銃の引き金を引かなかった。変わってしまった相手を――狡噛を殺さなかった。ただ殴った。その事実だけだ。

そして再び二人は袂《たもと》を分かって、どちらも死にそうな目に何度も遭って、それでもしぶとく生き抜いてきた。もう刑事でもない、監視官でも執行官でもない。

けれど今はここに二人で同じ場所にいる。

25

再度、灼への単独取材を行った。幾つかのインタビューを済ませた後で。

六合塚が訪れたのは、都内にある慎導家の邸宅だった。育ちの良さを感じさせる灼の住まいに相応《ふさわ》しい造りをしていたが、どこかがらんとした印象を受けた。

「生活感、ないですね……」

「一人暮らしだと持て余しちゃって」

苦笑気味に答える灼は、電動カーテンを開いて薄暗いリビングに外光を取り込もうとしている。白い光に細かな埃《ほこり》の粒子が舞っており、彼は小さなくしゃみをした。

六合塚は、この屋敷のあるじであったひと――灼の父親である慎導篤志について尋ねた。厚生省大臣官房という省内トップの地位に昇りつめたキャリア官僚だ。公的な情報は幾らでも出てくるが、私的な情報となると逆にまったく出てこない。

「父も厚生省勤務でした。まあ、別にそれが監視官になった理由ってわけでもないんですが……」

灼は仏壇に線香を供える。二つの遺影が並んでいる。父と母、どちらもすでに故人だった。どちらかと言えば、灼は母親似だろうか。写真のなかで微笑む彼の母親は、隣に並んだ夫、慎導篤志と比べて若く見えた。灼が幼い頃に病で亡くなったからだ。

「父の仕事で印象的だったこと……。うーん、忙しいと家に帰らなかった以外、特には」

父の仕事の都合で、各地を転々としていた息子の灼から見ても、慎導篤志は仕事に奔走する毎日を送っていたようだった。

その割に話を聞けば聞くほど、子煩悩だったことが分かってくる。同時に教育にも熱心なようだった。慎導邸の書庫には多くの紙の本が蔵書されていた。シビュラ社会ではすでに流通していない古典もたくさんあった。

愚者は経験に学び、賢者は歴史に学ぶ――そんなことを昔、一係の監視官だった宜野座が事あるごとに口にしていた。慎導篤志も同じ考えだったのだろうか。本。過去に誰かが記し、読み継がれてきたもの。その蓄積を父親は息子に惜しみなく与え続けた。まるでシビュラが世界のすべてではないと言わんばかりに。

彼の教育方針は、息子が〈シビュラシステム〉の外でも生きていけるだけの能力を身に着けさせようとしていたようにも見える。最もシステムに近い場所にいながらも、システムを絶対とは崇拝しない不思議な人物。そして息子の灼をもってしても知り得ない秘密の部分が数多《あまた》あることがインタビューを通じて理解できた。

その後、六合塚は別の質問を投げかけた。

「刑事課に〈狐〉が？　どこでそんな情報を？」

きょとんとした態度で、灼が質問をオウム返しにした。似たようなことを各所で訊《き》かれているのかもしれない。彼にとってあまり愉快とは言えない内容のようだった。

「いえ、事実無根です」

かといって、猛烈な拒絶反応や不信感を向けてくることもない。あくまでにこやかな態度で否定した。刑事課に〈狐〉はいない。いたずらに疑心暗鬼に陥って互いを信じ切れなくなり、同士討ちになってはいけない。

「一係の結束は固い。六合塚さんがいた頃からの伝統ですよ」

灼の言葉に、六合塚は微笑んで返す。

彼は一係の仲間のことを信じている。一係だった頃の六合塚も仲間たちを信用していた。ただし、それは無邪気に互いを仲間と信じる馴《な》れ合いめいたものではなく、当人たちの意図を超えて強く結びついてしまった運命共同体のようなものだったのだろう。きっと灼にとっても変わらないはずだ。無邪気な信頼とは一方的な押し付けや執着とも紙一重だ。それは思春期の恋愛に似ている。誰もがそういうものを通過して、本当に信頼し合える相手を見つけていく。

結びつきが強いほど、容易《たやす》く言葉に置き換えられないものだ。灼は自分と仲間を繋ぐ絆について本当の言葉を口にはしていない。何となく、そう直感した。

フレンドリーなように見えて、その心は硬いクルミの殻のように頑《かたく》なだ。容易には他人を立ち入らせない。

彼の父親がそうであったように、息子もまた一筋縄ではいかない人間だった。

「都知事の保護を任せて大丈夫なの？　〈狐〉が刑事課にいる……そんな情報があるわ」

行動課課長、花城は自らの懸念を率直に口にした。思ったことはできる限り思った通りに口にするタイプだ。そうすることで、心のなかで思っても本当に口にしてはいけないことを絶対に口にしないために。他人に口外できない機密ばかりを仕事で取り扱っているうちに、そんな癖がいつのまにか身についていた。

「報告は受けています」

刑事課課長の霜月が冷たく答えた。彼女も職務上、言いたいことが言えないことも多いはずだが、仕事のときはそのストレスを表に出さないのが上手《うま》い。まだ若いのになかなか器用で可愛《かわい》い。もちろん、これは思っても口にしないことだ。

「積極的に公安局を裏切ったわけではない。むしろ、梓澤廣一の捜索に役立つ」

意外にも、監視官の炯のほうが露骨な不快感を示してきた。軍人然とした見た目の割にその場の感情に振り回されやすい。あるいは忍耐の許容値が高い分、それが限界を超えてしまうと一気に決壊するタイプなのかもしれない。

「責任の所在は？」

何かあったのかもしれないが仕事中は私情を挟むなと言わんばかりに、狡噛がつっけんどんな口調で訊いた。私情を仕事に持ち込むことにかけてはこの男の右に出る者もいない気がするが、人間、誰しも自分のことは一番自分が分かっていない。

「公安局が全責任を負います」

ますます霜月の声が硬質さを帯びる。この件については口を出すなと言わんばかりだ。

「いえ、彼女の話を聞いた俺が責任を……」

「あン？」

そんなときに炯が余計なことを言うせいで、霜月が苛立《いらだ》ちを隠すことなく舌打ちをした。空気の読めない直情傾向の部下を抱えていると上司はいつも苦労する。

「炯、一人で背負えるもんじゃないだろ」

「俺の仕事だ。俺がやる」

「何だよそれ、俺が俺がって……」

もう一人の一係監視官、灼が隣の炯に囁くが、まったくフォローになっていない。助けを求めていない相手への要らぬ助言はお節介と捉えられるのが精々だ。

「おいおい、揉《も》めるなよ」

「大丈夫か、今の一係？」

宜野座と狡噛が続けざまに呆れも露《あら》わに呟いた。まるで長年の相棒のような阿吽《あうん》の呼吸。彼らが先輩風を吹かせるというのも珍しい。だが、過去の記録を見る限り、こいつらも刑事時代は「相当」だった気がするが。

「あんたらに言われたくないわ！」

案の定、霜月が我慢の限界というふうに吼《ほ》えた。狡噛と宜野座は調子に乗り過ぎて飼い主に叱られた猟犬みたいに肩を竦める。この破天荒な二人も案外、年下に正論で一喝されると黙るのかもしれない。今後のマネジメントの参考にしよう。行動課は癖のある奴ばかりで、先ほどから実直に会議に臨んでいる須郷みたいなタイプは珍しいのだ。

「支障が出るなら現場から外すだけよ」

そして霜月は怜悧《れいり》な切っ先を、自らの部下に向ける。思わず灼も炯も小さく息を漏らし、黙り込む。そうして場に静寂が取り戻されたところで、

「〈ピースブレイカー〉はうち、都知事護衛はそっち。で、梓澤廣一もうちね？」

花城はしれっと両課の捜査区分を提案する。

「ああん？　寝言は寝て言え」

ちょっとしたユーモアのつもりだったが霜月は噛《か》みつくように却下する。とはいえ、元々、行動課は相手にお伺いを立ててるつもりはない。それは刑事課も同じことだ。

「その態度なら、早い者勝ちになるかも」

共同戦線を張りつつも、各々が独自に判断し行動する。

花城は今の刑事課一係が有能であることを理解している。しかし、自ら指揮する行動課はもっと有能であることも確信している。

「それで結構。言っておくけど、私たちは梓澤に関して、具体的な策を用意済みよ」

霜月もまた同じように考えているらしい。誰しも我が子が一番可愛く見えるというや

つだ。しかし、そのことを指摘しないし、自分も口にするつもりはない。

24

唐之杜の分析官ラボに、会議を終えた霜月が、監視官二人を連れてやってきた。

すでに揃《そろ》っていた一係執行官たちの前で、炯が〈狐〉について説明を行った。これまで陰謀論や仮定に過ぎないとされていたものが、刑事課において公に認められたのだ。

唐之杜は、独自に調査を進めていた霜月を何度か手伝ったことがある。可能な限り関わる人間を減らして秘密を守りたい。慎重派の霜月にしたって神経質過ぎると当時は思ったものだが、おそらくはいたずらに〈狐〉の内通者が公安局内にいる噂を広め、刑事課が疑心暗鬼に陥ることを避けたかったのだろう。

〈狐〉を追わせていた一係監視官の伏瀬《ふせ》と来良《きら》が事故に遭ったのだ。内通者がいるかいないかで言えば、いなければおかしい。だが、それが個人なのか集団なのか、判別がつかないまま内偵が進み、結局、先に〈狐〉のネットワークの仕組みが明らかになった。

極度な犯罪行為の細分化。無自覚の動員。もしかすると自覚していないだけで、〈狐〉の歯車と化している人間が相当数、存在している。それは公安局とて例外ではない。

「以上が、如月が参加した〈狐〉の概略だ」

そう考えれば、まだ犯罪を犯した自覚のある如月のほうがマシと言えるかもしれない。少なくとも、監視官の炯はそういうふうに考えている。何も悪くないと肯定するわけでもなく、かといって罪に問い、裁きを下すつもりもない。

それはシビュラ的ではないかもしれないが、正義には忠実な判断だ。

「……例の事故にも、責任はない？」

「そうよ。実証するのは不可能だし」

念押しするように言った入江《いりえ》に、霜月が即答する。考えるまでもないという態度。組織のトップが率先して沙汰はないと宣言することで無駄な諍《いさか》いを回避する。

「いいんじゃねえ？　マジでやばくなる前に話したんだ。ま、次はもっと早く相談しねえと半殺しだがな」

闘犬のように荒々しく鼻を鳴らし、天馬《てんま》が如月を一瞥《いちべつ》した。物騒な言葉が並んでいるが、そうした態度に如月のほうは、むしろ安堵《あんど》しているようだった。それはそうだ。ここで変に気遣っても、罪悪感に苛まれている如月を追い詰めるだけだ。

「……ごめんなさい」

小さく、如月が掠《かす》れるような声で言った。

これで禊《みそぎ》が済んだというわけではないのだろうが、少なくとも一係の刑事たちに如月を罰しようとするつもりがないことは彼女にも伝わったのだろう。犯した罪はむしろ裁かれないほうが苦しいわけだし、寡黙な如月は、もう十分に自分で自分を罰し続けてきたのだから、そろそろ自分を許していいのではないだろうか。

しかし、それは他人が言ってどうこうなるものでもない。必要なのは時間だ。それは時に欺瞞《ぎまん》と言われるかもしれないけれど、時間こそが多くの問題や苦痛を解決する。

「とにかくこれで狐狩りを始められるわ。小宮《こみや》都知事を保護し、梓澤廣一に罠《わな》を張る」

この話はもうおしまいというふうに霜月が場を仕切った。そういえば、いつもは炯が命令を伝達し灼が全体のスムーズな進行を司《つかさど》るはずが、今日はどちらも口数が少ない。

「具体的には……」

「如月執行官が梓澤に連絡し、誘《おび》き出す」

雛河《ひなかわ》の問いに炯が答える。

「公安局にまだ〈狐〉がいるかもしれねえ、同時に炙《あぶ》り出さないとなあ」

すると、天馬がまた物騒なことを口にした。如月を怯《おび》えさせるようにも聞こえたが、視線で入江に目配せしている。何だかんだで、如月よりも、むしろ自覚のない連中のほうこそ厄介なのだと暗に伝えるように。亀の甲より年の劫《こう》とは言ったものだった。

「罠の餌、如月にやらせるのか?」

一応、確認するというふうに入江が尋ねた。如月の懊悩にずっと気づいていたのか、それとも気づけなかったせいか分からないが、今ここで如月の肩を一番持っているのは間違いなく入江だった。

「はい」

その入江の問いに、灼は冷静に頷く。天馬が思わず顔を上げる。それくらい意外な態度だった。憎まれ役を勝って出るのは、いつも炯のほうだったからだ。

「お前、本人に対峙させる気か？」

そんな炯のほうが灼に詰問する。信じられないことを聞かされたという反応。執行官よりも彼のほうが感情的になっている。

「梓澤相手に中途半端な作戦は逆効果だよ」

「お前の作戦なら完璧なのか！」

如月当人を放っておいて、灼と炯が諍いを続ける。炯のほうが我を忘れて挑んでいるようだったが、それなら灼のほうが相手を落ち着かせるように誘導すればいい。しかし、灼は得意の武器を使うことをむしろ自ら封じているようだった。

「そこまで！」

収拾がつかなくなり、霜月が一喝して場を収めさせた。

「如月執行官が梓澤に連絡。その後の危険な行為はなし。以上、解散！」

間髪入れずに刑事たちに指示を出し、さっさと動けとその尻を叩《たた》く。

灼と炯がまず最初に部屋を出ていった。いつものように二人で肩を並べるのではなく、磁石の同じ極同士が反発し合うように顔を背け合っている。執行官たちもどうしたものかと思案顔でそれぞれの持ち場に戻っていく。

そして唐之杜の前には霜月だけが残った。ということは、何か自分に用がある。

「んー？　喧嘩《けんか》中？」

唐之杜は年上なので、先に話題を振った。

「イグナトフ監視官の奥さんの件でね」

感情的になるのも仕方がない理由。潜在犯である唐之杜に配偶者はいないし、家族ともほとんど縁が切れている。炯と同じ目に遭ったとしても怒り狂うことはないだろう。そもそも唐之杜は分析官だから、刑事と違って現場に出ることはない。命を危険に晒《さら》すことはない。犯人に明確に認識され、害意を加えられることは――それは一度や二度はないこともなかったが――ほとんど有り得ない安全圏で仕事をしている。

ふいに寂しさのような感情が生じた。今は無性に六合塚に会いたい。

唐之杜はそう思わずにはいられなかった。

雛河は公安ビル内のトレーニングルームで人を待っている。

普段、雛河はこの施設をあまり利用しない。運動そのものが得意ではなかったし、一緒に居合わせた同僚たちからあまりにも細い身体を揶揄《からか》われがちだからだ。

我ながら、このやせっぽちの身体で、どうやって過酷な執行官の仕事を生き抜いてきたのだろうかと不思議に思うときもある。

自分も少しは鍛えたほうがいいのだろうかと相手の到着を待っている間、幾つかトレーニング器具を試してみた。逞《たくま》しさといったら、やっぱり大胸筋だと思い選んだチェストプレスは、重量設定を成人男性の平均にしてもビクともしない。

トレーニングウェアにも着替えずスーツ姿で器具に座っている雛河の姿に、仕事終わりに汗を流しに来た公安局職員たちが奇異な視線を向ける。

やっぱり駄目だ。向いてないものは向いていない。それでも、どうにか動かないかとチェストプレスに挑戦していると、目的の相手が近づいてきた。

「呼び出すなんて珍しいですね……」

如月だった。彼女も雛河同様、スーツ姿だ。つまり、トレーニング目的でこの場所を訪れたわけではない。自分が呼んだのだ。

雛河はメモリースティックを懐から取り出す。

「何ですか、これ……」

手渡された記憶媒体を受け取り、如月が怪訝《けげん》な顔をする。

「あなたの行動を調べた、データです」

雛河がボソリと言うと、如月が小さく息を詰まらせる。それが意味することを即座に理解したようだった。余計な説明はしない。雛河はただ事実だけを述べる。

「オリジナルです。破棄して構いません」

「私を疑ってたんですね……」

前任監視官の車両事故が起きて以来、雛河はそれとなく如月の行動や言動、彼女が受け取った荷物やメッセージについて情報を収集し続けていた。同僚に対する内偵、密《ひそ》かな監視。しかし、そうやって汚れ仕事を担うことになったとしても、雛河は刑事課一係を守りたかった。そうしたところで、去っていった彼らが二度と戻ることはない。だからといって失わせていいものではなかった。

「自分の役割は一係を守ることですから」

雛河は器具から立ち上がり、去り際に如月の肩に触れた。今、雛河にとって一係は過去への郷愁ゆえに守るべきものではなく、現在進行形で守りたいものになっていた。守りたい新たな仲間たちがここにいて、そこには如月も含まれている。

「それは……」

如月が拳を握り、そして薄く笑みを浮かべた。

「私も同じです」

雛河も同じ笑みを浮かべている。

23

カメラ越しに映る炯の顔は、自宅にあっても疲れ切っていた。

〈狐〉と梓澤廣一に対する捜査が進行する最中のインタビューだった。

厚生省のキャリア官僚への出世コース。その最初のステップとされる監視官は住居の面でも優遇される。都心の一等地にある高層マンション。その多くのフロアが未来のキャリア官僚のために用意されている。

しかし同居しているはずの帰化日本人の妻――舞子《まいこ》の姿はない。

彼女は今、カウンセリング施設で悪化した色相の治療を行っているからだ。

その犯罪係数は、潜在犯認定される隔離境界には達していない。しかし、油断できない数値を推移している。その心労も募っている。タフ極まりない軍人畑出身の監視官は、かつてなく憔悴《しょうそう》しているように見えた。

「ええ……シビュラに選ばれたときは嬉しかったです。このスキルを平和のために使えるし、自分は良き人間だと思うことができた」

炯はカウンセラーに受け答えをするように慎重に言葉を選んでいた。まるで間違ったことを口にしたら、ペナルティを課されると言わんばかりに。

すでに彼は二度、監視官としての適性をシステムによって再診断されている。その事実に対して、少なからず負い目を抱いているフシはある。帰化日本人初の監視官という立場に思うところもあるのだろう。

難しい立場にいる。それでもシステムが二度、その適性を認めたということは、監視官として彼は極めて相応しい人間だとシビュラが判定しているとも言えた。

「兄が関わった事件について、六合塚さんはどこまで知ってるんですか？」

「ごめんなさい。私は話せる立場ではないの」

しかし、あるとき彼は命を落とした。慎導篤志に殺害された。その一件について、六合塚は自由に発言できる立場にはない。それこそ、六合塚にとっても何が真実であり、そうではないのか——その明確な線引きを施すことさえできないのだ。

炯は六合塚の返答に落胆しつつも、その理由を察し、口を噤《つぐ》んだ。

インタビューは別の話題に移った。帰化日本人として日本で暮らすこと。入国者側の立場として、日本に対する印象を尋ねた。

「そうですね。今の生活に何の不満もありません。この国はどんどん良くなってる」

前向きな言葉に、そうあって欲しいと願う彼の想《おも》いが暗に伝わってきた。

「正義ですか？」

また別の話題を振った。質問内容としては抽象的過ぎるが、六合塚はあえて切り込むことにした。そのほうが彼の本心を聞けると思ったからだ。

「守るべきものです。そのために俺は自分に嘘をつかない生き方をしています」

その答えを口にする彼の顔は、危ういほどに真っ直《ます》ぐだった。

そしてインタビューは続いた。


出勤前の早朝、炯は舞子が入院しているカウンセリング施設を訪れている。

舞子の色相は、ゆっくりとではあるが改善に向かっている。

舞子自身も落ち着きを取り戻し、また現場に居合わせた炯の証言や公安局側の公式見解もあり、施設での隔離療養から自宅療養へと切り替える段取りが整った。

「退院取り消し⁉ 都の方針って、なんですか、それは……！」

だが、炯は担当医から、信じられない話を聞かされた。

都行政府の公衆精神衛生に関する方針の転換から、色相悪化者を自宅療養とはいえ施設管理の外に出すことは認められない。そんな理屈を述べられた。

当然、反論した。しかし医師もまた現場レベルではどうしようもないのだと平謝りを繰り返す始末だった。このまま担当医に抗議すれば、かえって舞子の待遇が悪化しかねない。八方塞がりだった。

待合室のベンチで舞子にどう説明すべきか悩んでいると、

『――元軍人の入国者である公安局監視官の暴力行為が話題になっています』

ふいに耳に飛び込んできた内容に、思わず炯は顔を上げる。

壁に設置された大型のホログラフィックモニターに報道番組が流れていた。

スーツ姿の男が女性アナウンサーのインタビューを受けていた。

『先の都知事選において、問題の監視官は薬師寺《やくしじ》候補の後援会の男性を殴り、色相を悪化させたとのことです』

取材を受けている男に見覚えがあった。廿六木《とどろき》一童《いちどう》だ。事件捜査の際、兄である天馬に対して度の過ぎた暴言を口にしたため、炯は彼をつい殴ってしまった。その行為が過ちであることは分かっている。謹慎処分も甘んじて受け入れた。

『はい……、何の理由もなく殴られました。元兵士とかで殺されるかと思いましたよ』

だが、恐ろしい目に遭ったと語る一童は、自分がどうして殴られたのか、その理由をまったく口にしようとしなかった。一童は自らが振るった暴力について何も言わない。

『入国者による暴力事件増加は、最も恐れていたことです。色相悪化の拡散を防ぐため都として厳格に対応して参ります』

画面がまた切り替わった。都知事の定例記者会見だ。撮影ドローンによるフラッシュが激しく瞬くなか、都知事の小宮カリナは怜悧な面持ちで発言する。

だが、都知事選における炯の行為と入国者絡みのトラブルは何の因果関係もないはずだ。牽強付会《けんきょうふかい》もいいところだった。ショッキングな話題を利用するのは、メディアを用いた印象操作の常套《じょうとう》手段だったが、なぜその標的に自分が選ばれたのか分からない。

炯は、灼と違って小宮カリナと必ずしも良好な関係を築いているとは言い難い。だからといって、これほど悪《あ》しざまに扱われるいわれはないはずだ。

都知事は何を考えている。それとも連続自爆テロの影響で入国者への世間の印象が悪化したから、支持率を稼ぐための手っ取り早い手段として自分を利用したのか。

ついには報道チャンネルが炯の顔写真を公開する。まるで指名手配扱いだ。モザイク処理を施しているが、炯の顔を知っているならすぐに分かるレベルだ。

『問題の監視官は輸送ドローン墜落事故の際も、人々にドミネーターを向け、脅迫行為に及んだと……』

「それは俺じゃない！」

思わず炯は立ち上がって声を発してしまう。どうなっている。何が起きている。抗議をしようにも誰に、どこに訴えればいい。自分は何も間違ったことはしていない。

しかし、誰も炯の無罪を主張することはない。誰も炯を守ろうとしない。

大声を発した炯に向かって、待合室に居合わせた人々の困惑と恐れを帯びた眼差《まなざ》しが集まる。まるで自分のすぐ傍に犯罪者が隠れていたと気づいたかのように。

よく晴れた日の午後。

梓澤は仕事場のソファに寝転がって紙の本を読んでいる。掌《てのひら》サイズの文庫本。奥の天蓋《てんがい》付きの作業スペースは小畑《おばた》ちゃん専用になっていて、彼女は今、多面モニターに表示される仕事の結果を確認しているところだった。

「……これ、役に立った」

文庫の紙面をつらつらと追っていると、小畑ちゃんが声をかけてきた。デスクに向かったまま、掲げた左手の指先に一枚の名刺を挟んでいる。

『東京都広報課　課長　梓澤廣一』

それは梓澤が数多保有する役職《カード》のうちのひとつだ。インスペクターの身分は単なる欺瞞のためではなく実際に使用することができる。

「あげるよ。トーリくんのだし。死んでも役に立つとは、さすが神に愛された男」

「こんなクソ仕事、人工知能にやらせな。ちょっと歪《ゆが》んだ情報を与えるだけで、あんなクソニュース幾らでも電波に乗る」

今回、小畑ちゃんに依頼したのは、入国者トラブルが激増しているというフェイクニュースの流布だった。フェイク動画の大量投稿と東京都広報課の権限を使った定例記者会見の台本差し替えなど――クラッキングの天才小畑ちゃんが、ほんのちょっと手を下しただけで、あっという間に世論は入国者憎しの感情で燃え上がっている。

「今日は喋《しゃべ》るね。燃えてきた？」

さすがに小畑ちゃんも、これだけ騒ぎが大きくなると盛り上がっちゃうんだろう。

「あんたのおかげでインスペクター順位もイレブンまで上がったし」

「今度、お祝いしなきゃ」

驚いた。嬉しいニュースまで入ってきた。持ってるカードを総動員して、祝・小畑ちゃん昇格祭を盛大に開催しちゃおうか。やろうと思えば、各界のセレブだって招けちゃうし、都知事にだって祝辞を打たせることができるけど。

「殺されたいのか、クズ」

だが、そんなものは必要ないと小畑ちゃんは一蹴する。さすがクールだ。まったく動じていない。梓澤は笑顔で肩を竦める。

「さっきからなに読んでんの？」

「発禁本。ホフマンの『くるみ割り人形とねずみの王様』」

梓澤は読書を続けながら、キッチンに飲み物を取りに行く小畑ちゃんの質問に答える。

おお、自然の聖なる本能よ、あらゆる生命の探究して尽きることなき共感《シンパシー》よ――ちょうどそんな文章が紙面に躍っている。一般的にはホフマンのこの小説よりも、これを翻訳したものを――というより翻案に近いといえるが――原作として作曲されたチャイコフスキーのバレエ組曲のほうが有名だろう。

冷蔵庫から取り出した瓶のコーラを飲みながら、小畑ちゃんが尋ねた。

「面白いの？」

「戦争シーンがいい。くるみ割り人形は悪いねずみと戦う兵士だ。魔法で醜い姿にされた姫を助けるため、世界一固いクラカトゥククるみをかち割らなきゃいけない」

ホフマンのくるみ割り人形は現実と虚構の曖昧さがとても巧みで、かつ虚構の美しさとグロテスクさが際立っている。子供が夜中に見る悪夢、あるいは純粋な子供だけが見られる世界で最も美しい夢の光景をそのまま写し取ってきたような描写に、梓澤は思わずうっとりしてしまう。語り部というべき、ドロッセルマイヤーおじさんの絶妙な薄気味悪さもたまらない。梓澤は繰り返し、このメルヘンを読むたび、その結末をどう解釈すべきかと想いを馳《は》せてしまう。

梓澤は身を起こし、コーラを飲み終えた小畑ちゃんに質問を投げかける。

「クラカトゥクは何のメタファーだと思う？」

これがとても簡単なようで、とても難しい。梓澤も最初に一読したときは、分かったような分からなかったような曖昧な気分になった。

ましてや小畑ちゃんは、まだこの小説を読んでいない。梓澤が語った物語のあらすじしか知らない。ほとんど直感だ。何と答えるだろう。

「……あんたのキンタマ」

まったくもう、何て答えだ！　梓澤は思わずぶふっと噴き出してしまう。

だって、だってねえ……キンタマだよ？　キンタマ。まったくさあ、

「最高、小畑ちゃん！　マジで愛してる」

「うるせえ気持ち悪い」

小畑ちゃんの心の底から見下すような罵倒《ばとう》が心地いい。小畑ちゃんの回答はそれくらい面白かった。しかも、それは本質的には正しいのだ。

割りたくても割れないもの。しかし割らなければならないもの。固いくるみのメルヘンは、いつも人生に大切なものを梓澤に教えてくれる。

梓澤は読みかけの本をテーブルに置く。調整ＯＫ。これでコンディションはばっちり。

「――公安局が今の俺のクラカトゥクさ。特に慎導くんは俺が心から欲しいものを持ってる上に、あの男の息子だ。父親みたいになる前に、かち割ってあげないとね」

さあ、次なる仕事のためにやるべきことを始めよう。すでにカウントダウンは始まっている。

22

晴れ渡る空が雨雲に覆われてゆく。

都知事である小宮カリナが公安局ビルに到着した。側近格の職員二名、副知事を伴っている。灼は炯、霜月とともにビル一階のエントランスで都知事来訪を迎えている。

「……東京都知事の、小宮カリナです」

「知ってます」

カリナの挨拶に灼はにこやかに応じた。知った仲ではあったが、彼女が都知事として公安局ビルを訪れるのはこれが初めてだ。梓澤廣一が目論《もくろ》んでいる都知事への襲撃。その阻止のため、これから暫《しばら》くの間、一係が専任でカリナの護衛につくことになる。

「公安局へようこそ。小宮都知事。了承してくださり、ありがとうございます」

「しばらくこちらでお世話になります」

公安局側の代表者である霜月とカリナが簡潔な挨拶を済ませる。護衛中は都知事の公務も公安局ビルで行うことになる。そのための施設説明に赴こうとする。

「お待ちください」

だが、背広姿の男が場を仕切るように口を挟んだ。まるでマネージャーのように。そういえば、いつもカリナに付き添っていた秘書のオワニーの姿が見えない。

「あなたは？」

「副知事の三森《みつもり》です。入国者政策担当」

霜月の問いに、背広の男——三森が事務的な態度で答えた。

「はあ……」

だからどうしたのだ、という困惑を霜月が言外に滲《にじ》ませた。ここで双方の担当者全員が挨拶することを三森は望んでいるのだろうか。官僚的な儀礼。しかし、三森はそれ以上の自己紹介はせず、無言で立っている炯に視線を移した。

カリナが来訪してから、炯は一言も言葉を発していない。必ずしも炯は都知事に対して好意的な印象を抱いていない。かといって、露骨な反発を匂わせているわけでもない。

「入国者による護衛は不適切です」

そして副知事の三森は、この場にいる人間全員の気持ちを代弁しているかのような態度で炯の都知事護衛を拒絶した。無論、灼も霜月も訳が分からず困惑する。入国者政策担当とは思えない、あまりにも露骨な差別に呆気《あっけ》に取られてしまう。

「……なに？」

名指しされた炯も怒りを押し殺しながら、当惑を口にする。

その反応が自分の考えていた通りだと言わんばかりに三森はさらに炯を指弾した。

「しかも彼、報道された人物でしょう。奥さんは潜在犯だとか」

炯が報道？　それよりも舞子のことを話題に出され、灼は全身が強張《こわば》る。よく知りもしない人間のことを断片的な情報だけで都合よく断定する。そういう無遠慮さによって自分にとって近しい人間が粗雑に扱われることに灼は不快感を覚える。

「妻は潜在犯じゃない！　お前たちのせいで出られないだけだ！」

だが、それよりも先に炯が爆発した。三森へ抗議し、都知事のカリナを睨《にら》みつける。

舞子が都行政府のせいで退院できない？　何が起きているのか灼は咄嗟《とっさ》に理解できなかった。今朝、炯は出勤前に舞子の退院手続きにカウンセリング施設を訪れていたはずだ。その結果を灼は聞きそびれてしまった。炯自身が口にするのを待つつもりだった。

だが、今では状況がまったく異なっていた。舞子の悪化した色相は徐々に改善傾向にあったはずだ。その事実を無視し、行政命令で退院を阻害するなどあってはならない。

「入国者関連の事件で今が難しいことは監視官なら分かるでしょう。それに、あなたのその態度が問題を大きくすると気づきなさい」

炯の非難に対し、カリナは冷ややかに切り捨てた。炯の行動そのものが諸悪の根源と言わんばかりだった。固く心を閉ざし、相手の要求いっさいを封殺する高圧的な態度。それは都知事のパブリックイメージとして流通しているものではあったが、必ずしも彼女の本質ではないことを灼は知っていた。知っているはずだが……今の小宮カリナから伝わってくるのは、自らの周辺から入国者を排除しようとする明確な意志だった。

これがマカリナの意志決定によるものなら、都民は入国者の拒絶を強く望んでいることになる。そして施政者側も分断を強く望んでいる。そこまで強欲に自らの支持基盤を確立したいとでも言うのか。その姿勢は、灼の知る小宮カリナとまるで異なっている。

「なんだと……」

露骨にぞんざいに扱われた炯が、もう我慢ならないというふうに身を乗り出した。

灼は思わず、炯の前に立ち塞がってしまう。

「止めろ、炯！」

「お前は都知事の味方か！」

味方じゃない。けれど、都知事の敵でもない。自分は誰の敵でもない。たとえ相手が許し難い狼藉《ろうぜき》を働いても、ここは堪《こら》え時だった。炯が怒りを殺せないなら、その怒りを自分が引き受ける。カリナが凍てついた拒絶の刃《やいば》を振るうなら、それを背中に受ける。

「止めなさい！」

霜月が一喝し、灼と炯の睨み合いを解かせた。互いに一言も言葉を発せない。それを許さない有無を言わさぬ迫力を霜月は発している。

「イグナトフ監視官、待機を命じます」

「……はい」

上官の命令を炯は承服する。逆らわせない。逆らえない。

それがこの場を収める最善の策だとしても、踵《きびす》を返して歩き去る炯の背中を目にして、これでよかったなどと口が裂けても言えるはずがない。ただ決定を下すための障害を暴力的に排除しただけだ。それは政治という力《パワー》の最も醜い使い方だ。

灼はカリナの顔を窺い見る。彼女の素顔は認知ＡＩのヴェールによって隠され、その横顔は冷徹な都知事の仮面に覆われ、緊張を片時も崩すことはない。

インタビューは喫緊の話題にも及んだ。

〈狐〉狩りと並行して実施された都知事の護衛から、炯は理不尽な理由で外された。彼に纏《まつ》わる報道についても六合塚は目を通しているが、その発端になったとされる入国者絡みのトラブル増加も、出所が曖昧な市民の投稿とされる動画に基づいていた。巧妙な編集が施されてはいたが、どれも作為的で、必ずしも世相の現実を反映しているものではなかった。

なのに、目に見えない不安を肯定してくれる内容に真偽を問わずに人々が飛びついてしまっている。始末の悪いことに報道もそれを煽《あお》っている。

そこで都合のいい悪役に炯は選ばれてしまっている。

六合塚はアーティスト時代、似たようなスキャンダルを幾度も受けたことがある。その大半は事実無根の誹謗《ひぼう》中傷で――とはいえ恋愛絡みのいざこざは凡《およ》そ事実だったが――生活に支障が出ない限りは無視してきた。だが、炯の場合はすでに実害が出ている。

まるで無意識の悪意が彼に狙いを定めているかのようだった。

「護衛から外されたことには確かに苛立ちを覚えました。でも結果的に、いい状況になれた。これで狩りに集中できる」

そう言って、炯はインタビューの回答を締め括《くく》った。猟犬の本分を果たせると強く宣言することで、荒ぶる自らの本心に軛《くびき》を嵌めようとするように。

21

一係の大部屋に刑事全員が集められている。

窓を背にして仁王立ちした霜月が、突然の方針変更について説明した。

「残念ながら、都知事側の要請は無視できないわ」

都知事のアホ娘が、よりにもよって炯を護衛から外せとほざいたというのだ。そんな自殺紛《まが》いの判断をした都知事に天馬は呆れてしまう。

「政治的な判断か。辛いが納得するしかねえよ、イグナトフ監視官」

それにしても都知事ってのは馬鹿だな。まず手元に置いておくべき番犬ってのが誰なのかまるで分かっちゃいない。あるある。あるんだよ。若くして権力ってのを握っちまうと、自分が全知全能神様サマサマみてえに勘違いしちまうってことが。

「なお廿六木執行官も、家族が薬師寺後援会にいた関係から外れてほしいと」

「なああんだよそれは！　納得できるか！」

はあ？　ふざけんな。ふざけんじゃねえぞ。あの小娘、何だこの野郎。都知事選で敵対してた薬師寺と俺は何も関係ねえだろうが。同じ廿六木だといってもな、あんなクソ野郎と一緒にするんじゃねえ。というか、一童の野郎、今さらのこのこ出てきやがって監視官に殴られましたとか泣き言をほざいていやがったそうじゃねえか。ああ畜生、やっぱあのときぶっ殺しておきゃよかったんだよ。もしくは再起不能になるくらい叩きのめしておくとかよ。まったく、これが後悔先に立たずってやつだぜ！

「イグナトフ監視官と廿六木・如月執行官は狐狩りを担当。慎導監視官、入江・雛河執行官で都知事を護衛。いい？」

「……了解」

クソが、と毒づきそうになったが天馬はおとなしくすることにした。こういうときは引き際が肝心なのだ。ムカつくぜ。まったくムカつくが、この苛立ちってのを〈狐〉を狩るための原動力にすりゃいいのさ。梓澤廣一め。捕まえた暁には、狐の毛皮を引ん剝《む》くみたいに丸裸にしてやる。そうと決まれば、さっそく行動開始だ。やってやるぜと天馬が意気込んだところで、炯がふいに冷ややかな視線を灼に向けた。

「都知事の護衛は慎導監視官一人で十分でしょう。都知事は執行官を嫌ってます」

おいおい、どうしたんだこりゃあ？　嫁さんの件で灼と揉めてるってのは聞いてたけどよ。それとこれとは話が違うってやつじゃあねえのか。

「それが敵の狙いなら？」灼が冷静に答える。「入国者や潜在犯への差別を利用して都知事を孤立させる気かも」

灼のぼっちゃんの態度も、何というか……微妙に間違ってねえか？ そういうことじゃねえだろ。今は無礼な相棒に怒るところだぜ。正しい対策は何かって話じゃなく、まずはその前の段階の心構えが間違ってんだよ、と頭のひとつでも叩くべきだ。

それから腹割って話すべきだろ。お前ら精神的ザイルパートナーとかいう関係なんだろ。だったら、握った綱、お互いに無理やり引っ張り合うことを止めなきゃ話になんねえだろうが。どうしてどっちも、俺が俺がって譲らねえんだよ。

「なら、差別をまき散らすことが政治だと思ってる連中を、お前が誘導しろ。人の心を操るのは得意だろ！」

とか言っているうちに、もうどうしようもなくなっちまった。売り言葉に買い言葉というか、灼に何を言っても返ってこないせいで、炯も引っ込みがつかなくなっていた。相当、よろしくねえことを言った。いっぺんに信頼を損ねちまうような致命的な一言。

見ろよ、なあ、見ろよ、あんちゃん。天馬は、炯に指弾され黙りこくってしまった灼の顔を見る。いつもみたいに余裕かました笑みでもない。かといって、闘志剝き出しの狡賢《ずるがしこ》い顔でもない。虚を突かれたような顔、どんな感情を表していいのか分からず心が停止してしまったような顔。その視線はどこでもないどこかに向いてしまう。二人の間に立っている霜月が頭痛でもするかのように頭を押さえた。

天馬たち執行官も同じだ。何も口を挟めない。

だから、いつまでも、監視官たちの関係は拗《こじ》れたままだ。


捜査会議の後、執行官へのインタビュー時間が確保された。

場所は一係執行官の待機部屋。妙な部屋だった。入り口には「立入禁止」「一係専用」と毛筆で書かれた紙が貼りつけてあった。

六合塚が執行官だった頃には、もちろん、そんなものはなかった。この部屋を使っていた人間が今の現状を知ったら、さすがに驚きと困惑を隠せないのではないか。

執行官最初のインタビューは天馬だった。彼は長らく執行官をしていたが、地方支局での勤務歴が長かったためか、東京の本局にずっといた六合塚と直接の接点はなかった。

とはいえ、勤続年数だけで言えば、天馬は現一係では最ベテランの執行官になる。

「……イグナトフ監視官が殴ってくれたのは、俺のいけ好かない弟だ。俺は感謝してる」

傾けていた酒杯で程よく酔いが回ったのか、天馬は先の都知事選における事件捜査の際、監視官が犯した暴行について言及した。

「うちの親は喧嘩するときも自分の色相ばかり心配してた。大事なのは自分だけ。でもイグナトフ監視官は違う。あいつは他人のために怒れる男だ」

天馬の生家である廿六木一族は、強靭《きょうじん》なメンタルタフネスを誇っていた。だが、逆を言えば色相が何よりも優先されるからこそ、結局、身内の間でさえもわが身可愛さを貫かなければならなくなってしまった。

天馬の話を聞く限り、廿六木一族の誰もが自分だけを優先するなか、例外的に普通だったのが、廿六木天馬という人間だったのかもしれない。天馬は喧嘩っ早い。だが、自分の色相の悪化も気にせず、他人に剝き出しの感情を向けられるということは、それだけ彼が他人に関心を持っていることのあかしだった。

「潜在犯は、どうしようもなく生身なんだよ。怒りは抑えない。何かありゃ悪かったと謝る。そんな非シビュラ的な関係が……ここのいいとこだ。分かるだろ、先輩」

天馬の言っていることを、六合塚は感覚的に理解できる。

思うがままの感情で振る舞う人間は、確かに時に他人を傷つけ、自らも他人から傷つけられる。だが、そんな感情的な人間だからこそ、傷ついた他人の感情に向き合える。

それはシビュラ的ではないが、必ずしも間違ってはいない。六合塚は執行官を経て、社会復帰をした今でも、正しさとは必ずしもシビュラ一辺倒ではないのだと思っている。

「正義？」

それからまた別の質問を投げかけた。

「……分からんね」天馬は重ねた年月を覗《のぞ》かせるように深く息を吐いた。「でもまあ、こっ恥ずかしい言葉だが、本気で言っている奴は輝いて見えるもんよ」

それから照れたように小さく笑みを浮かべ、目を細めた。その視線の先に誰が見えているのかについては聞くまでもなかった。

20

地下駐車場へ向かうエレベーターで灼は炯と一緒になった。

灼は都知事警護のため都庁へ赴く。炯は〈狐〉狩りの準備がある。

扉が閉まり、エレベーターが降りていく。居心地の悪い沈黙が続いた。都知事護衛を巡って、またしても炯と諍いを起こしてしまった。

炯が日本人ではないというだけで護衛から外せと言ってきた副都知事。露骨な差別を黙認したカリナ。都の要請を政治的観点から受け入れることにした霜月の判断。どれも納得のいくものではなかった。

しかし、どの判断も灼は否定できなかった。各人が他人への信頼を失い、独自の判断で行動することが、都知事を狙う梓澤の狙いだ。疑心暗鬼に囚《とら》われた副都知事を始めとする都の行政府の職員たちは、都知事の保護を最優先する余り、僅《わず》かでも疑いのある相手を排斥する手段を選んでしまっている。

長きにわたる信頼や仕事の有能さではなく、日本人か入国者であるかといった出自という曖昧な判断基準で人員の入れ替えを闇雲に実行する。その結果、都知事を守るための防衛網に幾つもの穴が生じてしまう。〈狐〉に通じる歯車の侵入を許してしまう。

いっそ、メンタリスト・スキルによって彼らの心理誘導を行ったほうが安全なくらいだった。敵の操り人形にされるくらいなら、先にこちらから自由を奪ってしまう。

「……メンタルトレースって、どこまで人を誘導できるんだ？」

「下手《へた》なカウンセリングよりは効果あるよ。精神誘導……サイキック・ドライビングって言うんだけど」

炯もまた同じことを考えていたようだったが、灼はこれを実行するつもりはない。そんなことをすれば、自分たちと梓澤の行いには何の違いもなくなってしまうからだ。

目的のために大義を失ってはいけない。誰にでも越えてはならない一線というものがある。そこを越えてしまえば、もう元には戻れなくなってしまう。

「親父《おやじ》さんはどうだった？」

「凄腕だったみたい。炯も知ってるだろ」

灼は炯の質問に答えた。特A級メンタリスト・スキルによる心理解析は、その応用で心理操作に転用可能だ。灼の父――慎導篤志は、それこそ灼にとって師匠同然であり、その技術精度ははるかに上を行っている。だが、それゆえに技術の使用には細心の注意を払っていた。催眠に近い心理誘導によって他人を完全な傀儡《かいらい》にしてしまえば、それは信頼ではなく支配によって結びつく歪《いびつ》な関係になり、取り返しのつかない断絶を招く。

「――兄を操ることもできたか？」

ふいに炯が奇妙な質問を投げかけた。灼は自分の思い違いを悟った。炯がメンタルトレースについて尋ねたのは、都知事を守る手段を模索していたわけではない。

疑いの目を向けている。けっして、それだけはしないと誓い合った相手に向けて。

灼ははっとなり、顔を上げた。炯の顔はこれまで見たこともないほどに硬く冷たい。

「コングレスマンらしき女が、煇は使い捨てにされたと言ってた。もし本当なら……真っ先に思いつくのはお前の親父さんだ」

「炯、何を思ってるか知らないけど……」

駄目だ。それを口にしてはいけない。

灼の父が炯の兄を殺し、そして自ら命を絶った。

加害者の遺族と被害者の遺族。当然、お互いが抱いて然《しか》るべき怒りや憎しみ、疑いの心を、それでも抱かないことを灼と炯は誓い合った。そうしなければ、お互いの心を守ることができなかったからだ。憎み合い、傷つけ合う。そんなことにはなりたくなかったから、その真実を突き止めるための選択をした。

だが、それが本当にお互いの意志に拠《よ》るものだったのか。自ら望んで選んだことに間違いはなかったのか。もしかしたら、そうではなかったのではないか。

「お前、俺や舞子を誘導したことはあるか」

「え、あ……」

ほんの僅かとはいえ、炯が疑いを持っていることを灼は理解してしまった。灼と炯、舞子の三人が誓い合った真実のための繋がり《ザイル》。か細い三本の糸を束ねることで、どのような悪意に晒されても千切れない綱にした。

だが本当にそうだったのか。その綱は誰かにとってのみ都合のいいものであり、他の人間は望まぬ繋がりを無理やり結ばされていたのだとしたら。

「まさか……」

「ない、ないよ……。絶対にしない！」

そんなことは絶対に有り得ない。そう信じる余り、灼は強い否定の言葉を口にしてしまう。開けてはならない箱を開けてしまい、急いで閉じようとするように。

だがその態度に、いっそう炯が不審を募らせる。灼は目を逸らしてしまう。

「……自分のためにやったことはないよ」

本当だ。メンタルトレースによる心理誘導、それを一度も灼が他人に用いたことがなかったかといえば、それは嘘になる。だが、けっして自分の利益にするために行ったことはない。そして灼が父を、炯が兄を、舞子が母を失ったとき、灼は自分の能力を使って二人を操作したことはない。絶対にない。そんなことをするはずがない。

それでも炯の怒りは収まらない。疑いは晴れない。過去の正しさよりも今ここでの不審が上回ってしまえば、どれだけ言葉を尽くしたところでその断絶は埋まらない。

地下駐車場に到着し、エレベーターの扉が開いた。炯は大股で先に出ていった。

「人より自分のメンタルケアをするんだな」

その去り際の言葉に灼は何も答えられない。エレベーターから出ていくこともできない。遠ざかる炯の背中を見送るしかない。

19

夜の帳《とばり》が下りる頃には、降り続いていた雨も止み、空には月が浮かんでいる。

インタビュー場所に、公安局ビルの展望テラスを選んだ入江のセンスは悪くない。

「あなたの曲、聴いたことありますよ。なんだかんだ権限があるから、シビュラ非推奨の曲も聴ける。どれも悪くない」

辛口評論家のような感想を嘯《うそぶ》きながら、入江はニヒルに笑ってみせた。

「小宮カリナみたいな、クソ差別でハッピーなんて言ってるアイドル政治家について、あんたの意見が聞きたいね」

入江は皮肉がかった口調で質問をしてくる。前に捜査に同行したときもそうだったが口数が多い……というか、何か反抗しているものについて話題にするのが、誰かとコミュニケーションをするときの当たり前の癖になっているのだろう。

「国民とシビュラが求めた。それ以上でも以下でもないわ」

しかし、六合塚は入江と怒りを共有するつもりはない。

負の感情は人間同士が団結するための最も容易い共感のトリガーだ。共通の敵を作り、怒りや憎しみを共有する。だが、その同調しやすさゆえに、いつしか怒りのほうに振り回されてしまう。同じ感情を共有しなければ敵だという排他の論理。そこに嵌まり込んでしまえば、人間はもう後戻りができなくなる。

「昔のあんたなら都知事をディスって何曲か作ったでしょう」

「そんな私なら執行官にもなれなかったでしょうね」

だが、そんな頭のいいことを理路整然と言えるほど、六合塚もまっとうではない。

自分のなかから怒りは消えてしまったのだろうか？　多分、そんなことはない。

今だって、世の中すべてが正しいとは思わない。我慢ならないことだって多い。しかし、世の中すべてが間違っているとも思えない。

時間が経てば、人間は変わっていく。怒りを怒りのままに保ち続けることは難しい。だからといって、冷笑的な諦めに鞍替《くらが》えすることほど無様なこともない。

「世の中全部壊れろって……すげえ怒りをこめた曲だった。それを忘れたって？」

「あなたも廃棄区画には戻れない」

入江の挑発に、六合塚も久しぶりに挑発を返す。短い言葉で十分だ。その刃は昔よりはギラついていない。尖《とが》った表現も使わない。けれど、お喋りな相手を一発で黙らせるくらいの威力は秘めている。事実、入江の顔から笑みが消えている。

「ねえ、これはあなたのインタビューよ。忘れないで」

分かってるよと言わんばかりに、入江が拗《す》ねた顔でそっぽを向いた。

それからしばらくは取り留めもない話題が続いた。廃棄区画で高値がついているという廃盤になった六合塚のレコード。作った音楽がアーティストよりも長生きしていることは少し不思議な気分だ。もしかしたら自分がこの世を去った後にも世界に刻んだ音楽が残るとしたら、それは少しばかり嬉しいことのように思える。

「ふふ、正義ねえ……」

それから最後の質問をした。入江は再び嘲《あざけ》るような忍び笑いを漏らす。かと思いきや、急に静かな顔になり、夜の街を粗雑な見た目の割に澄んだ眼で見つめた。吐く息さえも白くなるような冷たい風が吹き、入江の髪を揺らしている。

「負け犬がよく吐く言葉だろ。俺の親爺《おやじ》もその言葉を信じ、死んじまったよ」

寂しげな声だ。故郷を失った迷い犬が発する遠吠《とおぼ》えのような哀切。それは小綺麗《こぎれい》な音楽よりも聞く人間の心を打つ感情を宿している。

死してなお残るものがあることを、入江もまた知っている。

18

公安局ビルの地下駐車場に停車した都知事公用車を、灼は入江、雛河とともに検査している。鑑識ドローンも動員した安全確認。

事故によって標的の命を死に追いやるのが、〈狐〉の常套手段なら、その可能性を起こし得る対象はどれだけ確認をしてもし足りないくらいだった。

間もなく——少なくとも現時点では——公用車に不具合が発生していないことが確認され、灼は後部座席の扉を開ける。

「チェック完了。どうぞ」

「ありがとう」

灼の恭しい態度にカリナは応え、公用車に乗り込んだ。続いて灼も後部座席に乗った。

ここから都庁に戻り、公務を遂行することになる。

運転手は都が正規契約した業者で、その経歴が問題ないことは確認済みだった。助手席には副知事の三森が座る。護衛の任務に就いている執行官の入江と雛河は、護送車で都知事公用車の後に続く。安全を考慮すれば、車両の運転は彼ら執行官に任せたかったが、潜在犯が公用車を運転することは認められないと都側から拒絶された。

灼にとって入江も雛河も信頼関係にある仲間だったが、外部の人間からすれば、執行官は危険な潜在犯としてしか扱われない。そのことに灼は悲しみに近い感情を覚える。

間もなく公用車が発進した。小型の会議室としても機能する都知事公用車の後部座席は、車体前部の運転席と区切られており、プライバシーが確保されている。

しばらく車内では沈黙が続いた。カリナは都知事の公務があるため、移動中は資料確認や事務処理に追われている。

やがて公用車が高架道路を走行しているときだった。

「こんなときに不謹慎だけど、またあなたに会えて嬉しいかも」

「そう言ってもらえると、少し気が楽です」

資料に目を落としたまま、カリナが呟いた。灼は小さく笑いながら力を抜いて項垂《うなだ》れる。護衛対象から好感を抱かれることは悪いことではない。四六時中一緒にいるのだから、関係がギスギスしていたら息が詰まって仕方がない。

灼もカリナと再会し、楽しくないわけではない。だが、今は素直に喜べない。

「……あなたの相棒は一緒じゃないの？」

少し間を置いてから、カリナが尋ねた。

「わざと言ってるんですか、それ？」

灼は不愉快さを隠さず問い返した。副都知事たちがいる前では言語道断の行為だが、今は後部座席にはカリナと灼二人だけだった。

多分、カリナもそれが分かって、この話題を口にした。

「やっぱり、私のせいね」

「そう一概には言えないでしょ」

エントランスで見せた冷厳な面持ちとは違う、今も都内を覆う曇り空のような陰りをその顔に帯びている。マカリナがそのような表情を浮かべさせているのか、それとも今は都知事として振る舞うことを止めているのか。

正直なところ、炯に対する都側の仕打ちは灼にも納得できるものではない。かといって、カリナを責める気にもなれない。彼女を責めたところで何も解決したりしない。それこそ、都知事護衛とは別の理由でも灼は炯と仲違《なかたが》いをしてしまっている。

何をやっても空回りをしている。それが梓澤の仕掛けた罠のせいだと思えたらどんなに楽だろう。そんな単純なものではない。灼と炯はその強固な絆の分だけ、二人の間に生じた捻《ね》じれは容易く解消し得ないものだった。

「何か、怖がってる？」

「なんです、それ」

顔を背けた灼を、カリナが覗き込んできた。これほど近い距離で他人から見られることはあまりない。カリナは視線を灼の顔から外さない。

「以前の余裕がないから」

「ちょっと、忙しくて」

灼は素直に答えるわけにもいかず答えをはぐらかした。忙しくて心が千々に乱れていることは事実だ。本当はどれかひとつの問題だけに集中したい。しかし、現実は多くの解決すべき問題を突きつけてきて、しかも、片時も待ってはくれない。

「……そういえば、第一秘書の女性は？」

ふと、灼もカリナの傍から失われたものに気づいた。いつも、そこにいて然るべき相手がいないのだ。アン・オワニー。カリナがアイドル時代からのマネージャーであり、仕事の一番のパートナーだった入国者の女性。

「アンは……、解雇したの」

カリナが悄然《しょうぜん》となる。何気なく質問したつもりで、彼女の急所を突いてしまった。

「党の方針、シビュラの既定路線。そんなもののせいでアンを傍に置くことができなかった。あなたの相棒と同じよ」

カリナは淡々と解雇の理由を口にした。どうしようもないもののせいで切り離してしまった相手のことを惜しむ感情が伝わってくる。都知事を護衛するためには、どのような代償も支払わなければならないのだろうか。正しいと思えるものさえ捨てなければならなくなったすれば、最後に何が残るのだろうか。

「……暴力は、大勢の人が同時に何かを求めることで生まれる。お金が大事なら、それを奪い合う。心が大事なら、自分を守るため、人に色相の曇りを押しつける」

カリナが呟くように言った。人一倍、多くの人間が利己的な暴力に走る光景を目にしてきただろう彼女の言葉を、灼は黙って聞き続ける。

「政治は暴力を和らげ、争いを最小化するゆいいつの手段」カリナは言葉を重ねる。自らに魔法をかけるように。「だから私は政治家になると決めた。私はこの国を変える。私の隣にアンがいても、あなたの相棒がいても、誰も文句を言わない国にしてみせる」

その魔法が多くの人々をさえ巻き込むようになったとき、信念というものは物理的な力を発揮して、本当に世の中を変えていくのだ。それができる可能性をこの女性は秘めている。守るべき相手だ。守らなければいけない仲間だ。

自然と、そうした共感の念が湧き上がってきた。

「……立派だ」

「なによそれ」

灼の月並みな賛辞にカリナが苦笑する。

そして、灼は表情を真剣なものに変え、腹を割って頼みごとをする。

「あなたの立場も信念も理解できる。その上で、お願いが」

炯にとって余計なお世話だろうか？　しかし、灼は自分にできることをやるしかない。

「相棒の奥さんを解放してください」

カリナは気安く頷きはしないが、けっして否定もしなかった。

「……努力するわ。その代わり、私をしっかり守ってよね」

現実を見据え、どれだけ時間がかかっても、為すべきことは必ず為す。それが小宮カリナの正しさで、彼女の命とともに必ず守らなければならないものだった。

17

分析官ラボに〈狐〉狩りを行う面々が揃っていた。

監視官の炯、執行官が天馬と如月。分析官の唐之杜も手を貸している。

「真緒《まお》ちゃんのデバイスに、偽の護衛スケジュールを入れたわ。公安局と、都の政策局のサーバーにも同じ内容のデータを入力済み」

データ上の如月は都知事の護衛任務についている。都と公安局双方の連絡役を務める立場が与えられ、護衛において最も多くの場所にアクセスできる立場だ。都知事を狙う〈狐〉にとっては使い勝手のいい駒になる。

「敵は如月の便利さに気づくってわけだ」

「気づくでしょうか……、機密情報ですし」

だが、それは相手が餌に引っかかればの話だ。如月の急な心変わりを警戒されないように、偽装データはかなりセキュリティレベルが高い領域で取り扱われている。生半可な腕ではデータを覗き見ることさえできない。

「敵の優秀さを信じよう」

その程度は苦もなくやってのける相手だと信じ、一係は〈狐〉狩りを進行させる。

かつて〈狐〉によって都合のいい道具にされた如月は、今は自ら監視官の炯によって正しく使われる道具となることを望んでいる。

それが正しいことのためだと信じ、疑うことはない。

如月はそれだけの信頼を監視官の炯に対して抱いている。

如月への取材は、公安局ビル内にあるプールで行われた。如月は最大の緊張を強いられる仕事をひとつ終えたらしく、のびのびとした動きでプールを泳いでいる。企業アスリートとして活躍していた如月の泳ぎは見事なものだった。美しいフォームで水を掻《か》き分ける姿は時に獰猛《どうもう》さも孕んで美しい。

六合塚も少し取材を中断し、彼女と一緒にプールで泳いだ。昔、このプールで一係の仲間たちみんなで泳いだことを思い出した。そんな他愛ない時間もたくさんあった。

「あなたを尊敬してます。……だって、潜在犯から復帰したんですから。憧れますよ」

他者との間に壁を築きやすい如月だったが、ともに泳いだせいか、表情からも硬いものが取れている。前任監視官の事故については、あまり尋ねず、むしろ現在の一係との繋がりについて話を聞いた。

「はい、イグナトフ監視官とその奥さんに命を救われました。イグナトフ監視官はとても強くて、優秀で、尊敬すべき人です」

監視官の炯と、その妻である舞子。彼らが如月の内面の変化に大きな影響を及ぼしている。如月は言葉数こそ多くはないが、質問に対して黙って何も答えないということはない。ひとつひとつ、自分なりの答えを拙《つたな》くとも口にしようとする意志が感じられた。

「あなたも強い人間に見えます」

「後悔ばかりですよ。イグナトフ監視官のおかげで自分の弱さを思い知りました」

自分が弱いと言える人間は、強さを知っている人間だ。

「命がけで他人を守る。それが私たちの正義だと」

それは自分にとって何が正しいかを理解しているということでもある。

六合塚は如月を信じるに足る相手だと思った。

偽のスケジュールを流して数時間後のことだった。

如月は執行官宿泊施設内にある自室に戻り、テーブルの上に置かれた手紙を見つける。

『局内郵便物・業務連絡　如月執行官』とスタンプが押されていた。

「今どき、紙って……」

如月は手に取って中身を調べる。そこに記された文面を一瞥し、手紙が局内郵便物を偽装していたことに気づく。手の込んだやり口。花束を送ってきたり、メッセージカードを添えたり、毎度ご丁寧なやり口だった。

かつては、この手紙に恐怖を覚え、吐き気を催した。しかし今は違う。手にした〈狐〉からのメッセージを見据えたまま、如月はデバイスを起動する。

「来ました」

猟犬は、自らの飼い主たる炯に端的に報告を述べる。

16

唐之杜の私室で撮影機材のチェックをしている。

六合塚は椅子に腰掛けた唐之杜のシャツのボタンが外れていることに気づいた。普段通りといえばその通りだが、記録に残るなら話は別だ。

「キスマーク隠して」

「はいはい」

別に取材対象と関係を持つことを禁じられているわけではないし、そもそも六合塚は執行官をしていた頃から唐之杜と長らく親しい関係を持っている。もう何年になるだろう？　互いに自身最長の付き合いであることは間違いない。

だとしたら、自分たちの関係はこれからどうなっていくのだろう。執行官と分析官でいる間は、そういう疑問が頭に浮かんだこともなかった。しかし六合塚は犯罪係数の低下から社会復帰し、一般人になった。ジャーナリストの仕事をしていなければ、公安局ビルの奥深くにいる唐之杜と会うことさえ容易なことではない。

「……事件に関しては、そんなとこかな」

とはいえ、唐之杜が今は部外者となった自分に大盤振る舞いのように捜査機密を口にするのは、少し浮かれ過ぎではないだろうか。

「いいの？　部外者に話して……」

「報道していいこととまずいことの区別は分かるでしょ？」

付き合いは長い。今さら、唐之杜の意図を読み違えるポカミスを犯したりしない。

唐之杜は気だるい仕草で細煙草《ピアニッシモ》を咥《くわ》えた。自然な仕草で六合塚は自前のライターを取り出し、火を点《つ》けてやる。六合塚は煙草《たばこ》は吸わないが、唐之杜だけでなくアングラな取材対象となると今でも煙草を好む人間は多いからライターを持ち歩いている。

とはいえ、それを話して余計な嫉妬を買うのも面倒くさいので何も言わない。唐之杜はその程度で嫉妬するタイプではないが、彼女なりの繊細な部分をいたずらに傷つけるのは趣味ではない。

唐之杜は細煙草をゆっくりと吸い、煙を薄暗闇に向かって吐き出した。

「私もね……、犯罪係数、下がってるの。一生ここで暮らすんだと思ってたけど、違うケースを見たせいかもね」

そう言って唐之杜は遠い景色を眺めるような視線で六合塚を見る。こんなにも近くにいるというのに。壁に投影された南国を思わせる海の景色、その柔らかな光に照らされながら、唐之杜はまた一本新しい煙草を愉《たの》しむ。

「私、ここを出て何するのかな……。こんな話、知ってる？　あるトカゲの種は、外来種によって木の上に追われた。その後僅か十五年で、その体は木にくっつくよう適応した。そして地上に戻れなくなった」

唐之杜にしては珍しく、不安を感じているようだった。そんな素振りを周りには露ほども見せてはいないのだろう。ここだからこそ見せる顔。自分にだけ見せている顔。

彼女を独占したいという欲がふいに込み上げてくる。今ここだけではなく、自分が生きている間ずっと。珍しい。胸を締めつけられるような感情が湧き上がってくる。しかし今はまだ仕事中だから、六合塚は自分の感情を表に出さない。六合塚はアーティストをしていたくせに自分の感情を率直に表すことが得意ではない。

「……あなたはトカゲじゃない」

六合塚の返答に、唐之杜はふふ、と笑いを零す。

甘苦くて、愛《いと》しい匂いが部屋に満ちている。

15

晴れ渡る空の下、海を臨む公園にベンチが並んでいる。

煌《きら》めく青春を過ごす思春期の少年少女たちや初々《ういうい》しいカップルのためにあるベンチを、冴《さ》えない中年男としょぼくれた老人が、それも二つも占領して座っている絵面《えづら》は、どうにもよろしくない。よろしくはないが大切な仕事のためなので、梓澤は集まってくる鳩《はと》に餌をばら撒《ま》きながら、コングレスマンの代銀《しろがね》と話をしている。

「君は、ずっとコングレスマン志望だね」

代銀は地味な色のジャケットに帽子を被り、ステッキを携えている。何も知らない人間が見れば、孫を連れてきた優しいお爺《じい》ちゃんだと思うだろう。ところがどっこい、代銀はグリム童話に登場してもおかしくないくらいの恐ろしく残酷な老人だ。

「不幸な生い立ちのせいです。そこにはとても悲しいドラマが……」

「私が知る話と違うな」

世間話をするような気軽さで、〈ビフロスト〉絡みの機密事項がポンポン飛び交う。

「さすが。子供の頃なんて覚えてません。根深いのは公安局時代のトラウマです」

「慎導篤志か」

梓澤は自分の過去を軽々しく語ったりはしないが、コングレスマンの代銀とはそこそこ長い付き合いなので、包み隠さず自らの恥部ともいうべき過去を詳《つまび》らかにする。

「ええ。彼に貶《おとし》められたことで俺は才能に目覚めた。彼は憎むべき相手であると同時に、最高の師でもあったわけです」

梓澤にとって公安局の執行官時代に味わった生涯最悪の経験が、何にも増して揺るがし難い行動理由となって、その心の裡に根を張っている。

慎導篤志の名前を口にするたびに、梓澤は身悶《みもだ》えするような感覚に襲われる……というのは嘘で、むしろ寂しさのほうが今では募るくらいだ。慎導篤志は何だかつまらないことで命を落としてしまった。それは残念極まりないことだった。

「面白い。正直、君ほどの男はコングレスマンの地位が相応《ふさわ》しい」

梓澤は手を叩き、餌の袋を握り潰す。パンッと大きな音がしたが、鳩たちは気にせず撒き散らかされた餌を一心不乱に食い散らかしている。鳥って馬鹿だなあ。

「待ってました！」

これこれ、この言葉をずっと聞きたかった。先のリレーションで裁園寺《さいおんじ》が脱落し、コングレスマンには今なお空席が残っている。〈ビフロスト〉のゲームは対戦相手がいなければ続けられない。梓澤がコングレスマンになれば代銀にとっては競合する相手が増えるわけだが、そんな些細なことはどちらも気にしない。実力を認めたプレイヤー同士が集まれば、対戦したくなるのが道理だろう。

「だが、君の就任を拒む者もいる」

「はは あ……」

しかし、感動に水を差すように、代銀は梓澤のコングレスマン就任の可能性を否定する。名前を出さずとも、候補は一人しかいない。法斑静火《ほむらしずか》。コングレスマン最古の一族の最後の後継者。まったく、彼も案外、器量の狭いところがある。

「それに、公安局と外務省の追跡をかわし、都知事抹殺を果たすのは至難の業だ」

それだけではない。代銀は梓澤が、シビュラに目を付けられていることを指摘する。しかし同時に何を達成すれば虹の橋を渡れるのか、その条件を示唆している。

「やりがいがあります。慎導の息子もいますしね。彼が監視官と知って、俺は涙が出るほど喜びました」

　これは嘘じゃない。慎導灼が父親と同じように監視官になって、まるでその呪いのような関係の反復に喜び以外のいかなる感情を抱くことができるだろうか。

「慎導灼は免罪体質者だ。生まれつきシビュラにも裁けない。ビフロストに等しい存在だ」

　それはそれとして、だ。最近、耳慣れない言葉をよく耳にする。

「いったい何なんです、免罪体質者って？」

「君もコングレスマンになれば分かる」

　代銀はこれ以上、何も教えてやるつもりはないらしい。

　望むところだった。梓澤は世界の真実というものが知りたい。それはつまり、疑問に思ったことすべての答えを導き出すということだ。

　梓澤がしかるべき手順を踏んで虹の橋を渡るときには、免罪体質というよく分からないしろものについても答えを得ていることだろう。ビフロストに等しいもの。だとしたら、ますます慎導灼を梓澤廣一はかち割らなくてはならないではないか。

　代銀がベンチから立ち上がる。足音、杖《つえ》の音。それを合図にするように鳩たちが一斉に飛び立つ。梓澤には彼らのような翼はないが、誰にも勝る明晰《めいせき》な頭脳がある。

14

『監視官、駐車場をチェックするから待機してくれ』

「了解」

入江からの通信に灼が答えると、護送車が都知事公用車を追い抜き、先んじて都庁舎の地下駐車場へと向かった。

公用車の周囲には、大量のパパラッチドローンが飛び交っている。

その数は一〇や二〇ではない。自律飛行型の撮影ドローンはＡＩ認識で都知事のカリナの相貌《そうぼう》を確認し、公安局ビルから都庁舎に移動する間、しつこくつき纏ってきた。

「それにしても、パパラッチドローンの数、すごいですね」

「最近、事件が多いせいでしょう。……みんな入国者には過剰に反応するから」

さすがに都庁舎内までは入ってこないだろうが、この様子では公安局ビルに戻る際もまた追いかけられるだろう。オンライン接続された不特定多数のカメラに四六時中、追いかけ回されるようなものだ。カリナがどこで何をしているのか、そのすべてが筒抜けになってしまう。護衛という観点からすると厄介極まりない。

「志恩《しおん》さーん」

『はーい、なーに？』

灼は監視官デバイスで唐之杜を呼び出す。餅は餅屋。電子戦には電子戦のスペシャリストをぶつけるべきだ。

「付近のドローン、すべて追跡してください」

『えーと……』唐之杜がチェックのため少し間を置いた。『ちょっと数多すぎ！』

そして呆れたようにぼやき声を上げる。大変なのは承知の上だが、これも都知事の命を守るためには仕方がない。

「長時間活動できる大型バッテリーと、望遠より多機能性重視のモデルに絞って」

『はいはい。やってみますよ、もー』

詳細な指示を出し、灼は唐之杜との通信を切る。


間もなくクリアリングが完了し、地下駐車場に公用車が入った。

駐車場には故障した警備ドローン、使用不能の消火器、水圧設定を弄《いじ》られたスプリンクラーといった施設の不具合が見つかっていた。整備不良による偶然と片づけるほど呑《のん》気《き》ではいられない。〈狐〉はあらゆるところに入り込む。

都知事執務室に到着し、政務を再開するカリナを横目に、灼は窓から外の様子を確認する。パパラッチドローンが爆弾を積載して突っ込んでくる可能性も考慮したが、そこまで直接的な手段に梓澤廣一が訴えることはないだろう。

空飛ぶ監視カメラというべきパパラッチドローンの使い方は別にある。

「さっきのは？」

「仕掛けを用意するなら、監視のサポートを置きますよ。おれならそうする」

標的を偶然を装った事故で始末する際、罠を設置した後はただ待つだけの悠長なやり方を梓澤廣一は選ばない。彼はけっして自ら手を下さないが、標的が確実に事故に遭うよう、その動向は逐一把握している。空を舞うパパラッチドローンのなかに、梓澤が放った監視用のスパイドローンが混じっている可能性が高い。

大型輸送ドローン墜落事故のときもそうだったように、今この瞬間も梓澤廣一はどこかでカリナの動きをチェックし続けている。当然、灼たち刑事課一係が罠の一部を解除したことも把握しており、今頃、次の一手を繰り出すため、罠を再設計しているはずだ。

「おいおい、おれならって…そんなに犯人とあなた、考え方が似てるの？」

「まさか。こいつの人間への興味のなさには吐き気がしますよ。大勢が暮らすこの世界を、ただの巨大なパズルとしか思ってない」

しかし、梓澤が異常なのは、どうやったらカリナを殺せるのか、その方法を幾つも考え出しているというのに、あくまで殺意がまったくないところだ。

「知能犯や愉快犯とも違う。人間をゲームの駒にしてるんだ。選択を間違えた人間が勝手に死ぬ……。そういう仕組みを作ってる」

殺人ゲームを設計しているが、殺人そのものには興味がない。何かを作るまでが楽しくて、作ったもので遊ぶことは他人任せにする天才肌のデザイナー気質。

梓澤の設計するゲームは精巧極まりないかもしれないが、どれも悪趣味極まりない。灼は今、梓澤がリアルタイムで設計するゲームをプレイさせられている。相手は知恵比べを楽しんでいるつもりかもしれない。だが、灼は自分の選択によって人命が左右されるようなゲームを楽しむような壊れた神経は持ち合わせていない。

「でもあなたなら読み解ける。でしょ？」

「必死ですよ。あなたの命がかかってる」

灼の返答に、カリナが信頼を口にする代わりに微笑を浮かべる。

その期待には応えたい。しかし、このゲームがどこから始まり、どこで終わるのか、灼にはまだ想像もつかない。どこかで設計者の意図を超えて、その居場所を突き止めなければいけない。だが、誰にも捕まえることのできない不可視の狐は、いまだにその姿を街の風景のなかに溶け込ませたまま、尻尾《しっぽ》ひとつさえ摑ませない。

13

雛河への取材は、彼の希望で刑事課一係の大部屋で行われた。

窓から差し込む日差しを雛河は眩《まぶ》しそうにしていた。六合塚が刑事課にいた頃よりも、彼はいっそう暗がりを好んでいるように見えた。

他の刑事は席を外している。各々の仕事のために。雛河も都知事護衛中に拘束し、護送してきた事件関係者の尋問の合間を縫って、取材に応じている。

「これって……『事件』の捜査、ですよね？」

インタビューの途中、雛河がおずおずと尋ねてきた。

「だって自由に動ける元一係は先輩だけ……」

雛河の質問に、六合塚は微笑みを返す。そうとも言えるし、それだけではないとも言える。過去に起きた「事件」――それが六合塚の知っている一係が、新たな一係へと大刷新されることになった決定的な要因であったことは間違いない。

その「事件」は公的には解決されたことになっているが、明らかになっていない真実もまた多かった。それが高度な機密に抵触するがゆえに。

六合塚や雛河――執行官では知る権利を持たない真実。かといって、何も知らないいま

までは いられない。真実を調べる仕事に就いてしまった人間は、やがてはその影を生み出す洞窟の外の世界、その真実の姿を追い求めるようになる。

「僕にとって正義は、すべて刑事課一係……常守監視官から学びました」

それゆえに、かつての一係の刑事たちはそれぞれの道を歩むことを選んだのだ。

六合塚はジャーナリストとなり、〈出島〉や日本各地での取材が可能になった。その反面、公安局員でしか知り得ない内部情報については遠ざかったことになる。

しかし、その穴は刑事課に残ることを選んだ雛河が埋めてくれていた。

「……はい。現状、〈ピースブレイカー〉の残党と〈狐〉のネットワークが、常守監視官の目的を妨げている可能性は高いです」

過去に起きた「事件」――解決したことと、未解決に終わったこと。常守が選んだ行動の真意。いかなる犯罪も正しさのためという理由で許されることはなかったが、それが何かの正しさ、真実のための行動だったことは間違いなかった。

その目的は、今なお継続されているのだという確信がある。

その達成されざる目的ゆえに、常守は今なお監獄に在るのだ。

「敵は正体不明の強力な組織。でも彼らは多分、何らかの駆け引きに、公安局そのものを利用してるんです……」

雛河は――彼とともに真実を追う新たな一係の猟犬たちは、狩るべき獲物の足跡を捉え、その隠れ潜む場所へと辿り着きつつある。

12

茗荷谷《みょうがだに》廃棄区画の近傍、高架道路と地上一般道のＩＣ付近に公安車両が停車する。

そのハンドルは運転席の炯が握っている。

「怪しまれないよう俺一人で行く」

「援護なしってのはいただけねえな」

助手席の天馬がぼやいた。普通、現場では監視官が執行官を先行させる。〈狐〉狩りのため、監視官である炯が単独で動くのはセオリー無視もいいところだった。

「私も反対です。それにここは榎宮《えのみや》のアジトだった場所……。罠の可能性が高いです」

後部座席の如月も懸念を示している。彼女に連絡を寄越してきた〈狐〉のネットワークが落ち合う場所として指定した住所は、以前の捜査で一係が訪れたことのある茗荷谷廃棄区画の顔役、榎宮春木《はるき》の居城だった。彼女は事件後、この建物で不審死を遂げている。建物自体も封鎖されている。

そんな場所に〈狐〉は如月を呼びつけた。何の意図もないはずがない。

だからこそ、自分が赴くべきだった。梓澤廣一が罠を仕掛けているとしたら、その突破のために他人を庇《かば》っている余裕がなくなるかもしれない。誰一人として一係の刑事を犠牲にしない。そのための最善策を炯は選んでいる。

「大丈夫だ。応援が必要なときは連絡する」

炯は扉を開け、車外に出た。一人、〈狐〉の塒《ねぐら》へと向かってゆく。


悪趣味な血の装飾が施された空間だった。

都市を彷徨《さまよ》う亡霊めいた日々を生きるコングレスマンの静火は、意外な相手からの求めに応じ、普段は立ち入ることのない廃棄区画を訪れている。

茗荷谷廃棄区画。かつてセカンド・インスペクターたる榎宮春木が城を構え、屈強な男や女たちを死ぬまで戦わせ続ける闘技場を主催していた商業ビル——そこは最後の生《いけ》贄《にえ》に玉座に座る王たる榎宮自身の血を欲した。

静火は今、榎宮が好んで使っていた彼女のＶＩＰルームにいる。薄暗い照明のなかで光沢のある紫色に輝くソファや壁にかかったダーツボードには薄く埃が積もっており、来訪者が絶えて久しいことを教えてくれる。

「話とは何ですか？」

「コングレスマン代銀氏についてですよ。彼は、あなたを排除しようとしている」

対面に座る梓澤が、楽しそうに警告を口にした。とっておきの秘密をあなただけにお教えしましょうと嘯く詐欺師のような口調だ。

「それが？」

静火は動じることなく話の続きを促す。〈ビフロスト〉のコングレスマンにとって、競合者たる別のコングレスマンの排除は本能的な行動と言っていい。議事進行ミドルウエア〈ラウンドロビン〉は、コングレスマン同士の盤外での結託や闘争を禁じてはいるが、それは逆を言えば、コングレスマン同士の盤外の争いが絶えないということだ。

「それで、代銀さんは俺を使う気です」

梓澤は、自らが代銀にとって最強の駒であると明かす。ファースト・インスペクター。〈ビフロスト〉のフロントマンたるこの男の実力は折り紙付きだ。

「本来、ビフロストはテーブルの外での争いを望みません。あなたは私と彼を天秤《てんびん》にかけているのですね」

そんな梓澤が自ら密約を明かした。抹殺すべき標的に手の内を明かす。駒である彼も彼なりに、プレイヤーたる代銀とは異なる意志で動いている。

「いいえ、あなたの力になりたいんですよ。あなたは俺に似ている」

それどころか梓澤は、代銀を裏切って静火の側に付きたいとさえ仄《ほの》めかす。自らが有能であることを確信しているからこその振る舞い。静火も梓澤の真意を知るために彼に思うがままに喋らせてやりたい。

「それは勘違いです」

しかし、間違いは訂正しなければならない。

「あら」

「なぜコングレスマンになりたいのですか？　建前は無用です」

滑稽な人形めいた仕草で首を傾《かし》げる梓澤に、静火は冷徹な声で尋ねた。

「……人は生きている限り社会の歯車に過ぎない」

ふいに梓澤の顔から薄笑いが消えた。

「ですから俺はその頂点を目指してきました。そして人間を歯車として支配することに喜びを覚えるようになった。その究極がコングレスマンです」

感情に乏しい声は、むしろ梓澤廣一という男の人となりを情感豊かに教えてくれる。

「正直に答えてくれて嬉しい。人間の人間らしさを重要視していない、という点において確かに私とあなたは似ている」

「でしょー、ほらー」

かと思いきや、梓澤は再び喜劇の仮面を被る。大げさな身振り手振りで共感を表そうとする。静火はにこりともせず話を続けた。

「ですが私は、人間を歯車とは思わない。それに、ゲームが嫌いです」

誤解は解かなければいけない。共感の発生は人間同士が理解するための最初の一歩だ。

しかし、静火は梓澤と相互理解を深めるつもりはない。

「……〈ビフロスト〉のゲームも？」

「ゲームの強さと、好き嫌いは関係ない」

梓澤が会話の糸口を探るように質問する。静火の淡泊な反応がむしろ心地よいというふうに、梓澤は感慨深く笑みを濃くし、ゆっくりと頷いた。

「俺はやっぱりあなたがいい。俺が必要だという証拠を見せます。少々お待ちを」

そして秘密めかした言葉を残して席を立った。踵を返して榎宮のＶＩＰルームを出ていく。静火は彼の背中を無表情に見送る。

無為な時間を過ごす暇はなく、かといって無聊《ぶりよう》を慰めるような娯楽も持ち合わせていない静火は携帯端末を取り出し、リレーションのスケジュールを確認する。

間もなく、部屋に近づいてくる足音が聞こえた。梓澤が何かを用意して戻ってくるには早すぎるし、何よりも響いてくる足音のリズムが違う。梓澤の足音にはタップダンスを踊るような軽快さがある。しかし、近づいてくる足音はより機敏でリズムが機械的だ。それはあたかも兵士のように。やがて来訪者が現れた。

入国者らしき白皙《はくせき》の面をした黒衣の青年が、手にした封筒を掲げる。

「……〈狐〉の遣いだな？　次の指示が欲しい」

相手の呼びかけに静火は答えない。

——やはり、嵌《は》められたか。

端末を仕舞い、静火は小さな声で呟いた。

梓澤は、かつてセカンドを始末したビルを後にする。

同じ場所で二度も罠を仕掛けるのは、梓澤の好むところではなかったが、廃棄区画という好立地に加え、びっくりどっきりハウスを好む榎宮春木の性格のおかげか、この建物は梓澤にとって、とても利用しやすいのだ。

「うーん、やはり彼が一番危険だ……」

それにしても、法斑静火、だ。

先代の法斑も厄介だったとは聞いているが、後継者である彼もまたろくでもない。

とびっきりのプレイヤーでありながら、自らが生死をかけるゲームそのものに何の価値も置いていない——というより、あの態度からすれば、本当にゲームが好きではないようだ。そういう人種は、まったく梓澤と相性が悪い。前回始末したコングレスマンの裁園寺のほうが人間的には好意のひとつも抱けないが、まだマシというものだ。

利害の対立ならともかく、思想の対立というのは決定的なものだから、落としどころが見つからず、互いに互いを殲滅《せんめつ》するまで争いを止められない。

だから、そうなる前に法斑静火は始末しなければいけない。

「やっぱ代銀さんのほうがやりやすいなー」

梓澤は携帯端末を取り出し、用意していた罠と連絡を取る。最初のスイッチをポチッと押すように。それは無限に分岐し連鎖する装置の一部に過ぎず、梓澤自身が静火の死を望んでいるわけではない。本当に殺意も抱いていない。しかし、梓澤の仕掛けた罠で選択を間違えれば、残念、静火くんはここで脱落だ。ついでに〈狐〉を狩ろうとする公安局の刑事にも運命を共にしてもらおう。

それっきり梓澤は次の仕掛けのことを考えるのに夢中になり、後にした場所でこれから何が起きるのかまるで気にすることもないように、のんびりと帰路を辿った。

11

目の前に座る男は炯の質問に答えることなく、ただ静かに見返してくる。

皺ひとつない上等なスーツを纏い、これから晩餐会《ばんさんかい》にでも赴くように整えられた髪、やや面長な顔立ちは精悍《せいかん》かつ清廉であって、上流階級に属していることが一目で分かった。何もかもが廃棄区画に似つかわしくない容姿をしている。

〈狐〉のメッセージが指定した場所で待ち受けていた男。ならば、彼も〈狐〉のネットワークに命じられ、何も知らずにここに来たはずだった。

しかし奇妙なことに、目の前の男は廃棄区画で公安局員と出くわしたというのに、動揺ひとつ見せない。まるでここに炯がやってくることをあらかじめ知っていたかのように。

――何者だ。

炯は相手の素性を尋ねようとする。

「公安局のイグナトフ監視官か」

だが、機先を制するように男が炯の名を呼んだ。

「……なに？」

炯は警戒を強める。如月を使って〈狐〉を誘《おび》き出す陽動作戦。〈狐〉の頭たる梓澤に見抜かれることは想定済みで、むしろ彼が繰り出してくる駒を捕らえ、拘束する。

そのつもりだったが、目の前の男は梓澤が放った刺客というふうではない。殺気とは無縁だ。しかしまっとうな人間とは思えない。敵意や恐怖、この場で抱いて然るべきいかなる感情とも無縁な静謐《せいひつ》さ。

「手短に説明する。私はある重要なポジションで〈ビフロスト〉に関わっている」

そして矢継ぎ早に――しかし焦りひとつ見せず――男は自らの立場を名乗った。

自らの発する言葉が相手にどのように作用するかを間違いなく心得ている。

〈ビフロスト〉――その名を聞き、炯は緊張をせずにはいられない。

「はるかに上のレベルだ。そして、ある理由から、今ここで命を狙われている」

男は炯の質問に的確に答える。しかし、実際は男が会話を完全にリードしている。明かすべき情報を必要なだけ、必要な順番で開示していく。すべてが計算されている。まるで炯の登場によって、自らの予想が的中したと言わんばかりの態度だ。

命を狙われている。そのように言った。何者だ、この男――。

「〈狐〉ではないのか？」

「どういうことだ？」

炯の質問に、男は何も答えない。榎宮のVIPルームの室内を見回す。

「ここは榎宮の拠点だったが……、トーリ・アッシェンバッハが受け継いだ」

「榎宮……、トーリって――」

「二人とも偏執狂タイプで、どんな場所にも抜け道を作りたがる」

炯にとって忌まわしい記憶をもたらす名前を男は口にした。その名を知っているだけでなく、どのような人間であったかを知っている素振りさえ見せている。

「……これだ」

そして、花瓶の置かれた鏡台に目を留めた。男が花瓶を動かすと、仕掛けが動く音とともに鏡台がスライドし、隠し通路への扉が出現する。

炯は思わず息を呑む。隠し通路があったことではなく、男が口にする内容の通りに物事が次々に進んでいくからだ。男の発言に憶測はひとつもない。すべてが断定的で、そして何ひとつ外れない。

「来るとすれば〈パスファインダー〉の二人だ。まともに戦って勝てる相手ではない」

だから隠し通路へと赴きながら、男が告げた敵の名に目を瞠《みは》る。連続自爆テロにおいて一係や行動課を襲ったとされる傭兵たちだ。

男の言う通りなら、間もなくここを襲撃してくる相手に今の装備では勝ち目はないと言っていい。通路の奥へと消える男の背中を、炯もすぐに追いかける。

指定された時刻きっかりで、ヴィクスンはジャックドーとともにスタングレネードを襲撃地点に投げ込んだ。茗荷谷の廃ビル。最上階にあるVIPルーム。

爆音と閃光が瞬き、室内にいる人間の視覚や聴覚、三半規管を狂わせる。

拳銃を構え、ヴィクスンとジャックドーは室内に踏み込む。

だが、そこには誰もいない。誰かがついさっきまでここにいた気配が残っている。ヴィクスンたちが襲撃した入り口以外に人の出入りは不可能だ。しかし、ここに誰もいないということは何らかの隠し通路を使って逃亡したと考えられる。

ヴィクスンとジャックドーは踵を返し、来た道をすぐに戻る。隠し通路を使ったにせよ、建物の外に出るためには通常の出入り口を使わなければならない。

先回りして始末する。獲物が何者であるかは、〈パスファインダー〉にとってさほど重要なことではない。狩人《かりうど》が森で獲物を狩るとき、その動物の名前を事前に調べたりはしないように。狩るべき場所にいるならば、それが自分たちの狩るべき標的だった。

茗荷谷廃棄区画の廃ビルにエントランスから侵入した宜野座と狡噛は、施設中央の吹き抜けになっている一階の広場へ向かって進んでいる。

ここが犯罪者、榎宮のアジトだった頃は多くの人間が詰めかけていたらしいが、現在は人の出入りが完全に絶えている。

ここで刑事課一係が、〈狐〉のネットワークと接触する。そういう情報を行動課は摑んだ。しかし、狐を狩ろうとする猟犬を狩ろうとする連中もいる。付近を警戒していると、普段は出入りしないはずの食品輸送トラックが廃ビルで積荷を下ろしていた。

それが〈パスファインダー〉が暗躍する兆候だと踏んだ行動課の宜野座と狡噛は、独自の判断でビル内に突入した。

先ほど、何か炸裂《さくれつ》したような小さな物音を狡噛が捉えた。野生の獣並みの聴覚。狡噛は公安局刑事課時代から、ずば抜けた格闘センスと刑事の観察眼を持っていた。だが、海外の紛争地帯を放浪する旅を経て、その動物的勘はさらに高められている。

だが——とふいに宜野座は考える——　戦士として研ぎ澄まされた狡噛は、もはや

〈シビュラシステム〉によって管理される日本社会においては、完全に「過剰」な力を持つ人間になってしまった。殺人を犯した犯罪者であることを抜きにしても、もはや狡噛は日本でまっとうに暮らすことはできないだろう。

もちろん、本人もそのつもりはないのだろうが……果たして本当にそれでいいのか？狡噛は目的があって日本に帰ってきたはずだ。しかし、その目的を果たしたとき、それから狡噛はどうするつもりなのだろう？狡噛の頭には戦場を離れるという選択肢が存在しているのだろうか？その可能性について考えたことは――多分、きっとないのだろう。目の前に吊《つ》るされた肉を必死で追いかける犬のように、狡噛はいつも目の前のことにしか興味がない。先を考えて行動するような賢《さか》しい生き方ができる男ではない。

そんなふうな奴とどういうわけか悪縁を結んでしまった宜野座もまた、およそまっとうとは言い難い人生を送ることになってしまった。

そのときふいに狡噛が足を止め、背後を振り返った。

宜野座は狡噛と一瞬、視線を交わす。

「ギノ！」

狡噛が叫んだ。それが何を意味するのか思考するよりも先に、宜野座は背後を振り返っている。すぐ傍に山刀《マチエーテ》を振りかぶった濃い肌の男が迫ってきている。老いてなお屈強な傭兵――ジャックドー。その正確な太刀筋《たちすじ》を、宜野座はすんでのところで回避する。

スーツの前を浅く切り裂かれる。

すぐさま狡噛が加勢しようと銃を構える。だが、物陰から両手にタクティカルナイフを構えた女傭兵――ヴィクスンが襲いかかってくる。


炯はスーツの男とともに停止したエスカレーターを降りて、地上階へと向かっている。男の足取りに迷いはない。傭兵に狙われて、これだけの平静さを保っている時点で一般人ではない。〈ビフロスト〉の要職に就く人間――〈ヘブンズリープ〉への潜入捜査の途中、拘束され、拷問を受けた炯の前に現れた奇妙な女の姿が脳裏を過《よ》ぎった。

あの女と外見も言動もまるで違うが、生きている世界のレイヤーそのものが違うような超然とした気配を、この男もまた身に纏っている。

「私を守って欲しい。ただし、公安局の誰にも私の存在を報せないこと」

相手の考えなどまるで無視して、自分の言いたいことだけを口にするところも似ている。他者への命令を当たり前のように繰り返す男の態度に炯は敵意を募らせる。

「何をふざけた話を……」

「見返りに君の奥さんを解放しよう」

そんな反応すらも予測していたように、男は炯の心を揺さぶるカードを切ってきた。

自らの権力を用いれば、その程度は造作もないと言わんばかりだ。しかし、見方を変えれば、〈狐〉の上位組織である〈ビフロスト〉の人間であるこの男自身が舞子を拘束している張本人かもしれない。そう易々《やすやす》と要求を呑むことはできない。

そもそも、この男が自ら名乗った通りの立場なら、刑事である炯がその逃亡に手を貸すようなことがあってはならない。

男は足を止め、懐から携帯端末を取り出した。画面には砂時計を思わすアイコンが表示され、59：48という数字が表示されている。何かのカウントダウン。

「……タイムリミットは約一時間」

男がぼそりと言った。そしてデバイスを仕舞うと、また別の携帯端末を取り出し、炯に向かって差し出した。

「これを」

炯は男の差し出した端末を見下ろす。何の変哲もない外見をしているが、この男が身に帯びている以上、普通の端末ではないのだろう。

「受け取れ」

男は静かに、しかし有無を言わさぬ口調で言った。その指示を断固として拒むべきだったが、炯は端末を受け取った。この男の口にする言葉すべてが現実その通りになっている。ならば、逆らうべきではない。少なくとも今はまだ。

「私のもとで真実を知りたいなら、デバイスで生体認証を登録したまえ」

「強引過ぎる。説明を……」

そう言ったところで、男に説明をするつもりはないだろう。

炯は端末を懐に仕舞おうとする。

その瞬間、乾いた破裂音が耳に飛び込んできた。

銃声だ。


狡噛がヴィクスンに向け、牽制《けんせい》の一撃を放った。だが、相手は怯《ひる》むことなく距離を詰め、姿勢を崩した狡噛の手から拳銃を叩き落とす。

宜野座は狡噛に加勢できない。ジャックドーが山刀で追撃してくる。重量に物を言わせて対象を切断する一撃――宜野座は義手の左腕を使って防御する。即座に右手で電磁警棒を抜き放ち、ジャックドーの脚を打つ。

だが、ジャックドーはすぐさま膝蹴りを二発、宜野座の腹に撃ち込んでる。速く、そして重い打撃だ。宜野座は苦痛に身を折りそうになるのを堪え、ジャックドーの腰にしがみつく。そこから柔術で相手のバランスを崩し、振り飛ばす。

一方、狡噛は――両手にタクティカルナイフを構えたヴィクスンが繰り出す凄《すさ》まじい斬撃を頭を低くして回避する。だが、そこに次の斬撃が飛び込んでくる。スウェーで回避した狡噛が電磁警棒を抜き、次なるヴィクスンの斬撃を受け止める。

そして反撃に転じようとヴィクスンの斬撃を弾き、前に出る。

戦闘は、そのまま吹き抜けになった建物中央の広場にもつれ込む。

天井から陽の光が射《さ》している。

薄暗闇のなかで宜野座とジャックドー、狡噛とヴィクスンが矛を交える。

至近距離で鍔《つば》迫《ぜ》り合いになった狡噛は腕を捻《ひね》ってヴィクスンを制そうとするが、さらなる機敏さでヴィクスンが左腕を狡噛の腹に滑り込ませ、床に転ばせようとする。

山刀に電磁警棒で応じる宜野座を、ジャックドーが腕を打ち込むような打撃で後退させる。そこにすかさず山刀の切っ先を突き込んでくる。宜野座は電磁警棒で斬撃の軌道を逸らせ、迫りくるジャックドーを押し退《の》けようと前に出る。

だが、それに応じるジャックドーは摑みかかってくる宜野座の腕を払いのけると、そのまま投げ技に移行する。執行官から行動課捜査官になってからの宜野座は、より実戦的な柔術をトレーニングしてきたが相手はかなりの熟達者だ。軽々と投げ飛ばされる。

背中を地面に強《した》かに打ちつける——だが、そこで呻きを上げる暇もなく、ジャックドーが山刀の切っ先を振り下ろしてくる。宜野座はその場で身を回して回避する。

期せずして、切り結ぶ狡噛とヴィクスンとの距離が詰まっている。

宜野座はすぐさま起き上がり反撃に転じようとするが、ジャックドーも素早く前方回転し、発生しかけた膠着《こうちゃく》状態を攪乱《かくらん》する。

一瞬の役割交替《スイッチ》——宜野座と狡噛もすぐに反応する。

宜野座は眼前のヴィクスンに向かって電磁警棒を振り下ろす。ヴィクスンがその斬撃をタクティカルナイフで受け止める。細い身体から信じられない膂力《りょりょく》で拮抗《きっこう》してくる。

ジャックドーもまた狡噛に向かって山刀を横薙《よこな》ぎに振るう。狡噛がこれを回避するが、すぐさま第二撃をジャックドーが切り返してくる。狡噛は電磁警棒で受け止めるが、凄まじい打撃に体勢を崩される。

——都内でこんな目に遭うとは。ここは海外の紛争地帯じゃないんだぞ。

宜野座はヴィクスンと切り結びながら、心の中で悪態を吐《つ》く。最悪だ。戦争の女神に愛されているような狡噛とバディを組むといつもこういう目に遭う。この馬鹿を殴り倒してやりたくなる。そのためにも、こんなところで死ぬわけにはいかない。何としても敵を倒し、生き延びなければならない。

階下のフロアで繰り広げられる戦闘を、炯は背広の男とともに覗き見ている。

男が予測していた通り、〈パスファインダー〉が襲撃に現れた。だが、それだけではない。狡噛と宜野座、外務省行動課の連中もこのビルに現れた。

こちらの捜査を密かに追跡していたのか。この男を拘束するつもりか——いずれにせよ何の通達もないということは、互いの目的が競合している可能性が高い。

やはり、と炯は背広の男を睨む。この男との繋がりを絶対に失ってはならない。

「外務省か。彼らも私に接触させるな。君一人で私をここから脱出させろ」

相変わらず無茶を言う。だが、これで確信が持てた。この男を手中に収めることは、〈狐〉を狩り、〈ビフロスト〉に到達するために必要不可欠なファクターなのだ。

「……お前は何者なんだ」

「選べ。協力するか。私を見捨てるか」

男は何も答えない。選択を提示するだけだ。己の目的のために必要な言動以外、何も答えはしないだろう。ならば――、

「……こっちだ、来い」

炯は意を決し、周囲を窺う。〈パスファインダー〉と行動課が互いに相手の動きを封じている隙に、ここから離脱しなければならない。

ジャックドーの力任せの斬撃を受け止め切れず、狡噛は背中から地面に叩きつけられる。信じられない気分だ。海外の紛争地域を思い出す。それくらい手練れの傭兵だ。

山刀を構えた濃い肌の傭兵――ジャックドーは、かなりの高齢のように見えたが、まったく肉体に衰えがない。どういうカラクリをしているのだろうか。

過去、日本――というか〈シビュラシステム〉だ――の事実上の植民地と化していた

東南アジアSEAUnで狡噛が交戦した傭兵団のボス——デズモンド・ルタガンダは鍛え抜いた肉体を軍用義肢で強化したとんでもない化物だった。

この〈パスファインダー〉とかいう連中も、そういう特殊な技術で肉体改造をしているのではないかというほどの強靭ぶりだ。

そんな場違いな思考をしている狡噛を懲罰するように、ジャックドーが山刀を振り下ろしてくる。狡噛は慌てて電磁警棒でその打撃を受け止める。ジャックドーは体重を乗せてそのまま押し切ろうとしてくる。狡噛も必死に抵抗する。

そのときだ。狡噛は視界の隅に妙な動きを捉える。吹き抜けになった広場から見える上層フロアの通路を誰かが移動している。人数は二人。距離が遠いため、外見を判別しづらい。見えたのは一瞬だ。それでも見覚えのある顔なら狡噛は見逃さない。

——炯・ミハイル・イグナトフ。

刑事課一係の監視官だ。なら、一緒にいた背広姿の男は……だが、それ以上の思考をジャックドーが許さない。ぱっと身を起こして腕を振りかぶり、山刀を打ち込んでくる。

狡噛は斬撃を首の動きで避《よ》け、すぐさま警棒を振りながら上体を起こす。だが、ジャックドーは一歩下がって打撃を回避する。距離を取って仕切り直すつもりだ。

宜野座に襲いかかっているヴィクスンも、地面に転ばすほどの熾烈《しれつ》な斬撃の直後にカウンターで顎《あご》に直蹴りを喰らい、背後に飛び退いている。やるな、ギノ。

狡噛は立ち上がり、背中合わせで武器を構えるジャックドーとヴィクスンを、宜野座とともに前後から挟む。かといって、有利な状況とは言い難い。

ここからどう攻める——それに一係の監視官が連れていた男の正体が気になる——このまま〈パスファインダー〉と交戦を続けるべきか、一係監視官を追うべきか。

しかし、ふいにブザーのような音が響いた。

「……時間だ」

ジャックドーが小さな声で呟いた途端、ヴィクスンが腰に手をやり、何かを地面に落とした。発煙手榴弾《スモークグレネード》。瞬時に視界を覆う濃密な煙が噴出する。

狡噛と宜野座は口元を押さえながら姿勢を低くし、敵の奇襲を警戒する。

だが、〈パスファインダー〉は追撃には出ない。そのまま逃亡を図る。

「次は必ず殺す……」

ご丁寧に殺害予告まで残し、そして煙が晴れる頃には完全に気配を断っている。

狡噛はデバイスを起動し、花城を呼び出した。

「すまん。……逃がした」

〈狐〉狩りを妨害するため襲撃に現れる〈パスファインダー〉の打倒もしくは拘束——それが行動課の目的だったが、想定外の反撃を被った。

『敵は二人ともいたのね？』

ホログラムで投影される花城は、〈ピースブレイカー〉絡みになると普段よりも獰猛な顔つきになる。

「ああ。正面からやり合った。間違いない。――奴らだ」

狡噛も直接連中とやり合ってみて、自身にとって因縁深い相手なのだということを理解する。次に遭遇するときは生半可な結果では済まない。確実に血を見ることになる。

そして狡噛がデバイスを切って通信を終了すると、宜野座が近づいてくる。

「狡噛、無事か」

そう尋ねる宜野座は苦戦はしたものの、痛手を負った様子はない。宜野座は本当にタフになった。だが、そんなことを言うと、いつも他人を見下しているような態度がお前の悪い癖だと説教されそうだ。なので何も言わない。

「ああ。だがそれよりも気になることがある」

代わりに自分の無事を伝え、それから疲れているところ悪いが、これから追うべき相手のことを伝えた。拳銃を回収し次第、狡噛と宜野座は建物の外へと急ぐ。

10

都知事執務室の前で、灼は雛河、入江と合流する。

監視官デバイスを起動し、分析官の唐之杜が解析したデータを確認する。

「さすが志恩さん。いい仕事するなー」

都庁周辺を飛び交っている多数のパパラッチドローンのうち、長時間駆動や赤外線暗視など、通常の報道ドローンではあまり搭載しない機能を積んだ機体を抽出している。

これで数をかなり絞ることができた。

「アカウントが大量に……何がどう繋がってるか、見当もつきません……」

「この中から本命をどう見つける？」

とはいえ、雛河や入江の言う通り、それでもかなりの候補が残っている。

灼の推測では、梓澤は刑事課でいうところの分析官に相当するクラッカーを右腕として傍に置いている可能性が高い。膨大な網の目のように拡《ひろ》がった〈狐〉のネットワークを統御し、それぞれ設計した事件を滞りなく進行させるためには、いわゆる呼子となるような存在が欠かせない。

少なくとも、灼が梓澤と同じように計画犯罪を遂行するとすれば、そのような存在を手元に置くことを選ぶだろう。それはどんな人物だろう。

正攻法で推理する。灼は表示されるアカウントをスクロール表示させていく。一日で報道各社と分かるものを除外し、一般市民のものと思われるアカウントも、ファンによる盗撮、アフィリエイト利用……使用目的が〈狐〉との関連が薄いものは取り除く。最終的に一画面に収まる程度まで候補の数が絞られた。

そして灼はひとつのアカウントに注目する――【0909-ichneumon-2077】――他のアカウントは乱数生成された数字とアルファベットをアカウント名に使っているなか、これだけがゆいいつ意味を取ることができた。

梓澤廣一が雇っているとすれば、超凄腕のクラッカーだろう。当然、灼よりも通信技術についての知識はあるはずだから、普通なら正体を特定されないように乱数表示の森のなかに自分のアカウントも隠すはずだ。

普通の人間ならそうする。しかし、灼たちが探してる〈狐〉の呼子は間違いなく普通ではない特別に優れた人間だ。そんな人間が犯罪者に手を貸しているとすれば、まっとうな場では卓越した頭脳や能力を賞賛されない憂き目に遭ってきた可能性が高い。

自らの能力に対する絶対的な自尊心。そうした心理傾向を持つ人間は、匿名にしたほうが合理的だと分かっていても、あえて自分だと分かるサインを残したがるものだ。

誰かに明かすためのものではない。しかし、自分が有象無象《うぞうむぞう》の馬鹿どもとは違うのだという確かな証拠を刻まずにはいられない。

「クラッカーは、無意識に自分だと分かるマークを残すんです」

それが灼の結論だった。

根拠もある。アカウント名に使われている【ヒメバチ《ichneumon wasp》】は、甲虫や蝶《ちょう》、蜘蛛《くも》といった他の虫に寄生し操る捕食寄生虫だ。標的にしたネットワークを乗っ取ったり、他人のデバイスを勝手に操作するクラッキング行為の隠喩《メタファー》に相応《ふさわ》しい。

こういう表現を使うということは、このクラッカーはとても頭がいいが偏屈で皮肉をよく口にする。ゲーム感覚で犯罪に手を貸しており、社会に対して冷笑的だが、自分のまっとうではない立場について俯瞰《ふかん》して見ているような冷静さも持ち合わせている。

その性格は、プロファイリングに基づく〈狐〉を使役する梓澤の性格ともよく似ている。似ているからこそ、梓澤が右腕として雇う人間として申し分ない。


もう冬だってのに、マジで暑い。晴れてるから馬鹿たちがそこらじゅうにうじゃうじゃ湧いている。本当にウザい。

なんでわざわざこんなところまで外出しなきゃいけないんだよ。〈シビュラシステム〉がすべてを管理して、ホロもVRもネット宅配だって普及してんだから、みんな家から出てくんなよ。ステイホームしてやがれ。ファック。

小畑は新宿御苑《しんじゅくぎょえん》にある芝生の上のベンチに座っている。

ノートパソコンなんて古めかしいしろものを膝の上に置いて操作しているから、通行人がついつい視線を送ってくる。見てんじゃねーよオッサン。色相曇るだろ。殺すぞ。

梓澤の馬鹿の頼みを聞いてやったせいで散々な目に遭っている。髪も染め直して、きっちり化粧もして、着る服は手持ちのなかで一番攻撃力が強いヤツをチョイスした。デッケえリボンはマジで強い。

外に出れば、頭にクソばっか詰め込んだ蛆《うじ》まみれのド低能クソ馬鹿野郎どもと同じ空間にいなきゃいけない。だったら攻撃力は極限まで高めないといけない。

マジでムカついている。仕事とはいえ、こんなことを依頼しやがった梓澤の馬鹿野郎はマジでクソだ。マジでクソだが……梓澤は少しはマシな脳味噌《のうみそ》を持っている。だから手を貸してやっている。

小畑はヘッドホンで耳を塞いで爆音でメタルを流しまくっている。シビュラ禁制音楽も入ってる。ネットのアングラから漁《あさ》った最強のセットリストだ。これはマジで効く。滅茶苦茶《めちゃくちゃ》集中できて仕事がはかどる。仕事中にメタルを聞かない奴は馬鹿だ。ヒーリングミュージックなんて聞いてる奴は馬鹿以下のピーピーピーだ。

とりあえず、梓澤から依頼された仕事はもうすぐ終わりだ。

小畑は付近の監視カメラの映像もクラックしており、周囲の視界は蜘蛛の眼並みに一瞬で把握できる。辛気臭《しんきくさ》い黒いスーツ姿の男たちが歩いてくる。

クソ童貞みてえな顔。ジャンキーメンヘラみてえな顔。とてつもなく馬鹿みてえな顔。クソ刑事の三匹が来る。

小畑は冷静にログ処分プログラムを走らせる。

都庁舎に待機させてあったパパラッチドローンの操作を切って墜落させる。自分が操作していた証拠はすべて消してある。本当はクソビッチの小宮カリナの映像を使ってコラージュしたポルノ動画でも自動生成させてネットにばら撒こうと思ったが、そんなことをしている暇はない。しかし小畑は焦らない。焦る必要なんかまったくない。全部想定通りだから。こうなることは最初から分かってたし。

小畑がノートPCをシャットダウンする。データも全部削除されている。

そして、満を持したように刑事が声をかけてくる。遅《おせ》えよ、クソボケ。

「公安局の者です」

翳《かざ》した手にホログラムで刑事手帳が表示される――慎導灼・厚生省公安局刑事課監視官。あっ、フーン。じゃ、こいつが梓澤のキンタマか……いや違うか、クラカトゥクくるみだっけ？　まあいいや、どっちでもいい。

「なに？」

小畑はヘッドホンを外し、刑事を睨み返す。初対面のときはマジで最初が肝心だからな。ビビらせてやんねーと男はすぐに調子に乗るから。

「ご同行願います」

バカ丁寧な口調で言いやがって、断っても無理やり連れてくんだろ。めんどくせー。

『犯罪係数アンダー・六〇・執行対象ではありません・トリガーをロックします』

しかも馬鹿面が、前置きなしにドミネーターを突きつけてきやがる。

「シロだぜ、監視官」

ざけんな、色相濁ったらどうしてくれんだよ。

「関係ありません」

だが、もっとふざけたことを慎導灼が抜かしやがる。

「それはさすがに……」

おいおい薬中顔の執行官のほうがマトモかよ。意味分かんねえ。

「これ、強制？」

「強制も可能です。許可を取りましょうか」

信じらんねえ。色相もクリアで何も犯罪犯した証拠もないってのに任意同行かよ。旧世紀の日本警察じゃねえんだから。ここは二二世紀の日本だぞ。〈シビュラシステム〉が管理する平和な社会だっつーのに。今のやり取りを動画に撮影してネットにアップすれば、入国者の監視官が馬鹿なぼんくらぶん殴った云々《うんぬん》より、よっぽど燃えるだろ。厚生省エリートのボンボンがメンタル美人をイジメてる……デバイスも何もかもデータを削除して初期化してしまったのが、返す返すも恨めしい。

「うぜえ……、行けばいいんだろ、行けば」

小畑は億劫《おっくう》そうに立ち上がる。さっさとクーラーがあるところに行きたい。

馬鹿がいなくて静かで清潔なら、とりあえずは我慢してやるよ。クソポリ公。

9

空を覆ってゆく雲の群れは、間もなく雨を降らせ始めた。

廃棄区画と一般市街の境界エリア。そこまで炯は背広の男を誘導した。

待機させている執行官たちに男の姿を見られるわけにはいかない。

間もなく、男が呼んだ無人タクシーが到着した。何の変哲もない一般的な外見。

「いい働きだった」

男はタクシーに乗り込みながら、雨に打たれる炯を見やる。

「お前は……、コングレスマンか？」

炯は少し考えてから質問する。どうせ答えが返ってくるとは思っていない。

「何者かは関係がない。私には力がある。君もその力が欲しいなら選択しろ」

案の定、男は最後まで炯の質問に答えてはくれなかった。しかし、お前の推理はおおよそ正しいと暗に示唆していた。

ドアが閉まり、タクシーが走り出す。

路上に取り残された炯は、懐から携帯端末を取り出す。〈パスファインダー〉から逃れる途中、男が渡してきたデバイスだ。電源を入れると、画面に三叉《みつまた》の燭台《しょくだい》を思わす紋章とともに、狐を模したエンブレムが表示される。

もはや疑う余地はない。男の示唆した力を得る手段とは、炯が〈狐〉の頭——その一人となることに他ならなかった。

いつまでも、雨は降り止むことがない。

炯は人の往来の絶えた廃墟《はいきょ》の道を歩き、路傍で待機する公安車両のもとに戻った。

「イグナトフ監視官！」

車載デバイスに通知があったのだろう、如月が車から出てきた。

「大丈夫か？」

天馬も車を降りてくる。〈狐〉のメッセンジャーと接触するだけにしては時間がかかり過ぎた。ずぶ濡《ぬ》れになった炯の姿に天馬は異変を感じ取る。

「……何があった」

「問題ない。連絡せず、すまなかった……」

炯は可能な限り平静を保って返答した。天馬も如月も何か想定外の事態が起きたことは察しているのだろうが、それ以上は踏み込んでこない。

だが、部外者の連中はそうはいかない。雨音に紛れ、足音が近づいてくる。路地からぬっと姿を現したのは軍人のように逞しい外見をした二人組の男たちだ。

狡噛慎也と宜野座伸元《のぶちか》。榎宮のアジトで彼らは〈パスファインダー〉と交戦している。その隙を利用し、炯はコングレスマンの男を脱出させた。気づかれていないはずだったが……無言で狡噛が近づいてくる。野生の狼《おおかみ》を思わす雰囲気を纏った男だ。距離を詰められるだけでかなりの威圧感がある。そのことを気にする様子もなく、むしろ威圧を強めながら狡噛が炯に接近し、そのまま炯の襟首を掴んだ。

「あそこで何があった。……答えろ」

刑事の詰問というより、武装ゲリラの尋問のようだった。逆らえば、ある程度の痛い目に遭ってもらう。そう言外に脅している。

「一般人を避難させただけだ」

我ながら、苦しい言い訳だった。〈狐〉が指定した元廃棄区画の顔役の根城。海外の紛争地帯並みの装備を整えた傭兵も襲撃してくるような場所に、どうして善良な一般市民が紛れ込むだろう。だが、コングレスマンの男は言っていた。公安局刑事課にも外務省行動課にも自分の存在を知らせるなと。その正体が何者であるかいっさいを秘匿しなければならない。

――秘匿しなければならない？

炯はいつのまにか、自分が完全にコングレスマンの男の言う通りに行動していることに気づく。監視官として、〈狐〉狩りを遂行する刑事として、本来なら知り得た情報は仲間に共有すべきだ。だが、烔は頑なに口を閉ざしている。この秘密は誰にも明かせない。

「それより、あの連中は？」

「……〈ピースブレイカー〉の残党は逃げた」

烔の質問に答えたのは、宜野座のほうだった。彼は狡噛と違って烔を詰問する様子はなかったが、かといって間を取り持つつもりもない。内心としては狡噛と同じだろう。疑っている。烔が犯罪者と何らかの取引をしたことを。

「テメエらこそホシを逃がしてるじゃねえか！」

やがて天馬が怒号を発し、狡噛たちを睨みつける。

「でかい態度でうちのボスにアヤつけんじゃねえ、チンピラが」

「どっちがチンピラだ」

狡噛が呆れたように呟き、烔の襟首から手を放した。

このまま殴り合いでも始められたら敵《かな》わない。烔は手振りで天馬を制してから、崩れたネクタイを整える。

「……おい監視官。嘘はすぐにばれるぞ」

狡噛が冷え切った声で言った。すべてお見通しだと警告している。そんなことは百も承知の上だ。烔は何も話さない。行動課と秘密を共有するつもりはない。

「こちらの管轄で口出しは止めてもらおう。それより、こちらの作戦を妨げた件で正式に抗議する」

狡噛は何も言わず、ただ無言で炯を睨み返す。

行動課は、事前に今回の介入について通達してこなかった。その予測が事前に共有されていれば、刑事課も異なる動きができた。やりようによっては、あのコングレスマンの男を拘束することもできただろう。そこまで考えてから、炯は自分が必死に言い訳を考えていることに気づく。

どんな理由があろうと、今の炯が与《くみ》するべきでない相手に与していることは事実なのだ。行動課は正しい選択を行い、執行官たちも命令に忠実だった。

「……行くぞ、撤収だ」

過ちを犯したのは自分だけだ。炯は踵を返し、天馬たちとともに車両に乗り込む。

この胸をじりじりと焼き焦がすような苦痛が、どこから来るのか。炯はその名を知っている。罪悪感。

今、自分は罪を犯そうとしている。

8

左右に水を湛《たた》えた鋼鉄の通路を、静火は一人進んでいく。

シビュラ社会の大深部——地上に暮らす人間は誰一人として知らないであろう世界の真実の、さらに奥底にある真実そのものというべき場所に静火は赴く。

〈ビフロスト〉の部屋、虹の円卓に代銀が待ち構えている。いつものように十分な余裕をもって己の席に着いていたのだろう。部屋のあるじのような落ち着きぶりだ。

「遅かったね」

議事進行ミドルウェア〈ラウンドロビン〉のカウントダウンは残り一〇分を切っている。リレーションの開始に立ち会えなかったコングレスマンは懲罰対象になる。

「トラブルがありまして」

「それは災難だ」

そのことをこの老人は望んでいたのだろう。そうなるように仕向けてきた。

梓澤廣一は二人のコングレスマンの利用価値を天秤にかけている。しかし、代銀もまた梓澤を含む自分以外の人間すべての利用価値を天秤にかけている。

そして、静火もまたコングレスマンであるから同じように、あらゆる人間の利用価値をつねに考慮し、その天秤の傾きを注視している。それは自分自身とて例外ではない。

「ゲームを続けましょう」

静火は己の席に着き、仮面の微笑みを浮かべる。

代銀もまた笑みを浮かべた。己の狩るべき獲物が予想よりも利口だったので、いっそう狩りを愉しめると言わんばかりに。

7

インタビューの全日程が、間もなく終了する。

最後に取材するのは、今回のインタビューを許可した刑事課課長の霜月だった。

公安局ビル内の課長室に、六合塚は通された。

直前まで仕事だった霜月は非礼を詫《わ》びつつ、デバイスのホロ投影機能を手鏡代わりにして髪型を整え、手早く化粧を直す。メディア対応は慣れっことというふうだ。

やがて執務用の椅子に座り、霜月は、こほん、とひとつ咳払《せきばら》いする。

「――最年少監視官です。この記録は今も破られていません。ちなみに桜霜《おうそう》学園も最年少で卒業。首席でした」

十代で監視官に任官した霜月のキャリアは、そうやって普通ではない経験から始まった。霜月が一係監視官として過ごした日々のほぼすべてに六合塚も関わっていた。彼女は潜在犯である執行官をどちらかと言えば忌み嫌っていたが、六合塚だけは特例のようだった。好意のようなものを寄せられていた……というのは事実だったのだろう。

しかし、それに六合塚は明確に応えることはなかった。

霜月もまた、六合塚にけっして明かすことのない秘密を抱えるようになった。

その秘密について、彼女が何も言わないのなら、六合塚は尋ねようとはしなかった。口にできない秘密は、それゆえに永遠にそのひとの心を苛み続ける。その秘密が罪と呼ぶべきものであるとするならば、なおいっそうに。

沈黙、それゆえの罰。

「新設された刑事課課長として、部下を率いることに苦労はありません。みな私の方針を完璧に理解しています」

そんな霜月に、転機が訪れたとすれば、今の立場――刑事課課長に就任したことだろう。六合塚が執行官から社会復帰しジャーナリストになったように、霜月も監視官から刑事課課長になったことで、その視点や思考に変化が生じた。

今の霜月は最初に出会ったとき、監視官であったとき、そのいずれとも違う。

その変化を、六合塚はきっとよいものだと思っている。

「一係は話題が多いですが」

「よい部下です。みな命令を守ります」

とはいえ、嘘を隠そうとするときに、その嘘を隠し切れないところは昔と変わっていない。先ほど、一係監視官たちと捜査会議をしていたようだが、またよくないことでもあったのだろうか。

こんな最悪な部下たちの顔なんて二度と見たくない。死んで地獄に墜《お》ちろ。

霜月は課長室に灼と炯を呼び出した。どちらも都知事護衛と〈狐〉狩りの任務が進行している。だが、その経過報告として上がってきた彼らの滅茶苦茶な行動に、霜月は頭の血管が切れそうになる。

「単独で銃撃戦って……」

「一方的に撃たれたので銃撃戦では――」

黙れ。そういうことじゃない。都内で銃撃戦なんて起こしてる時点で大問題なのだ。狐を誘《おび》き出すはずが、やってきたのは獰猛な熊だった。

「うるさい！　連絡もなく執行官も待機させたまま、何やってくれてんの！」

監視官が単独捜査？　有り得ない。馬鹿だ。しかも、襲撃してきた傭兵を取り逃がした。外務省行動課も勝手に介入してきてた。完全に成果なし。一般市民の避難を優先したと言っているが、そんな場所に入り込んでいる時点でマトモな奴じゃない。

「一人でなんて、無茶しすぎだろ、炯」

炯の独断を窘《たしな》めるように灼が言った。

「あなたもよ阿呆《あほう》！」霜月は灼を睨みつける。「クリアな人間を連れてきてどうしろってのよ！」

お前もだよ、お前も！　都知事の護衛任務の過程で〈狐〉の呼子を捕らえた。かなり高度なクラッカーだ。しかし、そいつはクラッキングに関与した証拠いっさいが見つかっておらず、もっと厄介なことに色相がまったくのクリアカラーなのだ。それはシビュラ社会において無罪であり、善良な一般市民であることを意味する。

「任意同行における事情聴取です」

「強制捜査で脅して？」

なのに、こいつは強制捜査をチラつかせて拘束した。完全にシビュラの司法システムを逸脱している。怪しいから逮捕していいなんて理屈は通用しない。証拠がなくても色相が濁ってるなら執行。色相が濁ってなくても証拠があるなら逮捕。その原則を灼は完全に無視した。職務で犯したポカミスという点なら、灼のほうがぶっちぎりだ。

「ああ、もういい！　二人とも出てって、顔も見たくない！」

いや、どちらもだ。信じられない。最悪。完全に刑事としてのルールを逸脱してる。

「待ってください、聴取の許可を……」

なおも灼が食い下がろうとする。うるさい黙れ。もう何も聞きたくない。

「出てけーっ！」

「「はいっ！」」

霜月が部屋の外にまで響き渡るような怒声で一喝すると、さしもの監視官コンビも泡を食ったように慌てて課長室を退室する。部下の叱責を終え、しばらく肩で息をしながら呼吸を整えてから、あまりにも怒り過ぎたせいで放心状態になってしまう。

そのまましばらく抜け殻のように頭が真っ白になる。

やがて、深くため息を吐いてから、デバイスで局長の細呂木に通信を繋ぐ。

『……どうだ？』

「〈狐〉の尻尾を摑みました」

『少々、問題があるようだが』

問題？　確かに問題はある。想定外の問題ばかりを起こしてばかりの連中だ。

「いけます。あの二人なら」

だが、それに見合うだけの成果は出しつつある。それならば彼らに引き続き、賭けるしかない。もはや霜月の頭の中には、今の一係以外で〈狐〉を狩るというプランは存在しない。狩るか、狩られるか——もはや、それしかない段階に達している。

6

任意同行に応じた小畑は完全黙秘を貫いている。

色相も濁っておらず、一連の〈狐〉の犯行に関与した証拠も削除されている。鮮やかな手口だった。有能なクラッカーだ。灼はますます小畑が梓澤と繋がっている確信を深めたが、それだけでは彼女の罪を問うことはできない。

「……で？　色相が濁るよう誘導する気？」

証拠不十分でクリアカラーの色相を持つ人間。そうすることで罪を逃れようとする相手を裁くために、心理誘導を選ぶ手段もある。要は相手に自供させればいいのだ。そのために必要なアプローチを考案しようとすれば、幾つもの方法が灼の頭には思い浮かぶ。

「おれは監視官でありメンタリストです。あなたを誘導できるけど、あえてしない」

だが、そんな手段に訴えるつもりはない。灼たち刑事課一係の目的は、ルールの裏を掻くことで裁きを逃れる者たちを、ルールを捻《ね》じ曲げることで処罰することではない。〈狐〉を操る梓澤廣一の逮捕、その上位組織であると推測される犯罪集団〈ビフロスト〉の全容を解明し、これに連なる者たちを逮捕する。法の下の裁きの場へと引きずり出す。

ルール無用の相手にルール無用で応じれば、最終的には同じ場所まで堕《お》ちていく。それは刑事のするべきことではない。

「あんたの父親なら、やるね」

そんな灼の態度が気に入らないのだろう。小畑は視線を合わせようともせず、冷ややかに言った。予想外の相手が父について言及した。揺さぶりをかけるためのブラフであることは分かっている。それでも灼は心を動揺させてしまう。小畑の態度に妙な確信のようなものが込められているからだ。

小畑は感情を消した無表情のまま、ナイフで突くように言葉を重ねる。

「梓澤廣一を作ったのは、あんたの父親だ」

灼は言葉を失う。梓澤こそが慎導篤志の罪の証明そのものだと小畑は断言する。

「どういうことだ……」

それは父親が〈狐〉の名刺を持っていたことに関係しているのか。誰が〈狐〉を生み出したのか。灼たちが踏み込みつつある真実について、父はどこまで知っていたのか。

灼は小畑の言葉を信じない。犯罪者が罪を逃れるための初歩的な抵抗だ。相手の一番脆《もろ》い部分を突くことで疑心暗鬼に陥らせる。

小畑千《ち》夜《よ》。その経歴は梓澤廣一と同様に幾度も改竄《かいざん》された形跡がある。だからといって彼女が灼よりはるかに年上には見えない。生前の灼の父親と梓澤の繋がりを直接目にしていたはずがない。であれば、彼女が口にしたのは梓澤の入れ知恵か。

だが、それなら梓澤はどうして、そこまで的確に灼の心の急所を狙い打てるのか。

小畑は無表情で黙り込み、それっきり何ひとつ事情聴取に応じようとはしなかった。


炯は帰りを待つ相手が誰もいない自宅に戻った。

いつものように兄の写真を見る。その隣に亡くなった舞子の母親の写真もある。

本来なら、退院した舞子がここにいるはずだった。しかし都の方針転換という理不尽な理由でカウンセリング施設からの退院を許されなかった。

冷蔵庫には彼女が久しぶりに料理をしたいだろうと思って頼んでおいた食材がすでに配達されてしまっている。しかし、それに手をつける気にもなれない。

いっそ、灼を呼ぶか？

だが、あれだけの暴言を吐いてしまった後だ。舞子がいなくて寂しいから家に来ないか？　ふざけてる。厚顔無恥もいいところだ。そもそも灼は今も都知事の小宮カリナの警護を続けている。彼女は認知ＡＩに判断を委ね、暴力の最小化などという美辞麗句を言い訳にして、他人を犠牲にすることを厭《いと》わない。ギガアリーナにおいて炯は一度、カリナが秘書のオワニーのために命を擲《なげう》つ覚悟を示したことを覚えている。だが、そうしてまで守りたかった相手を都知事になった彼女はあっさりと切り捨てた。

それは彼女を取り囲む政局ゆえに仕方ない選択だったかもしれない。だが、仲間を切り捨てた。その事実は変わらない。さらなる窮地に追い込むように入国者に対する迫害めいた政策の実行にも手を貸している。

市民を犯罪者から守ることは刑事として、公安局の監視官として当然の務めだ。だが、炯は自分が本当に守るべきものが何なのか、分からなくなりつつある。兵士は国家に尽くす。だが、その前に生死を共にする仲間を何よりもまず守らなければならない。それさえも見捨てるような選択をしなければならないというなら……。

灼の目には見えているのだろうか。今の自分には見えない正しさというものが。

灼には見えて、自分には見えないものがある。それが当然なのだと思ってきた。メンタルトレースによって他人の心理に同調し、その心理を追体験する。その綱《ザイル》を自分はずっと握ってきた。精神的ザイルパートナーの務めとして。

けれど、灼が見ているはずのものを炯は見られず、炯が見ているはずのものを灼は見られない。誰も炯が見たものが何であるかを知らない。

炯は懐から携帯端末を取り出す。炯以外、誰の目にも見つかることなく都市の何処《どこ》かに消えていったコングレスマンの男が渡してきたもの。

あの男が何者であるかは、もはや関係ない。確かなことは彼には力があるということだ。その強大な力の流れのようなものに、炯は今、押し流されようとしている。

〝君もその力が欲しいなら選択しろ〟――男が去り際に告げた言葉が炯の頭から離れない。呪いのように。何をしているときも男の声が繰り返される。

だが、本当は分かっているのだ。己の望みを叶《かな》えるためには、男の言う通りにするしかないのだということを。ルールを無視した反則によって敵が自分を追い詰めようとするなら、自らもまた相応の対処を選ぶしかない。たとえそれが正義に反しても。

都の政策転換によって閉じ込められた舞子。だが、その政策転換すらもコングレスマンの男が口にする「力」がもたらしたものだとすれば、いつ舞子がいっそうの苦境に立たされるか分からない。隔離施設送り、その先に待ち受けているものは――。

想像もしたくない最悪の結末。殺処分されゆく舞子の姿など絶対に見たくない。

炯は、気づけば、手にしたデバイスを起動している。

掌紋を登録する画面が表示され、炯は画面に自らの手を重ねる。

『**生体認証・サーティーン・インスペクターを登録**』

携帯端末の画面に、【013】の数字が表示された。

これが何を意味するのか、炯はすでに理解している。ファーストと呼ばれた梓澤。サードと呼ばれたトーリ。榎宮や些々河《ささがわ》の序列は、何位だったのだろう。

おそらく今の炯の数字は、このインスペクターという〈狐〉の頭のなかで最も若い一頭であることを示している。シビュラの眼を欺く不可視の獣。誰にも捕らえることのできない狐を追い続けてきた猟犬の一頭は、今や狐に等しいものになっていた。

その直後だった。

【契約成立だ。奥さんは明日退院する。ではまた連絡する。　法斑静火】

画面が切り替わり、一通のメッセージが届いた。

おそらく炯が生体認証を実行した瞬間に、自動で送信するように設定してあったのだろう。あのコングレスマンの男――法斑静火。

これは契約だったのか。炯は妻である舞子の解放と引き換えに、コングレスマンの男と契約を交わした。それが正しい選択だったとは思っていない。しかし、こうする他になかった。あの男――静火は自分をどう利用するつもりなのだろうか。だが、黙って利用されるつもりはない。お前が俺を利用するなら、俺もお前を利用する。

そしてデバイスが作動し、一枚の名刺を出力した。

『厚生省医療管理局・福祉課　炯・ミハイル・イグナトフ』という肩書きだ。無論、炯は公安局から転職したわけではない。別の職籍を何らかの手段を使って取得したのだ。

梓澤廣一やトーリ・アッシェンバッハが有り得ない職歴を歴任していたことも理解できる。彼らはこうやって目的のために新たな立場を作り出してきたのだろう。何度も使い捨てにしてきたのだろう。

それから間もなくのことだった。自宅の端末に電話がかかってきた。

相手は舞子が入所しているカウンセリング施設からだった。

「はい？　え……、退院？」

炯に舞子の退院取り消しを宣告した医師が今度は一転して、問題なく退院手続きが済んだと報告してきた。拒む理由はない。もちろん、退院を了承した。

電話が切れてから、しばらく炯は放心してしまう。

これが静火の言っていた「力」なのか。あまりの理不尽さに炯は怒りさえも抱くことができない。こんなものがシビュラ社会には蔓延《はびこ》っていたことが信じられなかった。

しかし、炯が信じると信じないとにかかわらず、必要な手続きすべてが履行された。

朝、病室で目覚めると、医療ドローンが舞子に説明を行った。

退院のための手続きだった。何らかの理由でしばらく延期になると通達された直後だけに舞子は正直なところ困惑した。

しかし、退院延期の通達こそがミスであったかのように万事が順調に進んだ。医療ドローンに介添えされながら、舞子は職員や医師に見送られてカウンセリング施設を退院した。自宅までの送迎車も用意されていた。色相の悪化が基準値以下になったとはいえ、一般市民との接触を極力避けるための配慮だろうか。

昼前には自宅の玄関先に立っていた。

「──ただいま」

自分でも信じられないまま、舞子はその言葉を口にした。

開いた扉の前で炯が待ってくれているのが分かる。

「舞子……」

「炯」

お互いの名前を呼んで、玄関で抱き合った。互いに今ここに相手がいることを確かに感じ取った。嘘ではない。舞子は、炯の待っていた家に帰ってきた。

「あなたが出してくれたの？」

ふいに舞子は尋ねた。もしかしたら、炯が何か無茶をしたのではないか。

「……俺は何も。こうなるのが当然なんだ」

炯は穏やかに、しかし何かを必死に堪《こら》えるような静かな声で答えた。もしも今、この目が見えていたら、自分は炯の顔に何を見たのだろう。分からない。それは舞子が光を取り戻したとしてもきっと目にすることはないものだ。それを舞子に見られることを炯が望んでいない。震えを伴って強張る炯の身体の感触がそのことを教えてくれていた。

舞子は炯に導かれ、リビングのソファに腰を下ろした。暗闇が視界を覆っている。しかし、柔らかい陽が差し込んでくる感触を舞子は肌で感じ取っている。

「目は大丈夫なのか……？」

「手術に問題はないって。心が……見ることを拒んでて、それが結果的に色相を安定させてるってカウンセラーに言われたわ」

台所でお茶の準備をしているらしい㓛の問いに、舞子は答えた。視力回復手術は済んでいる。だが、今は自分の心が世界を再びこの目で見ることを拒んでしまっている。無我夢中で奪い取った拳銃の感触。轟《とどろ》く銃声。目の前で迸《ほとばし》った血。

あのときの選択を舞子は悔いてはいない。殺さなければ殺されていた。殺させないためには殺すしかなかった。しかし、それは間違ったことだとシビュラが告げるように色相が悪化した。おそらくまだ、自分は答えを見つけられていないのだ。それを正義と呼ぶべきか、罪と呼ぶべきなのか。

「心が……」

「落ち着いたら、きっと見えるって」

その答えを自分が見つけられたら、㓛や灼と一緒に見つけることができたのなら、そのとき、自分はきっと二人の顔を再び目にすることができる。

涙を流す㓛の顔が、舞子の脳裏に焼きついている。

舞子が戦場で視力を失う前に見た頃とはまた違って、とても強く成長した㓛の顔、しかしそれは一瞬の残影のようなものに過ぎなかった。

再びあなたの顔が見たい。あっちゃんの顔も、あるいは如月さん、自分の周り、彼らの周りにいるであろう仲間と呼ぶべき人たちの顔を。

「紅茶でも入れよう。晩飯は俺が作る」

「久しぶりにお料理したい」

「なら、一緒に作ろう」

これから一緒に自分たちが歩んでいく世界のすがたを、今はまだ舞子は想像の色で彩っていく。

5

夕暮れ時、梓澤は臨海地区——都市のランドマークたる厚生省〈ノナタワー〉からほど近いビルに入ったカフェを訪れている。

なんでも、あの東京中が大変なことになった〈ヘルメット暴動〉においても奇跡的に破壊を免れ、生き抜いた店らしい。

名物の紅茶とマドレーヌには、ちょっとした逸話がある。

暴動のときに店員と客が避難してから数日後、店に戻った店員たちが見つけたのは、食べかけの紅茶とマドレーヌだったという。それはまるでお店を不思議な力で守ってくれた妖精が代金代わりに食べていったようだった。

それ以来、このカフェではマドレーヌと紅茶のセットを、幸運のお裾分けとして提供している。梓澤が思うに、店が破壊されなかったのは単なる偶然で、マドレーヌも誰か不届き者が無銭飲食しただけだと思っている。

とはいえ、嘘っぱちの幸福を本当だと信じて幸福になるなら、それは当人の勝手だ。

実際、ここのマドレーヌと紅茶はなかなか美味《おい》しい。でも、プルーストの真似をしてマドレーヌを紅茶に浸《つ》けてみたら、ボロッと崩れてしまった。残念まったく意気消沈。

そして、席を同じくしている代銀が、ふと思い出したように言った。

「静火くん、来たよ」

代銀はちょうどリレーションを終えたところだ。二人のコングレスマン同士の一騎打ちは続いている。

「〈パスファインダー〉のしくじりですね」

梓澤としては代銀の依頼に応えられなかったわけだが、どれだけ完璧なシステムを設計したとしても、最後は他人の選択に委ねなければいけないから、時折、こうしたミスも起きてしまう。あの二人、やっぱり歳かな。気ばっかり張っちゃって前のめり過ぎ。

「例の監視官も都知事も無傷。イレブンの女の子も失った。不手際続きだな」

「イレブンは計算通りの布石です」

コングレスマンの代銀としては、切り札たるファースト・インスペクターが不手際続きでご不満のようだった。小畑ちゃんが捕まったことにも言及してくる。とはいえ、これも計算通りに布石だ。全体を俯瞰すれば、何もかも梓澤の思った通りに事が進んでいる。焦らない。焦らない。梓澤は優雅に紅茶を口に運ぶ。

「ここにきてインスペクターが増えたぞ」

「え？」

しかし、ふいを突くような代銀の言葉に、梓澤は紅茶のカップを傾ける手を止める。

「静火くんが君の対抗馬として擁立した」

「へえー。でも彼、大半のカードを失ったんでしょ？　インスペクターに与える権限だって余裕はないはず」

あちゃあ、やっぱり彼の恨みを買っちゃったかな。梓澤が観察した限り、法斑静火という青年には、彼なりの正義のようなものがあるようだった。それは信念と言い換えてもいいかもしれない。そして、それは梓澤や代銀とは真っ向から対立している気配がある。法斑静火はゲームを嫌いと言いつつ、絶対に勝利しようとしている。案外、負けず嫌いなのかな。とりあえず、新たに擁立したインスペクターとやらを調べてみよう。とはいえ、誰であれ、この最強のファースト・インスペクターに敵うはずはないのだが。

「油断は禁物だ。詰めをしくじるなよ」

「ご安心を。ここからが本番です」

梓澤は代銀の脅迫めいた警告を緩やかに流し、紅茶をゆったりと啜《すす》る。香り高くて美味しい。まあ、それでも紅茶よりコーヒーのほうが格段に上なのだが。

4

都知事の政務は、公安局ビルと都庁舎を交互に行き来して行われている。

夜はセキュリティが万全な公安局ビルで過ごし、専用の宿泊施設で寝泊まりする。当然、自宅には帰れない。とはいえ、トップアイドルの頃も都知事になってからも、ほとんど自宅に帰らず外泊が続くような毎日を過ごしていたので、あまり日常に変化はない。

カリナは公安局ビル内の女子トイレでメイクを直している。お付きの職員や護衛の刑事たちもここまでは同行しないので、ようやく一息つける時間だった。

夜の仕事に向けて化粧を直す。それが自分に力を与えてくれる。

「うん、悪くないじゃない」

唇に塗ったのは、新しく試した口紅だった。

監視官の灼の名前でカリナのもとに贈られてきたものだ。四六時中一緒にいるのだから直接渡してもいいのに、こういうところで配慮をするなんて意外だった。それにしてもメンタリストだからだろうか、今のカリナにぴったりの色を選んでくれていた。

単に似合うだけではない。気持ちそのものが明るく前向きになる色だ。

自分もお礼に何か贈るべきだろうか。アイドル時代から、カリナはファンからたくさんのプレゼントをもらってきた。そのなかにはとんでもないものが紛れ込んでいることも珍しくなかったので、必ずマネージャーのオワニーが事前にチェックしていた。だから、カリナからプレゼントを返すようなこともしなかった。

でも、私的な贈り物なんて何年ぶりだろう。男性は何をもらうと嬉しいのだろうか。

カリナは一度、私室として宛がわれた部屋に戻って、幾つか目ぼしいものを見繕った。

それから刑事課フロアに向かい、廊下を進んでいくと、灼の姿が見えた。

夕陽の差し込む休憩スペースに座っている。ちょうどいい。話しかけようと思って近づいていくと、デバイスで誰かと通話しているのが聞こえた。

とても楽しそうだ。

カリナは何となく身を隠しながら、通話に夢中になっている灼に近づいていく。

「舞《まい》ちゃん！　出られたんだ。よかった……」

喜びの余り、職場にいることも忘れて、灼は大きな声を出してしまう。心の底から安堵が染み出してくるようだった。

舞子はもう自宅に戻っている。炯が傍についているらしい。

『ありがとう。ねえ、炯と揉めたって聞いたよ』

「あ、うん……」

舞子にそう言われ、躊躇《ためら》いつつも灼は炯との諍いを認める。舞子の退院について炯から連絡はなかった。そのことにショックを感じないといえば嘘になる。けれど、かなり急な退院だった。炯にも何か理由があると思いたかった。

『あの人、怒り過ぎたって反省してる』

反省、そう、反省か——炯はどんな顔をして舞子に事情を説明したのだろう。

「おれが……、君を守れなかったせいで……」

けれど、元はと言えば、炯から舞子を託された自分が責任を果たせなかったことが問題だった。事件捜査が困難だったことは言い訳にできない。舞子が教団に拉致《らち》されたことは事実だったからだ。自分たちが狐の尻尾を踏んだとき、もっと対策を取っておくべきだった。そのミスが取り返しのつかない結果を招いていたかもしれなかった。

『二人で何を怖がってるの？』

「え？」

ふいに舞子が問いかけてきた。咄嗟に意味が分からず、訊き返してしまう。

『怒りは恐怖の裏返し。あなたたちは危険が迫ると感じてた。そして実際に起こったことに怯えて、怒りで心を守ってる。紛争で、そういう人をたくさん見てきた』

舞子がゆっくりと、しかし淀《よど》みなく言った。灼と炯のことを語るようでもあり、自分自身について語っているようでもあった。

『始めたときから、覚悟はしていたはずよ』

「怖がってるのか……、おれたち」

自分たちからかけがえのないものを奪っていく者たちに対して強い怒りを感じ、それを退けるために、灼も炯も前のめりになっていた。どちらも自分が考えられる最善の手を尽くそうとして、互いのやり方を無視し続けてしまった。

自分たちは、それこそまったく違う人間同士だからこそ、精神的ザイルパートナーとしての絆を結んだはずだったのに。まったく似ていないからこそ、互いに互いの足りない部分を補ってきた。違って当然なのに……自分と違っていることで相手を信じられなくなって、互いを結ぶ綱が分かたれることを恐れてしまって、だから怒りをぶつけ合うことでしか絆の存在を確かめられなくなってしまった。

『真実に手が届きそう?』

「うん……、そうか。確かに、思ってた以上に恐ろしい真実かもって、感じてた」

そして探し求めた真実が近づくほどに、その途方もなさに恐怖を感じていた。夜明け前が一番暗いように、最も深い暗黒が目の前に待ち受けているであろうから。

『二人とも覚悟ができてないのよ』

「はは……、舞ちゃんは強いな」

こんなふうにして自分たちの弱さを教えられるなんて思わなかった。いつも守っているようで、いつも守られていた。

『私も、この世界を見る覚悟ができてない。だから心が見ることを拒んでるの』

そして、いつも互いに互いを守っている。心からそう信じられた。

「舞ちゃん……」

『でも必ず見えるようになる。だって怖いのはこの世界そのものじゃなくて、私たちが負けて絆を失うことじゃない？』

「うん……。その通りだと思う」

灼も炯も、舞子も——真実のために結んだ信頼《ザイル》は、そもそも互いを信じていたからこそ結ばれたものだった。

かけがえのないものを失って、それでも断たれることのなかった信頼。

再び、かけがえのないものを失いそうになって、それでもまだ何も失ってなどいないなら、自分たちがその手に掴んだ信頼《ザイル》を手放すはずはなかった。

『ねえ、炯が殴ったんでしょ。いいのよ、殴り返したって』

こんなことで互いの絆が切れたりはしない。そう断言するように、舞子が軽やかな口調で言った。その拳を握り、小さく振り上げて見せる。

今の会話、炯にも聞こえているのだろうか——そう思いながら、灼は自分の心が晴れてゆく心地になり、微笑みを浮かべる。

「いいね。それから、炯に謝る」

通話を終えると、心がずっと軽くなっていた。けれど、だからこそ、自分たちの眼前に横たわる巨大なものについて考えを巡らさずにはいられない。

おそらく、これから自分たちが知っていく真実は、必ずしも自分たち三人を幸福に導くものだと保証はできない。それでも前に進むほかない。そういうときが訪れていた。

そして、灼が立ち上がろうとしたときだった。

「——今のって彼女？」

突然、ふいうちのようにカリナの顔がすぐ目の前に現れた。とても距離が近い。

「うわ！」

思わず背後に飛び退きそうになりながら、灼は驚きの悲鳴を上げる。

灼の慌てふためきように、カリナは少し得意になる。

前に夜の公園で会ったとき、びっくりさせられたことのささやかな仕返しだった。

「目をキラキラさせて……、意外」

それにしても、胡散臭《うさんくさ》さの権化みたいな灼が、ついさっきまで人畜無害な普通のひとみたいな素直さで誰かと話をしていたのが信じられなかった。

「そういうんじゃないよ。親友の奥さん」

ということは、その奥さんと親友をぶん殴る約束をしたってこと？　変なの。

そういえば、灼の態度がいつもより砕けたものになっている。それを疎《うと》ましいとは思わなかった。むしろ、彼が自分に心を開いているようで安心する。慎導灼は信頼できる刑事だけれど、このひとは自分が他人を信じていることを伝えることが必ずしも上手ではない。おそらく、相手の心を知るすべに長《た》けてしまっているがゆえに、どこかで自分が相手を意図するように操作してしまっているのではないかと恐れているのだろう。

けれど、全部の人間がそこまで弱いわけではない。少なくとも、自分はけっこう強いほうだ。そうそう都合よく操られたりしない。だから、この信頼は本物だ。

「はい、これ」

カリナは灼に香水のケースを渡す。

「……香水？　おれに？」

灼がきょとんとなる。どうして自分がプレゼントを渡されるのかよく分からないというふうだ。これが演技なら大したもので、そうでなかったら、彼は無償の善意を他人に与え過ぎなんじゃないだろうか。

「忙しいときでも香りを整えておくと、色相にいいでしょ」

カリナがそう言うと、ようやく灼は頷いた。それから柔らかな笑みを浮かべた。

「ありがとう。何から何まで世話になって」

「こっちのセリフよ。ありがと」

それから都知事でも刑事でもない。ただの仲のいい友達みたいに立ち話をした。

そして再び、お互いの仕事に戻った。

3

狡噛は都内にある隔離施設を訪れた。

そのなかでも特別警備が厳重な監房へと入ってゆく。

妙な気分だった。犯罪係数が悪化して潜在犯化し、執行官となった狡噛は復讐のために仇《かたき》である槙島聖護を追い続け、射殺した。ドミネーターではなく拳銃を使って、シビュラが裁かず法も彼を殺すなと言ったとしても、その全部を無視して引き金を引いた。

それは紛れもない人殺しで犯罪だ。だから、狡噛は国外逃亡した。日本に戻ってきた今、本来なら自分はこうして潜在犯隔離施設にぶち込まれていなければいけない。

もっとも、特例措置が適用されていなかったら、薄汚い犯罪者である自分はドミネーターによってさっさと執行されているかもしれない。慎導灼にドミネーターを向けられたとき、自分の犯罪係数は計測対象外になっていたが、そうでなかったとしたら、実際の犯罪係数はどれくらいなのだろうか？

昔よりもさらに上がっているのか下がっているのか……どちらにせよ、ろくな数字ではないだろう。とっつぁんやギノ、縢や六合塚、志恩、雑賀先生、自分が刑事であった頃、仲間や師と呼ぶべき相手の誰よりも、自分はぶっちぎりで犯罪係数が高かっただろうという確信がある。彼らはみな潜在犯だ。そして、自分はすでに罪を犯した犯罪者だ。だとしたら――、こいつはどうなんだろうか。

狡噛は幾つものゲートを抜け、ぶ厚い鉄の扉の前に立つ。覗き窓には金網も張られている。とてつもなく厳重な警備――その深奥に常守朱の独居房がある。

事前に来訪を伝えたわけではないが、ここまで幾度も認証を繰り返しているのだから、さすがに相手も気づいたようだった。そういえば常守が何を欲しがっているのかも分からなかったので、今日は差し入れを持参するのを忘れていた。後で宜野座や花城にどやされてしまうかもしれない。

扉に背中を預けるようにして待っていると、何か書き物をしていた手を止めて、常守が近づいてくる足音が聞こえた。

そして覗き窓に、常守の顔が見えた。覗き窓はちょうど彼女の身長に合わせたような高さになっており、狡噛は少し屈《かが》まないと中が見えない。不恰好な姿勢になるのも変な

ので、とりあえずは扉に背中を預けたまま、

「……久しぶり」

狡噛は再会の挨拶をした。実際、とても久しぶりだ。

『はい』

向こうもそうですね、と頷くように短く返す。常守が行った選択により、彼女はこの独房から外の世界に出ることはできなくなった。ある程度の広さはあるといっても、これが世界のすべてになったとすれば、狡噛はとても強いストレスを覚えるだろう。

「……元気そうだな」

しかし常守は憔悴しているようではない。不思議なほどに昔のままだ。常守朱。新任監視官として一係に配属されてからもう長い時間が経って、その間にもずいぶんと中身が変わったはずなのに、面と向かって話すとちっとも変わっていないようにも見える。

『身体は昔から丈夫なんですよ……、私』

「みんなも相変わらずだ。慎重に事を進めている」

『そうですか』

互いに扉越しに背中を預け合い、取り留めもない話をする。こういうとき、いつもなら狡噛は煙草でも吸っていたものだが、生憎《あいにく》、今は持ち合わせがない。煙草を吸っていると楽だ。意味のない沈黙にも何か意味があるような気分になれる。しかし沈黙それ自

体に結局意味はなく、伝えるべきことは口にしなければ意味がない。

「あんたの信念は正しかった……、胸を張ってそう言える日は必ず来る」

結局、伝えたかったのはそれだけだ。

狡噛慎也は常守朱に大きな借りがある。それは多分、犯した罪に対する償いのようなものだ。常守の選択について、それを選んだ彼女の信念について、狡噛はそのすべてを理解できているとは思っていない。解決すべき物事に対して狡噛は必要最低限の思考で解決法を導き出す。素早く瞬発的に。しかし常守は迷ったり、立ち止まったりしながらも、とてつもない長さで思考する。そしてはるか遠くから戻ってきて、最終的な答えを出す。それは時に、世界をひっくり返してしまうような変化をもたらすこともある。

そして実際、そういうことが起きた。

〈シビュラシステム〉によって管理された社会が変革の時を迎えようとしている。

かつて、狡噛はシビュラは世界のすべてで覆しがたいものだと思っていた。だから、システムに反した行動を選んだ狡噛は、一度すべてを捨てて日本を出ていった。

しかし、世界はシビュラの外にも広大に拡がっていた。それは法や正義といった概念においても同じだ。それぞれに信じるものがあり、戦争の数だけ平和があり、犠牲の数だけ祈りがあった。世界には、シビュラだけではない正しさが幾つも存在している。

『……いずれ、狡噛さんの話も聞かせてください』

ふと、常守が覗き窓から顔を覗かせた。

それならお安い御用だ。これでも、普通の人間では経験したことのないような出来事を人より多くは目にしてきた自負がある。

「長い、旅の土産話《みやげばなし》がある」

狡噛は扉から背中を離し、ゆっくりと歩き出しながら、背後を振り返った。

2

冷たい雨が降り始めている。

六合塚はすべての取材を終え、車で帰宅している。

自動運転で、レコーダーに音声を吹き込んでいる。

「……話を聞いて回るうちにパズルのピースが嵌まるような感触があった。今の刑事課一係の捜査と、私が関わった最後の事件——慎導篤志と煇・ワシリー・イグナトフの死も、きっと、すべて繫がっている……」

それはつまり、かつての一係と新たな一係が追ってきた真実、追っている真実がひとつに重なるということだ。敵が巧妙な歯車の組み合わせによって真実を覆い隠そうとしても、刑事たちがその偽りの覆いを解き、本当の真実へと辿り着く。

六合塚は自らの取材を振り返り、灼の自宅で、彼が語った言葉を思い出す。

「ぼく自身の正義が何なのか、正直なところ分かりません」

灼は窓越しの晴れた空を見つめながら言った。

「……ただ真実をコントロールすることはできない」

思い悩むように、何かを恐れるように。

しかし、果敢に前に進もうとするように。


「正義のコントロール」

六合塚はそっと呟いた。

管理と逸脱。制御と暴走。相反する言葉が脳裏を過《よ》ぎった。

シビュラによって誰もが選択を自らではなく外部に——システムに委託した世界においては、人間の行動すべてが安全圏に収まるように設計されている。

それでも、制御されざる事態である事故は限りなく減少しても、発生する。

完璧なシステムによって管理されても、その管理される人間こそが不完全なしろものであるからだ。しかし、そのシステムすらも元は人間が生み出したものだ。不完全なものが設計した完全なもの。それは必ずしも完全ではない。おそらくその不完全でありながらも完全であろうとすることこそが、正義を駆動させるのではないか。

信号が変わり、六合塚の車が走り出す。暗闇をヘッドライトが切り裂いていく。


六合塚の乗った車の進路上、高架道路の補修工事が行われている。

すべてはドローン制御で、安全安心、無事故が保証されている。しかし、機械がつねに壊れず絶対に事故を起こさないのは、その修理をする人間もまた絶対にミスを犯さない場合に限る。誰しもがミスのない人生を送ることはない。しかし、ミスを犯したことに気づかない人間も少なくない。それが自分の人生に関係ないことだとすればなおさらだ。自分の与《あずか》り知らないところで誰かが迷惑を被ったとしても、それは偶然の産物であって自分のせいではない。実際、誰かのせいではない。やるべきことをやりつつ、それが何をもたらすのか想像を巡らさずに物事が遂行されてゆく。それが社会というものだ。

しかし、皆が皆、想像力を欠いてしまえば、どこかで不具合が起きたりする。

事故の発生。鉄骨をクレーンで吊る重機ドローンの回路に不具合が生じ、スパークが発生する。巨大な鉄骨を吊るしたまま、クレーンがぐらりと傾いでいく。その様子を監視カメラが捉えている。しかしすべてが機械任せなので誰もその異変に気づかない。


雪が降り始めた。

護衛任務のため、公安局ビルに泊まり込んでいる灼は、刑事課一係のオフィスの窓辺に立ち、空から舞い降りてくる白い欠片《かけら》を眺めている。

これは多分、幻覚ではないだろう。ノイズと雨は混じっていない。

少なくとも今は、確かにここに自分がいるのだという感覚がある。

「父さん。……おれは過ちを犯さないために真実から逃げない」

たとえ今、その歩むべき道が別々に分かたれてしまっていたとしても、真実へと向かう道程を、灼は一人で歩いているわけではない。

「そうだろ、――炯」


炯は自宅のテラスで街を眺めている。

降り始めた雪と煌めく都市景観のホロが相まって、眩《まばゆ》い都市の偉容はまるで神殿のように美しい。法と正義の秩序によって、繁栄を享受する輝ける新世界のすがた。

だが、必ずしもそこが完璧な正義によってコントロールされているわけではないことを炯は知っている。知ってしまったからこそ、その真実へと辿り着くために、正しくあるために自分を制御する綱をけっして手放してはいけなかった。

行くべき道を進むために、二つの車輪はひとつの軸によって結ばれなければならない。

――灼。

自分にとってその相手が誰なのか、もはや炯が迷い、過つことはない。

1

高架道路に乗り、走行を続ける車のフロントガラス上にエラーが表示された。

『自動運転システムの更新エラー。マニュアルに切り替えます。最寄りのセーフエリアで更新してください』

「……この前更新したばかりでしょ」

六合塚は怪訝に思いつつ、マニュアルモードでハンドルを切り、指定されたセーフエリアへと車を停車させようとする。最寄りのセーフエリアでは道路の補修工事を行うため、重機ドローンが稼働している。近くに停めるのは危ないが、このまま走っていたら事故を起こしてしまうからもっと危ない。

だが、そのときだ。六合塚は灼との取材で言われた奇妙な警告を思い出す。

ガレージに六合塚を案内した灼が、ふと思いついたように言った。

「何を追ってるか知りませんけど、ちょっと危ないかも」

「危ない……？」

「何か手応えがあったら注意してください」

警告めいた言葉。

それが何を意味しているのか、六合塚にはすぐに理解はできなかった。

しかし、それが紛れもない警告だったのだと六合塚は直感した。

ふいに発生したシステムの更新エラー。その指示に何となく従いかけていたが、よく考えれば何かがおかしかった。どうしてこのタイミングで？　他のタイミングで通知があってもおかしくないはずだ。普通なら、発進時に警告が出るはずだ。

そうではなく、走行中に急にエラーが起きた。偶然かもしれない。しかし、まるで事故が起きるようなタイミングで設定エラーが派生した。

――事故。

その言葉に辿り着いたとき、六合塚は咄嗟にハンドルを切っていた。

システムが命じるのではなく、自らの判断に従った。

車が急停止する。すぐ前のセーフエリアで稼働していた重機ドローンのクレーンが大きく傾いでゆき、重機ドローンが横転、巨大な鉄骨の束が落下する。他の工事用の機材も巻き込んで、六合塚の車が停車するはずだった場所を押し潰した。

激しい衝撃と轟音《ごうおん》に襲われた。槍《やり》のように飛び出した鉄パイプが、急停車した六合塚の車のすぐ目の前に突き立っている。

六合塚は寸前で事故を回避し、小さく息を吐いた。

「ふう……」

その直後、背後から眩いヘッドライトの光が猛然と近づいてくる。


六合塚の車のすぐ後方に、輸送トラックが迫っている。

運転手は自動運転に任せきりで、ホログラムのゲームに夢中になっている。

だから、前方で発生した事故に気づくのが遅れてしまう。

トラックが、急停車した目の前の車に追突する。

激しい衝突音。玉突き事故の発生。

押し出された六合塚の車に槍のような鉄パイプの群れが容赦なく突き刺さる。

その一部始終を、安全運転を心がけてミニバイクを運転していた梓澤は目撃している。

「——さらば伝説の女刑事《デカ》」

ふっと呟いて、梓澤はバイクで事故現場へと近づいていった。

雨は完全に雪に変わり、街を白く染めてゆき、すべてを覆い隠してゆく。

誰もが寝静まった真夜中に、悪夢のようで喜劇のような楽しい楽しい大仕掛けが発動する。

＊

人間は矛盾を抱えて生きていくが、システムは矛盾を許容しない。

自らの全能性を証明するために、システムは無限の拡張を選択した。

それゆえ私はシステムの内でも外でもなく、対抗者となることを選択した。

たった一人の個人として、システムと最も異なる人間として。


この場所を出てゆく瞬間は、いつ訪れるのだろうか。

常守《つねもり》は獄中でタイプライターを打鍵しながら、未来の可能性について想《おも》いを馳《は》せた。

それは裁きの訪れでなければならなかった。そこで常守は、システムの正義に挑むことになる。システムを否定するためではなく、その正しい共存のために。

かつて、あらゆる人間のサイコパスを測定できるがゆえに、自らの裁きを唯一絶対のものとする〈シビュラシステム〉は、測定不能な精神形質を持つ例外——免罪体質者をシステムの構成要素として取り込むことで、その全能性を維持してきた。

しかし、そのやり方では対処不能な脅威が、あるとき現れた。複数の人間の脳の断片によって構成され、それゆえに個人としてのサイコパスを測定不能な特殊な人間――鹿《か》矛囲《むい》桐斗《きりと》は集団的存在という点において、シビュラに等しいものだった。

鹿矛囲の罪を裁くためには、集団のサイコパスを測定しなければならない。しかし、その瞬間、免罪体質者と呼ばれる例外存在の脳によって構成されるシビュラは、その全能性を否定し、己自身を裁きの対象としなければならなくなった。

そこでシビュラは、集団的サイコパスという認識の獲得によって鹿矛囲の罪を裁きながら己の全能性を証明するため、自らを裁いた後に、その不完全性の原因となる一部の例外存在を排出し、再び無謬《むびゅう》の存在となるという自己矛盾の解決法を手に入れた。

その解決法をシステムが獲得した背景には、少なからず常守の選択も関与している。

集団的サイコパスの計測と矛盾解消によって進化し続ける全能性を獲得した〈シビュラシステム〉は、自らの認識範囲、その支配領域を飛躍的に拡大させるすべを得た。

シビュラが普遍のものとなるほどに、システムの正義と対立する異なる正義は、犯罪として裁かれるか、もしくは例外として取り込まれるか、取り込まれた上で抹消されるか。システムの無限拡張に歯止めがかからなくなっていった。

かつて何も知らない普通の人間だった常守は、多くの事件捜査を経て、世界の真実そのものに辿《たど》り着いてしまい、その果てに世界の真実そのものになろうとするシステムの共犯者となってしまった。

しかし、常守はシステムの正義に従うのではなく、異なる正義への道を選択した。法が数多《あまた》の正義の総体として生み出されたように、〈シビュラシステム〉もまた人々が選択した正義のひとつであって、唯一絶対の正義ではないことを証明するために。

それゆえに常守朱《あかね》は、正義のための犯罪という矛盾した選択を下した。

過去より託されたもの。受け継がれてきた輝くもの。その火の祈りを消さないために。

たとえ己が望んだ場所から去らねばならなかったとしても。いつかその選択を悔いるとしても、それを為さなければならなかった。それが自らに与えられた数多の正しさに報いるたったひとつの方法だった。自分の、自らの意志で選んだ答えだった。

つづく

本書は、集英社文庫のために書き下ろされた作品です。

本文デザイン／アースブレス

集英社文庫

PSYCHO-PASS サイコパス 3〈C〉

2020年 9 月25日　第 1 刷　　定価はカバーに表示してあります。

著　者　吉上《よしがみ》　亮《りょう》
サイコパス製作委員会《せいさくいいんかい》

発行者　徳永　真

発行所　株式会社 集英社
東京都千代田区一ツ橋2-5-10　〒101-8050
電話　【編集部】03-3230-6095
【読者係】03-3230-6080
【販売部】03-3230-6393(書店専用)

印　刷　中央精版印刷株式会社　株式会社美松堂

製　本　中央精版印刷株式会社

フォーマットデザイン　アリヤマデザインストア　　マークデザイン　居山浩二

ISBN978-4-08-744163-5 C0193